三生三世
步生莲·肆

Wherever Step Goes,
Lotus Blooms

唐七 —— 著

图书在版编目(CIP)数据

三生三世步生莲.肆,永生花/唐七著.--北京:人民文学出版社,2024
ISBN 978-7-02-018610-5

Ⅰ.①三… Ⅱ.①唐… Ⅲ.①长篇小说—中国—当代 Ⅳ.①I247.5

中国国家版本馆CIP数据核字(2024)第070760号

选题策划　胡玉萍
责任编辑　黄彦博
装帧设计　李思安
责任校对　刘佳佳
责任印制　王重艺

出版发行　人民文学出版社
社　　址　北京市朝内大街166号
邮政编码　100705

印　　刷　北京中科印刷有限公司
经　　销　全国新华书店等

字　　数　339千字
开　　本　890毫米×1290毫米　1/32
印　　张　13.125　插页4
印　　数　1—40000
版　　次　2024年5月北京第1版
印　　次　2024年5月第1次印刷

书　　号　978-7-02-018610-5
定　　价　59.80元

如有印装质量问题,请与本社图书销售中心调换。电话:010-65233595

三生三世
步生莲·肆

永生花

Wherever Step Goes,
Lotus Blooms

　　西园造得迷宫也似，能顺利走到这白玉楼前，祖媞自觉不易。她将灯笼提高了一点，看到玉楼巍巍，被植于楼前的花木半遮，似一个美人在夜色里露出若隐若现的影，这倒是很值得一观的风景。
　　更值得观赏的风景在屋顶上。
　　……

目录

第一章 ……001

祖媞倚立在樱树下。宁寂的黄昏，花落如雨，菁蓉在她身旁无忧地笑闹，这一切静美得简直有点不真实，如同旧日时光复返，如同她们又回到了从前静居在姑媱的时日。

第二章 ……017

座上诸仙的目光良久地停落在女子身上，见女子乌发如瀑，长裙漓漓，有古意，而帝君将玉席分她一半，她又唤三殿下小三郎……

第三章 ……037

通，这事他还不知道。不过天君已将此事指给了贪狼星君……
元极宫虽消息灵通，但也不是万事皆

第四章 ……049

祖媞静了片刻，以全知之力于心海中链接漫山花木，也想问问花木们这座山究竟是怎么回事，却发现心海静极，没有任何声音。

第五章……063

白奇楠香微甜而凉，致密包裹住她，是属于连宗的气息，让她感到仿佛他就在她身旁。

第六章……071

殷临却冷笑：「说什么情谊，寂子叙是个只知索取的人，或许从没认过尊上对他有教养之恩。」他突然一转话题，「你们想知道寂子叙最后是如何背叛尊上的吗？」

第七章……085

美得不似凡人的天才剑仙，年纪轻轻便独掌一峰，而又刚中柔外，不矜不伐，他想要成为的模样，是他的所有向往。

第八章……099

他的确深爱着一个人，但那个人却变了心，改了想法，不愿世间红尘污了她无垢的道心。

第九章……113

他生在三千大千世界最宜修仙的一处凡世，长在那处凡世里灵气最为汇盛充盈的栖云秘境，他的父亲是栖云秘境的主君。

第十章 …… 131

因若命运无法改变，她在这世间便只有三年光阴。哦，从现在开始算，只有两年半了。

第十一章 …… 143

白冥主谢画楼最近挺烦的。黑冥主孤栩君当年为彰慈悯，立下了一个规矩：谁能闯过断生门和惘然道，谁便能得冥主一诺。

第十二章 …… 163

关于他和祖媞的缘分，连宗想过许多次。最绝望时他曾想过，祖媞也好，成玉也好，的确都不是非他不可。

第十三章 …… 175

凤声长鸣之下，大网上的金符焕出金光，金光铺洒之处，梵音阵阵。银龙的巨瞳猛地一缩。

第十四章 …… 195

盟誓很快结束，金色的火焰化为赤红的花，在两人的手背上留下了相同的血色的印。

第十五章 …… 215

人，一旦成功走了一次捷径，便会在心中养出妖魔。她虽大胆，但从前也未大胆到这样的程度，敢去觊觎一位仙者的人生。

第十六章 …… 229

他们在那一夜定下婚事，次日，当祖媞戴着那套逆鳞饰现身时，除了自见到莹南星后便有些魂不守舍的商珀外，丰沮玉门诸众皆露出了不可置信之色。

第十七章 …… 241

阆镜面塔于别人而言可能是件难事，但对连宋和祖媞来说却不算什么。生了心魔的元极宫三皇子，依然是缜密周致、谋定而后动的三皇子。

第十八章 ……269

泪水离开丰缛的眼睫，顺着脸颊滑落，青年放在她下颔的指随之移了过来，指腹抹过她的唇角，带走了那滴泪。

第十九章 ……295

在这一次的幻境交替中，祖媞没再被影悉洛施术带离连宋的身边。
她同连宋一起进入了这雷电交加的一境。

第二十章 ……323

九重天上紫雾缭绕，绽彩的祥云中偶尔传来几声鹿鸣鹤啸，显得这神族所居之地既清宁又祥和。

第二十一章 ……339

她吃惊地看向昭曦，一时竟忘了言语。她不知昭曦为何会对连宋有如此大的敌意。

第二十二章 …… 361

神族已有十多万年不曾主动向他族宣战，更别提竟是天族与青丘狐族联合出兵，消息一经传出，天地一片哗然。九尾狐族居然也出兵了……

第二十三章 …… 383

连宋比庆姜更清楚入此阵后，他将面临怎样的境况。他没想过要活着出去，但进来也并非为了找死。

第一章

那之后很快过去了三日。

因计划是待连宋将鼎炼好后几人再分头去取风土火三种元神之力，所以这几日大家都很闲。祖媞休养了两日后去了趟太晨宫，找帝君商量了下取那三种元神之力的分工。

火神谢冥以己身化冥司，已然羽化，其元神之力理应由其子女继承。帝君此前去冥司拿风种和火种时，已同白冥主谢画楼说定了随时可去冥司取谢冥的元神灵珠。考虑到瑟珈同谢冥的关系，帝君怀疑过瑟珈是否沉睡在冥司，也相询过谢画楼。然世间第一缕风虽萦绕在忆川河上，风之主却并不在冥司中。

也就是说，待连宋将鼎炼好后，他们需花大功夫去寻的，唯有地母女娲的土灵珠和风之主瑟珈的风灵珠了。

帝君考虑了一小会儿，就给大家分好了工。他的分工是这样的：祖媞和连宋去寻风灵珠和土灵珠；火灵珠则交给他，设计镇压庆姜的法阵这事儿，也交给他。毕竟随着父神、少绾、墨渊羽化，当今八荒，在设计镇压法阵这事儿上能超过他的神魔鬼妖确实也没有。

祖媞对这个安排没什么异议。她还觉得帝君分得很在理。可见她不是个会做生意的神，若是连宋在场，分工的结果一定是寻找土灵珠、风灵珠和设计法阵这些麻烦事儿通通都是帝君分内，他俩只需去拿火灵珠就可以了。

　　下午，祖娅回到元极宫，同雪意商量了半个时辰有关寻找风之主瑟珈之事，议事结束没多久，雪意便奉祖娅之命离开九重天，回了姑媱。

　　雪意前脚刚走，菁蓉后脚便来了。她来邀祖娅散步。
　　上天这一月，菁蓉但凡有暇，便会来寻祖娅出门溜达。今日她领着祖娅去了元极宫的西花园。
　　说来也巧，连宋闭关的丹房"白玉楼"正坐落在西花园的西角处。
　　菁蓉领着祖娅一路往西，径直来到了花园西角那座白玉楼前。
　　祖娅脑中缓缓打出一个问号，以为菁蓉是有意带她来寻连宋，唇抿住，正欲止住菁蓉。菁蓉却绕过她扑到了她身后的小池旁。"小黑鱼，"菁蓉一脸怜爱地轻唤，"快出来，姐姐来看你啦！"又向祖娅，"我就是想带尊上来看看它！"
　　便见池水轻晃，一条漂亮的黑色小鱼顶破粼粼浮波游了上来。
　　菁蓉立刻高兴地一翻手，变出几只小仙果，一边喂给小黑鱼一边亲昵地唤它"小不点儿"。
　　祖娅也学菁蓉的模样变出了两只仙果来喂那小黑鱼。
　　夕晖渐渐淡去，一阵风吹来，池边的一排夏樱轻轻摇曳，粉白的花瓣纷纷扬扬飘落枝头。
　　祖娅倚立在樱树下。宁寂的黄昏，花落如雨，菁蓉在她身旁无忧地笑闹，这一切静美得简直有点不真实，如同旧日时光复返，如同她们又回到了从前静居在姑媱的时日。而大劫将至，三年易逝，她知这种时候不会太多了。
　　祖娅伸手接住一片樱瓣，想起了姑媱的夏日。她已有三个月不曾回过姑媱，完全错过了姑媱的暮春和孟夏。
　　她向着掌心吹了一口气，花瓣飞离掌心，她的目光重移向随风纷扬的大片花雨，微有所感："姑媱的冰绡花也该开了，微风拂过，开得盛极的冰绡花被清风带离枝头，那才是落花胜雪，我有很多年没有见到过了。"

菁蓉闻言，拍了拍池中小黑鱼的头，示意它自个儿玩去。她看向祖媞，脸上亦露出了感怀的表情："冰绡花落是真的好看，我也许久没见过了，尊上是想念姑媱了吗？"瞬息间，她有了主意，"要不然……我们回一趟姑媱吧，算算时日，冰绡花这时候正该开到盛时，我们现在回去，还赶得上最后一场花吹雪的胜景！"

她越说越觉得可行："总说三皇子已在为那鼎收尾了，可他也收了有几日了吧，还没收完，谁知道还得收多少日才能收完呢？我们下去一趟，谁也碍不着什么事！"

祖媞目光微动，犹豫道："这……"

泛白的日光下，被树冠错落半遮的天空中忽有落雪飘下。菁蓉愣了一瞬，伸手去接那飘雪。待雪片飞落至眼前，她才发现它们竟是照理只会生于姑媱的冰绡花。

漫天花飞，如同落雪纷纷，仿佛她们已回到了姑媱山漫山花吹雪的仲夏黄昏。只是这些落花会穿过她的手掌，会穿过她的身体。

菁蓉且惊且呆："这是……幻影！"她惊讶地看向祖媞，"尊上，这是你做出来的幻影吗？简直一模一样……真美啊！"

菁蓉的性子本就有些娇娇的，喜欢这些娇弱精致的东西，又很是活泼，问完祖媞这话，也不待她回答，便立刻与冰绡花的幻影嬉戏去了。

祖媞却看向了几步外的白玉楼，发现原本紧闭着的一楼窗户微微打开了。那半开的窗户后似乎站着一个白色的身影。祖媞掩饰地低头，唇边抿出一个笑。

菁蓉猜错了，这一场花雨并非她所造。她转过身，手指轻勾，转瞬便捏出了一只透明的空间球。那空间球承接住了好几瓣冰绡花，将它们完完整整地保存在了其中。她做这些时背对着那白玉楼，因此那隐蔽的动作并没有被人看到。

是夜，祖媞失眠了。

熙怡殿中，她和衣平躺在玉床上，笼着冰绡花瓣的空间球被她抛起来，到帐顶，落下，被她接住，又被她抛起来，落下，再被她接住。如此反复了半个时辰。

在这半个时辰中，这三个月来同连宋相处的一幕幕场景尽皆浮现于她的心海，被粼粼波浪带走；而三个月里许多她不曾认真留意过的情感也如退潮后裸露于沙滩的白贝，清楚地让人意识到它们的存在。

是这样啊。

原来是这样。

她深吸了一口气，蓦地坐了起来，做好了决定。

与此同时，天空中出现了一抹夜虹。夜虹七色的光照进未闭的门窗，虽微弱，却足够令一个失眠之人在意了。祖媞微微睁大了眼，走近窗户。

夜虹弯弯，被群星簇拥着悬于天边，似座彩桥。

原来小三郎也还没睡啊。她站了一会儿，握着那空间球跨出了熙怡殿，来到院中时，略一思量，又转了脚步，先向御厨房走去。

西花园丹房中，刻印着风火水土光五元素代表祥纹的三足圆鼎褪去灵火，现出庄肃的真形。难得一见的神器问世，象征祥瑞的夜虹随之出现。三殿下专门将器成之时挑在了深夜，这时候大家都睡得迷迷糊糊，没多少人注意到那夜虹，也为他省了许多麻烦。

子时极阴，三殿下将新成之鼎放入了聚灵池。十二个时辰后，待它聚气完毕，再将它从聚灵池中取出，便大功告成了。

放好那鼎，三殿下独自一人登上了白玉楼的屋顶，在屋檐上枯坐了会儿，取出笛子放到唇边，随意吹了两支曲。

西园造得迷宫也似，能顺利走到这白玉楼前，祖媞自觉不易。她将灯笼提高了一点，看到玉楼巍巍，被植于楼前的花木半遮，似一个美人在夜色里露出若隐若现的影，这倒是很值得一观的风景。

更值得观赏的风景在屋顶上。

屋顶上，小三郎白衣翩翩，正屈膝而坐，垂眸吹着笛。

这还是她第一次见他吹笛。夜风轻拂而过，带起他一点衣袂，而他唇边笛声悠回，这一幕着实很风流写意，令她屏息。

解了藤妖之毒，恢复神智后，祖媞曾尝试着梳理自己同连宋的关系。

她并不是今夜才开始想这桩事。

天步告诉她，她中的毒乃情毒，那是一种放大内心欲望的毒。而那日清晨醒来之时，她清楚地记得在中毒昏眠之际，她做了一个如何荒谬的梦。那必是因情毒之故。彼时她极是震惊，因她从不知晓自己竟能对情欲有感知。她记得在她转世的第十六世里，也曾有人对她用过此类毒，但她那时全无什么特别之感，为何如今对连宋……当这种显而易见的区别明晃晃摆在她面前令她不得不面对时，她想了很久，最后得出了一个结论，小三郎对她来说是特别的。

自与他相遇，她便亲近他，对他全心信任依赖。她这一生，包括作为凡人的十六世，从未对谁如此过。这已足以说明他于她的不同。

在变成小光神时，是从他的身上，她学会了什么是占有欲。她会因他可能更喜爱小祖媞，不欲成年的自己回归而在潜意识里不高兴；会因他戏弄她，对她无分寸地亲近而在心中说些别扭的埋怨话。但她从未真正生过他的气。她所有微妙的如今看来不可思议的情绪全是因他而起。对别人，她就不会如此。

此前她也曾察觉到此种异样，彼时她总用他俩立下了噬骨真言来解释，可如今想来，噬骨真言不过是个咒语，咒语只能威慑订立此咒的双方不违背诺言背叛彼此罢了，又怎能主宰一个人的心和感情？

她从一开始便待他特别，特别是在中毒之后，内心欲望放大之际，她竟会主动去碰触他，这是因为什么？

当然是因为，因为……

那时她已触碰到了正确答案的一角，只是还带着一点模糊和不确定。可就在她想要克服内心的踌躇，进一步确定那个答案时，连宋的态度却令她生了惶惑，使她不得不止步。

他像是在躲她。

认定他是在躲着自己后，她一度怀疑那夜那荒谬的一切并非梦境，而是真实发生了，因连宋心中无她，不能面对那夜，才开始躲避她。

这些日她一直在想着这件事，并为此郁郁。直到今日傍晚。

今日傍晚，西花园中，白玉楼前，连宋送了她一场冰绡花雨。那他应该不是讨厌她，在躲她。

她去人世修行，学习过各种情感，唯独不曾亲历过男女之爱，她并不觉得自己应该懂这种感情。可那一刻，当冰绡花的幻影随风飘飞，温柔地穿过她的指尖时，她却无师自通地感受到了她对连宋的感觉，是喜欢。

她无比真实地触碰到了那个完整的答案。

可她也想了起来，她是个没有未来的神。所以虽知连宋就站在丹房的窗户后看着她，她却没有去找他。

但又很不甘。

才刚刚意识到这份喜欢，她就要放弃掉它吗？

怎么能甘心呢？

回熙怡殿后，她想了许久，关于她和连宋的过去和她的未来。

她从未尝试过反抗命运。在预知梦中看到三年后她并非死于献祭，而是被庆姜杀死，令她有生以来第一次想要尝试去改变命运。她不知她是否会成功。她此前并没有细思过这件事。因即便不能成功，即便死得无价值，但那是命运，她反抗过了，反抗不了，她也接受。可如今，她不想再接受一个不能成功的结局。她希望自己无论如何都能活下去。若能活下去，她就能……

话说回来，她和小三郎不也很相配吗？虽然她辈分是大了一点点，可年纪和小三郎也差不离，再说两人都是自然神，也算是门当户对，是一桩极好的姻缘了。

虽不知小三郎对自己是何种情感，但他肯定是不讨厌她的。

还有三年，若他们能渡过那劫，若她能活下来，那他们就能有未来。

所以能不能找个借口，让小三郎等一等，这三年都不要去找什么别的仙子，也不要娶妃？

这是不是一个解决办法？

她在熙怡殿中细思良久，觉得这好像可行。

下定了决心，她就不想再拖延了，因此漏夜赶来了这里。

白玉楼前，祖媞站了好一会儿，待一曲将毕，连宋垂眼看向她，她才飞身上了屋顶。

适才乍见到祖媞，三殿下心中波澜惊动，但此时他已调整好了心态，能稳住心神如寻常般招呼她："这么晚，怎么过来了？"

祖媞在他身边坐下来，将那嵌着明珠的灯笼放到一旁，在两人之间化出了一张小几，然后将手中的乌木食盒放到小几上，打开来，取出了一只冒着寒气的白水精冰碗："我看到了夜虹，过来恭喜你炼成神器，顺便请你吃冰。"她抿了抿唇，唇似丹樱，抿出一个笑，"也是谢你傍晚送我的那场花雨，这冰碗我做的，给你尝尝。"

西皇刃邪力尽数自她体内拔除后，这张芙蓉玉面终于不再如往昔一般苍白无血色，冰肌玉肤中透出一点胭脂淡扫似的红意，昭示主人

的康健无恙。这是连宋更为熟悉的她的模样。

三殿下不动声色地收回目光，不欲再看这张熟悉得令他恍惚的脸，端起小几上的冰碗，轻描淡写道："只是不经意听到了你和菁蓉说话，知你思乡，便随手为之罢了，何须专程做一碗这个来报答我？"

她瞥他一眼，从食盒中取出了一只更小的碗和一只大银勺："谁说一碗都是给你的？你只有一半。"说着握着勺子倾身过来，是要从冰碗里分取果肉的意思。

不欲再看她，却又忍不住。如今的她，眉眼里仍含着凡世里十五六岁的她才有的那种天真，只是因长大了，神态不复从前稚气，现出了一丝清冷之意。那一世，他踏遍山河在绛月沙漠里寻到的那个她，其眉眼神色便极类此时。而此时，当她说着"你只有一半"的小气的话时，那略显清冷的莹洁面容微微含笑，清艳，又有些娇。他向来就很喜欢她含娇的模样，令他忍不住……忍不住就想戏弄她。

在她的银勺够过来时，他端着冰碗的手往后一退。冰碗自右手被换到左手，左手往后挪开，这下她只能爬到他身上才能够得着那只冰碗了。

她微微瞪眼，放下勺子，看着他："小三郎，你觉不觉得你有点幼稚？"

他就笑："这样小一只冰碗，还只分一半给我，你就不幼稚？你不仅幼稚，还小气。"

她忘记了从前，也不愿接纳从前，令他生怒。被心魔折磨得厉害时，他甚至会恨她，不想见她。却也不是真的不想见到她。当她露出这样生动的表情，无意识地接近他，连嗔怪他都带着难言的亲昵，他又如何能够招架得住呢？所有的不甘都只能埋进心底。

她对他隐秘而复杂的心思无所知觉，听了他反驳她的话，哼了一声："谁小气了？我只是觉得冰碗吃太多不好，就没有做很多。"不是很认真地瞪了他一眼，"原以为这一碗已够我们两人分食了，谁知道小三郎你吃冰这样厉害？既然你想吃一整碗，那就都给你吧。"不情不愿说完这话，又勉勉强强地催他，"那你赶紧尝尝味道如何，可合你意？"

他喜欢她这般鲜活模样，见她如此，颇觉心怡，就着眼前秀色浅尝了一口冰碗中裹了冰霜浸了糖浆的果肉。一股熟悉的清甜在口中化开，这冰碗的味道竟与她从前在小桫椤境中为他做的一模一样。他一时失神。

夜风微凉，小桫椤境中她的昔日之语仿佛响在耳旁。"我也不会做别的，但是冰碗这种零嘴就真的很拿手，你尝了可要夸我啊！"

那时他故意没有夸她，尝了一口，只问她："你怎么喜欢吃这么甜的？"

她惊讶极了，就着他的手也尝了一口，水润的眸望向他："这还算很甜吗？根本没多甜，"晶石般的瞳微微一闪，"你难道不喜欢甜？"说着便将他扑倒在玉簟上，捧着他的脸一下下亲在他唇上，"那我也刚吃过冰碗，你喜欢不喜欢我这么甜？"

当然喜欢。可彼时他没有回答她，在她恶作剧得逞，招惹了他便想要离开之际一把将她扯了下来，重重吻住了她。

那真的是一段很好的时光。

那时候，他一心以为他们还会有很多那种很好的时光。

谁知他们之间最后会是这样。

他又尝了一口手中的冰碗。

"好吃吗？"祖媞撑着腮问他。那期待的目光同多年前一模一样。

连宋怔怔地看了她一会儿，并没有回答好吃或不好吃。"嗯，我很喜欢。"他答非所问。明明说着喜欢的话，语声中却含着伤感。

但祖媞没有注意到。看他一勺一勺吃冰，她静了会儿，忽然扬手将横在他们中间的小几挪开了，坐近了点儿，偏头看他："小三郎，我想和你说一件事。"

今夜她的任务很重，在和他谈论让他迟些选妃的事前，另有一桩重要之事她需先同他说明。

连宋舀起最后一勺冰，看她一眼："什么事？"

祖媞沉默了片刻："我想告诉你，"她神色变得凝重，"烟澜并不是长依仙子。长依仙子，她其实是我的一口灵息。"

连宋放下了冰碗。嗒的一声。

那声音并不很响，祖媞却顿了一顿。她垂下了眸，刻意不去看他，将白日殷临同她所言种种飞快说了一遍，又告知了他她在锁妖塔中的所见："……告诉你这些事，是我觉得你应当知晓，而长依应该也不愿你继续将烟澜误认作她。"她语声慢了下来，"接下来我要说的，是关于长依的感情……她最后留下了一些执念，其中之一是她想让你知道，那些年在九重天上，她喜欢的人并非二皇子桑籍，其实是你。只因她知晓你本性无情……你允许神女们因征服欲而接近你，却极厌恶她们为你生情，一旦有谁向你告白真心，便会为你厌弃，所以她不敢告诉你她的感情。且她又害怕你发现她思慕你，为求万全，她撒了谎，让整个九重天都相信了她喜欢的人是桑籍。她临死之前对你说'若有来生'……那句没有说完、她也不敢说完的话，是若有来生，她想和你在一起。"

说完这些话，她才看向他。青年微垂着眸，脸上没什么表情。她不确定他在想什么。便如她同殷临所说那般，他要怪罪他们也好，无论怎样都好，都是她需面对的。她轻唤了他一声："小三郎，"问他，"你在想什么？"

这白玉楼旁种着一棵极高大的广玉兰树，一树玉兰花花繁似锦，夜风吹过，些许花瓣飘落，连宋抬头，接住一片花瓣，道："我在想，她的确了解我。她是对的，若让我知道她喜欢我，我们便做不成朋友了。"

他将那玉兰花瓣放在唇边，吹了吹，竟吹出了几声悠扬调子。祖媞惊讶地看着他。他笑了笑，抓了一片花瓣，递给她："你也想试试？"

祖媞摇了摇头。他便将那花瓣收回来，放在唇边又吹了几声。然后他停住了，拈着那花瓣，忽然没头没尾地说："我生在承平年代，孩提时被惯坏了，要什么有什么，这种日子过多了，容易长成个纨绔。虽然最后侥天之幸，我没有成为一个纨绔，但却走入了另一个极端，着了相，觉得世事无趣，万事皆空。我在四万岁时认识了长依，后来知道她喜欢我二哥，看她对二哥那样死心塌地，仿佛会至死不渝，年少的我觉得她对二哥的爱可能会是一种恒久不变之物。为了证明这一点，我救了她。而如今你让我知道了，其实一开始我想要证明的就是不存在的东西。"说到这里，他停住了，沉默了一瞬后看向祖媞，冷不丁道，"不过，既然长依是你的灵息，是你的一部分，那是不是你现在爱上我，并且至死不渝，就能证明这世上真的有'非空之物'存在了？"

祖媞有点蒙："小三郎……"

他浅浅一笑："吓到了？我只是开玩笑。"

祖媞认真地看了他一会儿，发现很难辨别他是不是在开玩笑，想了想，还是解释道："长依虽是我的灵息所化，却并非我，她是独立于我的完整存在。或许因源于我，情感上……""情感"二字她说得含糊，"多多少少受了我一些影响。但万年修炼，她修成的是她自己。锁妖塔中，我虽然看到了她的部分过往，看到了她的情感，也看到了她的执念，但我却无法与她共情。你知道无法共情是什么意思吧……"

像是担心他不懂，她打了个比喻："就譬如我曾在凡世有过十六次转世的经历，那十六次转世，如今回忆起来，俱是历历在目，那些经历，那些情绪，全是我的，所以那些转世每一世都是我。然长依的爱恨和经历不是，它们是她自己的，是我可以看到却无法感同身受的东西。彼时在锁妖塔中，遗留在彼处的灵息回到了我身体里，或许是在我体内感觉到了你种下的噬骨真言，灵息裹挟着的执念和伤痛很快便被抚平了，长依的意识也在执念和伤痛被抚平的那一刻消散无踪了。"说完这些话，她近似郑重地看向连宋，"回到我体内的灵息，便只是灵息而已,小三郎,你不可以把我当作长依,我不是她。"

青年静了片刻,拈着手中的花瓣:"当然。"他说,"当然,她是独一无二的长依。"过了会儿,又道,"我虽对她并无男女之情,但当年确然很欣赏她。长依也证明了她值得我的看重和欣赏,我的确不该把烟澜认作是她。"

祖媞默然了一瞬:"你也是被我们骗了。抱歉,小三郎。"

青年揉碎了手中的花瓣,忽然问她:"你说在凡世转世的那十六世每一世都是你,对吧?"

祖媞怔了一下:"嗯。"她指了指被他放在一旁的冰碗,"喏,如何做冰碗便是我在第十世学到的手艺,那一世我开了个酒坊。"

他点了点头,仿佛只是随意问她:"你每一世学到的新技艺都能带到下一世吗?"

她便也随意地答:"不能,因为下一次转世时,我不会再有上一世的记忆,但是学会的情感会带到下一世,因为那是刻在魂魄中的东西,无法忘记。"

他沉默了会儿,神情像是放空了:"真的无法忘记吗,用术法将它们自你的魂魄中剥离,不就可以忘记了吗?"

听上去连宋像是在同她探讨一些术法问题。祖媞顺着他的思路想了想,发现这还真的可以。"嗯。"她赞同道,"照理说可以如此,但那应该……"她微微皱起了眉,"应该会很痛。"

青年脱口而出:"既然会很痛,那为什么……"但话说到一半他停住了,揉了揉额角,"算了。"

青年的反应着实有些奇怪,她不禁疑惑:"你刚说'为什么'……是指什么?"

"没什么,"青年再次抓了片花瓣,放在指间把玩,"只是想到怎么没有谁研制一种不痛苦地剥离情感的术法。"

因青年的表情实在太过云淡风轻,祖媞信了这话,想了想回他:

"因为没有谁有这样的需要吧。"

他笑笑:"也是。"便没再说什么。

见青年不再说什么,祖媞轻咳了一声,看向他:"小三郎,我有个问题想要问你。"

青年把玩着花瓣,看她一眼:"什么问题?"

她撑腮,装出一副并不十分在意只是随口问问的模样:"我就是有点好奇,你为什么厌恶别人对你生情?"

连宋愣了一下,反应过来祖媞的问题,他轻轻挑了下眉:"也不能说厌恶。只是我不喜欢她们,所以不想应对而已。"

这个回答是祖媞不曾预料到的,她难解地皱眉:"不喜欢她们?可你明明让她们进了元极宫……"

闻她之言,连宋也撑住了腮,好整以暇地看着她:"你以为她们是因喜欢我才入的元极宫?那你就错了,于她们而言,我更像是个猎物,而这是个捕猎游戏。但她们的耐心通常又都很短暂,所以一般三五个月后,天步就会将她们送走。至于你问我为什么要允她们入元极宫……"他唇角微扬,便有了几分玩世不恭,又像是自嘲,"因为有时候我也会觉得孤独无聊吧,她们虽是带着征服心而来,目的是驯服我这个浪子,但这些都无所谓,我并不在意,她们都是绝好的称职的玩伴,我们应当算……各取所需?"

祖媞眨了眨眼,想了会儿:"所以你只是想要一个可以在你无聊时陪着你的玩伴,你其实也不懂怎么喜欢人。"

她的总结让他静默了一瞬。不懂怎么喜欢人吗?不,我可太懂了。他在心底微嘲地想,却也没有去否认她的总结,只模棱两可地道:"如今我可是很忙的,你难道不知元极宫已许多年不曾迎入新人了吗?"

祖媞心想,也不见别的神君宫中有美人来来去去,过去是你走了岔道,如今元极宫不再常迎新人这不是应该的吗?但又想,唉,过去也是他不懂事,算了。想着"算了",却又有些担忧,微抿了抿唇,问道:"如今你忙也是因大战在即,若是三年后大战结束,此劫平息,小三郎,你会又觉得孤单无聊,再去同那些姑娘们各取所需吗?"

一、二、三……她已在心底数完了十个数,但一直未等到连宋回答,不禁抬眸看向他,却发现他在走神。

"小三郎。"她轻唤了他一声。

他才注意到她的目光,视线有了焦点,落在了她脸上。"不是一些,是一个。"他纠正道。

在她露出蒙然不解的神色时,他很淡地笑了一下:"这次我想找一个我喜欢的人,然后再也不让她离开。"

"你……想娶妃了?"

他不置可否:"我的年纪也差不多到了。"

她丹樱似的唇开合数次:"那、那你这三年可别娶。"

"为什么?"他问她。

"因为……"她定了定神,在突然空白的脑子里搜寻到了此前斟酌好的借口,"因为大劫在即,时间很紧迫了,我们要为此好好准备,不是吗?"

他看着她,突然笑了一声:"你倒是时刻心系八荒。"

这像是一句调侃的话。

但他调侃得没错。她的确时刻心系着八荒,这是她的宿命,是她即便可以选择,却不能、也无法背弃的责任。

即便意识到有了七情的自己喜欢了一个人,她也不敢、不能将那人放在她的宿命和责任之前。

唯一的路,是在无怨地背负这种命运和责任的同时,努力寻求一个活下来的机会。

若她能活下来,她想得到她喜欢的这个人,拥有普通凡人们都可以拥有的、她在那十六世里也曾好奇过的幸福。

祖媞抬眸望着与她相隔不过尺余的青年。

她突然倾身过去，手碰了碰他的鬓。

离得这样近，他身上的白奇楠香丝丝缕缕钻进她的鼻，令她心跳也心惊。她的手有些颤，但那微颤的指还是在他的发上停留了片刻。然后她撤开了，于瞬息间在手中变化出了一片绿叶，呈在了他面前。

无法靠近，却想要靠近，或许这就是喜欢，或者爱。他过去也常如此戏弄她。彼时她从没想过什么喜欢或爱，只觉那是小三郎同女子们相处的一贯做派，她并不当真。当然，此时她也不会将过去他的戏弄当真，她只是推己及人地觉得，这是一种不会被对方当真，但又可以接近对方的便利行为。因此她学着他，也对他如此。他是个好老师，她也会是个好学生。

连宋根本没去看她手中的绿叶，他完全怔住了："你……"

"你头上有片叶子，我帮你拿下来了。"她回他。

她如此坦然，眉眼又如此天真，他想要怀疑，却根本不能怀疑她此举是对他别有用意。

她微嘟起红唇，朝着掌中绿叶轻轻吹了口气，那绿叶立刻变成了绿色的光点飞舞在他们身边。"小三郎，是不是很美？"她乌发如瀑，微微偏头看着他，眉眼微弯，甜得像是一个梦。

"是。"他点头，"很美。"说的却并非那光点。

他真的对她毫无抵抗力。他想。便是不愿接纳同自己的旧情，便是不能再爱上他，但他始终是唯一与她立下噬骨真言的人。她与他毫无隔阂，她这样信任他，也喜欢他，虽不是他想要的那种喜欢……可她仿佛……也够喜欢他的了。就这样，是不是也不错？

她的手放在他的掌心，过了会儿才离开，他的掌中也出现了一片叶。

她曲起双腿，头枕在膝上，就像她仍是当初那个在凡世的小姑娘，抿唇看着他笑："小三郎，你也吹一吹。"

他接过那片树叶，却没有学她将那树叶吹散成为光点，而是用它吹了一支曲子。他希望她的乐理如她在凡世时那样不好，这样她就无法听出他吹奏的是首求爱的小民谣。而祖媞果然没有听出来。

她在那悠扬的笛声中靠着他的肩，慢慢睡着了。

当她完全放松，靠着他的肩膀小睡之际，他揽过她，看了她一会儿，然后小心翼翼地在她额间印下了一吻。

因她的笑、她伸过来的手、她枕在他肩侧小睡时的平稳呼吸，心魔被压了下去，被关在了心的最深处，那些偏执在这一刻也不见了踪影。

起码这一刻，他是没有怨恨，享受着同她相处的。他想。

第二章

位于元极宫西花园丹房中的聚灵池虽是个小池,灵气却盛。

聚灵池以一池灵气滋养新成之鼎,十二个时辰后,当银鼎自湖中被取出,已是杂息尽退,唯余瑞气相环,一望便知其乃一等一的神器,稀世无双,不可多得。

知鼎成,帝君深夜来访元极宫查验神器,把玩良久,觉得挺满意,观其方寸之物却可纳乾坤,还兴起帮着三殿下给这鼎起了个挺霸气的名儿,叫无隅。

不过验鼎之夜,帝君并没有主动同三殿下坦白他已和祖媞神商议好了大家关于后续之事的分工。因为帝君很明白,由他和连宋说这事,连宋必不会心甘情愿同意,只能由祖媞开口,连宋才能吃下这个暗亏。

帝君虽然没有什么情商,但这件事他把握得很精准。

后续连宋果然没有就他们之间不公平的分工问题来太晨宫找他的碴。听重霖说,连宋很是平静地接受了他和祖媞得既寻土灵珠又寻风灵珠,在得知关于风灵珠祖媞已有所安排后,和她商量了会儿有关寻土灵珠的事,之后没多久,他就去南荒了。

帝君好奇问:"他为何会去南荒?"

重霖有幸在连宋离开九重天时见了他一面。彼时他也问了连宋这个问题。重霖回道:"三殿下的意思是,这些年咱们一直盯着庆姜,庆姜势必也一直盯着天族。九重天毕竟防范森严，魔族的探子没法插得太深，或许还不知祖媞神已在天上，但一旦她启程去丰沮玉门山，那咱们在寻土灵珠这事儿怕就瞒不住魔族了。"

帝君表示："的确很难瞒住，那他想出了什么法子？"

重霖回忆了一番连宋彼时所言，答道："三殿下说，庆姜也不是没脑子，此事应该很难瞒天过海，不过归根结底，我们只是不希望寻土灵珠这事儿打草惊蛇，让庆姜推出我们寻此物是为了对付他，所以他打算去南荒布布疑阵放松庆姜的警惕。"

帝君觉得难得连宋办事儿这么有主动精神，且这事儿一听就很复杂，其间杂务会很多，而连宋居然没来太晨宫将杂务一股脑儿全推给自己，孩子真是长大了，这很好。帝君感到欣慰，但同时他也心痒痒的有点好奇，问重霖："他有没有和你说，要去南荒布什么疑阵？"

重霖其实也很好奇，但也只能遗憾地摇头："殿下并没有和我说这个。"

帝君默了一瞬，理解地点了点头："嗯，他可能是觉得你不配吧。"

重霖："……"

鹊山山系横贯东西，绵延数千里，将青丘大殿下白玄上神的封地西南荒和魔尊庆姜掌领的南荒区隔开来。猰翼山是鹊山山系中段的一座山，山中有个隐蔽的溶洞，乃殷临、昭曦和襄甲三人碰头的据点。今日三人相聚，主要是襄甲需向二位神使传报三皇子的计划，顺便和他们商议一下接下来几人盯梢魔族的重点。

溶洞草亭中，听襄甲提起祖媞不日便将前往丰沮玉门山，昭曦的神色不太好："庆姜座下三位魔使，樊林、商鹭、纤鲽，皆是洪荒时代便跟着他又被他亲自从沉睡中唤醒的心腹。尊上苏醒，于庆姜而言是一桩大事，数月来，庆姜一直令三魔使看着姑媱。"

他深深蹙眉："姑媱常年闭山，探子无法潜入，加之我们几人潜行影踪得也还算高明，才糊弄过了三魔使，让他们以为尊上这些日一直隐在姑媱。但西荒毕竟是鬼族的地盘，鬼族虽臣服于神族，难免也有二心。丰沮玉门山又是地母沉睡之地，各族在那处都有眼线，护山大阵一动，各族便都会知晓。尊上前往西荒之事或许我们还可遮掩，但一旦她到达丰沮玉门山，这事却就不好瞒住了。"

殷临亦赞同昭曦之言，轻叩着石桌沉吟："若容庆姜那三个魔使紧咬在后头，一来怕他们给尊上使绊子；二来，倘若他们通过尊上寻土灵珠之事查探出点什么来，也很不妙。"

襄甲仙侍在外人面前总还有点正经样子，不似在三殿下跟前那样随便。"二位神使虑得不错。"襄甲肃容正色，"可巧我们殿下也觉着，祖娓神去一趟丰沮玉门山，后头还跟着三个魔使，人就未免太多了。跟一个意思意思差不多得了。故而他联络了我们太子殿下。太子殿下今日便会回九重天，去说服天君陛下与青丘联合大阅。太子殿下若顺利……当然，太子殿下自然会顺利，那么大阅即日便会开始筹备——就办在今夏，地点就定在东南荒与南荒交界之处。"

所谓大阅礼，乃考较将士的阅兵之礼，是神族演武礼的最高形式。九重天每三年办一次，青丘每十年办一次，照理说大家是办不到一起去的，但天族和青丘狐族联姻之事八荒皆知，最近又有太子殿下同白浅姑姑其实处得还不错的传闻，拣这个时候联合大阅，也的确是一桩挺合理、让人挑不出错的事。不过，将大阅的地点放在与南荒交界的青丘属地，虽也说得过去，让魔族来看却多少有些威慑他们的意思了，届时庆姜不可能没有应对。

"天族与九尾狐族将在东南荒联合大阅，消息一旦放出去，庆姜魔尊就不可能坐得住。届时，魔族定然也会列军于南荒与东南荒之交以防范神族。而照魔尊的谨慎多疑，此事一开始便会派心腹跟进，且就算派七君出兵，他也绝不可能让他并不信任的座下七君自行领军，定会派人随军都监。"襄甲娓娓道来，"樊林魔使稳重，是个难得的将才，监军之职必会由樊林魔使领受。如此，待祖娓神前去丰沮玉门山，跟在她后头的魔使便能少一位了。至于商鹭魔使和纤鲽魔使……"

襄甲话到此处，殷临已完全明白了连宋的考量，接口道："至于这二位，若让他们都跟在尊上后头，也是很让人吃不消的一件事，所以最好还能再引走一位。"

襄甲一笑，微微屈身，恭维道："我们殿下赞尊者敏锐过人，一点就透，此言果是不虚。殿下的意思是，纤鲽和商鹭二位魔使中，纤鲽还算是个聪明人，但正因她是个聪明人，所以也有聪明人或多或少都会有的毛病——甚为自负。我们有许多事不能让魔族知晓，庆姜魔尊处自然也有许多事不愿让我们知晓，譬如二十多万年前他失踪的原因和四年前他突然归来的目的……殿下说，与其被动防守，不如主动出击，若两位尊者做出欲探查庆姜魔尊这些秘密的模样……自然，以尊者们的身份，探查这些也很合适。相信到时候，纤鲽魔使自会主动请命来盯防您与昭曦尊者，毕竟这个任务听上去，比盯梢为了寻女娲娘娘托付给姑媱的旧物而前去丰沮玉门山的祖媞神，要难得多了。"

昭曦眉心微动，问襄甲："说尊上为了寻女娲娘娘托付给姑媱的旧物才前去丰沮玉门山……这是何意？"

襄甲没想到他说了半日，昭曦就关注到这个。殷临看了他俩一眼，代他回答了昭曦："应是三皇子放出的传言。同是洪荒神魔，庆姜对尊上的了解多半还停留在洪荒时代。在庆姜眼中，尊上应是个遗世独立、不问尘事的性子。如此性子的尊上有一日竟插手尘事了……那就必得有一个极好的理由才不致使庆姜生疑。三皇子找的这个借口，是个好理由。"

襄甲也忙颔首："正是正是，说女娲娘娘曾有一物托付给姑媱，姑媱却保管不力，以致那物失窃，多年来一直不曾寻回，如今尊上醒来，得知宝物失窃，亲自出山寻找，也是顺理成章。如此，三魔使便可去其二。留一个商鹭跟在尊上后头，完全不足为惧。商鹭此人，才能和性情都不出挑，办事也是中规中矩，耳根子还有些软，摆弄他比摆弄其他两位魔使容易多了。"

昭曦静默了片刻，不赞同道："商鹭么，只能说不那么多疑，但要说他轻信也不至于。"他淡淡看了襄甲一眼，"你家殿下再是长袖善舞，我也不信这样短的时间内他能取得商鹭的信任，进而将商鹭玩弄于股掌之中。"

　　襄甲点头，好脾气地笑着解释："那的确很难，不过商鹭魔使好琴，他有位常与他斗琴的知音好友，叫作瞿凤。这个叫瞿凤的魔，因智高、琴艺又好，很得商鹭信重，在商鹭面前也说得上话。殿下的意思是，何必费心再捏造个什么身份接近商鹭，用瞿凤的身份就可以。"轻咳了一声，难得有些赧颜，但赧颜中又含着一丝微妙的自豪，"因我们二十四文武侍中没有谁有瞿凤那样高超的琴技，扮他容易露馅，故而殿下决定亲自出马。我们这些侍从虽力有不济扮不了瞿凤，但我们殿下扮一个瞿凤却是绰绰有余的。"

　　昭曦在凡世轮回时，曾做过背负一统十六夷部大业的丽川王世子，对探子细作这类角色自是熟悉，十分明白培养一个暗探有多不易，以及一个好探子、好细作有多难得。他并不相信连宋能够胜任此职。

　　说到底，他还是对连宋有偏见，认为这位三皇子虽有几分本事，但生性闲散，又玩世不恭，非是能成大事者；元极宫虽有擅打探消息的美名，那也不过是因三皇子有个溺爱他的做天君的父亲，赐了他一帮有能为的属臣罢了。

　　昭曦没有掩饰自己的不以为然，嗓音微冷地提醒襄甲："三皇子打算对瞿凤取而代之，利用瞿凤的身份掌控商鹭进而糊弄庆姜，这的确是一则省事省力之计，但暗探这等活计却不是谁法力高强谁便能干得了，你们三殿下并不像是……"

　　今日来一直好脾气的襄甲微冷了脸色，打断昭曦的话："昭曦尊者这是何意？是不信任我们殿下吗？"襄甲冷笑一声，抬手向东天一揖，"尊者可知，元极宫最厉害的探子并非我这个文侍头儿，也并非卫甲那个武侍头儿，而是我们殿下。元极宫二十四侍，皆是四万年前由殿下亲自遴选，亲自调教，我们会的殿下无一不精，所以殿下想要扮谁便

必能扮得妥当，尊者着实不必忧心！"

昭曦面露震惊，一时没有言语。

殷临其实也有些惊讶，但表情尚算淡定。他思量了会儿，觉得连宋这番安排的确很是妥当，没什么好补充的了，假装没有注意到昭曦与襄甲之间的紧张气氛，在一片静默中一锤定音道："如此甚好，我同昭曦去迷惑纤鲽，商鹭便交给三皇子，太子殿下则负责筹备大阅礼，我们没什么异议。"又道，"想必三皇子已开始行动了，我们也不好落下，便告辞了。"

襄甲肩负重任而来，总算没有辜负三殿下的交代。他松了一口气，朝殷临礼了一礼："神使请。"

九日前，将无隅鼎送去太晨宫后，祖娌和连宋约好了分头行事。连宋去南荒搞定魔族，祖娌去地母女娲沉睡之处——西荒的丰沮玉门山寻存着女娲元神之力的土灵珠，待连宋南荒事毕，再来西荒同她会合。

三殿下临行前领着祖娌往帝君的藏书阁走了一趟，将包括丰沮玉门山在内的百里八乡的舆图和异族志全找了出来，垒成几大摞搁在她面前，让她翻完了有个准备再去西荒。

守书的粟及目瞪口呆地看着那几摞书，觉着三殿下是不是有点夸张，去丰沮玉门山寻个宝而已，看那么多舆图真的有必要？但祖娌觉得无所谓，送连宋离开九重天后就老老实实待在太晨宫中看起书来。

帝君路过，看到这个阵仗，疑惑地问重霖姑媱是不是打算趁着去丰沮玉门山寻宝顺便把鬼族给灭了。重霖老老实实回答，说那是三殿下担心祖娌神此去西荒危险，亲自给她找的书，目的是让她对丰沮玉门山有个谱，如此他也安心。

帝君沉默了片刻，不太能理解："祖娌修习疗愈类术法，与同时代的洪荒神魔相比，她的确不算很擅战。但洪荒神魔如今只剩下悉洛、庆姜、本君，再加上一个她罢了。只要她不和庆姜对上，她能遇到什么危险?"

重霖也无法回答这个问题,只能说:"祖媞神看得很快,想必再过两日便能看完了,也不会耽误去西荒的日程。"

祖媞看书的确快,连宋离开不过七八日,她已将面前几大摞舆图和异族志全翻完了。

放下最后一本舆图,她正筹算着是今日下午就带霜和、菁蓉和连宋留给她的天步去西荒还是明日再去,常跟在天步身旁的一个叫灯灯的小仙娥忽然急惶惶通禀入内,带来了一个让她半晌没回过神来的荒唐消息。

九重天上监察诸神之署叫兰台司,兰台司下又分三院:台院,殿院,察院;台院上察天君,殿院监察九天诸神,察院下察下界诸仙。

说今日凌霄殿朝会上,兰台司殿院里一个叫虞英的仙君当着九天诸神的面参了三殿下一本,斥三殿下仗着身居高位便行事放纵、荒唐不羁,强占小妖笛姬致其有孕,却不欲身份低微的小妖诞下天族子嗣,对其一再迫害,可谓败德辱道,恶劣之至。此奏本一出,朝会一片哗然。天君立刻派了两个殿前侍卫前去元极宫传三殿下与小妖笛姬。无奈三殿下这些日并不在九重天,而笛姬竟也莫名失踪了,两个侍卫不敢空手而归,商量一阵后,领着元极宫的掌事仙娥天步回了凌霄殿。

小仙娥灯灯攥着裙子心急如焚:"天步姐姐说那虞英仙君一派胡言欺人太甚,可殿下不在,也寻不到笛姬,不知究竟是怎么回事。但也不能任由那虞英在诸神面前信口雌黄,因此她先去凌霄殿走一趟,让奴婢赶紧来寻尊上,"说着这些话,一直是三殿下忠实拥趸的灯灯眼眶有些发红,不知是怒的还是委屈的,"还请尊上为我们殿下做主,我们殿下虽有个风流之名,可风流之名同污名却是两码事,万不能让恶人趁着我们殿下不在,便把这等污名扣在殿下身上!"

祖媞皱眉消化了一阵灯灯所言,抬头时,见小仙娥仍是一脸愤懑,安抚地拍了拍她的肩:"不是大事,先回宫再说。"说着先一步向外走去。

灯灯已慌了大半日，听闻祖媞此言，再看她脸上表情的确很冲淡平和，也莫名安稳了下来。

三十二天天之正中屹立着一座金云为盖白玉为墙的雄浑宝殿，正是天君召臣子们开朝会决议要事的凌霄殿。

今日凌霄殿上的朝会虽不是什么大朝会，但满天神佛，该在的也基本上都在了。

天步上殿已有一刻。在与虞英仙君的对峙中，她差不多厘清了这位仙君对三殿下的参本，以及他一大早参她家殿下的因由。

照这虞英仙君自述，他是在一个多月前于千花盛典上路见不平，为彼时被几个神女仙子欺负的笛姬出头，而因此结识了笛姬。后来他去十二天办事，又同笛姬照过几回面，结果三次有两次都看到她在被人欺负。他可怜笛姬柔弱性子软，被人欺负了也不敢吭声，便帮她教训了几回欺负她的人。之后笛姬便开始信任起他来，再遇到什么难事也愿意来寻他求援。

说昨日傍晚，笛姬忽来叩他府门，央他助她逃离九重天。他欲询何故，笛姬却忽然晕倒。他赶紧去药君府请了一位医正过府，医正看诊后，查出笛姬竟已有孕，人晕过去乃是因这几日受了虐待导致胎像不稳。笛姬醒来后，在他连连追问之下方泣涕告知他，说她被三殿下强占了，腹中有了仙妖之子，但三殿下轻鄙她小妖出身，得知她有孕后大怒，吩咐健仆强给她灌药，欲使她落胎。然她素来体弱，如此落胎恐性命不保。她与那健仆周旋数日，骗过了那仙仆，让那仆从以为她乖乖服下了落胎药，趁着仙仆守备松动时，才拼命逃脱了出来。

虞英说自己听闻此事后极是震骇，只能先将笛姬藏起来，哪知今晨大早却发现笛姬不见了。因想到或许是元极宫查知笛姬出逃，派人潜入他府中将笛姬带走了，若是如此，笛姬可能凶多吉少，故他才在早朝之时将此事在凌霄殿中揭开。

天步听完虞英所述，只觉荒谬荒唐。若虞英所言非虚，那便是他被笛姬给蒙骗了；但，又焉知不是虞英与笛姬共谋捏造了此事来抹黑陷害殿下？两者究竟哪一种更有可能，着实难判。

这些时日二十四仙侍皆散在八荒办差，宫中不过留了些普通仙侍伺候。但元极宫里，即便是普通仙侍也比旁人宫中的警醒许多，却没有一人注意到笛姬与虞英私下有交，也令天步颇为心惊。可见笛姬心机过人。

而笛姬有如此心机，自己却在最初的几天监视之后便相信了她柔弱老实，之后对她更是毫无防范……她怎能失职至此？

天步在袖中握紧了双拳，尽量保持平静，回应虞英："虞英仙君身在殿院，肩负监察诸神之职，参奏诸神乃本分，但仙君怎可听信一个小小乐姬的一面之词，不经查实，便将污水尽皆泼到我家殿下身上？"

虞英皱眉，没有回答天步，只向天君一拜："陛下以仁心治天下，曾亲言'生灵并无贵贱，五族本是一家'，以此教化神族臣民。微臣牢记陛下教诲，笛姬虽只是元极宫一乐姬，但微臣并不视她为卑贱，也不认为她的命应被随意践踏。乍闻她身上发生此种耸人听闻之事，微臣本也想将事查明了再奏闻陛下，可笛姬却突然失踪，这着实令微臣担忧，思量之下，不得不贸然先行上奏。"

话到此处，一瞥天步，再拜天君，做出一副刚强纯直之态，不卑不亢地继续："且恕臣直言，此事若牵连的是其他神君，的确令人不可置信，但三皇子素有风流之名，笛姬对他的一番控诉又是言之凿凿，故微臣不敢不听进耳中两分。若微臣有过错，只请陛下责罚。"

天步唇角绷得平直，心想不愧是兰台司出来的，当着天君的面参他儿子竟丝毫不惧，话又说得如此滴水不漏，便是天君有心偏袒幼子，此情此景，又还能说什么？

天步满心是怒，却也不敢意气用事，努力压下心中怒意向天君及位位仙神解释："笛姬本是南荒一无主小妖，我家殿下路过南荒时，遇到她被几个魔族欺凌，顺手救了她，见她无处可去，甚为可怜，才将她带回元极宫，安排她做一个乐姬。笛姬入元极宫后，她的一应起居皆由奴婢照应。奴婢可发誓，元极宫从未亏待过她，至于虞英仙君说什么笛姬曾在十二天饱受欺凌，又说什么三殿下强占了她，还拘禁了她，更是无中生有之语。寻到笛姬，让她与奴婢当庭对质便知。至于她腹中之子是否是仙妖之子，又是否是三殿下的子嗣，"天步止不住厌恶地一皱眉，"人找到了，或许现在无法验出，但待那孩子再长大些，斗姆元君处自是有办法能验得出，岂可容有心之人肆意污蔑我们殿下，甚而混淆皇族血脉！"

天步态度强硬，一席话铿锵有力掷地有声，眼看原本已有些相信三殿下的确如此荒唐的仙神们面容上有了欲重判此事的不确定之色，虞英冷冷一笑："仙子并非三皇子本人，又怎能尽知三殿下的私密之事，倒也不必含沙射影微臣便是那个有心之人，所奏俱是污蔑殿下了。"说到这里，仿佛也动了气，冷哼一声，"还说什么希望能寻到笛姬，仙子果真希望笛姬被寻到吗？说不准，元极宫早已将笛姬处置了吧！"

虞英此言一出，座上仙神彼此交换眼色，似是疑心又起。

天步被气得仰倒。

这虞英仙君也算个老熟人了。这也不是他头一回参三殿下。

平日里这位仙君倒也算是个持正不阿的仙君，唯独参起她家殿下来总是以白诋青，天步也知是怎么回事。

虞英仙君之父乃三十三天天树之王昼度树的守树神君商珀神君。

这位商珀神君，是个有些传奇的神君。身为凡人，商珀仅修了三世便证道成仙，其根骨之好，悟性之高，连帝君都赞过几句。

三万五千年前，商珀神君得道飞升时，正值前任守树神君羽化、昼度树为自己挑选新任守树人。照理说这两件事八竿子打不到一块儿去。须知昼度树这位天树之王排面极大，几十万年来，无不是从五品以上的神君里为自己挑守树人的。

然不知为何，这一回，昼度树却挑中了刚被封为九品仙人的商珀仙君做它的新任守树神君。

一介凡人仙君，初上天，就从一个九品小仙连跳六级，封君赐宫，做了新一任的三品守树神君，这事着实稀奇，在三万多年前的九重天还好生热闹过一阵。

可以说，正是因有商珀神君居坐天树神宫，千年后，他留在北荒凡人之国的独子虞英修士以凡躯证道登天后，才能以九品之身直入兰台，且在兰台司多得重用。这也可说是靠着他父君的荫庇年少得志了。

但不知为何，这位年少得志的虞英仙君却像是很看不惯她家三殿下，仗着兰台司监察诸神，上天没两年就参了三殿下好几次。

她家殿下为仙虽肆意，却一直很有谱，肆意也肆意得有度，所以这位仙君参她家殿下也只能参些皮毛问题，譬如斥她家殿下游戏八荒，行止纨绔，不修身，不明德……什么什么的，总之都不是很要紧。

天君宠爱幼子，不是很理会这些。虞英仙君便更是不满，认为天君对她家殿下溺爱太过，因此总追着她家殿下跑，殿下一有什么破格之举，他便要在后头参殿下一本。

好在她家殿下也不太在意这些。

但天步却很烦虞英，觉着老被这么追着参很讨厌，故而有段时间她认真查过虞英。

商珀神君与虞英并非十亿凡世的凡人，乃是五族杂居留下的人族混血。人族混血建立的几十个凡人小国皆立于北荒，为玄冥上神所庇护。天步的手没法伸那么长，北荒的事她无法查太多，但她查到了一件事：商珀神君与虞英仙君这对父子的关系，实在很一般。

商珀神君隐在三十三天天树神宫灵蕴宫，除非天树有异示，一般不太出灵蕴宫，他们很难见到这位神君也就罢了，听说虞英这个儿子登天，商珀神君竟也不曾有表示，三万多年来，两父子还从来没有见过彼此。

探得这个消息后，天步得出了一个结论：虞英仙君看不惯她家殿下，老是参她家殿下，或许是因嫉妒她家殿下与天君父子情深……想到可能是这个原因，天步倒也烦不起来他了，还对他有所心软。再加上后来三殿下也发话了，让她不用理会虞英，天步就彻底将虞英撂开了，心中认定他只是别别扭扭小打小闹，成不了什么气候。

却不想今日，这个她认定成不了什么气候的虞英，却给他们来了一刀狠的。

天步此时真是追悔莫及。

凌霄殿中，虞英与天步互不相让。

就在彼此僵持之际，天君派出去寻找笛姬的侍卫回来了。带回了一个令他们始料不及的消息。

笛姬死了。

十二天之西有诛仙台，诛仙台附近有黑潭。黑潭之水，能溺仙神。据侍卫呈禀，他们便是在黑潭中寻到笛姬的，寻到之时，人没了气息，魂也散尽了。药君亲来对那尸身查验了一番，证实笛姬确已有孕，死因是溺毙，溺毙了约四个时辰。

那侍卫刚呈禀完毕，虞英便失控斥道："定是三殿下为遮掩丑事杀人灭口！"

座上众仙面面相觑。

天步心中狠狠一沉。笛姬没了，便是死无对证，天君绝无可能凭虞英的一面之词便定三皇子的罪，判虞英诬告方是正理。笛姬之死，看上去仿佛对三殿下有利。可问题是，此事已闹得这样大，天君如何判是一回事，众仙心中如何想，又是一回事。便是天君判了虞英诬告，众神私下里难道就不会对这段公案有所看法？与三殿下熟悉的仙神自明白此事不可能是三殿下所为，但其他仙神呢？或者似虞英这般原本就对三殿下存有妒恨之心的仙神呢？难道就要让他们从此后有机会贬低三殿下，有机会高高在上地、将从前他们根本没机会够到的殿下踩进泥地？

天步恨得齿关颤抖，猛地发难虞英："欲加之罪，何患无辞。从方才开始，虞英仙君便一直自说自话，欲凭一面之词给我家殿下定罪。"

天步冷笑，"难道这便是兰台司的行事之道？从今往后，兰台司是不是打算不靠证据，仅凭属官们一张嘴，便将你们看不顺眼的仙神尽皆拽落神坛，便是定不了他们的罪，也要搞得他们名誉扫地，声名狼藉？"

天步一席话去势汹汹，便是虞英也有些招架不住，但他也没有退却，肃着一张脸向天君和众仙一拜，仿若刚正地自剖心迹："微臣只是觉得，笛姬昨日才逃离了元极宫，同微臣说了元极宫迫害她，今日便被溺死在了黑潭之中，这未免太过巧合。忍不住怀疑三殿下是微臣一时情急，但也是合情合理！"

座上诸仙神听两人打嘴仗打了这许久，也是各有各的想法。除了兰台司诸仙因当的是谏仙，喜欢同天君唱反调外，大部分仙神还是想卖天君一个面子，尽早将这事了结了。可此事发展到目下竟是迷雾重重，越来越不明朗，此时帮三殿下说话未免显得谄媚，故而大家皆选择了眼观鼻鼻观心，不表露意见。

凌霄殿上，一时竟只有天步与虞英唇枪舌剑，你来我往。

自笛姬这事在朝会上闹起来，慈正帝便冷了脸色，一直也没几句话，大家都揣摩不出他在想什么。其实慈正帝没想太多，他就是头很疼。说小儿子与什么美丽小妖春风一度，使那小妖有了孕，慈正帝是信的。幼子风流，什么荒唐事没干过，现在才搞出个孩子来为难他，慈正帝甚至还觉得有点受宠若惊。但要说他会为此而造杀孽……慈正帝却实难相信这会是虽然荒唐却一向有担当的幼子所为。

小儿子幸了个乐姬，不过就是桩风流韵事，但若是为此杀人，那便真如虞英所参，是败德辱行了。此事若不彻查，草草了之，必会使幼子声名受损……慈正帝揉了揉额角，终于开口，沉声下令："此案疑点颇多，便令……"正在思索将此事交由谁查探最为合适，殿外仙侍却高声宣示，说东华帝君莅朝。

慈正帝下令的声音停住了。

听闻帝君莅朝，众仙皆肃容起身，目视帝君入内在自个儿的玉席上坐下方重新入座。有二三心思有异的仙者一边撇嘴一边在心里庆幸：幸亏方才没有对三殿下落井下石，否则此时就不好收场了。但帝君此次竟非一人前来，还带了一男一女，也令他们颇感好奇。

帝君并没有着意介绍随他入殿的二位是谁。他将自己的玉席让了半席给身旁戴着面纱的女仙，然后指了指站在殿中向天君行礼的男仙，只简单同天君道了句："霜和好像有封信要给你。"

此时，诸位才想起来，这位面容秀丽的男仙，竟是数月前曾在这凌霄殿上与他们有过一面之缘的姑媱山的霜和神使。

天君的目光在帝君身旁停留了片刻，蓦地恍然，但见帝君神色平静，似乎并不想多言，他也就没说什么，只看向霜和，捏了捏鼻梁，有些心累道："此时本君正在审有关本君那孽子的一桩公案，神使有什么事，稍后再议不迟。"

霜和很是自来熟："哦，这个无妨，小神手中这信正是与您那孽子……""孽子"二字刚出口，便接收到了坐在东华帝君身旁的自家尊上的凌厉眼刀，霜和吞了口口水，立刻改口，"呃，正是与三殿下相关。"他扬手一翻，展开那信，"这是在笛姬房中找到的。"说着转向与他隔了好几步的虞英，"听说这位仙君称笛姬有孕，而她腹中孩子是三殿下的。"霜和笑笑，做出一个不解之态来，"可怎么笛姬这封亲笔信里写的却是，她所孕的，乃是仙君你的孩子呢？"

此言一出，殿上一片喧哗，座中仙神无不震惊。

虞英完全愣住了，良久，铁青着脸看向霜和："你血口喷人！"

霜和耸了耸肩："我可没有。"一抬手，施了个小术法。那信中字迹放大数倍投在了半空中。

霜和煞有介事地指着半空中的娟秀字迹点评："你看，她可是亲笔在这信上写了你俩早已相识。说你三五年便要过一次若木之门去一趟十亿凡世,她便是在你上一次入凡之时与你有了腹中孩子。"霜和叨叨地,"听说你们兰台司的神仙,因需监察掌管凡世的诸仙,故而的确时不时便要入凡一趟。"他摸着下巴道,"那笛姬在信中指认你,也可算是有理有据吧。"又道,"且方才我们在门口碰到药君,药君说笛姬已有孕两月余。没记错的话,一个多月前三皇子才将她救下带回元极宫来。这么算下来,笛姬有孕乃是三殿下所为的可能性实在是很小,而你两个多月前是否入凡,司门司的载录簿子却定然是有所记录……"

虞英仙君双目蕴火,愤怒地打断霜和的话:"两月前我虽入凡了,却是为公事,并未见过笛姬。"他咬牙驳斥霜和,"我的确是在千花盛典上才初识笛姬,彼时神使不也在现场?依神使看,我和笛姬难道像此前便认识?你们欲为三皇子脱罪,却也不用胡乱杜撰一信,如此污蔑于我!"虞英虽称霜和为神使,但因此前霜和以姑媱神使的身份造访天庭时他正好不在天上,并未见过霜和,故并不知霜和乃姑媱的神使,只是听天君如此唤他,便也如此称他罢了。

而霜和,他方才能说出那样条分缕析的一席话来,其实全赖祖媞事先教导,此时被虞英一驳,就有点不知该说什么了。霜和就是这样的,打架是很行,但脑子不太灵活,幸而场上还有一个天步脑子转得快。

天步轻蔑地看向虞英:"焉知彼时你二人不是做戏?真相究竟如何还不够明朗吗?不过就是仙君你乃凡人成仙,本需断情绝欲,却与笛姬有了孩子,见笛姬找上了门,自然不能让她坏了你的大好仙途,故设计谋害了她,且贼喊捉贼,将此事嫁祸给了我们殿下罢了。幸而笛姬对你的狼子野心早有所察,预先写了这封信藏起来。"天步冷笑,"若我家殿下真有占美之心,元极宫来往美人千百,殿下早不知同多少神女闹出这种纠葛了,还轮得着笛姬!不过虞英仙君,你倒果真是好谋算,又兼俐齿伶牙,我们殿下差一点还真就被你拖下水了!"

天步横眉怒目,气势逼人,且所言自成道理,虞英终于招架不住,连佯装镇定也不能够了,慌乱辩解:"我没有,这只是笛姬一面之词……"

天步再次冷笑，逼近两步："的确只是笛姬一面之词，可仙君参奏我家殿下，不也只凭了你一面之词吗？"

面对天步的诘责，虞英面色惨白，一时竟是哑然，半晌，嘴唇嚅动了几下："我、我可以以命起誓，我是被冤枉的。"只能如此辩解，可见已是走投无路了。

天步哼了一声，欲再接再厉再说点什么，玉席上却有清润之声忽然响起："被人冤枉的滋味不好受吧？"声音似被云雾裹着，有些失真，却令人不可忽视。是在问虞英。

虞英茫然抬头，望向声音来处。声音来处是帝君身旁。

众仙也皆看向帝君身旁。

帝君身旁的玉席上，女子斜倚凭几，单手轻托住腮："亏得小三郎不在，不知仙君如此冤枉他。否则明明受了冤枉却百口莫辩，他该有多难受呢。就像仙君此时。"

女子的声音明明很温和，也没什么责难之意，然其所言却像在虞英耳边敲响了一只洪钟，震得虞英头脑一片昏然。他愣住了。

座上诸仙的目光良久地停落在女子身上，见女子乌发如瀑，长裙漪漪，装扮甚有古意，而帝君将玉席分她一半，她又唤三殿下小三郎……这世间够格与帝君同坐一席，又敢毫不在意唤三皇子为小三郎的女神……诸仙众又还有什么不明白，心中皆是一突……可那位，同帝君不是同世代之神吗？即便美，不也该是个花信年华的沧桑美人吗？却为何是这般蛾眉曼睩，亭亭之姿，宛若少女？想起修史的史官们当初竟是参考着三殿下母后的模样为这位尊上做绘像……那可能是画得有点太成熟了，说这位尊神是三殿下的妹妹他们也信啊！大家简直要屏住呼吸了。

大殿中，虞英愣了一会儿，因方才心神大震，没有立刻察知女子的身份，但他想起了曾在何处见过这女子："你、我曾见过你，"他不由开口，"就在千花盛典上，彼时你说你是笛姬的主人。"

女子颔首:"也说不上是笛姬的主人,毕竟我与她并未结契。"话到此处,顿了一顿,"当日在南荒,其实是我让小三郎救了她,将她带回了元极宫。否则凭小三郎的谨慎,怎会将来历不明之人收入宫中。不过看我欣赏她的笛曲,予我一个方便罢了。哪知却给自己带来如此祸事。如此说来,却是我害了小三郎。"

众仙神色微动,靠着彼此的眼神鼓励压抑住了心中的波澜汹涌。这意思是,这位尊上一直住在元极宫,和三殿下住在一起?这又是怎么回事?

虞英倒是没有什么八卦之心,闻言三分不甘,七分惨然:"他有什么祸事?不是最后,都被你们推到我头上了吗?"

女子淡淡:"谣诼诬谤,非我所欲,小三郎是无辜的,我自然为小三郎说话,仙君因私怨而中伤小三郎,如此行事我虽不喜欢,但仙君是冤枉的,我也愿为仙君正言。"

虞英猛地抬头,不可置信般:"什、什么?你愿为我正言?"

殿上仙神们相视而看,事情发展到这一步,大家都糊涂起来了。连帝君都放下了茶盏,挑了挑眉。

女子却没有说话,只将目光投向了殿门处。

就在这时,重霖仙者领着太晨宫中的两个仙侍并天君的两个侍卫将一张冰榻抬入了殿中。那冰榻上躺卧了一个面色青白已无气息的美人,正是笛姬。

一行五人将笛姬放在大殿中央,向天君和帝君各施了一礼,天君抬手免了他们的礼,重霖便领着几人站到了一旁。

帝君给自己续了一盏茶,目光从那冰榻上掠过,轻叩了叩桌子,向祖媞:"我见你方才在丹墀下对着笛姬的尸身看了有一会儿,是果真看出了点儿什么?"

帝君有此一问,并非同祖媞唱双簧做戏,他是真不知道这是怎么回事。半个时辰前,司命星君遭仙仆给太晨宫传了封信,收到那信,他才带着重霖匆匆赶来,想看看这到底又是在搞什么。结果就在凌霄殿的丹墀下碰到了在那儿查验笛姬尸身的祖娖。

站那儿的祖娖其实也才来没多久。

巳时左右她听了灯灯呈禀赶回元极宫时,天君已派下侍卫掘地三尺寻找笛姬,她不好掺和,但又觉笛姬身上疑点颇多,便领着菁蓉霜和并元极宫几个机敏的仙侍将笛姬的居所和常盘桓之地皆查了一遍。就寻到了笛姬那封信。接着又听说笛姬的尸身找着了,已送去了凌霄殿。她便带着霜和来了凌霄殿,也顺便来看看笛姬的尸体。

她原本是不打算在凌霄殿上露面的。想着霜和曾来过一次凌霄殿,在天君面前也算混了个脸熟,他带着那封信上殿,殿上又有伶俐的天步在,应该也能为小三郎洗刷污名了,她在不在其实无所谓。结果看了一阵那妖尸,又同一直守在一旁的药君聊了两句,她才发现,这事不太简单。

恰巧这时候帝君带着重霖匆匆赶到,看到她,愣了下,招呼她一起进去。她想了一瞬,吩咐了重霖两句,便跟着帝君一起进来了。

此刻,四座皆静,皆等着座上这位尊神答疑释惑——她到底从这具妖尸中看出了什么。

"此妖尸并非笛姬,不过是个精致人偶,傀儡术罢了。"祖娖单手托腮,缓缓开口。简单一句话落地,直如巨石落池,池面乍裂,水花迸溅,激起千万重涟漪。众仙再也绷不住,虽不好交头接耳,彼此的眼神交流却也足够精彩了。

祖娖并未将众仙的反应当回事,兀自一点一点梳理:"笛姬失踪了,失踪前留下了一封信,指认虞英仙君才是她腹中孩子的父亲,接着,一个逼真得可以假乱真的人偶便溺死在了黑潭之中。"梳理到这里,祖娖停住了,眸光掠过殿中那具妖尸,她换了只手撑腮,"也是我多事,想着她既然有孕在身,照理说临死时出于本能,必会分离出一丝妖力护持胎儿,故对她施了追魂术,想看看她腹中胎儿可还有救。结果追魂入体后才发现,她体内一丝妖力痕迹都没有。再则,"她微微皱了皱眉,"正常的妖,身死四五个时辰,或许魂魄会散尽,但尸身中终归还会留下一点生前的气息。可这妖尸的体内也并无这样的气息,这不是个人偶又是什么呢?"

帝君喝够了茶,终于舍得动脑子,听到此处,又还有什么不明白的。

九天之上能够使得出追魂术的神仙虽不多,也不算少。但既然药君都没察出那妖尸有什么问题,诸位天尊自然也不会多管闲事施用追魂术对一个小小乐姬的妖尸追魂入体。便是他,对这事的耐性也只够他将连宋择出来,查验笛姬的妖尸……他是没那闲工夫的。如此看来,要不是祖媞插手,大家多半会认定黑潭中溺死的乃是笛姬本尊,然后……兰台司那个小仙君就要倒大霉了。

想到这里,帝君看向了虞英。他先公允地赞了笛姬一句:"这个小乐姬不错,擅谋擅算,自导自演得还挺是那么回事。"然后才有些好奇地问虞英,"不过她仿佛是冲你来的,你到底怎么得罪她了,让她如此恨你?"

虞英也不是没脑子,听到这里,也明白了是笛姬算计他。"小臣、小臣亦不知与她有何恩怨。"他心底极乱,理智上知帝君说得没错,这一切皆是笛姬自导自演,但心底却着实不愿相信那个楚楚可爱令人生怜的笛姬竟是恨他的,"她那样柔弱,性子温暾温软,说她行了如此恶毒之事,我始终……"他自己都不知自己在喃喃什么。

听着虞英的喃喃,霜和只觉他是得了便宜还卖乖,重重一哼打断了他:"你说这话又是何意,意思是尊……呃,是说我们冤枉了笛姬是吗?哼,凡为上神,皆可施用追魂术去查验此妖尸是否为笛姬正身,你们九重天总还是有几个上神吧,若不信我们主……"意识到称祖媞"主上"也同样会暴露祖媞的身份,哽了一下,"若不信我、我们,那就请天君当庭下令,再找人对这人偶施一次追魂术验验看咯!"

虞英苍白辩解:"我不是那个意思。"

这事审了一早上,眼看审到此时已拨开云雾要见月明了,天君也不愿再节外生枝,及时地轻咳了一声,道:"追魂术原本便是祖媞神开创的法术,九天仙神在上神面前施追魂术,皆是班门弄斧。上神既已屈尊以此术验了这妖尸,得出的结论自然不会有错,想必在座诸卿也不会有什么异议。"

天君此言一出,虞英蓦地瞪大眼,难以置信地望向那高台玉座。他也不算寂寞,有几个末等小仙此时也同他一般一脸震骇。不过大部分仙者因早有预知,还是比较稳得住,保住了凌霄殿的体面,显得他们九天仙众都见过大世面,不太咋咋呼呼。

天君既挑明了祖媞神的身份,众仙自当起身相拜。殿内一时朝拜声大起。

天族大礼,推是不好推的。祖媞常年隐世,大场合参加得不多,并不经常受礼,不过她也不觉众神拜她有什么稀奇。坐那儿受完了礼,在众仙叩首之时,她微微皱了皱眉,当众仙相继入座后,她却已仿佛无事了,眉眼弯弯,温和一笑:"小三郎与我同属自然神,自然神之间自古便亲近,他邀我来九重天欣赏千花盛典,顺道住些时日与东华帝君研讨佛理。此算是因私来访,故而本也未想惊动天君和诸位天尊,只是没想到今日遇到了这等事,以至在此等场合下面见诸位,是我失礼。"

天君与几位九天真皇只道不敢不敢。

东华在一旁将祖媞从头到尾的表情看了个通透,闻她此言,又瞥了她一眼。他知她如此说,其实并非说给天上诸仙听,而是说给魔族的探子听。此前她听了他的招呼随他入凌霄殿时,应该就没想过再瞒身份,那时候,她心中必定已有了计较。

帝君挑了挑眉,喝了一口茶,突然发现祖媞和连宋其实有很多共通处。譬如在细微之事上的周到谨慎,二人真真如出一辙。

事情到最后,天君一锤定音:此乃笛姬作祟,意欲在天庭掀起风浪,但为何她要在天庭扬风掀浪……因由可大也可小。

天君遣了贪狼星君彻查此事,又判了虞英罚俸降职,算是将一场闹剧了结了。

在这闹剧了结的次日下午,三殿下从南荒赶回了九重天。

第三章

第三十三天喜善天乃九重天众仙公认风景最好的一天，轮到休沐日，小仙们大多爱去这一天闲逛。

不过祖媞觉得比之三十三天，第七天的风景更好，她推测多半是因这一天的景点灵气太盛，等闲仙者很难受得住，够格去逛的人太少，才会在口碑上输给三十三天。

第七天有许多值得一逛的胜景，譬如妙华镜，千重琴苑，灵羽绘，承天台……在这些灵秀胜景中，祖媞最钟爱千重琴苑。

千重琴苑虽名为"琴苑"，其实不是什么藏琴之地，而是一百多个呈梯步堆叠、连成一片的灵泉池。灵泉之上四时行雨，雨珠滴落在不同泉池中会发出不同声音，雨滴声密织交互，如有乐仙奏乐，弦音不绝，所以被叫作"琴苑"。

在这片"琴苑"的正中央，单立了一个精巧的水晶小亭，置身亭中伴着雨声看书或者睡觉都很好，祖媞有空就会来这儿待一待。

灯灯修为不高，无法靠近琴苑，只能站在外头对坐在亭中听雨的祖媞神翘首以望。

其实此前一直是天步随侍祖媞。但经了笛姬之事后，天步有点杯弓蛇影，这几日正重查元极宫，分身乏术，故将素来信任的灯灯派了过来贴身伺候祖媞。

灯灯目力还可以，打望了会儿，隐约见上神屈膝坐在亭中一边饮酒一边听雨，一副悠然之态，考虑到此地也没别的人进得来，她放下心，从袖子里掏出了一本薄薄的封面上印着《雪满金弩》四个大字的小册子，珍惜地翻开了第一页。

只见雪白的扉页上赫然题了两排中楷：横祸来皇子遭劫难，情义深女神破迷局。扉页最下面还印了一排小楷：三皇子和祖媞神绝配，希望他们有一天可以真的在一起！后面用朱砂画了一颗小心心。

也是真的很用心。

没错了，这是个话本子。笔者化名素魄居士，乃三皇子拥趸，且还是"三殿下和祖媞神绝配"那个流派的拥趸。至于这话本子写的什么故事……从扉页的中楷和小楷就能看出，它写的是三殿下与祖媞神之间的爱恨情仇。当然，素魄居士本居士并不知道三殿下与祖媞神之间有什么爱恨情仇，她只是单纯觉得这二位很配，有戏，所以瞎编故事而已。

灯灯很喜欢《雪满金弩》，因为这个话本是所有写祖媞神和三殿下的话本中最现实向的一本，唯一缺点是还没完结。不过它更新得总是很及时。譬如，祖媞神昨日才在凌霄殿上为三殿下出了头，今晨这话本子就有新章了，想必素魄居士昨夜熬了通宵……真是一位令人敬佩的姐妹！

灯灯怀着敬佩之情翻开了正文，打算趁着摸鱼好好拜读一番。

薄薄一本册子，半个时辰就翻完了，看到最后一个字，灯灯怅然若失。便在此时，身后突然传来脚步声，灯灯啪地将书合上，赶紧转过身。一看来人是三殿下，灯灯迅雷不及掩耳地将书藏进了袖子里。

三殿下看到了她的动作，但因为《雪满金弩》这个书名比较像是那种侠义故事，他就睁一只眼闭一只眼没说什么，只问灯灯："祖媞神一个人在亭中？"

灯灯想起了方才在那话本子里读到的内容：当三殿下得知在虞英仙君诋毁自己时，便连天君都有所动摇，唯祖媞神坚信他清白，一力维护他,十分感动,很快赶回了九重天,去到了祖媞神的寝殿见她。却不想撞见女神醉酒。悠悠子夜,夜阑人寂,美人微醉,风鬟雾鬓。三殿下原本便是携着情意归来,见心上人如此情态,怎能把持得住,在美人迈着醉步不留神倒向他时,一把拉过她,紧紧将她拥入了怀中……

素魄居士不是人,写到这里戛然而止,灯灯看得面红耳赤,一度沉浸于那种旖旎氛围不能自拔,此时见到活生生的殿下站在自己面前,不由心虚,只想让殿下赶紧走。

灯灯捏住袖子里的书,小鸡啄米般点头:"嗯,尊上一人在那处,想是料到殿下今日会回来,特意在那里候着您吧。"悄悄瞄了面前的殿下一眼,"殿下快去,可别让尊上等太久了。"

这话像是说得很合三殿下的意,他微微一挑眉,抬步便去了。灯灯松了一口气。但三殿下走了没两步,又回过头吩咐了她一句:"你也不用在这儿守着了,时间还早,回去做功课吧。"

灯灯呆了一呆。她们这些小仙娥,每天除了当差外,还有一些修行课。似灯灯,她就每日有一堂佛理课再加一堂术法课。三殿下让她此时回宫,是对她们这些小仙娥的仁爱。可灯灯并不想离开,她觉得她今晚再熬夜做功课也是可以的呀。

但是没有办法,三殿下要照应她这个小仙婢,她不敢不接受三殿下的照应。灯灯昧着良心谢了三殿下,依依不舍,一步三回头地离开了。

这灵泉池中的琴苑小亭造得简单,陈设也简洁,亭东安了个不知做何用的玉台,亭西铺了层玉簟,玉簟上放了只锦枕和一张三足凭几,那凭几同亭子一般亦是水精所造,但扶手处裹了只包着云棉的锦套,看着倒很柔软。

落雨入池,娓娓动人。祖媞右手枕着那凭几的扶手,斜卧着,半身都趴在了那靠臂上,似是睡着了,但手中分明还拎着一只酒壶,拇指有一搭没一搭地抚着壶柄。

有人进来。因脚步声实在熟悉，祖娸没有睁眼。少顷，因雨滴落入灵泉而起的乐声变小了，那原本悠远悲郁的曲调也换了一种风格，变得清婉柔和起来，祖娸方睁开眼。

她好奇地看向坐在几步外的玉台后垂首拨弄台中玉珠的连宋。

她虽不擅乐，但赏乐的能力还是可以，明显感到随着连宋拨弄那些玉珠，亭外原本只可称为妙有奇趣的乐声变得不同了。是引商刻羽之奏，却毫无技法痕迹，收放自如，行云流水，令人感到一种大乐必易的举重若轻、悠然放旷。

看来玄妙尽在那玉台上了。她先前也研究过那玉台——玉台台面上有一百多个六寸左右的短凹槽，每个凹槽里皆置了一粒玉珠——她不知那是做什么用的，试过拨弄它们，却没有拨动，便以为那玉台和玉珠只是一种装饰，没有再理。如今见连宋调弄，才知这偌大琴苑竟是一台乐器——乐形于外，便是那些灵泉池，器藏于内，便是这玉台。

她不禁半撑起身，喃喃："这玉台竟可以这样玩，却没人同我说过。"

青年黑发白袍，盘膝而坐，一手执扇，一手灵活地拨弄那些玉珠："这千重琴苑乃二十多万年前墨渊上神所造。此地灵气过盛，我幼年时无法靠近，只在第七天天门处遥遥听过墨渊上神调弄此玉台作乐。后来我可以来这儿了，墨渊上神却不在了，也没留下如何使用此玉台的册子。故而这九天之上其实无人知晓此器该如何使用，皆如你一般，以为这地方只能自行奏乐，所以他们也无法告诉你这玉台的奥妙之处。"

她偏头问他："那你为什么会调弄它？"

"因为有段时日我爱来此处，有许多时间可以试它，胡乱试出来的罢了。"

两人安静了一会儿。少顷，一曲结束，连宋将指下玉珠拨到了一个固定位置，让泉池自然流淌出乐音，然后看向祖娸，重新开口："这两日的事我听说了，辛苦你了。"

祖娸伏在那凭几上，微闭着眼摇了摇头："是我将笛姬引入了元极宫，出了这事，由我来解决是最好的，又说什么辛苦。只是没想到笛姬真正想害的人却不是你，而是那虞英小仙。"她皱眉，"可她想要对付虞英便对付虞英吧，为何要将你拖下水？你同她此前也有什么过节吗？"

连宋静了片刻，深深看她："你也以为我曾与她有旧？"

"没有见到你之前，我猜测过，"祖媞偏过头来，枕着手臂，"可现在我知道你没有了。"抿唇一笑，"小三郎素来光明磊落，若真与她有旧，便不会如此反问我了，对吧？"

"哦，你猜测过。"青年却仿佛只听到了她的第一句话，瞥了她一眼，冷冷道，"亏我还以为你对我有多信任。"

"这……"祖媞自知理亏，想了想，侧过身点了点手中的酒壶，玉壶消失，下一刻便出现在了青年身前的玉台上。"是生我的气了吗？"她放软了声音小心哄道，"别气了，我请你喝酒还不行吗？"

青年却不领情，看也没看那酒壶，只问："说吧，你都猜测了些什么？"

祖媞审时度势："……还是不说了吧？"

青年看着她不说话。

祖媞无奈地叹了口气："好吧，我想过或许你曾与笛姬有旧，当日初见笛姬时没认出来是因她换了面目。我还想过或许你也让笛姬做过你的玩伴，在她对你钟情之时却将她送走了，导致她对你怀恨在心。"她觑了青年一眼，不忘为自己辩白，"可我这么想也是情有可原吧。彼时不正是因她在虞英面前诬陷你，才使得虞英将你告上了凌霄殿吗。她为何要诬陷你，总得有一个动机吧？"

她突然变得理直气壮，令青年挑了挑眉。

"我从未挑选过妖族女子入元极宫。"青年道。

祖媞眨了眨眼，可好奇了："为什么？据我所知，许多妖族女子都很温柔美丽啊，是绝佳的陪伴者。"

青年瞥她一眼，冷哼："你问我为什么？是谁昨日在凌霄殿上亲口夸我，说凭小三郎的谨慎，怎会将来历不明之人收入宫中？"

"我……"祖媞讪讪,"我还说过这话?"

但她也不是真的那么健忘,很快想起了自己的确说过这话:"我只是随口一说。"抿了抿唇,"那种情况下,当着九天仙神的面,我难道要说小三郎一向就是这样粗枝大叶,元极宫混进来十个笛姬都不算离奇吗? 不过,"她有点狐疑,"你真的从没有……"

青年知她想问什么。他没有让她把那句话说完。他其实很不想和她聊自己那些荒唐过往。"妖族,魔族,鬼族,这三族女子,谁知道她们接近我会是为了什么? 便是神族,可入元极宫的,也都是文武侍们可查清底细的女子。元极宫中来去的女子虽多,但的确如你所说,我并不想给自己惹麻烦,一直很谨慎。"他飞快说完了这段话,解释得足够清楚,使她问无可问。

祖媞也确实想不出还有什么可再问了,一时无言。

她的无言在他意料之中。"阿玉,"他唤她,"先前你在凌霄殿上的那句话,其实并非形势所逼随口一提吧。你远比你想象中了解我,所以彼时才会那样说,对不对?"他放慢了语速,很轻地说这些话,说话时那双好看的琥珀色眼睛仿佛很认真地凝视着她。

嘭咚,祖媞的心漏跳了一拍,不由暗道不妙。这要命的小三郎,他知不知道他这样看人会让人很受不了啊?

"怎么不回答我?"青年很深地看她,很浅地笑了一下,"不是想要哄我,让我别生你的气吗,说'对'就能哄到我了。"

祖媞望向青年,脑子忽然有些晕乎,觉着自己像是醉了,但不知是因方才饮下的酒而醉,还是因青年的美色而醉。她别开眼:"谁在哄你啊,本来也就是那样啊。"说完这话,又回眸瞟了他一眼,见他仿佛惊讶,面露怔然,她也有些赧然,新扒拉了一只酒壶到手中摇了摇,又觑了他一眼,轻咳一声,率先打破了亭中静寂:"还是说正事吧,说说笛姬为何要诋毁陷害你,你有思路了吗?"

连宋看向单臂枕着那凭几、趴靠在玉簟上的少女,有些走神。外人面前的祖媞是什么样，他是很清楚的——玉骨仙姿，林下风范。便是在她的几个神使面前，她的姿仪也总是好的。或许因他是唯一一个与她立下了噬骨真言的人，她对他的信任更胜他人，故她在他面前好似总比在别人面前来得恣意一些。譬如此时，她柔弱无骨地伏在那凭几上，妍姿艳质，像一条柔曼的丝带，只要她想，便可以捆绑住他，又像是一条河，蜿蜒流淌过他的心，从他的心上经过时，还会用那种绒羽一般挠得人发痒的，却又无辜的声音留下一句："谁在哄你啊，本来也就是那样啊。"

连宋花了好大力气才能定住心神，重回到正事上，回答她的问题："你只是不知虞英是怎样的仙，所以难以理解笛姬中伤我的缘由。"

他揉了揉额角，甩开杂念："虞英奉职兰台司，也算得上耿介忠直，但他与我不对付，遇到有关我的事，便易冒进。想来笛姬很了解他，知道中伤我，最易得到他的共鸣和信任。而如此污蔑我，只要她操作得足够得当，便能让虞英不顾后果地在朝会上当庭参我，使此事闹到九天皆知。"

他抽丝剥茧，将笛姬每一步的逻辑都细致地讲给她听："事既闹得这样，天君当然会下令彻查，如此，她藏的那封信便一定会被发现，届时我可洗脱污名，不会有事。但此事既已九天皆知，届时又有她的遗信言之凿凿指向虞英，如此，即便商珀神君是虞英的父亲，也不可能保下虞英了。事实上，若此次不是你发现黑潭中溺毙的并非笛姬，虞英定然已被剥夺仙籍，重打入轮回了。"

听完这番话，祖媞揉了揉额角，神情有些迟滞，但却是明白了此中因由："若她不以小三郎你做引子，而是直接污蔑虞英思凡，捏造他抢占欺辱她之事……以她的身份，顶多只能将此事告给天步或是刑司……但选择这条路，她的胜算不会太大。"是很理智的思量，但说这些话时，她的声音很软，还带着一点雾似的渺茫感，不似平时同他说正事时的语声。

他感到一丝异样，探究地看向她，她却将头半埋进了臂弯中，他看不清她的脸。她自顾自地拨弄着手中的酒壶，又问他："不过，笛姬为何想置虞英于死地呢，他们之间是有什么过节啊？"

元极宫虽消息灵通，但也不是万事皆通，这事他还真不知道。不过天君已将此事指给了贪狼星君，贪狼星君并非庸碌之辈，他便回了她一句："等贪狼星君的审理结果吧。"

她抬起头来，像是不满意，轻声嘟囔："那也不知道要等多久。"声音更软了。

他有些受不了她用这样软的声音和自己说话，本能地便要倒茶定神，但手边只有她让出来的一壶酒。酒，酒也可吧。他有些渴。

他一直以为她喝的乃是解渴的果酒，可酒入喉中，竟才发现，那酒乃烈酒。他皱起眉来，终于抓住了那一丝怪异之感从何而来。怪不得她会用那种水润的声音，含娇带嗔地同自己说话。她应是喝醉了。

她爱喝酒，但也易醉。他一直知道。

他放下了酒壶，定定看着侧卧在玉簟上的黄裙丽人，良久，他低声道："阿玉，你喝醉了。"又过了一会儿，他站起了身，向她走了过去。

祖媞并没有醉，她明白自己只是有点微醺。其实她今晨就当出发去丰沮玉门山的，只是听天步说连宋今日会赶回来，才在这九重天多停留了一日。她原本只单纯想同小三郎见上一面，毕竟也是多日未见了。

结果早上逮到菁蓉鬼鬼祟祟看一本话本子，叫什么《雪满金弩》，她靠过去瞅了两眼，菁蓉看得极为专注，居然也没察觉。她站在菁蓉身后跟着她一起看了一会儿，才发现这竟是个编派她和小三郎的话本。

她看书比菁蓉快，菁蓉刚翻到最后一页，她已一目十行看完了。她也不知为何会有人编派她和小三郎，还写成话本，但看下来觉得，这个叫素魄居士的应该也没什么恶意，可能只是觉得她和小三郎很配。并且这位素魄居士还挺有想象力的，至少比她有想象力。

比方说，她就不敢想小三郎对她竟也颇为有意，还将她视为心上人。

没错，小三郎有时候是会逗她，但这是因他天性风流，惯会逢场作戏之故。小三郎于风月无心,人也无情,对元极宫来往美人如是,对长依如是,对青鸟族的那个鄄迩也如是;因噬骨真言之故,自己对他来说或许更为特别,但……要说他居然对她有心,有情,有格外的风月之思,那可能也是太过离谱了。

不过这话本子里有些话倒还写得挺有意思,比如它说喜欢一个人,便会不由自主地想要靠近,那不是一种欲望,那是一种本能。

她前路未卜,在寻到那个可以活下来的机会之前,并不敢让小三郎知道她的心,可她似乎的确是无法控制且无可救药地想要靠近他。所有有关于此的克制,都像是在与本能斗争。

但这种体验也并非全然痛苦,相反,痛苦并不多,她更像是尝了一枚早结的春果,酸涩,却又带着一点好好品味便能品出的甘,让她好奇地、不由自主地想尝更多。譬如,她觉得素魄居士关于醉酒这个情节的构思就挺好的,她想尝一尝。

她是这么想的:她生得自然很好,喝醉了酒,令小三郎一时神迷也不是没有可能。不过小三郎虽风流,却是个君子,主动怎么着她……是没可能了,但是她主动亲近一下小三郎应该可以。

恰巧青丘同意了和天族联合大阅,少年太子昨日从青丘回来,给她捎来了好些白浅送她的好酒,她就拍开酒坛,灌了四壶。最后,她一共带了七只酒壶到这亭中,有三只是只用酒水涮了涮空留了些酒味的空壶。

她的酒量她自己清楚,喝三四壶会微醺,喝六七壶就势必要醉倒了。她当然不能真的醉倒,醉倒了办坏了事可怎好?所以不用真的喝到那个程度,饮到微醺,让小三郎以为她是醉倒了就可以了。

她没有想过做这些事是不是太过大胆,不够矜持,只觉这计划新奇,很是有趣。所以当连宋走过来时,她的嘴角含上了一点连她自己也不曾察觉到的狡黠笑意。

高大的青年走了过来,蹲身检查完小桌上搁置的五只空酒壶,好看的眉拧紧了,垂眸不解地问她:"怎么喝了这么多?"

她使了点小手段,使得实打实饮入的那两壶半酒在此时起了作用。酒意适时地发了出来,她的脸变得有些红,眼神也变得迷离,不过她很清醒。她故意握住那还盛着半壶酒的东陵玉酒壶,用它抵住额头,偏头看着他笑:"因为很好喝啊,不知不觉就喝了这么多。"

她微红的脸,迷离的眼,因迟滞而显得妩媚的动作,在青年看来,无不昭示着她的确是醉了。羊脂白玉般的一只手在半空停留了一下,然后抚上了她的额头:"你真的醉了,我带你回宫。"说着那手离开了,握住了她的手臂,想将她扶起。她没有抗拒,被他带了起来,可脚下醉步不稳,竟一下子扑进了他怀中。他猝不及防,退后了两步,被背后的水精柱挡了一挡方稳住身形。

她靠在他怀里,仿佛惊讶地抬头,抱怨他:"小三郎,你怎么路也走不稳。"说着离开他一点,按住额角,"头好晕,不想动。"玉柳似的身形忽然一晃,似要栽倒。他赶紧接住她,要再将她扶起来,她却皱眉:"难受,不想站着。你坐下来。"又说,"不想回去。"

青年犹豫了一瞬,最后还是如了她的意,坐在了玉簟上,而她得以环住他的腰,躺在他的腿上。她听到青年低低开口:"此处没有解酒药,待在这里你会难受。"她听出了他是真心担忧她,不由感到得意,自觉小三郎到现在也没看出她是演的,说明她演戏有天赋。

这氤氲着白奇楠香气的怀抱并不软,但她很喜欢,并不想起来。不过,看到惯会骗人、向来将别人骗得团团转的小三郎竟也会被她骗,满足与新奇之余,她作怪心起,不由想坐起来,再挑战一下自己的演技。

她又像是回到了活泼的、古灵精怪的小时候。"那你别动,我先起来。你一动,我就晃,更难受。"她煞有介事,一边这么说着,一边扶住青年的手臂半坐起来。接着,她将一只手搭在了青年肩上,想以此为支点站起来似的。可这个动作才做了一半,她又跌了回去,好巧不巧,正好跌坐在了青年的大腿上。而在她跌坐下来时,出于避险的本能,她一只手臂圈住了青年的脖子,忙乱之中,丹唇擦过了他的唇际。她感到身下的身体一僵。

祖媞客观评价了一下自己的表现,觉得很棒,她很满意,正在心里给自己打分,不料青年竟微微侧过了头,然后,他们原本错过的唇便贴在了一起。

但没有贴多久,只是两个眨眼,他的唇便擦过了她的。就像一只迁徙的并不停留的鸟,轻描淡写地路过它的徙经之地。但她仍捕捉到了那温暖、干燥、而又柔软的触觉。不像是假的。

祖媞愣住了。心突然不受控制地跳,脑中一片空白。他为什么会偏头? 总不可能是故意的吧?

然后她听到了他的话:"……抱歉,没太留神。"

好吧果然不是故意的。

她该怎么回答他这声抱歉? 一个醉鬼该怎么回答他? 醉鬼应该不会正经回答这个问题吧?

她当机立断,坐在他腿上攀住他的肩,做出百折不挠还想要继续尝试的模样:"我可以,我能自己站起来,你不要打扰我。"

但青年没听她的话。青年搂住了她,揽住她腰部的手用了点力,她能感觉到那力道,有点重,不过不痛。

她很快弄清楚了他想做什么:他不想她继续在他身上做无谓的尝试了,他要抱她起来然后直接送她回去。因为他这样对她说:"这酒的后劲太大了,你没法一个人起来,还是我带你回去。"

她当然不愿让他带她回宫,照他的性子,回去必定会宣药君,届时不就穿帮了? 她立刻抱住他的脖子:"你不要动,真的很晕。我不想回去,在这里休息一会儿就好。"

他静了静,没说什么,但不再试图起身。他任她圈住他的脖子靠在他胸前,不知过了多久,突然轻声问:"阿玉,你是真的醉得很厉害吗?"

她当然必须得是真的醉得很厉害。

她稍微离开他一点，眼神仍是迷离的。她知道她的眼神是迷离的，然后她用那样的眼神很轻地瞪了他一眼："我没有醉。"醉鬼都不会承认自己醉，她可不能半途演崩了。接着她又抱住他，喃声抱怨："晕。"装得她都觉得自己好像真的有点晕了，这样抱着他仿佛也不是很舒服，于是她试探着慢慢从他身上下来，又倒进了他怀中，伏在了他腿上："我一点也不能动，不要再动我，就让我这么躺着，睡一会儿就好。"

"好。"良久后，青年如此回她，仿佛拿她没有办法。

当她在他怀中彻底安顿好，不再乱动时，他重新看向她的脸。清纯无比的一张脸，偏偏眉梢眼角像是抹了胭脂，显得妩媚和艳。他隔空碰了碰，没有真的碰下去，最后收回了手。

亭外雨乐轻缓。祖媞睡着后，连宋望着亭外的雨幕走了会儿神。

离开天宫这十日，他一直很忙。琴魔瞿凤狡诈多疑，不好对付，想要神不知鬼不觉地囚禁他不是件易事，他花了很多心力。但刚囚了瞿凤，还来不及休整，他便收到了天步的来信。出了那样的事，他自然需回天宫一趟，结果半途居然碰到了商鹭，想到时机难得，他便扮作瞿凤又与商鹭虚与委蛇了一番。同商鹭告别后，为防他生疑，又去琴御山绕了一圈，方回天宫。

如此高强度地连轴转了近十日，饶是他也感到了疲累。但在这亭中看到懒懒散散躺在凭几上悠闲听乐的她，所有的倦累便都不复存在了。其实，不要非想着让她重做回他的妻，一切都会好很多。只要放低期待，她也会给他一些惊喜，他想。

连绵的雨乐中，能听到雨滴打落在亭盖上发出的叮咚声，那是纯粹的雨声，而非乐声。这雨声让他的心在这一刻十分安静，他已许久没有如此。不多会儿便有困意袭来，他尝试着躺下，将她从他腿上挪开，揽入了怀中，她支支吾吾说了几句什么，但没有反对，也没有睁开眼睛。

这一方天地中，此时只有他们二人。他很珍惜她躺在他怀中时，令他感到的这片刻安稳。

第四章

元极宫二十四文武侍的名字皆来自天干地支。三殿下从天干地支共二十二字中取"甲乙丙丁戊己庚辛辰巳午未"十二字为文武侍们定名，未字排在最末，这个字便给了文武侍中年纪最小的两人——襄未和卫未。

襄未和卫未是对姐妹，一文一武，年纪虽小，伪装术却是二十四文武侍中一流的，故而三殿下亲来南荒收服瞿凤时，破天荒没让天步跟在他身旁，而是让这两姐妹左右随侍。在囚禁了瞿凤之后，这对姐妹花便扮作了瞿凤的两个琴侍。

连宋刚从九重天回到瞿凤栖身的这座漆吴山没几日，商鹭便登了门，说是找瞿凤饮酒对琴。

石园之中，商鹭已饮得有两分醉意，但人还清醒着。他是个白面书生的长相，饮酒易上头，此时满脸红意，醺醺然笑了一声："青丘与天族将于二十日后在东南荒与我们南荒交界的边境联合大阅，此事贤弟可听说了？"

卫未在一旁侍酒，见自家殿下懒懒倚在石座中，薄唇微勾："这事差不多八荒皆知了，我又岂能不知？"一言一行，皆极似瞿凤，眉眼间那种懒缓神色，更是瞿凤本凤都没那么像的。卫未及时地给二人续酒，心中充满了对自家殿下的钦佩。

商鹭又饮了半杯："尊上厉兵秣马，亦要派魔将前往那边境去，樊林腹有将才,需跟着去督军,他手里的事便都交给我了。原以为至少还有纤鲽可同我分忧,不料姑媱那两个神使近来竟对尊上复归之事起了兴趣,正在查探,纤鲽得去处理那两人。"说着敲了敲额头,"到头来,盯防光神这事竟落在了我一人头上,令人头疼。"

卫未心想,这商鹭,果然十分信任瞿凤,竟什么话都对瞿凤说。她按捺住吃惊,偏头看向身旁的殿下,见殿下依然那么从容,竟像是一分惊讶也没有似的,把玩着手中的酒杯,漫不经心地回商鹭:"盯个人罢了,这又有什么好头疼的?"

商鹭摇了摇头,这次没有用杯,直接拎起玉壶灌了自己半壶酒,可见的确有些苦闷。灌完了酒,又歇了片刻,才怏怏地倒苦水:"尊上说光神苏醒,本便是不祥之事,虽不知她醒来是为了什么,但看牢她总是没错。光神自苏醒后,便一直隐在姑媱山中,其间派神使去给同为自然神的天族三皇子送过一份礼,之后便没了消息。直到七日前,探子才来报,说水神曾邀光神去千花盛典赏花,那之后她便一直留在九重天,听说也和东华帝君见了面。然后五日前,探子又来报,说她离开了九重天,去了丰沮玉门山寻宝。"

卫未见机,赶紧递过去一杯酒,好令说了这么一大篇话的商鹭解渴。

瞿凤跟前的琴侍一向如此妥帖,商鹭没觉着有异,接过酒喝了,解释那寻宝之事:"据说女娲在沉睡前,曾将一物托给姑媱,光神在时,一直将那宝物保存得很好。可后来光神献祭,四神使也随之沉睡,那宝物便不知所终了。如今光神苏醒,得知宝物不在,便趁着千花盛典去九重天打探了一番,得了线索,知那宝物可能就在女娲沉睡的丰沮玉门山,于是她决定亲自前去寻回。"

商鹭叨念这事时,连宋倚在石座中,姿态虽慵散,却是一副侧耳倾听的模样。听到这里,他挑了挑眉,叩着石座的扶臂懒懒接话:"尊上似乎对光神颇为忌惮,那无论光神做什么,尊上应当都是不希望她做成的。而于兄而言,若只是盯着她,不需做别的,这自然不算一桩难办差事。"

他端着酒杯，晃了晃杯中酒液，"难的或许是，尊上需要兄做点别的吧？"

商鹭一愣，笑叹："贤弟不在尊上跟前，却也能将尊上的心意摸清一二。早说要举荐你去魔宫当差，你却不愿，唉。"

连宋将半杯酒一饮而尽，指腹轻抚玉杯杯沿，亦笑："去魔宫当差哪有我如今这样自在，兄若有疑烦事，我自与兄分忧便是，去尊上面前当差之事还是饶了我吧。"

商鹭又叹："哎，你可真是……"不过还是正事为重，他正了正色，继续道，"尊上的确想让我做点别的。他知光神要寻失窃宝物，令我务必查出那物为何，先下手为强将它抢过来。可派人跟了五日，眼看他们到了丰沮玉门山，也在山里转悠了有几日了，派去的密探却连一丁点儿关于那宝物的线索也未查寻得；又不敢跟得太近，怕打草惊蛇。"商鹭满面烦恼，"既不知这宝物是个什么，谈何先下手为强，唉，你说这事难为不难为？"

卫未见自家殿下酒杯又空了，赶紧侧身给满上，接着见殿下举起了酒杯，一边欣赏挂壁的酒液一边漫不经心开口："照我说，尊上要的不过是光神欲寻的宝物罢了，先下手后下手又有何分别，只要兄能拿到此物不就行了？"眼尾一挑，轻轻一笑，便有了一点轻慢之色，"若我是兄，我便遥遥跟着光神罢了，绝不打草惊蛇，等到他们花大力气寻到那物时，我再奇袭夺宝，如此岂不轻松许多？"

商鹭一顿，想了片刻："可万一到时候不成功……"

连宋仍懒懒的，无一丝欲说服人的急切："那就规矩地照尊上所安排的去做？但这不是很难办吗？跟得紧了，光神必会发觉，到时别说先下手为强了，便是要趁她寻到宝物时奇袭……面对一个有所防范的光神，奇袭成功的几率应该也不大。"

商鹭闷了一杯酒，又想了片刻："贤弟说得很是，若光神无防范，用奇袭夺宝之计其实胜算不低，好好做好奇袭的准备便是了。否则这趟差事更是难以成功。"

连宋含笑:"正是。"

二人碰了一回杯。

远在西荒的祖媞打了个喷嚏。天步赶紧递了件披风过去。祖媞摇了摇头:"不冷。"手搭着椅背想了会儿,"兴许是有人念叨我。"天步便将披风收了回去。丰沮玉门山昼夜温差并不很大,况且他们此时待在一个避风的山洞里,的确是不冷。

他们是不冷,但被霜和绑得结结实实扔在几步开外的一个冰池子里泡着的笛姬却冷得发抖,不时低吟,但并非求告的呻吟,不像是打算跟他们服软的样子。

他们四日前便来到了丰沮玉门山。

丰沮玉门山坐落在西荒的最西处,是地母女娲沉睡之所,亦是日月降落之地。女娲乃此山的唯一主宰,他族皆无权辖治这座山,故而丰沮玉门山虽为神族圣山,但也可以说它是个三不管地带:女娲沉睡了四十多万年,此地便三不管了四十多万年。

不过,似他们这种洪荒神,有沉睡计划的,都会着神使或仆人看着自己的沉睡之所。所以当祖媞破阵闯山,竟未遭遇神使来拦,且步入山中,所见皆是荒颓之景时,不由有点儿吃惊。

跟着她一道来见世面的霜和与菁蓉也是吃了一惊。霜和率先叨叨开来:"我记得女娲娘娘座前不是有个挺厉害的神使姐姐吗,叫莹……莹什么来着? 哦对了,如今妖族的王姓就是莹,那说起来这个姐姐应当是当今妖君的祖宗了。"难为他八卦到这里还能将话题拗回去,"尊上破了女娲娘娘的护山大阵,搞出这么大的动静,这个莹姐姐她也不出来看看,怎么她也沉睡了吗?"

菁蓉跟着叨叨:"这山根本不像有神使照顾的样子,你们看,这花,这草,这树,都蔫蔫耷耷的,"说着嗅了嗅鼻子,"感觉也没什么灵气,是不是连灵物都没有啊，怎么回事……天步你觉得呢？"

天步年纪轻轻，在此之前从未涉足过古神沉睡之境，还以为一个封山封了几十万年的神境可能就该长这样。她没有任何真知灼见可以发表。三人齐齐看向祖媞。

祖媞静了片刻，以全知之力于心海中链接漫山花木，也想问问花木们这座山究竟是怎么回事，却发现心海静极，没有任何声音。她尝试以原初之光承载神识去覆盖整座山，当神识与花木之灵相接时，竟发现整个丰沮玉门山的花木尽皆无魂。

这就不只是奇怪了。

世间花木，但开灵智，必有花魂。

女娲圣山中定然曾发生了什么事。

可能是女娲在沉睡之前曾对丰沮玉门山立下过友好接纳自然神的法则，祖媞入此间如入姑媱，神识徜徉其中，竟十分自由畅然，能感知的也颇多。譬如她很容易便察知到了山巅之上有一个四十九重的空间阵，阵法古老完好，没有被人冲撞过，想来便是女娲仙体存放之处。且她也能感知到这山并非一座没有生灵的空山——山中是有灵物的，一个……或者两个，藏在别的空间阵中，说不清具体位置，能量不大，应当不是神使，或许是仙仆或者守山人……

圣山茫茫，想在这样一座大山中寻人，且是刻意躲着他们的人，不是件易事，但也不是没有办法将人逼出来。

祖媞的办法是一重一重破解护持女娲仙体的空间阵。

山巅的这四十九重空间阵固然高明，但这八荒四海，能在空间阵法上赢过祖媞的人，五根手指数得过来。这四十九道阵法奇巧复杂，要破解不是那么简单，但对她而言也不是那么难。

她从三日前开始破阵，三日过去，到今日，已顺利将此阵破解到了第九重。

然后守阵的人终于坐不住了，出现在了他们面前。

便是笛姬。

丰沮玉门山的守阵之人竟是笛姬，这是谁都没有想到的一件事。乍见笛姬，就连祖媞都有点愣，不过她表情很淡定，看笛姬好像对他们很戒备，就没打算立刻审问她，只对天步说她破了三天阵，有点累，笛姬先交给他们三人看着，她去小睡片刻恢复一下精神。说完便慢悠悠逛去山洞的最深处歇着去了。

祖媞不急，天步和菁蓉也就不急，但霜和是个急性子。女娲圣山缘何是这副模样，圣山仙阵的守阵人又怎么会跑到九重天上去捣乱……他简直好奇死了，祖媞一走，他就从天步那儿接手了笛姬，欲先讯问一番。可没想到从前柔弱得几乎不能自理的笛姬居然变成了个硬茬子，根本不搭理他，霜和不懂什么叫隐忍，自然怒了。又因霜和他自己就长得人比花娇，对长得娇花一样的笛姬也没什么怜香惜玉之心，一怒之下就把人给捆了丢进了冰池子。

祖媞歇息够了从内洞出来时，笛姬已被泡了一下午，小脸冻得发白，嘴唇也冻紫了，却不曾开口求半声饶，真真硬气。

祖媞从菁蓉那儿听说霜和同笛姬这一下午都闹了什么，挑了挑眉，坐下来之后，命霜和将笛姬捞起来，又让天步在一旁生了一堆火。

笛姬缓过来后，盯着他们的眼神三分愤然，七分警惕。霜和不高兴地叨叨："我也不是故意折磨她，刚开始我也跟她好言好语来着，可她油盐不进，竟然扮石头不搭理我，哼，那我可不得把她泡进池子里让她清醒清醒吗？！"

祖媞向来是不会责骂他的，听他这么说，只温和道："但对姑娘家还是应当怜惜一些。"

笛姬突然开了口，声音有些哑，含着一丝冷嘲："不需要你假好心。"

菁蓉立刻道："休得无理！"

祖媞接过天步递过来的茶水："无妨。"她不紧不慢地喝了半盏茶，醒了会儿神，然后放下茶杯，垂眸看向已被解了绳缚靠坐在火堆旁的绿衣小妖："你应当也好奇过我是谁，我是光神。"她温和道。

方才还一脸冷嘲之色的笛姬一顿，蓦地抬头，冻得发紫的唇开合好几次，仿佛难以置信："光神……祖媞……"

祖媞点头，手指轻敲石椅的扶臂，那叩击很缓慢，也很轻："地母圣山，即便封山四十余万年，也当是灵气汇盛无可比拟的神境，凋零至此，必是曾遭过劫难，但神族竟完全不知这里曾发生了什么……是因女娲娘娘沉睡得太早，与存世的神祇皆无交情，而作为侍者的你们不觉得八荒仙神有谁值得信任，故而圣山发生此等大事，也不见你们向神族求助……是这样吗？"

笛姬既没有点头也没有摇头，只是定定地看着祖媞。

她毫无反应，一身金裙的女神也不以为意，只温和地继续道："地母女娲是世间第一位自然神，她因补天而沉睡之时，我尚未降生。但我降生之后，收到的第一份礼是来自女娲娘娘，她请母神带给我一只九连环，以迎接我来到这世间。"她撑着腮，语声不疾不徐，"女娲娘娘沉睡后，旧神纪时代，守护此山的一直是她的座前神使茔南星。南星亦是爱花之人，曾来姑媱向我讨教过如何养护瞢冬。所以说起来，我应是如今世上同丰沮玉门最为亲近的神祇了。你可以信任我。"她的目光落在笛姬身上，是很柔静和婉的目光，"所以笛姬，能否告诉我，是谁将丰沮玉门变成了这样？这里曾发生了什么？可与你出现在九重天上有关？"

随侍在一旁的天步吃惊于祖媞的敏锐，是了，她早该想到，圣山凋零至此，神族却全然不知，而笛姬对一切闭口不言，最大的可能，应该是这位女娲仙阵的守阵人不信任任何神族。祖媞从这个点入手对笛姬怀柔，着实很高明，天步不禁在心中佩服。

果然，笛姬有了松动之色，漆黑的眼睛闪了闪，嘴唇亦轻微地动了动，这是要开口的意思了。祖媞回视着笛姬，目光宁和温煦，没有催促她，耐心而又安静地等着她。

洞中静极，良久，在经历了一番内心挣扎后，笛姬开了口，望着祖媞："您……您很美，水神亦亲近您，您自然该是光神。"她咬了咬唇，"可您闯入这里，又动摇了娘娘的护体仙阵逼我出来，却并不是为了关心丰沮玉门吧？"

祖媞看了她一会儿："你很聪明，我原本是有求于丰沮玉门才特意来此。但看到圣山如此，也不能置之不理。当年南星提过，女娲娘娘在沉睡之前，曾将元神灵珠取出给了她，以助她修行。我今次来，正是想向南星借那元神灵珠一用。不过，"她轻轻一叹，"丰沮玉门荒颓至斯，南星必定是出事了。容我一猜，那土灵珠是否也不在山中了？此山的浩劫，是否便是与那灵珠相关？"

笛姬怔住了，脸色变了好几变。面对这突然出现在自己面前，三两句便将圣山困境道得清楚明白的女神，最终，笛姬选择了臣服，深深一拜道："小妖生得晚，尊神与丰沮玉门的夙缘，小妖不知，但尊神曾为八荒献祭，大道公允，小妖信尊神无私心。尊神料得不错，土灵珠的确遗失了，而小妖此前欺骗尊神与水神，混入九重天，便是为了遗失的土灵珠。"

天步万万没想到笛姬算计虞英这事儿竟并非出于什么男女私怨，虞英小小一个凡人仙君居然还能和女娲圣山扯上关系，简直要惊掉下巴。菁蓉和霜和也是面面相觑。

"此事说来话长。"笛姬闭了闭眼，缓缓开口。

这话的确很长，要从二十四万年前说起。

说二十四万年前，新神纪前夕，在少绾和祖媞率人族徙居凡世后，墨渊上神将北荒的一块大陆划分出来，命名为北陆，留给未随少祖二神前往凡世的半人混血们居住。

这些混杂了各族血脉的人族亦为凡人，在谢冥以身化冥司后，同样受制于冥司法则的束缚，虽比凡世的凡人寿长一些，却也有生老病死和轮回。

北陆的凡人们生活在一个与神魔鬼妖共存的世界,对这天地玄黄宇宙洪荒的所知,比凡世的凡人们多得多,因此更渴望拥有比肩神魔的寿命,跳出无终的轮回。故而北陆之上,修仙者不计其数,修仙宗门亦遍地皆是。

"长右门便是这些修仙宗门中极大的一个大门宗。"话说到这里,笛姬的情绪明显不太好,语声开始不稳,"三万五千三百年前,长右门中的一名年轻修士因渡劫不成,被天雷重伤,流落到我们隔壁的灵山,为去灵山采药的神使大人所救。那修士同神使大人结下了缘契,三年相依相随,亲密陪伴,得到了神使大人的信任,获悉了进入丰沮玉门山之法。"

菁蓉前些日子在天上无聊,话本子翻得多,也看过类似开头的故事,懂得很多话本套路,不由皱眉插话:"难不成,这修士背叛了莹南星?"

没想到还真给她猜对了。篝火的火光映在笛姬眼中,照出了少女眸中的灼灼恨意:"是。或许在与神使大人的接触中,他得知了土灵珠乃助人修行的至宝,因此起了异心;而作为神使大人最亲密的人,他又悉知神使大人的所有弱点,故三年之后,趁神使大人修行出了岔子,极度虚弱之时,长右门长老率门下数百弟子潜入山中,屠了圣山,抢走了灵珠。"

菁蓉听得唏嘘。天步却是个不怎么看话本子的人,不觉得这个发展正常,她感到不能理解:"凡人罢了,怎么就能有本事屠了女娲圣山?"

不过作为洪荒神,对地母了解得比较多的祖媞并没有感到多吃惊,她把玩着一直握在手里的一只巴掌大的鸢鸟纹铜镜,缓声解释:"地母慈爱,亲近微弱族别,故而洪荒时代,女娲娘娘座前奉职的侍者俱是妖族和人族。女娲娘娘沉睡后,她座前的凡人仙侍领她之命,皆回归了凡人族群,圣山中唯余妖族侍奉。妖族弱小,南星这个神使是她座下唯一一个厉害的,若趁着南星虚弱,数百凡人修仙强者联合前来攻山,屠了整座圣山也不是不可能。"静默了一瞬后,她轻声一叹,"她为座下侍者们留下的护山大阵倒是可以保护他们,只是……可能她也未料到南星会轻信于人……不过南星不会眼睁睁看着圣山被毁,"她微微蹙眉，看向笛姬，"所以彼时究竟是个什么情状，南星她怎么了？"

笛姬薄唇微颤，眼尾滑落一行清泪，她抬袖揩了揩泪，但那泪却像是揩拭不尽："彼时山中仅有几十侍从，皆被斩杀，只有我娘带着我和我哥哥活了下来。我娘是神使大人的侍婢，长右门人闯入时，我娘正带着我和哥哥服侍在神使大人身前。神使大人将我们藏在了闭关灵洞中，侥幸使我们逃过一劫。可神使大人以一敌众，不敌长右门人，被他们抢夺了土灵珠。长右门人夺得土灵珠后，并不甘休，还欲斩杀神使，将山中的灵花妙木收归己有。彼时山中开智花木足有千余，将它们收入囊中炼制成丹，对这些凡人的修行大有裨益。神使大人虽然十分虚弱，却无法眼睁睁看着这帮恶人敲骨吸髓毁了圣山，于是……于是以魂做祭，与长右门人同归于尽了。"

菁蓉轻"啊"了一声。

笛姬妙目含悲，咬牙道："只是可惜，仍被他们逃出去几个。神使大人深知人性本贪，明白若没有她的守护，逃出去的长右门人还会再回来劫掠圣山，因此在魂魄散尽前，以最后之力，借用了所有开智花木的灵力，积少成多，修改了护山法阵，以阻止恶人再度入山。花木们失了灵力，魂魄皆陷入了沉睡，为防万一，神使大人又将所有沉睡之魂送入了女娲娘娘的护体仙阵，以确保山中再有浩劫，不会伤到他们。满山妖侍，只有我们母子三人残存下来，于是神使大人在临终之时将圣山托付给了我们。"

着实是一场血泪浩劫。这浩劫的真相竟是如此，天步与菁蓉嗟叹不已，霜和也跟着悲叹了数声，但同时他也很好奇，凝着眉不解："可这些……和虞英又有什么关系？"

菁蓉的脑子是不错的，猜测："可能虞英便是那长右门出来的？"

笛姬又揩了一遍泪，蹦出一个字来："是。"柳叶眼尾一片绯红，不知是因落泪还是因愤怒，"长右门夺了灵珠，屠了圣山，母亲柔弱，而彼时我与哥哥又皆年幼，无法将灵珠夺回。但这三万五千年来，我们一直关注着长右门。"顿了顿,道,"在长右门屠山夺宝后,此门中竟有两名修士相继成仙。一位是商珀神君,传说中北陆的天才,三世便得道飞升。还有一位,便是商珀神君之子虞英仙君,"说到这里,她讽刺地笑了笑,"这位更了不得,一世便成仙了。虽然人人皆道,因虞英是商珀神君在得道前夕同道侣孕育出的孩子,生来便带仙根,故而甫一踏上修仙之途便能得正果。可虞英其人,资质如何,你们应该也看到了,什么带着仙根修仙所以易得正果,我却是不信的。"她恨声,"照我看,他分明是用了土灵珠修行,才如此一日千里,一世便可成仙,土灵珠定然在他手中!"

祖媞若有所思:"所以你设计虞英,是因……"

笛姬笑了一声,笑声冰冷,自眼底迸出愤恨:"我设计虞英,是想让他遭贬,重回北陆。九重天天规森严,行事处处不便,不是可对付他的地方,但一旦他被贬回北陆,我必能使他交出土灵珠。这是我原本的计划,只是没想到……"只是没想到这计策竟被祖媞神给破坏了。笛姬自知将这话说出来是对尊神不敬,及时刹住了,但言语中难免流露出了一点未能好好掩藏的不甘与抱怨。

原是如此。祖媞想起了此前同连宋说起这事时连宋亦告诉过她,说笛姬的目的应当是使虞英贬谪。她竖起了手中的铜镜,向镜子道:"又被你料对了,小三郎。"

天步一直侍在祖媞身旁,早就发现自家殿下的身影出现在了那鸾鸟纹铜镜中。她对这铜镜十分熟悉。前一阵殿下拿到星浮金石后,炼这可于千里之外传声传影的法器时,她还在炼器炉旁给他打了几日下手。天步觉得将这法器用在此等场合妙极,省得她日后还要写长信向殿下奏知这场讯问,想想笛姬说了多少话,她得写多少字!

祖媞对着镜子说话,连宋尚未回答,笛姬却已警醒:"什么人?"她警惕地问。

"水神。"祖媞答她,"他亦关心女娲。"

祖媞话落时,笛姬听到男子微凉的声音从铜镜中传了出来:"灵珠恐怕并不在虞英仙君身上。"的确是她所听过的水神的声音。

笛姬不再有疑虑,但她并不赞同水神之言,立刻反驳:"怎么不在？ 您可能不知,虞英的外祖正是当年带人来屠山的长右门长老,灵珠最后落到他手中,是水到渠成！"

然这极具说服力的一则讯息却并未让镜中慵散倚坐于石椅的青年动容。"修仙者成仙登天,入南天门,皆需去净宝池走一趟。"青年淡淡,"净宝池将搜检修仙者所携的所有宝物法器,由掌池仙者仪宝神君对其登记造册。净宝池明辨法宝,从不作伪,仪宝神君也是铁面无私,为神持正。"

他没再多说,洞中静了一静,最先反应过来的人是祖媞,她眉心微动,问道:"所以……你是已查过仪宝神君的册子了,发现册子上并未记载土灵珠？"

青年微微颔首。祖媞撑住了腮,感到惊讶:"可此前你也不知虞英会和土灵珠有关系吧,怎么会想到要去翻那法宝册子？"

青年与她隔镜相望,温和地答她:"前些日离开十二天时我顺道查了查。为避免灯下黑罢了,与虞英无关。"其实彼时他查那法宝册子,乃是为了排除不知所终的风灵珠被藏在天上的可能,然笛姬在,这事儿不好明说,他便答得含糊。但祖媞听懂了,道"这样啊",又莞尔一笑,赞他:"小三郎果然最是周全谨慎。"

两个聪明人心有灵犀,打哑谜一般说话也能彼此意会。但脑子不太好的霜和听到这里,已完全被绕晕了,瞪大眼悄悄问菁蓉:"怎么又说起什么法宝册子来,那个法宝册子和虞英又有什么关系啊？"

菁蓉比起霜和来就聪明得太多了,一开始虽没反应过来,这时候还有什么不明白的,白了霜和一眼:"笨。九重天既有那样的规矩,那虞英成仙上天,自然也需入净宝池了,若土灵珠在他身上,怎么可能不被登入法宝册子？ 照三皇子所言,造册的神君是个品行端正的,不可能在册上作伪。但照笛姬的说法,那虞英能一世成仙,绝离不了异宝相助。那很可能的是,或许虞英的确是靠土灵珠修行成仙的,但在他升仙之时,灵珠已另有了归处。"菁蓉一口气解释完,摊了摊手,"就是这么回事了。"

的确就是这么回事,笛姬也是这样想的,可若灵珠不在虞英身上,又是在何处? 是仍在长右门中吗?

笛姬失魂落魄,不能接受道:"可我曾暗中去长右门寻过,长右门中并无灵珠行踪。且若灵珠在长右门中,自商珀和虞英之后,为何这三万多年来长右门中再无凡人成仙? 要知道土灵珠对于凡人而言,最大的功用便是助他们修行了!"

她说得也有道理。

但若灵珠既不在虞英身上,又不在长右门中,那又是在何处?

祖媞突然开口问道:"南星的妖身还在吗?"

笛姬愣住:"尊上问这个是何意? 神使大人已魂飞魄散了……"

祖媞嗯了一声:"魂飞魄散了,但是妖身还在吧?"又道,"妖族的寿命本也不长,七八万岁便算高寿,南星能活几十万年,"她看向笛姬,"你可知原因?"

笛姬愣愣摇头。

却是连宋回道:"我猜,可是女娲娘娘曾将莹南星的魂魄分出过一丝半缕转移到土灵珠之上,使她超脱了妖族必应的死劫?"

祖媞抿唇一笑:"不愧是我们见多识广的小三郎。"她接着连宋的话继续,"所以,要说南星的魂魄已完全消散了……这并不准确,女娲娘娘曾取她的一魂一魄,将之转移到了土灵珠上,起码那一魂一魄如今还被完好保存着。"

她顿了顿:"只要南星的妖身还在,再有结魄的法器助力,我可以用地母留存在这山中的灵力并南星残留在这山中的气息,为她再造一魂一魄放入她的妖身,恢复她的神识。而只要南星的神识得以恢复,即便尚无灵智,她亦能感应到拥有她一魂一魄的土灵珠的下落。"这是目前她能想到的最好的寻找土灵珠之法,而如此考量,也不只是为了利用南星寻到土灵珠,"待取回了土灵珠,将这两魂两魄融合,南星应当能开启灵智,等到女娲娘娘醒来,应该会有办法使作为她神使的南星完全恢复。"

许久，笛姬才回过神来，不敢置信地睁大了眼，眼尾红透，颤声道："真的吗？您真的能复活南星大人，还能……还能使她恢复如初？"

祖媞严谨地纠正她："女娲娘娘能使她恢复如初，我不能，我最多只能使她恢复到三分。"

但这已足够令笛姬惊喜，她沙哑的嗓音带了哭腔，因着激动，更见嘶哑。她跪地稽首，终于毫无保留地和盘托出："回尊神，南星大人的妖身，就存放在女娲娘娘的护体仙阵之中。"

大事审完了，大家这些日都在山洞里凑合，既然从此和笛姬是一条船上的人，自然没有道理再住在山洞，便跟着笛姬，由她带路，向山中她的精舍而去。

笛姬的精舍建在山顶，穿过一段长长的岩洞，洞天豁开，竹海延绵，竹海深处，立了座精致小楼，小楼中透出了光来，门扉也是半掩。

笛姬轻声："恐是我哥哥回了。"又解释，"圣山需要灵气养护，但尊神也看到了，如今山中灵气稀弱，所以哥哥每年都会出山一趟，去别处采灵气回来养山。"

心软如天步菁蓉，又是一阵唏嘘。

笛姬推门，静夜里竹门发出吱呀一声，内中有男子声音传出："春阳？"

笛姬应了一声："是我。"低低同身后几人坦白，"春阳才是我的名字。"

说话间门被推开了，一个一身银灰道袍的青年提灯绕过一扇竹制屏风，出现在了他们面前。

油灯昏黄的光线中，青年身姿高大，一张脸很是出挑，看清他们时，他愣了一下，接着黑瞳仿似一震，紧盯着祖媞："玉……师叔……你是……阿玉！"

祖媞也愣了一下。她的目光在青年脸上停顿了须臾，然后她在记忆深处找到了一个人，和一个名字。那是她去凡世轮回时遇到的一个人，曾和她纠缠很深。他的名字叫作……

"寂子叙。"她平静地看向青年，"好久不见。"

第五章

是夜，歇在竹楼中的祖媞做了一个梦。

她梦到了自己轮回于凡世、作为凡人修行的第十六世。那是三万三千年前。

那之前的十五世，她已断断续续习得了凡人的绝大部分情感，人格已趋完整。仍旧无法归位的原因，是还差一种于凡人而言亦很寻常的爱未曾习得——男女情爱，因此那一世，她来凡世学习这种爱，修习的法子是历情劫。

那处凡世是十亿凡世中灵气最盛的一处，修仙之风畅行。

天道安排她转生成了一个弃婴，被爹娘丢弃在一个修仙门宗外。一个小姑娘捡到了她，将她带回了宗门。

那宗门是个大宗，有四十七峰，小姑娘所在的那峰排在最末，在宗里并不得器重，小姑娘的师父也不靠谱。但不靠谱的师父却比其他四十六峰的峰主加起来都要心善好说话，看徒弟央告得厉害，便毫无犹疑地收了她这个弃婴做小弟子。

从此，她这个弃婴，便是修仙门宗的小师妹了。

师父爱喝酒，又爱云游，完全不会养孩子，她能平安长大，全赖捡她回来的师姐悉心看顾。而随着她一日日长大，她修仙的天资也逐渐展露,九岁那年,在宗门考较内门弟子的比试中一骑绝尘,被门主一眼取中。

门主去见了她师父,两人关起门来商量了一阵,最后决定让她从此跟着门主修行,不再待在她师父这一峰。

她向来听师父的话,师父如此安排,她便驯顺遵从,只是十分不舍师姐。师姐亦不舍她,临分别前,两人抱着哭了一场。

那处凡世里修仙的宗门极多,宗门之间竞争激烈,一百年便有一场友宗大比。若一个大宗门年轻一代里竟无能在友宗大比里拼入前十的人物,在天下人眼中,这个宗门也就废了。

这便是门主看重她的缘由。

门主对她寄望颇深,将她视作宗门明日的顶梁柱,教养她不可谓不费心,只是一点 —— 修行上对她极是严格,近乎严苛。自她九岁改换山头跟随门主以来,两百多年里,门主亲自督促她日夜修行,并且不许她踏出闭关之峰一步。到她终于被门主允许踏出闭关山峰,已是在两百零七年后 —— 门主令学有所成的她代表宗门,前去参加百年一度的友宗大比。

在她整装去参加友宗大比前,她收到了师姐的来信。师姐在信中说她奉门中长老之命,要去西方探一个秘境,无法前去大比现场为她助威,但相信她定能节节胜利,所向皆靡,待自己探境归来,再为她庆贺。

她拿着信反复看了好几遍。

那场为期十日的大比,她没有辜负师姐的期望,的确是节节胜利所向皆靡,在数百人竞技的比武中一举夺魁,一夕之间,名震天下。门主和长老们对这个结果也都很满意。

然当她回到宗门,自西方飞信传来的,却是师姐和她的道侣双双遭劫陨落在秘境中的消息。

夫妇横死，只在这世上留下了一个再无亲人的半大孩子。

那可怜的孩子便是寂子叙。

寂子叙。当这个人出现在梦中，祖媞才后知后觉地发现，他种在她心底的那根刺并没有随着那一世的结束而拔除。此前见到他时她那样平静，可能只是因为他出现得太突然，而她一时没能反应过来。

这个梦将过去的一切都勾勒得十分清晰。

她初见寂子叙时，他还只是个刚满十四岁的小小少年，失了爹娘，在宗门里日子不太好过。而自打她在友宗大比上夺得魁首，门主便不再约束她。一场大比，使她在宗门里有了超然的地位，也有了渴望了两百多年的自由。在获得自由与地位之后，她利用特权所行的第一件事，便是将寂子叙带回了自己的雨潇峰。

寂子叙跟了她十年。十年来，寂子叙的衣食起居，她每每亲自过问，他的课业修行，她也每每亲自督导。她对寂子叙的态度门人看在眼中，弟子们皆知，那个父母双亡的孤儿寂子叙乃是雨潇峰玉师叔最为宠爱的师侄，即便他资质平平，也不可嘲笑欺辱。

她竭尽所能为寂子叙铺设出了一条修仙的坦途。

在寂子叙跟着她的第九年，她发现了他其实是个半妖，因妖力被封，才导致他修仙的天分被压抑。彼时她一直以为是因师姐所嫁之人乃是个妖，所以寂子叙才是这样的身份。其实妖亦可修仙，解开寂子叙身体里的封印，他也未尝不能证道飞升，只是她不知该如何解开他的封印。这事又不能求教门主，那一阵她一直在门里藏经阁中翻看相关的典籍。

那时候，寂子叙因修行无法突破之故，有些郁郁，正逢其他峰的弟子将出山历练，他便去藏经阁中找到了她，说也想跟着师兄师姐们出门游历，散散心。她允了，给他备了许多法器让他防身。照理说那些法宝足够保护他了，不想来春，弟子们皆回到山门，却带回了他不顾师兄们劝阻，执意去探一个秘境，在秘境中失踪的消息。

她亲自去那秘境走了一遭，冒着葬身妖腹之险，逼出了秘境中的所有妖物。妖物们却众口一词，说那少年溺死在了妖灵湖中，尸身已化为了滋养小妖们的养料。

她回到宗门后，在师姐的衣冠冢前坐了整整一宿。后来在师姐的坟茔旁立了一个新冢。之后九十年，她避入雨潇峰中，一心修行。再出峰时，已是九十年后，百年一度的友宗大比邀她去做大比的评判。

她去了。亲眼见证大比上横空杀出一匹黑马，以势不可挡之姿，将所有参加大比的年轻修士都遥遥甩在身后，一举拔得头筹，拿到了友宗大比的第一。而这人，竟正是失踪了九十年、宗门上下皆以为他已葬身秘境的寂子叙。

她知寂子叙定是得了奇遇，解开了身体里的妖力封印。这很好，师姐在天之灵亦会欣慰，那时候她想。

如果故事就到此结束，其实不失为一个知恩报德、种善因得善果的好故事。

但故事并没有结束。

大比之后，寂子叙回了宗门，带回了一个叫温芙的姑娘，说当年在秘境重伤后，是这姑娘救了他；姑娘无父无母，只有个哥哥，但她哥哥常年在外，难以照看她，所以他将她带回宗门善养，也算是报答她。

彼时她也是感谢这位温芙姑娘的，且觉得寂子叙应当如此，这么做很对。

温芙也的确是个很讨人喜欢的姑娘。

若不是做梦，之后的事她并不愿想起来。

那些事不太容易面对。

之后，温芙病逝，寂子叙为了病逝的温芙，竟觊觎上了她的凡躯和修行，罔顾她对他的教养之恩，欲夺她的躯体，占她的修为，使温芙复生。

而最后，她的确可说是死在了他的手中。

那一世，因着自幼便被门主关在山中修炼的经历，她或许有些冷情，但因寂子叙是师姐遗留在世的唯一血脉，即便如今复盘，她依然觉得，她对他，做到了她可以做到的最好。她并不能理解为何最后他会那样对她。

如今她已归位，往世的劫难于她而言不过云烟，可她依然记得，那一世她临死时是含着怨的，说不上恨，但的确曾怨过寂子叙为何会那样心狠手辣。

梦很真实。那世的最后一幕在她脑中徐徐铺开。

雨潇峰顶，寂子叙要渡劫，她为他护法，降下的雷却非普通天雷，竟被动了手脚，雷中藏了夺魂的大阵。她因对寂子叙全无戒心，被他施术困在了原地，任那十八道夺魂雷劈砍在身，魂魄硬生生被天雷挤出躯体。

在魂魄离体的前夕，温芙的双生哥哥温宓一袭青衫悠悠然自几步外的巨石后转出，来到了寂子叙身边，桃花眼笑看向痛苦挣扎的她："似乎快成了……将芙儿的魂换入她的躯体，继承她的修为，便一定能瞒过幽冥和天庭。如此，芙儿不仅能回来，还能同你一起修行，一道成仙，真正与你双宿双飞。"他的手搭上寂子叙的肩，笑着催促，"子叙，只差最后一道天雷了。"

寂子叙漠然地闭上眼，单手结印，引下了最后一道天雷。

那之前，她并不能想象，她教养长大的这个孩子，有一天会对她流露出如此冰冷的表情，对她使出如此狠毒的手段，她又做错什么了呢，她不过……

梦到这里，她惊醒了，身体微僵，仿佛仍能感受到夺魂雷劈在身上的痛楚。

夜深之时，人心最是脆弱易感。

祖媞睁开眼睛，慢慢从床上坐了起来，心中微觉荒凉。那一世，她来这世间，原本是来历情劫的，一世几百年过去，情劫之类她无甚体会，却深深感受到了被信任之人背叛的疼痛。这种痛，是她前十五世都不曾深刻感受过的，以致如今想起，心中仍觉郁窒。

　　她想给自己倒杯茶，一动，手却碰到了枕边的铜镜，按上了镜柄的红宝石。她愣了一下，手刚移开，连宋的声音便传了过来："阿玉？"像是睡梦中被吵醒了，叫她的名字时，尾末含着一点鼻音。

　　她应了一声。

　　青年的声音变得清醒了许多："这么晚了，怎么还没睡？"

　　柔声询问响在这静夜里，不知为何，竟使她感到了委屈。她含糊地嗯了一声，将正对着帐顶的镜面翻了过去。方从梦中惊醒，她样子不大好，不想让他看到。做完这个动作后，她才低声地、闷闷地、带着一点告状意味地同他说："我做了噩梦。"

　　察觉到她的低落，他轻声问她："什么噩梦？"

　　她无意识地攥紧了手中的素被，默了片刻，答非所问道："小三郎，你会背叛我吗？"

　　"背叛？"他有些惊讶。

　　她以为他是不懂她这话的意思，解释道："就是为了别的人或者别的事，伤害我。"

　　"我不会。"

　　连宋不知祖媞究竟梦到了什么，但纵使相隔万里，从她的声音里，他也辨出了她此刻不大对劲，仿佛充满了不安，即便他立刻回答了她他不会背叛她，她也没有安心，静了一会儿，反而问他："你怎么证明？"

　　怎么证明？他考虑了片刻，回答她："你忘了吗，我们立下了噬骨真言，我曾发誓一生都会待你好，若违此誓，将被天火焚身。"他其实并不愿如此说，显得他仿佛是因畏惧被惩罚才对她好一般，可此时她正钻牛角尖，就算对她许诺，她也不会相信，不如让她想起他曾发给她的咒誓。诺言可能会苍白无力，咒言总是真实不虚的。

她唔了一声，像是勉强认可了这个回答，但并不喜欢。

他能想象出她此时可能是抿着嘴的不太满意的模样，便又开口："阿玉，让我看看你的脸。"

她没有立刻回答，像是有点犹豫，过了会儿，才道："那你等等。"

连宋嗯了一声，等着她。

铜镜彼端传来一阵窸窸窣窣的响声，片刻后，镜子被立了起来，她的脸出现在了镜中。身侧点起了一盏竹灯，灯光并不很亮，柔柔笼住她。她像是刚洗了脸，鬓发和眼睫都有点湿漉漉的，颊旁残留着一点未拭干的水迹，神色有点惶然，可爱又可怜。

自她归位为祖媞后，她什么时候在他面前流露出过这般神情？他几乎是立刻感到心疼。他没有追问她究竟是做了什么噩梦，为什么瞧着这样难过，只是专注地看着她，沉着坚定地告诉她："就算没有噬骨真言，我也不会伤害你，对你不好。阿玉，你要相信我，也要记住。"

她的眼突然红了，眼巴巴地隔着镜子望着他，好一会儿，有些哑地叹息了一声："小三郎，我好想你啊。"

八个字而已。她没有说很多话去向他展示她的心事和委屈，只是叫了他，然后说想他，就让他心软得要命。"嗯。"他低低回答她，"你睡一觉，睡醒了就好了，我很快就来见你。"

她的眉眼很轻地弯了一下，是对他很快就来见她的许诺感到开心的意思，可同时，她也对他"再睡一觉"的提议有所迟疑。"睡着了又做噩梦怎么办？"声音仍有些哑，却也软，很像在撒娇，只是她自己没有察觉到。

"给你装镜子的锦囊里有个储物袋，"他温柔地替她想办法，"里面装了我惯用的香。上次在琴苑小亭，我看你用那个香就睡得很好，所以给你准备了一匣，你待会儿取出来燃一丸。"

上次他们在琴苑小亭歇息的那一晚分明没有燃香，又谈何用香。

069

她缓慢地眨了一下眼睛，又反应了片刻，突然明白过来他这含蓄之语指的是什么。那夜他们的确没有燃香，但她躺在他怀中，闻着他身上的白奇楠香入眠，也的确可称作是用了香。

她还记得第二天早上睡醒之后，发现他竟还没醒，她就装睡了半个时辰，等到他醒来，轻手轻脚将她环着他腰的手拿开放到一旁先起了后，又过了一会儿，她才佯装宿醉醒来，又装作一点也没察觉自己在他怀中睡了一晚的样子，依然自然地同他说话。

彼时她给他俩找的话题就是："亭中是不是燃了香？和小三郎你惯用的香倒是很像，昨晚我难得睡了一个好觉。"他也很自然地答她，说"是"，还问她果真睡得很好吗？

因他们曾有过那样的对话，所以她明白，他说的用香指的便是燃香，并无他意。但她深知那夜她实际上是如何用香的，脸立刻红了，她别开了眼，听到他再次开口："我后日，"停了一下，"不，明日下午我便启程。"

他又一次向她许诺。这许诺令她安心。她抬头看向镜中。青年穿着雪白的明衣靠在床头，黑发散下来，眉眼那般英俊，令人心动，也令人想要依恋。她望着他，他也看着她。他们都不再说话。那静默掺杂了一丝说不清道不明的意味。她的心不知为何跳得飞快，在如同擂鼓的心跳声中，她听到他安抚似的对她说："好了，去睡吧。"

他这句话来得很及时，她想，再对视下去，她今晚就不用再睡了。怎么还睡得着。她伸手按住胸口，想将那失控的心跳按下去似的，佯装平静地回了他一声："嗯，那我去燃香了。"

见他点头，她按了按镜柄上的红宝石，他的身影消失在镜中，她收起了镜子。

后半夜，祖媞燃了香。

白奇楠香微甜而凉，致密包裹住她，是属于连宋的气息，让她感到仿佛他就在她身旁。

而后她一夜好眠，的确没有再做任何梦。

第六章

次日是个晴日。

祖媞昨晚睡得不错，养足了精气神，原打算上午便去女娲仙阵中取南星妖身，但用过早饭，霜和却从山下将千里迢迢来丰沮玉门寻她禀事的殷临给迎了上来，取南星妖身的事便只得往后挪了。

不可避免的是，一上山，祖媞转世时每一世都跟在她身旁的殷临便见到了寂子叙。

殷临见到寂子叙，震惊之余，挽起袖子就要揍人，寂子叙看到他也有点吃惊，但面对殷临的长剑来袭，却没有动，不像是要抵抗。大家都有点蒙，幸好祖媞出来，抬手止住了殷临的攻势，让殷临屋中同她说话。寂子叙望着祖媞的背影，向前走了两步。殷临从他身边经过，沉着脸冷哼了一声。寂子叙怔了怔，垂眸敛住了目中情绪，停下了脚步。

菁蓉机灵地转了转眸子，自从昨晚踏入这精舍见到寂子叙，她便感到他同尊上之间不简单。

照理说，二人既是旧相识，认出彼此后自然该寒暄个几句。寂子叙在认出尊上后的震动和惊喜不似作伪，但尊上对寂子叙却着实冷淡。

菁蓉和天步被分到了一间房。天步也察觉出了祖媞和寂子叙之间有故事。两人叨叨了半晚上，但也没叨出个什么。巧的是次日殷临便来了。两人一致觉得祖媞和寂子叙之间的事儿殷临这个姑媱大总管指定知道，因此待殷临禀完事后，便将他拉去了后山。

后山幽静，是个鬼鬼祟祟谈事情的好地方。天步化出一张茶席，一边煮茶一边给菁蓉使眼色。

菁蓉还是有点怕殷临，吞吞吐吐说完了找他来这儿的意图，本以为就算不被骂，也不可能那么容易从殷临口中得到她们想要的信息。但也许殷临是太讨厌寂子叙了。而讨厌一个人的时候，的确很难控制住自己不去和他人分享他的讨厌事迹。

"尊上在凡世轮回历劫的第十六世，遇上的那个劫数便是寂子叙，那一世尊上亲手将寂子叙教养长大，最后他却背叛了她。"殷临回二人道，"两人之间的纠葛有些复杂。"

菁蓉心颤颤问："他们之间的纠葛，包括情感纠葛吗？"

殷临沉默了一下："若我说不包括，你们信吗？"

菁蓉和天步面面相觑，震惊得不能自已，特别是天步，只恨自己为什么没有一个传声镜，也好立刻打开给她家殿下听一听。

殷临却很是淡然："她那世原本便是去凡世历情劫的，同人没有感情纠葛，又历什么情劫呢？"喝了一口茶，继续，"不过不是尊上对寂子叙有什么，是寂子叙。他父母死后，尊上将他接到雨潇峰亲自照料，将他从泥沼中拉了出来，又处处周全，待他极好，因此他爱上了尊上。哦，彼时尊上道号红玉，是以他唤尊上一声玉师叔。"

菁蓉其实是个很保守的神，保守的菁蓉被惊呆了，发出了一个灵魂疑问："……尊上既是寂子叙的师叔，寂子叙他爱上自己的师叔岂不是罔顾伦常，况且两人年岁也并不相当啊！"

殷临并不觉得这是问题："尊上那时候是比寂子叙大了近两百岁，可彼处凡世也是个修仙之境，相差个两百岁在外貌上也看不出来，"他说得像是很理解寂子叙,"彼时尊上是个备受推崇的天才剑仙,在修仙界颇有声望,加之又长得那个模样,世间不知有多少人想亲近她,可她全然不将他们放在眼中,独对寂子叙爱护有加……寂子叙想要把持住不动心,可能也很难吧。"

天步听到这里,为自家殿下捏了一把汗。受《雪满金弩》这本书的影响,她近来也觉自家殿下可能是对祖媞神有点心思不纯。此时听殷临说起寂子叙同祖媞神的情缘过往,立刻为自家殿下感到担心:"那……祖媞神可知寂子叙对她有情?她对此又是何种态度呢?"难为她已经这么着急了,问问题竟仍不失条理并立刻问到了点子上。

"尊上吗?"殷临喝完了茶,将杯子放在案上,轻飘飘道,"自然是拒绝了寂子叙。"殷临笑了笑,"之前的十五世轮回,并未让她懂得男女之情究竟为何,因此察觉到寂子叙的情意后,她觉得很荒唐。"殷临主观感情色彩相当浓厚地补充,"很遗憾,她没有因此而厌恶或者疏远寂子叙,只以为他是少年失怙,鲜有人以善意待他,而自己是待他最好的人,故而他将对亲人之情移情到了自己身上。"

殷临回忆当年,怪自己记性太好,三万三千年前的事,竟仍历历可数。

那一世祖媞于昊天门中独掌一峰,为使她专注修炼,门主选了几个外门弟子做她的侍从,照顾她的衣食起居。殷临便是那八个外门弟子中的一个,从祖媞九岁起便跟着她住在雨潇峰中,是她最信任的侍从。

殷临记得,寂子叙是在他二十四岁生辰那夜,借着醉酒之名向祖媞诉说了情意,祖媞被吓了一大跳,很惊讶,觉得寂子叙不像话,但更多的是想不通。

彼时殷临已做到了雨潇峰八侍从之首,说他是雨潇峰的总管也使得,因他嘴严,办差牢靠,因此遇到修行之外的事,无论大事小事,祖媞都会找他商量。

那时候祖媞还是很偏袒寂子叙的，闭关三天，给寂子叙想出了个理由，说他如此，多半是因单独同她住在雨潇峰中，没怎么同旁的女子相处过，让他离开雨潇峰他应该就会好了。不过他年纪就这么点儿，让他去哪儿呢？就算使他重返他父母曾在的沐阳峰，她也不放心。以他目前的修为，旁人欺负了他，他甚至还不了手，因此她打算尽快找到解开他体内妖力封印的法子，助他突破，待他能打过大部分门中弟子，再让他回沐阳峰多和同龄的师姐妹们相处相处。

祖媞语重心长地同殷临说完这个打算，又让他私下里也帮她寻一寻那些有关妖力封印的古老典册。

在殷临看来，彼时祖媞虽对寂子叙无男女之意，但该为他想的都想了，该为他做的也都在做。可寂子叙却多少有些不知好歹，就因为祖媞拒绝了他，那一阵一直有些闹别扭——明明学艺不精、出山危险，却偏要跟着师兄师姐们出山历练，岂不就是同祖媞闹别扭？

祖媞也察觉到了寂子叙心情不好，允了他出山游历，但终归放心不下，几乎将雨潇峰半峰法宝都装进了他的随行锦囊。可最终寂子叙还是出事了。

菁蓉听到这里，立刻感到很嫉妒，粉拳砸在案几上："这个寂子叙！尊上对他这么好，他还有什么不知足？我那时候出山游历，尊上可没有将姑媱的半山法宝都装给我！"

殷临默了一默。他还是比较知道怎么安抚菁蓉，顿了一下道："哦，不是尊上不宠你，主要是你没有寂子叙那么不懂事。你当年同霜和出山游历的时候，已经很厉害了，用不着姑媱的法宝。"

菁蓉哼哼了一声，果然不太生气了，不过眉毛仍没有舒展开，气愤道："那……照你所说，尊上对寂子叙是极好极好的，而寂子叙又很喜欢尊上，那为什么他之后会背叛尊上呢？我想不通。"

"为什么？"殷临重新端起了茶杯，"可能因为人心是不足的，也是易变的吧。"

菁蓉不明所以。

殷临讽刺地笑了笑："当年他失踪后，尊上为寻他，将害他遇险的秘境捣了个底朝天。在旁人看来，尊上为他如此已很是重情，但寂子叙不满足，他觉尊上那样快便接受了他离世，之后的九十年也并未再寻过他，是根本不在意他。所以重回宗门后，他一直是怨恨尊上的。听说过由爱生恨吗？"殷临望向她们，眼中满含冷意，"以前没有能力，即便有恨也无可奈何，终于有了能力，当然要报复。况且，想要得到温芙，自然得向她那个视妹妹为掌珠的哥哥温宓表忠心，"他嗤笑道，"又有什么比毁了年少时的所爱更好的向温宓表忠心的法子呢？"

菁蓉与天步齐齐愣住："向温宓表忠心？什么意思？温宓……温芙，这两人又是谁？"

殷临淡淡："寂子叙在秘境中出事后受了很重的伤，温芙是救了他的人，也是他后来喜欢上的人，那倒是个很纯真的姑娘，可她的哥哥温宓就……"

殷临顿了一下。

要说清那一世的事，便不可避免要提到温宓。但殷临其实很不想提起他。

他踏破洪荒走过旧神纪，又陪着祖媞前去凡世轮回了十七世，打过交道的人不知凡几，半妖温宓绝对是能排得上号的令他感到厌恶的人。

温宓和他的双生妹妹温芙皆非凡人，乃秘境中鱼妖与凡人结合产下的半妖。因此寂子叙将他们带回昊天门时，很仔细地隐藏了二人的身份。温宓与温芙皆是隽秀柔美的长相，兄妹俩足有七八分相似，但温宓要高挑些，一双桃花眼似笑非笑，气质有几分邪佞。温芙则羸弱许多，因生来便带了心疾，病体纤薄，站在寂子叙身旁，就像一株柔弱无依、必须攀附扎根于地的巨木才能生存下去的菟丝子，很是惹人怜惜。

在天步忍不住开口，催促般地询问殷临"温宓又怎么样"时，殷临回过了神："温宓？他很讨厌。"他轻捏了一下鼻梁，"哦，忘了同你们说，温芙当初是以寂子叙未婚妻的名义随他回昊天门的。"

他整理了一下思绪，继续同二人讲述往事："温芙随寂子叙回昊天门后，两人没住在雨潇峰，而是去了沐阳峰，所以温芙只是在随寂子叙前来雨潇峰拜见时见了尊上一面。尊上感念她救了寂子叙，给了她一颗可解百毒的灵丹做见面礼。那是尊上炼了七十年才炼成的丹药，整个昊天门唯此一粒，可说是极重的礼了。温芙忐忑地受了这礼。

"没想到礼太厚反惹了祸。这份厚礼让她哥哥温宓很不快。温宓不知从何处得知了从前寂子叙喜欢过尊上这事，他怀疑尊上备这丰厚的见面礼给他妹妹也是因对寂子叙有情，所以才以如此重礼相赠，感激他妹妹救了寂子叙。

"我说过吧，温芙是温宓的掌珠，是他在这世间最亲也最爱的人。世上之物，只要温芙想要，温宓没有不给的，他不仅会给她，还会设法给她最好的。即使温芙没有开口，即使她什么都不知道。"

最后这段话的暗示已足够了，接下来发生了什么，聪明的天步已差不多能猜出了："所以之后，温宓离间了寂子叙同祖媞神的……"她斟酌了一下，用了"情谊"这个中规中矩的词，"是吗？"

殷临却冷笑："说什么情谊，寂子叙是个只知索取的人，或许从没认过尊上对他有教养之恩。"他突然一转话题，"你们想知道寂子叙最后是如何背叛尊上的吗？"

二人对视一眼。

殷临饮尽杯中茶，把玩着玉杯："昊天门的门人们不知温芙乃栖云秘境主君之女，我岂能不知。寂子叙与温芙在一起，是因爱她，还是因他想要栖云秘境的秘宝，我并不关心。不过不可置疑的是，他是想同温芙完婚的。但要同温芙完婚，便需取得她哥哥温宓的信任。而要让温宓信任他对温芙的爱和忠诚，是需要做一些事的。"

菁蓉和天步大气也不敢出。

殷临抬头看了她俩一眼："温宓让寂子叙完成一件事，以证明他对温芙的爱。

"他让寂子叙毁去尊上的脸。他认为寂子叙之所以会爱上尊上，很大程度是因尊上有一张色相殊胜的脸，只要毁了她的脸，夺去她的美丽，寂子叙便不会再被她吸引。寂子叙答应了他的要求，以切磋之名将尊上约出比剑，比斗中剑气划过尊上侧颊。他亲手毁了尊上容貌。

"可这并不够。

"不久后温宓发现，即便没了容貌，尊上在世间的美名依然使她耀眼，自己病弱的妹妹同她比起来依然如萤火比朝阳，这使他感到不安。于是，他暗中散布了尊上不顾伦常引诱寂子叙的谣言。谣言太烈，竟闹到了门主处，宗门长老面前对峙此事时，寂子叙倒也说了实话，说并非尊上引诱他，过往诸般皆是他年少不懂事，可这般言论，却也证明了两人之间确有纠葛。一时修仙界将尊上传得极为难听，尊上声名尽毁。

"温宓终于满意了。那一年的年尾，他让温芙与寂子叙完了婚。

"其实如果只是这样，我对寂子叙和温宓不会那样憎厌，毕竟这都是尊上应历之劫，可就算他们只是尊上历劫的工具，也不该觊觎尊上的躯体和修为。"

殷临唇间含冰，语声冻人。

菁蓉和天步听得心惊："都这样了，还不算什么吗？那最后……他们到底对那一世的尊上做了什么？"

许久后，殷临才开口回她们，声音微哑："温芙体弱，天不假年，没有熬过心疾，在嫁给寂子叙的第二年便病逝了。为使温芙复生，寂子叙趁着尊上为他护法，联手温宓以夺魂雷偷袭尊上，抢占了尊上的凡躯和修行。幸而红玉的凡躯和修行虽为他们所夺，但其魂魄离体后便立刻回归光中休养了，不曾落入他们手中。"

殷临说完这番话后，晴日之下，这方野地一时静极。

菁蓉和天步说不出话来，良久，才想起来如何开口似的："怎么会……"

无怪如今祖媞见到寂子叙是如此态度，这样惨烈的过往，着实超出了她们的智识。

回过神来的菁蓉蓦地攥紧拳头，眸中燃起熊熊怒火："我这就去……"

殷临一看她这模样就知道她想做什么了，立刻站起来拦住了她，告诫道："别去招惹寂子叙，尊上说那一世她欠她师姐一条命，最后将那条命还给寂子叙也算了了因果。你再去招惹他，岂不是使他们之间再生因果，徒给尊上添麻烦，可懂？"

菁蓉虽然很气不过，听殷临如此说，也不敢鲁莽，最后委屈地点了点头。

三人便散了。

殷临在午后离开了丰沮玉门。

祖媞并不知自己和寂子叙那一世的事已为天步和菁蓉所知，不过就算她知晓了也不会当回事。她并不觉这些有什么不好对人言的。

午后殷临走时，她吩咐了殷临一句，让他绕道回一趟姑媱去帮她取一下她藏在零露洞深处的塑魂瓶。之后她睡了小半下午养神，在日落之后，随着寂子叙上了丰沮玉门的山巅，又在月至中天时，跟着他如入无人之境地穿过四十九重空间阵，进入到了存放女娲仙体和南星妖身的沧岚顶。

女娲仙体被存置在沧岚顶的岩洞中。

丰沮玉门山瞧着是座灵力枯竭的仙山，但这被空间阵护着的沧岚顶却是一派祥云瑞雾，仙气腾腾。

祖媞向那岩洞去了一步。寂子叙跟在她身后，说了这一路以来的

第一句话:"岩洞有两重,南星神使的妖身存放在第一重岩洞的冰棺中。"

祖媞哦了一声,步入岩洞,见一条狭窄廊道弯弯曲曲延向深处,那廊道在半中向左向右分出两个岔道来,岔道只有几步,分别通向两个小石窟。

祖媞想着这应当就是第一重岩洞了,既然寂子叙没说应该向左拐还是向右拐,她也不想主动同他搭话,那就随便选一个方向得了。要拐错了待会儿再拐回来便是。

她选了向右。

寂子叙的脚步略有迟疑,但并未开口说她走错了。她觉着自己应该是猜对了。

进入洞窟,却未见着什么冰棺,倒是看到了一张冰榻。冰榻上笼着一层极厚的灵气,挡住了榻上之人的面容。去到那冰榻前,祖媞方看清榻上之人是何形貌。

她收住了脚步。

女子黑发白衣,紧闭双目,右颊处一道浅浅疤痕,根本不是南星,却是……她自己的凡躯——当初为寂子叙所夺去的、红玉仙长的凡躯。

她记得右颊处那道疤痕乃是拜寂子叙所赐。那时寂子叙寻她比剑,伤了她,可后来又找了许多灵药来为她治伤。有时他会看着那道疤发呆,清冷俊容流露出伤感,就像是很难过伤了她,让她也以为当初他是真的误伤她……祖媞打住了思绪,垂眸看着那凡躯。可这凡躯,他不是给温芙了吗? 又怎会出现在这里?

寂子叙的声音在她身后响起,很是隐忍:"我并未将你的躯体给温芙,一直好好保存着它,也一直在寻你,想着有朝一日能寻到你的魂魄使你复生,却不知你是光神,这不过是你转世的一具凡躯。"又道,

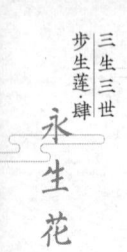

"当年我……"

祖媞忽地抬手向那冰床，寂子叙似有所感，急扑向那凡躯，失声道："别！"金光打在寂子叙身上，他蓦地吐出一口血。金光穿体而过，他未能护住那凡躯，苍白躯体在他怀中化为了一片红雾，红雾散去，一颗赤色的珠子落在了那冰床上。

寂子叙怔怔地看着那珠子，甚至忘记擦拭唇边血迹："你……"

祖媞收回手，声音平淡："这不是应存于世的东西，倘若流到外头，会引起祸端。"

寂子叙仍看着那珠子，忽地笑了，笑中尽是苦意："这些年，我便是靠着这具凡躯，靠着复活你的心愿撑下来的，又岂会容它流落于世外。"

祖媞皱着眉，她感到有些荒唐，眉间满是不解："你这样说，仿佛那一世我不是死在你手中。"想了一瞬，问他，"我记得当初你抢占这具躯体是为了温芙，拿到了这具凡躯却又没有复活温芙，那当初丝毫不念我的恩情，伤我毁我，最终杀了我，岂不是全无意义了？"

她每说一句话，寂子叙伏在冰榻旁的身躯便难以忍受似的颤一下，最后他闭上了眼，嘶哑道："是我错了，可我的本意并非是要杀你，夺你凡躯也并非是要复活温芙，在碧落黄泉皆无法寻到你的魂魄时我便后悔了，我……真的很后悔。那时我是……"

他像是要解释什么，但祖媞只觉烦恼，并不想听他多言。

虽然昨夜乍见寂子叙时还有点想不通，他的背叛和不念旧恩，像一根潜伏的棘刺，在她回忆起他时自心间钻出，扎得她心口闷疼。可同连宋说了会儿话，意识到这已是三万多年后，那一世凡世之事终归是许久以前的尘缘了，她多少也释然了，只当那一世已成过眼烟云。今日一路不和寂子叙说话，也不是因她还在意，不过就是不愿再叙旧人，再提旧事罢了。寂子叙却偏任她走进了这个石窟，还偏要同她说起过去，仿佛过去还有什么隐情……可就算有什么隐情，她也并不关心了。

她阻住了寂子叙的未尽之语："好了，便是你彼时那样对我是有苦衷，也不必再说了，不重要。"

寂子叙茫然地看着她，仿佛不知她是什么意思，喃喃道："什么叫不重要？"

她垂眸淡然："红玉已死，你我因缘便已了断在那一世。说到底不过劫字害人又误人。我不关心你当初为何去了凡世，为何做了师姐的儿子，也不关心你为何又能回来，重做回丰沮玉门的守阵之人，终归这是你们丰沮玉门的秘密。从此后你便好好做这女娲圣山的守阵人吧，当作没去过凡世罢了，与我那一世过往，也属实不必再提。"

寂子叙清冷俊美的面容一点一点白了下去："你是要彻底丢弃掉那一次转世吗？为什么？"面上露出痛苦之意，低声揣测，"是因为太疼了吗？所以无论我有多悔，也不能原谅了……是吗？"

祖媞没有答他，果断地转身离开了。即便在这洞中发现他曾费尽心力养护她的凡躯，又看到了他的痛，听到了他的悔意，她也不曾有一丝动容。是了，寂子叙想，那一世，她原本便是这样冷淡的性子，只对自己有些例外，可他却没有珍惜，或者说因为想要更多，因为贪心，连原本拥有的也尽数失去了。

他一时未能起身，只失魂落魄地坐在那里。

祖媞来到了另一个石窟。这一次她走对了。

石窟正中，冰棺灼人目，其间躺着的身穿十七层素纱单衣的银发少女仍保持着少时的美貌，仿若贞静地安睡。每一代妖君皆自莹氏出，血统最为纯净的莹家人才能拥有如此纯粹不含一丝杂色的银发，而随着妖族不断和魔族联姻，如今这世上，已很难再见到发色银得如此美丽的妖了。

祖媞走近几步，跪坐在了南星的棺前，静静看了她一会儿，然后伸手探向了南星叠放在腹部的手。那手从素纱单衣中伸出，衬着白纱上明绣的开得极艳的重瓣佛桑，显得十分白，触上去也很冷。

归位之后，见到的是这个昔日友人尽皆离去的世间，即便那时知晓自己很快也将离去，祖媞还是有些怅然。她有时候想问与自己同样身为洪荒神的东华帝君，活了三十八万年，眼见着亲人友人们一个个自身边消失，是否也曾有过岁月漫长令人彷徨之感。但和帝君接触多了，发现他好像并无这种感触，还活得挺自在的，她也就没有什么话好说。

下午小睡时，祖媞梦到了南星。梦中的南星和冰棺中的这个南星也差不多，但未穿着象征女娲神使身份的十七层素纱单衣，而是穿着正红的喜服。喜服上仍绣着重瓣佛桑，只那佛桑是白色的，仿佛预示着不祥。

那是个婚礼的场景。就在这丰沮玉门的山巅，南星与一个同穿着喜服的男子面向着东方，正在拜天。东方有晨霞朝阳，梦中她仿佛站在他们身后，看到南星微微偏头，因此她攫到了她的一个侧面。南星的唇涂得绯红，含着一个温婉的笑。她其实比她和少绾都大，但被女娲养得纯洁无邪，心如赤子，因此时光于南星而言，便变得什么都不是。她永远活在少女时代，一直有着最真的性情。

祖媞不曾看到与南星一同拜天的男子的面容，只看到了男子的背影——颀长高挑，气质也不错。若这梦是在这圣山里曾真实发生过的事，那男子应该便是春阳口中因历劫不成为天雷重伤、最后被南星所救的长右门修士了。不过那梦很短暂，仅那么几个片段晃过眼底，令人摸不着头脑，也无法解读出更多信息。

不过她知道，南星的确是很想成家的。她很想找个能一直陪伴自己的人。

大概是在二十七八万年前吧，祖媞曾最后见过一次南星——她难得出山，来找她借姑媱灵泉，以养她新近培育出的毓金子。

因丰沮玉门中又有妖侍死去，南星看上去有些忧郁："妖族寿命比不得神族和魔族，西陵今年已十三万一千零七岁，活到这个年纪，算是难得高寿了，此时寿终，也不能算是一件悲事，只是他也离世了，娘娘当初留下的八十妖侍便全都不在了。"她声音微颤，轻轻叹息，"长生是什么福气呢，他们同我一起长大，每走一人，我便……"话没有说完，褐色的瞳仁敷上了薄薄一层雾气。

祖媞记得，那时她还不大懂情。不过南星是很懂的，永远穿着十七重素纱单衣的，有着一头月下雪一般美丽银发的南星，总是端庄贞静，而又情感丰沃。

彼时于情感无知的祖媞如此建议她："既如此，往后对那些妖侍们的后代，你便不要再用太多心了，同他们疏远一点，那今后他们寿终离开，你也不至如此伤情了。"

南星像觉得她的提议很可爱又很天真，问她："那样的话不是又会很孤独吗？"喃喃地，"孤独也是种会让人无法忍受的东西。"她端庄地坐在那里，仿佛烦恼、又不好意思地笑了一下，那笑中含着一点悲戚，问祖媞，"我是不是有点麻烦？好像忍受不了的东西有点太多了。"

没什么情商的祖媞觉得南星很有自知之明，她确实有点儿麻烦，不过作为朋友，她可以忍受她的所有麻烦之处。

她是真的很关心南星，所以也替她感到为难："嗯，那要怎么办呢？"

南星静了片刻，看着远处的雾霭，道："女娲娘娘沉睡前对我说，希望我能寻到一个我喜欢的、愿意永远同我在一起的人，如此，我们便可以相互依赖，相互扶持，一起抵御孤独，并且分担世间的种种痛苦，比如这种生离死别之苦。我想，娘娘说的或许是对的，我应该去寻一个那样的人。"

那时，情感匮乏的祖媞并不太能明白这段话的意思，只觉南星虽自幼失怙，但女娲收养她后是真的很疼她，恰似她的母亲，如此一篇肺腑之言，也如同母亲叮咛儿女，自己虽然听不太懂，但也感到窝心。但她也很理性，因此她提醒南星说："可就算找一个神为伴，他也不一定能拥有你那么长的寿命，可能很难一直陪伴你。"

南星温婉地笑了笑，回答她："娘娘给了我长生的命运，但怕我孤单，也给了我将寿数分享给命定之人的能力。如果真能找到那个人，我可以将我的寿命分给他，亦使他长生。"

南星如此单纯，又对寻到一个可以同她相拥取暖的人如此渴望，所以最后才会输给了狡猾的凡人。祖媞不知那个长右门的修士同南星在一起后，是否得到了长生不死的能力，甚至不知那人是谁，如今又在哪里。她只是为南星感到悲哀。

她陪南星坐了很久，许久后才站起来，打算离开。南星的妖身保存得不错，今日她来到这里，心情并不算好，但起码得到了一个好消息——她此前的计划是行得通的，她可以救南星。

第七章

昨夜祖媞与寂子叙带回了南星妖身，春阳在精舍中单辟出了一屋，以存放南星的冰棺。

次日晨起，趁着殷临尚未将塑魂瓶送来，祖媞先行着手以灵力温养南星妖身。这是个细致活儿，有些耗神。

菁蓉注意到寂子叙同祖媞之间的气氛不大对劲，但到底怎么个不对劲法，她也说不上来。不过寂子叙对尊上倒是很好，话虽不多，却总能把握住尊上施法休息的间隙，给尊上端过来个什么养神茶或者小点心。因他说是春阳做好了让他拿过来，并不居功，所以尊上也不太能拒绝他。

可菁蓉却很不耐烦，瞅着个空当，趁寂子叙提着一壶参茶过来时，拽着他往院中疾行数步，待离尊上和南星都远远的，拧紧了眉斥责寂子叙："你和尊上那一世是怎么回事我都已经知道了！那一世你将尊上害成那样，此时却还有脸围在她身旁？也真是好意思呢！我告诉你，你最好离尊上远一点！"

寂子叙面色冷淡，只道："那是我和她之间的事，由不得外人评判。"

"外人"二字却激怒了菁蓉。"到底谁是外人？尊上三万多岁时我便跟着她，与她情谊有多深你根本不明白。"她不耐烦地瞪寂子叙，"总

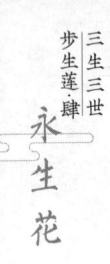

之你们因果已了,你不要再去烦尊上了!"

但寂子叙却像是根本说不通。"因果已了?"他面色微变,"因果是否已了并不是你说了算,也不是她说了算。我欠她的还没有还清。"说着便要离开。

菁蓉简直不可置信,噔噔两步跑到寂子叙身前拦住他:"那世你都那样对尊上了,尊上最后还愿为你护法,对你已是仁至义尽了,但凡你还要点脸面,都该离她远些吧?"

这话说得极不留情,寂子叙怔了一瞬,静默片刻后,沉声道:"是,如你所说,她对我已仁至义尽。但那一世,最后她还愿原谅我,在我渡雷劫时为我护法,说明我在她心中还是不一样的。彼时我错了很多,如今我想要挽回,也想要了结那一世的遗憾,她的,还有我的。"他顿了顿,问菁蓉,"你又有什么资格来要求我不要如此呢?"

菁蓉才发现这不爱说话的清冷青年长篇大论起来也很噎人,一时竟不知该如何反驳,好半天才想出来该怎么扳回这一局:"那一世或许你在她心中是不一样的,但如今,在她心中最不一样的那个人却早不是你了,你完全不必再做白工!"

寂子叙没太将她的话当回事,淡淡看了她一眼:"你想说,如今得阿玉看重的那个人是你?"

菁蓉哼哼一声:"我才没想说是我。"她睁着眼睛说瞎话,"那一世尊上怕你遇险,眼也不眨给你半山珍宝护身,是不是让你很得意啊?哼,但是为了那人安危,尊上可付出的却不只半山珍宝呢!你知道这世间有一种咒言叫作噬骨真言吧?"

寂子叙蓦地一僵,声音突然变得很冷:"那不是强迫他人的一种咒誓吗?"

菁蓉挑了挑眉:"想不到你还有点见识。"眼睛转了转,"若一人要求另一人对自己立噬骨真言,那的确有勉强和强迫他人的意味。但你可知两人自愿对对方立下噬骨真言是什么意思吗?"菁蓉细眉微弯,

"是相互臣服，永不背叛对方的意思。必得是有极深的羁绊，彼此视对方为生命中最重要之人，才会与对方立下如此咒誓。而那个人与尊上便立下了这咒誓。"

虽然说真的当初祖媞与连宋立噬骨真言，不过是因一个还是孩子不大懂事，另一个又玩世不恭不太当回事，但菁蓉一篇天花乱坠，将事实扭曲至此，听上去居然也很真实，连她自己都佩服自己。

寂子叙显然也听信了她的鬼话，他的脸色突然变得很差。"那人是谁？"他定定看着她。

见寂子叙如此，菁蓉立刻变得开心，转了转眼珠："哼，不告诉你！"说着还对他做了个鬼脸，很快转身跑开了。

深山静默，夜风微凉，已是三更。

寂子叙没能睡着。

一闭眼，便有沉重过往来袭。眼前一片刀光剑影。是三万五千二百九十七年前。

那一夜，长右门人穿过护山大阵攻入山中，妖侍们毫无防备，一个接一个死在那帮凡修的刀剑下，山中燃起了大火，天地间一片血色，伴着几欲噬人的高热。

很难理解，作为婴孩的他是如何将那夜的一切牢牢记在脑中的，但他就是记住了。

他记得大陶是如何艰难地将他从敌人的刀剑下救出，送到了神使大人身旁；记得从尸山血海中走出的神使大人身上仍残留着毓金子的暖香；还记得神使大人带着血腥气的手指轻抚过他的脸，惯来温软的嗓音里含着疼痛与悲凉，颤抖着吩咐身旁的侍婢："大陶、小陶，你们二人一定、一定要……好好保护子叙和春阳……"

得了神使大人的遗令，大陶将他绑在胸前，一路狂奔出山。几个修士跟上了他们。大陶受了伤，体力比不上那几个修士，眼看就要被修士们抓住，平地里忽刮起了一阵狂风……是天道垂怜还是将死的神使大人送了他们一程，谁也不知。只是在大陶醒来后，发现那阵风将他们送到了若木之门附近。

大陶便带着他逃去了凡世。

他和大陶皆受了伤，大陶伤得更重一些。

起初的两千多年，大陶带着他辗转于数个凡世，以寻找灵气充盈之所养病疗伤。在大陶的精心照顾下，他一天天长大，魂中的伤也一日好过一日，但大陶的情况却越来越糟，到他两千多岁时，大陶自知天不假年、大限已至，在临终前，为他筹了一个好前程。

昊天门沐阳峰的大师姐与道侣成婚后，生下了一个男孩，隐在昊天门中的大陶算出那孩子病体羸弱，乃早夭命格，在那孩子不满周岁时改换了他的面容，使那孩子有了一张同他一模一样的脸。那孩子果然在八岁时病夭，他便顺理成章地去替了那孩子。

为防他在昊天门中露出破绽，大陶封了他的妖力和记忆，并在临死前谆谆叮嘱他定要好好修炼，又告诉他事到如今，唯有证道成仙，他才能重返四海八荒，而到那一日，他会恢复所有记忆。

妖力和记忆被封，他看上去和个凡人小童无异。一切都很顺利，没有人发现他并不是原来那孩子，因此他在昊天门中过上了几年好日子。但好景不长，没两年，他的挂名父母竟在探索秘境途中双双遇难了。他又重新变成了一个孤儿，人人可辱，人人可欺，而这一次，他的身边再没有任何人相陪。从此，日子成了一片难以望到尽头的泥沼，而他是这片泥沼中唯一的旅人。

他不再拥有从前的记忆，不再记得自己有紧要的使命和贵重的身份，因此无法再从与生俱来的自尊里去汲得勇气直面惨痛的人生。

以为自己只是一介凡人、在这世间无依无靠、也看不到任何未来的他，彻底被孤独和绝望压垮了。

便是在那个时候，红玉出现在他的面前，向他伸出了手。

美得不似凡人的天才剑仙，年纪轻轻便独掌一峰，而又刚中柔外，不矜不伐，她是他想要成为的模样，是他的所有向往。

最初，他只是仰望着她，可要喜欢上她，也着实是很容易的一件事。而当仰慕中掺杂了喜欢的情感，自卑便也接续而生。他比任何时候都更痛恨自己平庸的资质，可偏偏资质这种东西，是他无论怎样刻苦去修炼都无法改变的。

喜欢的人是无法得到的人，向往的未来也为平庸的资质所限，是无法企及的未来。

那一阵他十分苦闷，为了解开心结，决意同师兄师姐们一道出山历练。

历练途中，却因大师兄冒进，连累众人被困在了一个妖物肆虐的秘境中。

明明作死的是大师兄，最后被放弃、坠入妖灵湖中求生不得求死不能的人却是他，只因他与众师兄弟并非同峰，不够亲近。能说什么呢，或许只能怪他命不好吧。

后来，修仙界中有许多人羡慕他一遭遇险，竟得了奇遇。

又是什么值得人羡慕的奇遇呢，他简直要发笑。

栖云秘境深处，皱巴巴的老头子叼着烟袋，精锐的目光藏在重重叠叠的深褶子后："竟是个半妖，"老头子磔磔怪笑，露出两粒发黄的尖牙，"本尊是这秘境中的妖王，看上了你这身根骨。这样，只要你向本尊立下噬骨真言，发誓效忠本尊，本尊便……"

走投无路的他同恶魔做了交易。

生在女娲圣山之中，养在神使大人膝下，他原本当是天之骄子，却根本没过过几天天之骄子的日子，那一世他侥幸所得的东西，全是他同恶魔换来的。

夜鸦的哀声传来，寂子叙满头冷汗，静夜里响起他粗重的呼吸。

良久，他抚着胸口慢慢坐了起来，痛苦地嗤笑了一声。这些暗色的过往啊……幼时颠沛的苦，作为凡人少年失怙的苦，与他后来所经历的相比，都不必称苦了。他这半生最大的苦，便是从那片妖灵湖开始。若时光能够倒流，彼时他还会同那鱼妖做交易吗？他绝不会了。

一阵厌恶的胸闷袭来，他烦躁地深深呼吸，握住素被的手用力得发白。

菁蓉虽生得娇甜艳丽，骨子里却很是恶劣，关于这一点，经常被她欺负捉弄的昭曦和霜和有很多话可以说。

殷临千叮咛万嘱咐，让她别去找寂子叙报复，她倒是答应了，但怎么可能真的做到。作为一个杠精，菁蓉可太知道怎么气人了，心想：不许我同寂子叙动手，那我发挥我的特长，没事儿就去气一气他看他变脸，岂不也很快乐吗？

所以是日午后，看寂子叙取出盛满了灵力的梅瓶放在院子里，准备开始做每日必行的养山功课，菁蓉立刻凑了过去，挑着细眉打断了他的正事："你怎么都不来问我那个人的事？"她质问寂子叙，"昨天你不是还很想知道他是谁吗？"眨了眨眼睛，又装作无辜，"我还以为你今早就会来问呢，等你好久啦，本来打算要是你今天问我，我就告诉你的！"

寂子叙看了她一眼，没有说话，收起了梅瓶。

菁蓉抿着嘴，一边问："你怎么不说话？"一边想着等寂子叙上钩，好奇发问了，她可以再编点儿什么瞎话来刺激他。

没想到寂子叙转身便走。

菁蓉大惊，赶紧上前，挡住他的去路。

寂子叙不耐烦地看了她片刻，终于如她所愿开了口："或许你并不知，那一世她虽待我好，对我却并非男女之情。她根本不懂情。而今我才知那时我不该怨她，因光神本就是无情的。"

菁蓉没听明白他这话是什么意思，沉声打断他："你什么意思？"

寂子叙揉了揉额角，冷淡回她："意思就是，就算如你所说，她如今另有了亲近之人，我也不觉着如何。或许她待那人比当初待我更好，但'好'的本质，应当也差不多。而我说我想要挽回和弥补过去，却不是为了再从她那里得到这种'好'。"说完不待菁蓉反应，已再次转身。

菁蓉听着更糊涂了，琢磨着这话的意思，也忘了她同寂子叙搭话原本是为了气他，见寂子叙这就要走了，竟没想起来再去拦他。直到身后响起了一个熟悉的声音同她打招呼，她才回过神来，侧身惊讶看向来人："三皇子！"

背对着他们已走出好几步的寂子叙也停下脚步，转身看了回来。

当听到来人问"阿玉在睡"时，寂子叙的瞳猛地缩了缩。目光一瞬不瞬地落在青年身上。

青年个子很高，有一张英俊的脸，气质矜贵，穿了一身白。上山那段路不太好走，但他那双白靴上竟无一丝杂尘。他手中握了把通体漆黑的扇子，却并不打开那扇子，只将它当作一个装饰闲握在手中。

菁蓉在那儿叨叨地解释："嗯，尊上为养护莹南星的妖身，这两日消耗的法力比较多，因此嗜睡一些。三皇子这么早就来了哇……"

连宋笑了笑，答得简洁："答应了她早些过来。"目光落在几步开外的寂子叙身上，掠了一眼，"这位是……"

这一刻，菁蓉是很想搞点事的，但要是寂子叙和连宋打起来了，这个架她可能拉不住……想到这里，菁蓉忍痛放弃了挑事的心，保守地介绍道："哦，这位吗？这位是女娲仙阵的守阵人，也是笛姬，呃，不对，是春阳的哥哥，叫寂子叙。"

连宋颔首向寂子叙："原来是女娲座下尊使，幸会。"

菁蓉又向寂子叙介绍连宋："这位是水神，亦是天族的三皇子连宋君。"其实到这儿她就介绍完了，该闭嘴了，可菁蓉实在太讨厌寂子叙了，觑了他一眼，没忍住，又飞快地补充了一句，"就是我刚才说的那人。"

虽然已有所料，但听菁蓉证实，寂子叙的心还是沉了沉，凝滞了一瞬，回了连宋一个僵硬的点头礼。

菁蓉不满意，瞪着寂子叙："你怎么都不招呼一下三皇子呢，这么没礼貌！"

连宋看向菁蓉和寂子叙，某种思绪掠过脑海，他想到了什么。但他未动声色，仿若什么都没察觉，唇边噙着一丝笑，打破了这剑拔弩张的气氛："菁蓉君，先带我去见阿玉吧。"

前一刻还在同菁蓉对峙的寂子叙突然开口："阿玉她还在睡。"

听到"阿玉"二字从寂子叙口中道出，连宋噙在唇角的那抹笑消失了，他重新看向寂子叙，片刻后，淡淡道："我去她房中等她。"

寂子叙冷道："午前她施法养护南星神使的妖身，很累了，好不容易睡下，你去她房中等，恐会吵到她。"

连宋仍只淡淡："不会。"方才礼度有加的青年不复存在。口吻疏冷，天生的矜贵便显了出来，外化为让人难以接近的距离感。

寂子叙怔了一下。而菁蓉已在前方领路，还不忘回头对他做鬼脸："要你管，尊上在三皇子身边只会睡得更好！"

大袖之下，寂子叙握紧了拳头。适才同菁蓉说就算如今阿玉另有了亲近之人，他亦不觉如何，但当这个人真的站在了他面前，他才发现他其实并不如他以为的那么理智看得开……寂子叙猛地闭上了眼。

菁蓉开开心心地将连宋带到了祖媞门口，天步匆匆而来，唤了一声："殿下。"

连宋点了点头。菁蓉便将连宋交给了天步，转头找霜和去了。

天步随着连宋一道进入祖媞房中，转过落地罩，见玉人的确正自酣睡。

连宋来到床前，抬手帮祖媞掖了掖被面，见她容色里隐有倦意，皱了皱眉，伸手抚向她额间，如此看了她一阵后，突然问随侍在后的天步："有话想说？"

忧心忡忡的天步迟疑地点了点头。

酉时日入，夕霞染红半天，橘色的光落入祖媞休憩的竹屋，被檀木屏挡住，并未照到榻前，因此那一处像是提前迎来了日暮，现出一种与外室不相称的暗。

连宋坐在这片暗色中，面色微沉。便是他锦心绣肠巧思能算，也绝没有料到祖媞会在此地遇上转世途中的旧人。他更没有想过，在遇到他之前的十六世，她还曾有过别的情缘。

青年的面容陷在阴影里，仿佛无波无澜，但无人知晓，此刻他的灵台前燃着一片怎样的火，神识又动荡得多厉害。

当初她告诉天步，凡界十六世转世她并未经历过情缘，如今，却又是怎么样？他不受控制地想。

第十六世，她同寂子叙历情劫，第十七世，又同他历情劫，怎么寂子叙还比他早来一世？

甚至在她归位后，她视同他在一起的那世为业障，拼了命地将它剥离了……但与寂子叙的一世，她却保留了下来。她选择记得寂子叙，却决定忘记他……

灵台前的火燃得越来越旺，连宋不能再正常思考，心底升起压抑不住的暴戾，但他面上不显，表现得好像他此刻很正常，仍是那个惯来翩翩有仪的佳公子，在耐心地等候心仪的女子从酣眠中苏醒。

祖媞一点危机意识都没有，醒来看到坐在床边的连宋，杏子般的眼蓦地睁圆了。夜深人寂时隔着铜镜，可以直白地说出思念，当真的面对面了，却好像有点难再说出那样的话。可喜悦却是无法掩饰的。她坐起来，在昏暗的油灯下轻轻碰了一下连宋的手："小三郎，你什么时候来的，怎么不叫醒我？"

连宋倒了一杯水递给她，没说真话："没来多久。"

祖媞捧着水喝了几口，喝得有点急，呛住了。连宋帮她拍背顺气，待她缓过来，突然道："我见过寂子叙了。"

如果祖媞不是刚睡醒，她是能听出这句话意思不纯的，但她睡蒙了，醒来又被见到连宋的喜悦冲昏了头，她完全没觉着这句话有什么问题，毫无所觉地捧着杯子想了会儿："哦，他是我在凡世最后一次转世时曾遇到过的人。"说着把喝空的杯子递给连宋。

连宋给她添了半杯水，仿若云淡风轻："不只是遇到过的人这么简单吧，你们不是还一起历过情劫吗？"

祖媞把连宋给她添的半杯水喝完了，才后知后觉反应过来他说了什么话："情劫？"她奇怪道，"什么情劫？谁和谁？"

连宋淡淡看了她一眼。

"哦，你是说我和寂子叙曾一起历过情劫吧？"祖媞兀自想了会儿，居然承认了，"唔，也可以这么说。"顿了一下，还有胆量重复一遍，"嗯，这么说也没大错。"

倘若她抬头，看到此时连宋想杀人的目光，说不定她能被吓得清醒点，重新审视一下自己的言辞，换个不那么像是在挑衅的说法，可惜她没有抬头。

她垂着眼很随意地继续："你知道我去转世便是为了学习凡人的七情六欲吧？唔，那一世我可能是要学习何为人情债，另外还要学习一些……像爱啊、欲啊、忧惧啊、痛苦啊之类的情绪吧。"

连宋面色沉冷，像是完全不想搭理她，待她奇怪地抬头看他，催促地问他："你怎么不说话？"才皮笑肉不笑地回了她一句："那你定是学会了，才会十六世便归位了是吧？"

他面无表情地看着她，像是憋着什么气："所以，那寂子叙让你知道了爱为何、欲又为何，是吗？"他的声音原本是沉而微凉的音色，很叫祖媞喜欢的，但响在这静夜里的这句话，却岂止"微凉"，简直像是裹了层冰碴子，要将人冻伤。

便是不敏感的祖媞，也察觉到了此刻连宋的异常。她有些奇怪，又有些不明所以，轻唤了一声："小三郎……"想要问他怎么了。

忽然有风穿过开了一个小缝的窗，绕过木屏，灯火摇曳晃动。祖媞被吸引了注意，不由朝桌上的灯碗看去。如豆的灯苗在夜风的纠缠下如一只扇动翅膀垂死挣扎的蛾，很快便只余一丝蓝焰……下一刻，整个房间都暗去了。她的下巴忽然被人握住，还没反应过来，唇被吻住了。

是连宋吻住了她。

而在他吻住她的这一刻，夜风也仿佛知趣，未动声息地退出了这小室。灯苗挣扎着又重新恢复了生机，虽仍暗着，却足够惊讶得睁大了眼的祖媞看清与她贴着脸的青年那琥珀色的眸，和蝶翼一般的长睫了。

祖媞愣住了，心失控地一颤。

连宋另一只手按住了她的腰，虽只用了一只手，力却很大，禁锢住她，使她难以动弹。他看着她，直到她受不住那目光不自禁地闭眼，他的唇才有了下一步动作。他含住了她的唇，然后以不容拒绝的强悍姿态叩开了她的齿，进到了她口中，肆无忌惮地纠缠她的舌。

她不记得自己曾与人这般亲密地吻过。照理说她应当全无经验，可她对此的反应却并不似自己想象中那么青涩。她仿佛天生便知该如何配合他，脑子虽一片糨糊，她的唇、齿、舌却的确不只在被动承受。

她被自己这堪称熟练的反应给惊呆了，有一瞬，她想过自己在这种事上会不会是个天才。那一瞬的走神被连宋察觉到，他咬了她一下，在她吃痛地轻哼时，他含住她被咬的唇瓣厮磨了会儿，然后他终于放开了她。

房中一时只能听见她的喘息。昏暗的灯光下，连宋目光幽深地凝视着她，握住她下巴的手向上移了移，指腹不动声色地抹过她的下唇，引得她轻嘶一声，他又探身吻了她一口。

祖媞脑子完全木了，也不知该说什么，最后她问："你在做什么？"

青年琥珀色的眸子仿佛翻腾着许多情绪，像狂风骤雨下的海。他沙哑着嗓音问她："有什么感觉？"

什么感觉？心跳得厉害，脸很热，身体也软软的没力气。祖媞回过神来，她迟来地感到了羞赧，并本能地觉得不能将这些感受说给连宋听。她抿着唇，假装自己没听懂："什……什么感觉？"

连宋静静地看着她："你不是因寂子叙学会了欲是什么吗？"他笑了笑，那笑只轻描淡写掠过眼角，并不达眼底，"所以我考较一下你是不是真的学会了。看来学得还不错。"

祖媞疑惑地看了他一眼。她一直觉着自己虽有了七情六欲，但于情之一字还是一知半解，还需多多学习，故而此时，她虽觉着连宋这个为了考较她才亲她的说辞不太靠谱，但又忍不住怀疑是不是自己见的世面不够多，或许像他这样的花花公子突然对她如此原本就挺正常的？

再则，连宋夸她学得不错，她也很心虚。沉默了半响，她还是决定坦白："我没有学过。"她说。见连宋愣住，她有些头疼地揉了揉额角，"我不知道是谁告诉你是寂子叙教会了我爱为何欲为何的，但那都是乱说的。我和寂子叙没什么。那一世我历的情劫可能就是……"她无奈地总结，"可能就是温芙喜欢寂子叙，但寂子叙曾喜欢过我，这让温芙的哥哥温宓很不高兴，所以老找我麻烦……中间我也不大清楚是怎么回事，反正最后就是寂子叙和温宓联合起来坑了一心修道的我……就是这么回事了。"

说到这里，她在脑子里把连宋方才问的所有问题都过了一遍，严谨地觉得这个解释可能还不够全面，又补充道："之所以经历了那一世我便归位了，也不是因为寂子叙手把手教、呃教我学会了爱与欲，"谢天谢地她坚强地说完了这句令人尴尬的话，"可能是那一世，"她咳了一声，揣测道，"我旁观着他和温芙之间的爱情，也确实领悟到了很多。也许……这种领悟也是一种学习，所以被他和温宓逼死后我便顺利归位了，谁知道呢？"她不负责任地得出这个结论，耸了耸肩，"我其实也不是太关心。"话到此处,她突然又想起一事,脸色顿变,"倒是你,小三郎,你,你是不是经常……"可能动作有点大,扯动了方才被连宋握得很紧的下巴,她嗷地轻呼了一声,嘶嘶着用手去轻抚痛处。

连宋不想承认自己有时候会控制不住自己,会发疯,但自从生了心魔,他确实变得不太正常,情绪很容易失控。从前他在情感上多么成熟理智,如今便多么幼稚冲动,譬如阴阳怪气地说那种"你学得不错"的讨人打的话,仿佛就想将她刺痛。幸好她被他亲蒙了,根本没反应过来。明明他心底知道,她回应他的所有习惯都是他手把手教导,但在心魔的加持下,妒火燎原,他忍不住。

心魔难除,折颜上神这些日一直在寻找帮他根除心魔的方法。他希望折颜上神的动作能再快一点,因他已察觉到,这两次心魔发作,镇灵咒对他来说效用已很弱了。譬如今次,镇灵咒已很难再安抚他,最后他得以平静下来,全靠她歪打正着如了他的意,阴差阳错地驯服了他喧嚣的神识。但当她不愿如他意时呢?他不敢想那时他会如何发疯,又会对她做出什么。

祖媞却并不知须臾之间连宋竟想了这样多,她看连宋的脸色有所好转,只觉方才她那番话解释得不错。她没搞清楚此前连宋的情绪为什么不好,但此时又觉得那也不重要了,因为小三郎露出了很担忧的神情,止住了她想再触碰下巴的手,温柔地向她道歉:"对不起,没控制住力道,我去找天步拿药膏给你擦。"

这样说着,他站起了身。

她蓦地拉住了他:"你先等一下。"为了怕再次扯到疼痛处,她尽量小弧度地说话,"我……我话还没问完。"

青年很配合,停住了动作,柔声:"你问。"

她微微皱眉,神色略微古怪地:"那我问了,你是不是……经常那样考较别人?"

连宋愣了一下,半晌才反应过来,突然笑了,手放在了她的头顶,像是不知该拿她怎么办好:"还有谁和你一样,连欲是什么也需要去学的。"又伸手碰了碰她的唇角,"我没有对谁如此过,从来没有,你不用觉得自己亏了。"

她不自在地哦了一声:"那你去拿药膏吧。"说着欲变换坐姿,结果刚动了一下,又嗷地轻呼了一声,脸色乍青乍白地抚上了后腰,咬着唇:"我的腰,你到底是用了多大的力!"

青年俊美的脸上也流露出了几分焦急:"我看看。"说着手触上了她的寝衣,她被他的动作搞得蒙了一下,忘了阻止,他自己先回过了神来,顿住了动作,"我去拿药膏。"很快退出了她的房间,徒留她坐在榻中。

连宋离开了,房中重回了寂静,祖媞坐在灯下,将连宋方才的举动和他对她说的话反复咀嚼了数次。他解释他没有对别人如此过,这很好,但他好像也没说以后不对别人如此……她肯定是不想他对别人如此的。那待会儿他回来,还是要再同他说一下,就算他是个花花公子,以后也不要随意如此考较别人吧……

没多久连宋带来了药膏,还将天步也领了过来。

天步揭开祖媞的寝衣,看到伊人雪白的皮肤上印了一小片青紫,像是个手印。天步不禁有一种"这居然是不给钱就可以看到的吗"的恍惚感。

这手印到底是怎么来的? 天步一边给祖媞上药一边在脑海里脑补出了一百个版本,自觉她要是下海写书,说不定也能出一本不输《雪满金弩》的大作。

很久以后,她将自己写了一半的大作给彼时已成为她好友的菁蓉读了读,菁蓉读完后对她说,你还是算了吧。

第八章

　　殷临很快送来了塑魂瓶，又说起在山脚下遇到了两个鬼鬼祟祟的魔族。

　　彼时连宋正代祖媞养护南星妖身，殷临同祖媞说话时他并不在房中，不过他在魔族处的布局祖媞差不多都知晓，觉着那应当是商鹭的人，对殷临道不用多在意他们。

　　自连宋来到丰沮玉门，祖媞便轻松了许多。同为自然神，两人修习的关乎元神之力的术法原本便同出一辙，可互为承辅，譬如养护南星妖身，用她的元神之力来养和用连宋的元神之力来养其实都差不多，是故连宋能给她换个手。不过这事连宋虽能替她分担，其他人想要帮忙却很难，譬如寂子叙，他不是不想帮祖媞分忧，奈何有心无力，也是枉然。

　　春阳因从菁蓉那儿得知了自己哥哥同祖媞神的过往，自打连宋来到圣山，便有些担心。

　　九重天外虽没什么关乎连宋君和祖媞神的传闻，但春阳做笛姬时便有些怀疑二人的关系。她和哥哥还有灵珠未寻回，大仇未得报，她是不愿哥哥在此事上分心的。且她打心底觉得，她哥哥要是想同连宋君抢祖娓神,那是绝对抢不过的。因此在她哥哥问起连宋君的为人和行事时,春阳挖空心思给了许多赞美,就希望自家哥哥能知难而退。

春阳娓娓道来:"三殿下乃天君幼子,极得天君宠爱,天赋也高,少年时便代天族出征,难有败绩,是极难得的将才。且他玉兰之性,不贪权势,不恋美名。这些年太子夜华逐渐长成,天族但有需降魔伏妖的出征之事,天君都会让他带着夜华君。为了帮太子在军中立威,他主动坐镇后方,将许多出风头的机会都让给了太子,以至这三万年来八荒中关于他的传说少了很多,这也是哥哥你鲜少听到他名号的原因。"

难为她说了这么多,寂子叙却是不以为然:"我也不是没听闻过他。只是我怎么听说他很风流,宫中美人来往如江流不息呢?"

春阳愣住,一想,自家哥哥并非避世之人,出山时听说过几句三殿下的闲话也是很有可能。唉,只怪三殿下过去着实风流,这一点连她也无法狡辩。"呃,说美人来往络绎不绝什么的,也有些夸张,"她硬着头皮解释,"谁年少没有过荒唐时候呢,这些年却没听说过三殿下身边还有什么美人。"

她哥哥静了一阵,微微翘起嘴角,给出了一个冷嘲的笑:"很不公平,对吧,他有过那么多人,如今却还能得阿玉亲近喜爱,但我……"他没将话说完,转头看向春阳,微微皱眉告诫,"连宋的确有一副好皮囊,也不怪你会对他有意,但他应该不会喜欢你,不要再在他身上浪费心思了,哥哥是为你好。"抚了下她的头,转身走了。

春阳蒙在原地,反应过来寂子叙最后那句话是什么意思,她惊呆了:"我没对他有意思啊!"可寂子叙已走开老远了。

这都是些什么破事儿,春阳有点想骂人。

很快,祖娓护养好了南星妖身,打算择日闭关为南星造魂,请了连宋为她护法。

春阳因身世之故，对阵法一门涉猎得算深，明白这种为护人结魂而起的阵，与那等为护人修炼或渡劫而起的阵大不一样。因不能妨碍女娲留在山中的灵力和南星留在山中的气息汇聚至塑魂瓶，此护法阵需起得薄而通透，但又需极强韧。这是很考验布阵者的事，也很耗时间，便是寂子叙这般极擅阵法的阵灵后代也需提前勘五行、算阴阳，找出一个合适的地方，然后至少在祖媞行结魄术前的两个时辰便去那处起阵，才不至拖祖媞的后腿。

但被祖媞钦点的为她护法的三殿下，他这几日却根本没出过门，更不必提算阴阳、勘五行、提前找出合适的起阵之地了。

事后回想祖媞神与三殿下相互配合为南星施术的过程，春阳仍觉离谱。她清晰地记得，是在养好南星妖身的那天中午，祖媞破天荒同三皇子一道出了门，到了一楼厅中用饭，用着用着，突然对三皇子说："上午歇了一觉，我觉着我精神还可以，要不然下午我就开始闭关为南星造魂吧？"三殿下看了看她红润的脸色，没有反对，说"可以"。还给她碗里夹了一箸鲜鱼。两人就这样简单粗暴地确定好了闭关为南星造魂的日子。

接着，好像也没人觉着应该特意去寻个绝佳之地以施法，倒是在用完饭喝茶时，祖媞神提了一句，说："南星的妖身也不适合移动，我打算就在精舍中闭关，"问三殿下，"你就在精舍旁给我起个护法阵，可以吧？"三殿下没有什么意见，仍说可以。如此，起阵之所也被一句话敲定了下来。

春阳当时都听傻了，正要开口问这是不是有点太随意了，便见三殿下站了起来，挪开木椅时问了祖媞神一句这几日想吃什么口味的灵食。祖媞神喝完了最后一口茶，说"清淡点的"，又说"最好有鲜鱼"。三殿下点了点头，便出去了。

春阳没听懂两人这是什么意思，正自犹疑，就听祖媞神对他们说："小三郎去院中起阵了，他起的护法阵威势大，你们待在这里会不舒服。

天步你领大家出去吧。"天步便把稀里糊涂的她和看起来很平静的其他几人领了出去。

春阳走出来时，看到三殿下站在院中，已收了平日那种闲散的无可无不可之色，微微仰着头，似在观察着什么。春阳拿不太准地问身旁的寂子叙："他这是不是……"不待她问完，寂子叙已点头："嗯，他在勘此地五行。"顿了顿，声音有些压抑，"最好的护法阵阵师是无需寻什么适宜之地起阵的，因对他们来说，每一处都是适宜之地，他们皆可依照那一处的五行盈缺起阵。"

虽然有所料，春阳还是感到诧异，然还来不及说什么，便见三殿下摊开了手中的玄扇。

那扇子是第一次在他们面前被展开，扇骨扇面皆是一片漆黑，非玉非帛，非竹非木，泛着锋锐的冷光，绝不是一柄用来纳凉的普通扇子。

平地忽起狂风，几人衣袍皆被吹得凌乱，不禁纷纷抬袖阻风。三殿下却并未被狂风打扰，一直很淡然地闭眸结着印。青年手中印伽变化之快令人目不暇接，而说来也怪，院中骤风极野极烈，急风正中的三殿下却是衣冠皆静，一根发丝也未被风扬起。

便在青年纤长手指结出归一印，使此前所施的所有印伽皆归于一印之时，风停下来了。这就像是个信号，一直静在青年身旁的玄扇突然逆势而上，飞至中天。青年指间的归一印生出银光，银光也直冲上天，与扇体相接。身形已增大数倍的玄扇猛地一震，发出一声清鸣，扇体随之爆出一片玄光，玄金色的光幕于弹指间笼住整个精舍。结界生，阵法成。春阳看蒙了。

天步在这时候搬来一张矮榻放在了结界旁边。

照理说，三殿下此时应当结禅定印趺坐，以自己为阵眼，全心支撑此阵以为祖媞护法才是。是三殿下有洁癖，不愿趺坐在地上，所以天步才搬来这么张卧榻吗？可这榻上放这么多闲书又是几个意思？暗暗打量的春阳一头雾水。

三殿下已从结界中走出，撩袍坐在了榻上。他看起来很轻松，丝毫不像刚施法设了一个要紧大阵。"这三日你们入不了精舍，这里也用不着你们，找别的地方凑合住一阵吧。"他对他们说，"不过别忘了给阿玉备灵食，每天一次就行，酉时送来，做清淡一点。造魂结魄耗元气，她体力不怎么样，这三日需按时进灵食恢复精神。"

他这么吩咐了几句，春阳才搞明白之前他和祖媞在厅中那几句对话是什么意思。春阳立刻应下了，自觉为祖媞准备灵食她义不容辞。

祖媞在护法阵中为莹南星造魂，莹南星是他们丰沮玉门的神使，春阳和寂子叙自然不可能真的听连宋的——在不需要他们的时候离开这里，去找个什么别的地方待着。他们一直守在一旁。连宋也没管他们。

春阳见三皇子好像并没有入定的打算，倒是在榻上趺坐了会儿，但根本没结印，两手随意放在腿上，并不像是在护法，倒像是在想什么事，想了有半个时辰的样子，招了天步过去吩咐了一两句什么，没一会儿天步去而复返，取来一只凭几放在了榻上，然后三殿下便靠在那凭几上，从矮榻角落的闲书堆里摸出一本随意翻看起来……至此，春阳终于弄明白了榻上那些闲书的功用。

春阳感到很茫然，同时也有点担心，待天步路过时，犹疑地问了她一句三殿下这样守阵会不会有什么问题。天步温柔地安慰她，说这玄光结界很是坚固，不会有问题，况且殿下还尽职尽责地守在结界边，那就更不会有事了。要知道从前殿下为太子夜华君护法助其修行时，从来都是一起好阵人就不知跑什么地方去了，但那些护法阵也从没出过什么问题，夜华君也不曾走火入魔过，让春阳安心。

春阳并不觉得自己可以安心。

这三日，三殿下一直待在那榻上，未有片刻离开，但他要么是在饮茶作画，要么是在看书下棋。春阳长这么大就没见过有人是这样护法的，在一旁目瞪口呆地观察了三天。寂子叙也跟着她一起看了三天，神色一片复杂。

　　最后一日，子时至阴之时，南星魂成，上天降下十二道紫天真雷以考验新魂。天雷响起时，三殿下正在看书，闻声抬头，但好像也并不觉得怎么样。她和哥哥皆近前打算帮忙，他却连动作都没变一下，看了几眼那天雷，对他们道："没事。"

　　她哥哥自是不信，几步去到结界旁，祖媞神正好从精舍中出来，看他们焦急，隔着结界也对他们说了句没事，她哥哥方停了动作。令人难以相信的是，十二道天雷劈完后，那护法阵竟果然强韧如初。三殿下合上书下了榻，转身向结界内行去，和祖媞在走廊上说了几句话，两人便一道往屋中去了。

　　看着两人的背影，她哥哥突然对她说："他方才甚至没有将书放下。"春阳一时没反应过来这句话是什么意思，便听她哥哥又道，"说明他的确没将那十二道紫天真雷放在眼中，压根儿不觉得它们能撼动他的护法阵，逼他出手加强结界。"

　　在寂子叙说完这句话后，春阳抬头看向他，然后，她在寂子叙眼中看到了凌厉之色。春阳知晓，那是忌惮，很深的忌惮。她哥哥终于开始忌惮起了这位三皇子。春阳觉得这是件好事。

　　次日清晨，祖媞出关。

　　据祖媞言，给南星新造的一魂一魄已顺利融入了她的妖身，待魂体磨合几日，南星便会醒来。不过，因她此时只有一魂一魄，或许只能做到睁开眼、对这世间之物略有反应罢了。

　　但就算如此，春阳也十分激动，趴在尚未醒来的南星身上痛哭了一场。寂子叙看春阳如此，面上亦有动容。

便在诸人决定休息几日，待南星醒来感应出土灵珠所在再前去寻找时，又有几个人进了丰沮玉门。

春阳在院子里洗眼睛时看到了那几个青年男子。一行人着同色衣饰，跟在霜和后面被引入了连宋房中。待霜和下来后，春阳打听了一句，方知几人是连宋下属。

当时春阳也没多想。结果黄昏时，她和寂子叙竟都被请到了二楼。二楼有个空着的小室，祖媞住进来后被改成了议事厅。

小室中大家都在，他们刚坐下，便听祖媞神开门见山道："请二位来，是有一桩与长右门有关之事欲向二位问询。"她的语声很平静也很温和，像只是同他们随意聊聊，"小三郎座下几个侍者前几日去探了一趟长右门，不料竟在历代门主墓地发现了一个上古仙阵。此前春阳说，你们曾对长右门掘地三尺以翻找土灵珠，且这些年也一直在关注着这个门宗，所以我想问一下，你们可曾在历代门主墓地发现过上古仙阵的痕迹？"

长右门。上古仙阵。春阳惊愣住。这根本就不是什么随意聊聊。

众所周知，自东华帝君任天地共主以来，五族生灵便不再杂居，所以北荒凡人国度里绝无可能再出现什么真神的神迹。可长右门中竟出现了一个上古仙阵……这着实非同小可。

春阳同寂子叙对视一眼。寂子叙微微转身面向上座的祖媞，回忆了片刻，道："我和春阳最后一次前去长右门寻找灵珠是在一万年前。因商珀虞英接连飞升后长右门在接下来的两万多年里并无登仙之人，故那时我们已多少有预感灵珠不会在长右门中了，只是仍不死心。彼时我们亦去过门主墓，但并未在那儿发现有什么上古仙阵。"

祖媞颔首："这样。"

有寂子叙在，春阳无需费心应对祖媞和连宋，因此还有空走神。

她想祖媞神或许果真已将过往放下，面对哥哥的态度就像面对任何一个陌生人……但她这样，是信了哥哥的话还是没信呢……再则，长右门中怎么会出现上古仙阵呢？明明……

她想得正入神，忽然有人叫她的名字。她回神抬头，才发现是一直没开过口的三殿下。三殿下点名问她："你可知当年莹南星所救的那长右门修士还活着吗？"

春阳静了一瞬，垂眼敛住了眸色："我不知道。"她微微摇头，"圣山被毁时我还很小，许多事都是我娘告诉我的，但如今我娘已过世了。"

三殿下把玩着一只茶杯，听她如此答，笑了笑："有没有可能那修士还活着，因这万年里，有于他而言极重要之物被存入了那门主墓地，故而他在那处布下了上古仙阵以做守护？毕竟他当年同莹南星关系亲近，从莹南星那儿偷师几个阵法也不是什么难事。"

春阳不想谈论那人，闷了闷，道："殿下和祖媞神不是只想寻土灵珠吗？这同寻土灵珠又有什么关系呢？难不成殿下怀疑土灵珠重归了长右门，那人布下上古仙阵是为了护存土灵珠？"

连宋放下杯子："你觉得不可能？"

春阳噎了一下："没有，我觉得殿下推论得有理。不过神使大人应该很快便能恢复神识感应灵珠了，灵珠是否在长右门中，我想过几日我们便能知道了。"

连宋点头："不过莹南星要恢复神识至少得需五六日。"他懒洋洋地，"但我这个人性子比较急，想先去长右门看看那仙阵到底是怎么回事，你们要去吗？"

春阳怔了一下，没有立刻回答，寂子叙忽然开口："我愿同三殿下一道去。若那仙阵果真是由当初那修士布下，灭山之仇不共戴天，此去定要将他扬灰挫骨，报仇雪恨。"顿了顿，"只是我们一直以为那修士已死，毕竟凡人不可能寿长三万余年。"

听寂子叙如此说,春阳突然反应过来,不由一颤,被寂子叙在席下握住了手。指骨被捏得发痛,痛意使她镇定了下来。她微微抬眼,见连宋面上神色同方才差不多,仍是那么懒洋洋地:"好,那明日便一道启程吧。"

她想,他应当是没有察觉出什么来。

待小室中人走得差不多,唯剩下祖媞和连宋后,祖媞抬手布下静音术,轻声问连宋:"小三郎,如今,你觉得那修士是商珀神君的可能性有多大?"

天步离开,分茶之事便由三殿下代劳了。青年白玉般的指自雪白的袍袖中伸出,捏住白瓷做的公道杯,一举一动皆富美感,茶席之上一片雪色,瞧着很是赏心悦目。

连宋将杯中玛瑙似的茶汤分入两只小盏中:"三万五千三百年前,莹南星救了那修士;三万五千二百九十七年前,丰沮玉门被屠山;三万五千年前,商珀神君飞升成仙。此前咱们仅凭时间线猜测被莹南星救下的修士可能是商珀,不过就是个天马行空的猜想,"他将茶盏分给祖媞一杯,云淡风轻地笑了笑,"但观方才春阳和寂子叙的态度,我们却像是歪打正着了。"

祖媞嗯了一声接过茶盏,一只手轻点茶席边缘:"关于土灵珠究竟在何处,当初问询春阳时,她斩钉截铁土灵珠定在虞英手中,理由是当年率长右门屠山的乃虞英外祖,而之后虞英证道之路又十分顺畅,飞升快得不同寻常。这的确有些道理,但细思一下,其实灵珠在背叛南星的修士那里的可能性也很大,为何他们竟不怀疑?"她端起茶盏,微微抿了一口,"若春阳他二人已有证据断定那修士已死倒也罢了,然面对你的突然讯问,无准备的春阳答的却是她不知那修士是否还活着。虽然寂子叙后来描补了一句,说因凡人寿短,他们其实以为那修士早已死去。可因凡人寿短他们才不怀疑土灵珠还在那修士那里……"她淡淡一笑，"若是霜和这么同我说，我便信他了，可同我这么说的却是谨慎的寂子叙……这就有些反常了，这世间能帮凡人增寿的法器还少吗？"

连宋单手握着那莲瓣似的茶盏，懒懒一转："若当年那修士便是商珀，且寂子叙和春阳也知晓这一点，那他们为何会将虞英作为唯一的算计目标以及被我问话时又为何会是那等反应，便不难解释了。"

祖媞撑腮想了会儿，缓缓点头："的确，他们也不知凡人飞升需入净宝池，大约还想着灵珠若不在商珀手中便在虞英手中，终归必定是在九重天上。商珀常年隐于三十三天灵蕴宫，并非他们可触的存在，但虞英只是兰台司一个小仙君，比起设计守树神君，当然是设计一个九品小仙君使他领罚入凡更加容易。再且，就算土灵珠不在虞英身上，届时利用虞英再将商珀也引下凡来也不迟……故而春阳那时才一心算计虞英罢。"推到此处，她自己便回答出了最开始她提给连宋的那个问题，"如此说来，商珀神君是那人的几率竟是十之八九了，唯一令人想不通的一分……"她微微皱眉，空着的那只手继续轻点席缘，低喃道，"却是昼度树……"

盏中茶凉了，连宋不愿喝凉茶，捏起那莲花盏，将玛瑙色的茶汤浇在了一只白玉猞猁茶宠上。"天树之王昼度树持论公允，见素抱朴，它为自个儿选出的守树神君无一不是清正的大德君子。若商珀果真是个小人，当年怀着恶意背叛了莹南星，乃丰沮玉门被屠山的罪魁，那他是绝无可能被昼度树选中坐上守树神君之位的。再则，自帝君任天地共主后，便将异族飞升的最后三道雷劫秘密改为了功德劫。此劫被用来量测修行者的功德品行，若被考量者背负大孽功德不够，是决计无法渡劫登天的。这也说明了商珀与丰沮玉门之间不太可能会有恶因恶果。但我也不觉得商珀和丰沮玉门之间一点因果都没有。"说着他重新给自己分了一杯茶。

祖媞唔了一声："所以你还是更倾向商珀便是当年同南星成婚的那

个人,所谓他背叛南星,当是别有隐情是吗?"说到这里,她静了一瞬,抬指揉了揉额角,"可听你这么说,我却一点也不希望那人是商珀神君了。"

连宋抬眸,微露诧异:"为何?"

祖媞轻声一叹:"若商珀果真是个大德君子,堪为南星良配,两人又的确曾很要好地在一起过,那之后南星死去,数年后他却另结了道侣,还同道侣生下了虞英这个儿子……这听着,难道不是个很遗憾的故事吗?"

连宋停下了手中的动作,目光落在茶席上,不知在想什么,半晌后道:"这世间事便是如此,多的是花残月缺,风流云散,也多的是遗憾。"声音有些疏淡,但仔细分辨,那疏淡中又分明含着一丝伤感。

祖媞愣了一下。不等她去抓住那丝伤感,连宋已回了正题:"那人到底是不是商珀,去灵蕴宫问问便知。不过商珀神君这一阵正在闭关为昼度树行修冠礼,距离出关还有十四日。十四日后你我去灵蕴宫访他一次,相信许多谜题便能迎刃而解了。"

两人说完正事,天已暮了。春阳他们这精舍中向来不用明珠取光,而是像凡世一般以油灯照明。几步外的竹屏前立着盏半人高的朱雀双碗灯,连宋起身过去,取出灵火折子,点燃了左边灯碗里的灯芯。

几念之间,祖媞已做好了后几日安排,此时也别无他事了,望着连宋的背影,她又想起了先前他那句意味不明的有关遗憾之言。她试探地叫了他一声:"小三郎。"

连宋应了她,开始点第二只灯碗,问她:"怎么了?"

她轻声:"方才听你点评南星之事,说那只是遗憾,"她装作一派自然,"就想问问你,若你极喜欢一个人,可她却先你而逝了,那你会接受这遗憾,放下她再结新缘吗?"

连宋点灯的动作顿住了,但他未回身,过了会儿,不答反问她:"那你会吗？"

"我……"她正要回答，又被他止住了。

他继续点灯，淡淡："算了，是我糊涂，问你这个做什么，你连男女之情是什么都不知道。"

她知道的，她想，或许对此了解得不算很深刻，但当她看着他时，便知道极喜欢一个人是什么意思。她望着他被昏灯笼了一层光晕的背影："我不会。"

连宋蓦地攥紧火折，过了会儿，转过身来，面上没什么表情："别说不会。"话出口他便察觉到了自己的冷淡，微愣了愣，很快调整了表情，"阿玉，你思考这个问题没有意义。"他笑了笑，声音温和，将一句仿若指责的话说得无半分指责之意，"因为你根本不会去爱上一个人。"

"你又不是我，怎知我不会喜欢上一个人。"她仍是轻声，撑着腮，微微仰头看着他，"儿女之情我虽懂得不多，但倘若我犯了红尘，喜欢上了一个人，那我必定是很认真地在做着喜欢这件事。因为很认真，所以必定不会再结新缘。真心之爱，一生有一次足矣，若多来几次，倒显得轻佻不认真了，不是吗？"

这是她的真心所想。其实她很清楚，会死在心上人之前的，更有可能是她自己。她也想要连宋喜欢她，想要他一生只能有她一人。可漫漫仙途，害怕孤独的小三郎值得有个人倾心相伴。她是想要做这个人的，可若是无法反抗既定的命运，那她宁愿他永远也别知道她对他的喜欢。就算是不甘心，她也还是希望在她离开之后，能有个人陪在他身旁让他不再孤单……

想到此处，无法不令人伤感。她很快隐了这种情绪，只带笑看着他："小三郎，该你回答了。"

"我？"这一次，青年没有再回避，目光径直落在她身上，"若我极喜欢一个人，可她却变了心……"

她皱眉纠正他："不是变心，是她先你而逝。"

"那又有什么区别。"他淡淡道。

他的确深爱着一个人，但那个人却变了心，改了想法，不愿世间红尘污了她无垢的道心。她是他再也无法得到的爱人，如今却来问他会否放下她另结良缘……要是他能放下便好了。熟悉的疼痛倏然跃至灵台，幸好不剧烈，镇灵咒能镇得住。

她催促他，像是极想要知道他的答案："小三郎，你会怎么样？"

"接受那遗憾，将一切放下才是最好。"他终于回了她，"但我想我可能没有办法做到。"

明明他脸上并没有什么额外的表情，看着她的目光也很平静，但祖媞却自那看似平静的目光中辨出了一丝惨然，这让她整个人都被定住了，一时竟无法动弹。

还是连宋又开口，问她："你呢，怎么突然对这种事感兴趣了？"说着收起火折向茶席而来，走到一半，忽然停下来，拧起了眉，蓦地看向她："是……因为得知寂子叙到如今仍喜欢你，让你对男女之情好奇了？"

祖媞惊讶极了，差点咬到自己的舌头："怎么可能，我是……"但终归不好同他讲真话，想了想，问他，"小三郎，你是不是很不喜欢寂子叙，才把什么事情都栽在他头上？"

便见青年神色更冷："我应该喜欢他？"

祖媞看了他一会儿，心想，小三郎现在不高兴，我是为了安抚他，并不是想占他便宜。这么给自己做了一遍心理建设后，她起身走到连宋跟前，假装自然地握住了他的手。那手纤长美丽，如玉一般，握上去却是硬硬的，蕴着力度，但也是很好握的。她弯了弯唇角，抿出一点笑，仰头看他："你是因为那一世是寂子叙杀了我，所以很讨厌他吗？那一世已过去了，不重要了，我都已经忘了，你不要老是记着，也不要再对寂子叙感情用事。"

她好声好气地同他说话，他垂眸看了她一眼，突然抬手扯了扯她的脸颊："不准帮他说话。"

她愣住："我没有帮他说话，我只是……"

他却又上手了，这次将另一只手也从她手中取了出来，两只手捧住了她的脸颊，揉了揉："不许狡辩。"

祖媞说不出话来，杏眸瞪向连宋，瞪了一会儿，流露出委屈来："疼。"

连宋神色一变，放开她："哪里疼？"

她却趁机跕脚，两只手迅速地捧住连宋的脸用力一揉："哈，我们扯平了！"

在连宋反应过来之前，她还飞快地给他使了个定身术，见他一脸见鬼的表情，她失笑着向门外跑去。

没想到竟在门口撞到了寂子叙。

静音术能隔音，可这小室并未关窗户，想必两人在房中的嬉闹被寂子叙看了个正着。这倒是有点尴尬，不过只要她不表现出尴尬，那尴尬的就是旁人了。祖媞轻咳了一声，做出庄肃神色，同寂子叙点了一下头。同他擦身而过时，听到寂子叙突然问："从没有见过你如此，你喜欢他，是吗？"

祖媞一凛，一瞬后想到连宋还被困在房中，房间又有静音术隔音，应当没法听到他们的话，提起来的心才放了下来，她淡淡回了句："不要胡说。"转身去了。

第九章

　　玄冥上神掌御北荒，北荒中有北陆，北陆上星罗棋布了几十个凡人小国。这几十个凡人小国中有一国名燕，又有一国名盖，燕国与盖国交邻处绵延了一座长长的山脉，山脉中最大的那座山名曰凌门。

　　修仙大宗长右门便坐落在这凌门山中。

　　凌门山共有十七峰，皆被纳入长右门，其中十六峰都被分给了门中长老，最中间那座孤独峰则被用来葬历代门主，乃门中禁地。

　　这孤独峰生得不同寻常，峰高千丈，唯上头两百丈瞧着是座寻常山峰，下面撑着那山峰的却是个七八百丈的细长石柱。八百丈石柱托着个两百丈的山峰，遥遥望去，像是颗石头做的巨蘑。而要从那巨蘑底攀到蘑菇顶，要么得会飞，要么只能靠紧贴着石柱的一副简陋登天梯。

　　此时，正有个黛衣女子气喘吁吁地爬到那登天梯的尽头，另一个黛衣女子在顶部接应她，看到她问了句："可见到门主了？"

　　刚爬上来的女子眉心凝成了个川字："见是见到了，但……"

　　见她如此便知她此行并不顺利，接应的女子叹了口气："总之，先去回禀居士吧。"

　　二人一前一后，步履匆匆地向前头一处被茂林遮掩的山洞行去。

那山洞极为幽深，布了好几重幻阵，二人循着一条隐蔽路线小心翼翼穿过幻阵，半刻后来到一处极宽敞的洞府。洞府中零星散布了一些石笋，每棵石笋都在头上顶了个小小灯碗，灯碗里燃着人鱼膏制成的长明烛。

洞府深处烛火最盛，明明灯烛围出座巨石莲台来，莲台上侧卧了个闭目小憩的青衫男子。男子很年轻，瞧着是清俊秀美的长相，左眼眼尾却生了粒红痣，为那清俊的面容增添了一丝妖。

两个黛衣婢躬身近前时，男子睁开了眼，目光掠过二婢，懒散地坐了起来，掩口打了个哈欠，问道："可将那事当面禀给了门主？"

小个子黛衣婢跪禀道："门主出山了，奴婢在无为堂等了三日方等到门主归来，同门主禀报了有人私闯禁地触发阵法之事，但……"

男子停住了打呵欠的动作："但什么？"

小个子黛衣婢硬着头皮："但门主似乎……似乎并不将此事放在心上，说、说长右门如今已是北陆第一门，又有谁敢真正来犯。想来不过是几个不知天高地厚的小蟊贼，既然未敌过居士您的仙阵，也未能真正犯入禁地，那便没必要小事化大再行追究了。另、另外……"

男子阴沉道："另外什么？"

黛衣婢以头触地："门主还让奴婢给居士带话，说、说让居士不要如此草木皆兵，总以为有人能害得了长右门。"

一个烛台自莲台中飞出，烛台砸在地上，发出刺耳的金石相击声。男子含怒低斥："愚蠢！他竟当北陆之上果真无人再能挑战长右门的权威了？如此狂妄，他日必遭大祸！"

两个黛衣婢战战兢兢不敢出声。

砸了一个烛台，男子脸色好看了些，也没再发脾气，看了两个黛衣婢一眼，只道："你们出去，让本座静静。"

两个黛衣婢跌跌撞撞退了下去。

待两个婢子退下，男子忽然捂住胸口轻嘶了一声，缓了片刻，他垂眸温柔地低语："吵到你了吗？ 对不起，是哥哥的错，哥哥不该乱发脾气。"烛火幽幽，石影摇曳，洞中明明只有男子一人，可他如此低声细语，仿佛此处还有另一人，情景着实诡异。

这男子正是温宓。

半妖温宓于三千年前得了机缘，穿过若木之门来到这神仙世界，成了北陆长右门孤独峰门主墓地的守墓人。三千年守墓生涯平和、安宁，却也乏善可陈。唯一一次遇到有人犯禁，便是三日前的夤夜。那行人在触发了他布在此中的幻阵后居然能全身而退，实在不像什么小蟊贼。而自那夜后，他便一直心神不宁。他的直觉向来灵验。上一次他有这种大难在即的感觉，还是三千年前在凡世流浪时被一只蛇妖追捕，差点被取了内丹。

然预感到有危险又如何，他在长右门中地位尴尬，门主根本不将他的提醒放在耳中。可若独自离开避祸……除了长右门，他又能去哪里？ 温宓双拳攥得死紧，又想起了将他害到这个地步的寂子叙。不过是被他玩弄于股掌的鹰犬，竟胆敢反啮主人，若非寂子叙，他如今何至于此？

而想起寂子叙，便不免又想起从前。从前也不见得有多好，可至少那时他有权势和地位，他爱的人也都还在世间。

他生在三千大千世界最宜修仙的一处凡世，长在那处凡世里灵气最为汇盛充盈的栖云秘境，他的父亲是栖云秘境的主君。

自知事来，他便常听父亲提起，说他们并非这凡世中妖，他们的祖先乃是从众神所居之地徙来此处的，他们的血脉不凡。

但他从不曾为自己不凡的妖族血脉感到自傲过，相反，他幼时十分憎恨自己体内的妖族之血，因他的母亲——被他父亲从凡世抢来的一位凡人公主——非常憎厌妖。她憎厌父亲，也憎厌他。当初生下他和妹妹温芙这对双生子时，因他出生便身覆鱼鳞，一看便是个妖物，不似妹妹那般像个凡人小孩，母亲曾一度想将他溺死。

母亲不愿爱他。在他渴慕母爱而不得的孩提时代，是妹妹温芙用稚嫩的拥抱和陪伴疗愈了他流血的伤口。他生命里所欠缺的所有本应由母亲给予的柔情，皆是从妹妹那里得来——母亲给她一分爱，妹妹便将那一分爱小心培育成十分，然后再大方地全部转赠给他这个哥哥。他的妹妹温芙就像是一朵不够健康的逐日花，举着孱弱的花盘，用力地向阳而生，就为了将阳光存在花苞里，好将它们送给无灯的夜行的旅人。这世上没有谁会比她更温暖善良了。他虽是饮血而生，骨子里尽是凶性，却发誓要做一个好哥哥，给妹妹世上最好的一切，永远保护她的善良和纯真。

他也的确给了她很多东西，漂亮的衣裙，美丽的珍宝。可那些好像都不是她想要的。他不知她想要什么，因她从未向他提过什么要求，好似这世上之物，并没有什么东西值得她喜欢到想要占有。他一度为此而沮丧。所以在她隔着水镜对跟着师兄师姐们闯入秘境的寂子叙表露出兴趣来时，他比对寂子叙动心的她还要难以平静。他终于可以送一件她喜欢的礼物给她，让她开心了，他想。

他做局将寂子叙骗入了妖灵湖中，又引了妹妹前去救人，使她成了寂子叙的救命恩人。

他的初衷很简单，不过是为了讨妹妹欢心，给她送去一个做伴的玩物。但当妹妹将寂子叙带回来，他们才发现他竟也是个半妖。彼时寂子叙已在弥留之际，要想救他，必须解开他体内的妖力封印。妹妹苦苦哀求父亲，父亲装作答应了她，暗地里却让寂子叙同他立下噬骨真言，许下将永远对他这个栖云秘境之主和自己这个少主顺服忠诚的誓言，才帮寂子叙解开了他身体里的封印。

妖力封印一朝被解，寂子叙的修为扶摇直上，短短九十年便成为能令秘境众妖俯首的存在，并助父亲进一步巩固了在秘境中的权柄。

父亲很是自得，觉自己当初眼光独到。

但他却无所谓寂子叙如何为父亲的大业添砖加瓦了，他只关心这九十年里寂子叙待妹妹如何，同妹妹相处得怎么样。

好在妹妹一直都笑着说寂子叙很好。

寂子叙来到秘境的第九十年，温芙二百七十岁。这年岁于半妖而言正值韶华，温芙却已生气渐弱。他虽明白天生心疾能活到这个寿数已算不错，可又怎能甘心接受？

父亲算了一卦，说境外或许有能让温芙活下来的契机，让他带温芙去境外寻找机缘。于是他们和寂子叙一道回了寂子叙的老家昊天门。

兴许境外凡世的灵气的确更宜妖血不浓的妹妹休养，去到昊天门后不久，温芙便有所好转。但寂子叙却越来越忙，陪妹妹的时间远不及在秘境中多。

他时而会在妹妹脸上看到一闪而逝的落寞。

他其实一直怀疑寂子叙是否爱温芙。

可温芙总说他很好。

不过他不信。

于是他用了许多方法去试探寂子叙对温芙的爱。

早在九十年前他便利用噬骨真言对寂子叙种下了顺从温芙的命令，并封了他的口，令他不能对温芙说出噬骨真言的秘密。所以在心底深处，他是很明白的，他那些手段其实并不能试出寂子叙对温芙的爱，顶多只能试出噬骨真言对寂子叙的掌控力。可那又怎么样呢，只要噬骨真言还能掌控他，那寂子叙就毫无办法，无论愿不愿意，他都只能对妹妹好，且不能将任何别的女人置于妹妹之前。他甚至想过，若寂子叙始终无法真心爱上妹妹，那做到这样其实也可以，也和真心爱妹妹没什么两样了。所以他让他们完了婚。

那时候的寂子叙被他牢牢攥在手心，像是一只被囚的鹰，一条被拴的犬，是强大的，却也是无害的。

落魄之后他曾想过，若非他执意要夺占红玉的修为和躯体复活温芙，若非他将寂子叙逼到那个境地，或许寂子叙还会继续隐忍，不会噬主。自噬骨真言出现在这世间，不是没人反抗过它，可那些反抗者要么死了要么疯了。寂子叙定然也是知道的。可他还是选择了违反真言，将手中之剑挥向了父亲和自己，可想而知彼时他抱着什么样的决心。

　　猛虎反噬，父亲身死，当寂子叙横剑在他身前欲夺他性命时，在那一刻，他是感到了后悔的，可后悔又能怎样呢？

　　侥天之幸，他跌下山崖逃过了一劫。

　　后来……便是一路逃亡。

　　回忆到此处，愤恨蔓生，隐痛难忍，手指不禁将石台捏出指印。就在此时，前洞突然传来一声虎啸。

　　随着那虎啸声落，洞内忽刮起一阵狂风，石笋上的长明烛被狂风摧折，瞬息间灭了一半。虎啸声又起，震人心魂。声声虎啸中，作为幻阵阵眼的巨石莲台竟忽地裂为了四瓣。阵眼被毁，布在峰中的七重幻阵亦随之破解。

　　这一切都发生得太快，温宓跌坐在碎石块中，一时竟不知发生了什么，直听到有脚步声近，才反应过来应是有高人带着什么灵宠猛兽来闯境。他心一沉，正待捏诀给驻在后洞的十来个守墓弟子传信，一个檀色影子忽地飞掠至眼前。脖颈一凉，一把短刀横在了他颈前。

　　温宓心神微震。制住他的是个女子，离他很近，唇边带笑，同后进来的人说话："还以为布阵之人如何厉害，这阵倒是布得不错，可哥哥你瞧，他其他方面却好像并不怎么样呢。"

　　听脚步声应是进来了好几人，但他们所立之处灯火尽灭，温宓只能笼统分辨出几个影子。女子的话令温宓感到恼火，但也无可辩驳，他如今的确算弱。他垂眸飞快地盘算如何才能脱险："孤独峰乃长右门门主墓地,唯收纳了历代门主们的枯骨,我虽不知诸位来此是为何,但想必不是为了杀人。我容诸位入墓,诸位饶我一……"可话还未说完,便被打断了。

"温宓。"有人叫出了他的名字,"你居然还活着。"那人走近几步,站在了烛火覆照之处。他身边两人也走了过来。

适才才忆起过的旧人竟出现在了眼前,温宓难以置信,瞳孔猛地一缩:"寂子叙。"又看向他身边,"红玉。"

一瞬的震惊后,积压在心底从不曾平息过的愤恨如一团烈火喷薄而出,烧得温宓双眼滴血似的红。但他还记得定神起术,不动声色地在心底最深处捂住妹妹的眼,堵住妹妹的耳。多么讽刺,妹妹死了,魂魄只能被他藏在心间,他到现在也没能找到可使妹妹复生的方法,而本该成为妹妹魂魄容器的红玉此时却活生生站在他面前。

寂子叙,他只能是妹妹的。妹妹至死只爱过他一人,她将自己完整、完全地交付给了他,而他凭什么在她死后又有别人?他怎能容许他得偿所愿?

憎厌的目光落在寂子叙身上,他突地低笑出声:"功夫不负有心人,竟果真让你寻到红玉的魂复活了她呢。可寂子叙,你忘了我妹妹芙儿了吗,她才是你的妻,你复活了他人却对芙儿置之不理,午夜梦回时你就不会良心不安吗? 想你同芙儿也曾有过海誓山盟真心相许……或者是你的真心不值钱,给过芙儿的,又能收回去随便洗一洗便再交给红玉?"他看向祖媞,眉梢微挑,"这样不纯的真心,红玉你要吗? 若这都能要,那你还真是够不挑的。"

一席话半是嘲讽半是挑拨。嘲讽是对寂子叙,挑拨是对祖媞。不过祖媞并没有认真听。在此遇到温宓的确大出她意料,她正蹙眉想着,照理凡世中妖不当出现在八荒才是,怎么温宓……身旁的霜和忽抬手肘靠了靠她的胳膊,悄悄同她嘀咕:"原来这守墓人竟是寂子叙的舅兄吗? 但听上去他和寂子叙的感情好像不太好啊。"

祖媞被打断思路，正欲敷衍霜和，便听寂子叙开口："说什么海誓山盟真心相许，我和温芙之间有没有那种东西，一直监视着我的你不是最清楚吗？至于会否对温芙良心有愧，因她对我有恩，被你和你父亲像狗一样对待的我从未向她揭露过你们的真面目，一直帮她维系着她完美人生的假象直到她死的那一刻。我做到了所有我可以做的，又为何还要对她有愧呢？"

温宓阴沉道："你竟胆敢反驳……"

寂子叙打断了他的话："你是不是忘了，我已杀了你父亲，结束了那咒誓对我的操控，自然不必再顺从你。而你，"他冷笑，"不能再将我控制在手心的滋味是不是很难受，让你很不习惯？"

一旁的霜和听得一愣一愣的，问祖媞："这什么情况啊？"

祖媞亦是微震。

温宓眸中渗出怨毒，凶狠地与寂子叙对视，片刻后忽地一笑："哈，差点被你绕进去了，说这么多，你不就是想撇清你同芙儿的关系吗？"桃花眼微弯，"这是……迫不及待向红玉表忠心了？"目光移向祖媞："他是不是还告诉你他其实从未喜欢过我妹妹，当初几次伤你，皆是被噬骨真言所逼啊？"饶有兴味地看着祖媞，"你相信这话吗？"不待祖媞回答，他歪了歪头，故意道，"我却不太信呢。毕竟他要是对芙儿并无真心，他那样恨我和我父亲，又岂能待芙儿好呢？依我看他对你嘛，不过后来你死了，他便又后悔了。倘若他果真从来喜欢的是你，对芙儿无半点情意，当初我提议让他为芙儿抢夺你的躯体和修为时他便该寻机将父亲杀了，这样也不用害死你了不是吗？毕竟后来我们都看到了他是可以杀掉我父亲的。可那时候他只考虑了半日便答应了我的提议，所以说啊，他或许有真心，但你也不过只得到了他一半真心罢了，另一半……"

寂子叙终于变了脸色："你住口！"

温宓却仍是笑着，像是很痛快："怎么，我戳中你的痛处了？"

寂子叙僵硬地看向祖媞:"不要信他,那时候我是……"

祖媞却没让他把话说完,叹了口气:"还是说正事吧。你们从前到底是如何,我并没有什么兴趣。"她找了块石头坐下来,看向温宓:"这是八荒,以你的品性应是无可能靠修行飞升来此。"手指搁在膝头,轻轻敲了敲,"所以,你是如何穿过若木之门来到这里的,又怎么会在长右门当守墓人,我对这个比较感兴趣。"

温宓的眸子闪了闪:"你感兴趣我就要答你?凭什么?"

站在温宓跟前一直没挪过地儿的春阳很是想不通,觉着自己这么大个人,又举着一把这么锋利的刀子比在温宓脖子前,不应该这么没有存在感才是。听温宓嘲讽般地问祖媞"凭什么",春阳深觉他不是在挑衅祖媞,而是在挑衅自己,短刀往前一送,便在温宓脖颈上留下了一道血印子:"凭这个,可以吗?"

温宓嘶的一声,恼火地瞪向春阳,终究有些忌惮脖子上的刀锋:"寂子叙是如何来到这里的,我便是如何来的。"

春阳厌恶地嗤笑:"哥哥是证得大道,踏祥云而登九天回到八荒的。但你,除了布阵,仙法道术没一样上得了台面,心性瞧着也不如何,也敢说自己是证道飞升?"

一番奚落刺痛了温宓,他的面色瞬间变得难看:"你!"启唇刚驳了一个字,便听后洞中传来了一阵脚步声。下一瞬,连通后洞的石门轰然洞开,一位白衣仙君闲庭信步而出,身后跟着几位侍者。

孤独峰后洞弯弯曲曲共十八里,十八里洞道存放着历代门主的方棺,每里洞道皆有弟子看守。这白衣仙君既是领着侍者自后洞过来,那就是说……那十八个道术不俗的拦路弟子皆被……解决了?温宓屏住了呼吸,满心震骇,一时竟没能说出话来。

打开石门从后洞过来的三殿下倒是挺悠闲自在的,看到洞中情境,微微挑了挑眉,没说什么,径直走到了祖媞身边。

此番来探长右门,一行人在出发之时便做好了分工。

孤独峰中布的虽是上古幻阵，但三殿下前一阵刚好收了一匹擅造幻阵亦擅解幻阵的灵宠，便是那血统直可追溯至洪荒的四境兽。几人商量好，在四境兽破开幻阵后，由三殿下领座下文武侍自后山潜入墓洞，去探那墓洞中是否有土灵珠的线索，祖媞则领霜和自前洞入，去访布下这上古仙阵的守墓人是什么来头。因寂子叙和春阳对守墓人更感兴趣，也加入了祖媞这一组。

见温宓、寂子叙、春阳三人正在对峙，祖媞悄声问连宋："可有什么发现？"

连宋在她身边坐下，空着的手里拿着个用素绢包裹的物件，瞥了她一眼："你猜。"

祖媞狐疑地想了想："还有心思同我玩笑……"她握住连宋的小臂，分了点眼风瞟了前头一眼，见春阳兴致勃勃地接了她的班，正专心逼问着温宓，寂子叙的注意力也放在温宓身上，三人都没有看他们，她便主动靠近了连宋，几乎凑到了他耳边，用不会使其他任何人听到的低音悄悄问他："难不成真寻到了灵珠的踪迹？"

温热的气息拂在耳畔，有些痒，连宋垂眸，觉她这个模样好玩，也学着她，低头凑近她耳旁，悄悄回她："那倒是没有。"

祖媞立刻坐正瞪向他，但说话还是悄悄的："那你还让我猜！"

连宋将手里的东西放到了她掌中，笑了笑："没有发现灵珠的踪迹，却歪打正着，发现了些别的有意思的事。"

祖媞垂眸看向掌中之物，素绢掀开，竟是一截指骨，她疑惑地轻"啊"了一声，抬头看向连宋："这是……"

连宋示意她继续看那指骨："这是我从一个门主的尸身上取下的一截骨头。"问她，"从这骨头的骨龄上看，你觉得这门主死时应是多大年纪？"

祖媞捏起那骨头，认真看了看，以骨辨龄于她这等修为的神仙而言自是不难："这人死时应是四百三十七岁，"她不解轻问，"怎么了吗？"

连宋勾了勾唇："可她的墓志上却写着，她活到了两千七百四十岁，是不是很有意思？"

祖媞微微一惊："骨龄和墓志记载相差如此大，要么是墓志铭文出了错……可墓志怎么会出这样大的错……"

连宋接上她的话："要么就是那尸骨并非墓主人的尸骨，这个可能性仿佛更大一些。"

祖媞又看了一眼那指骨，整个人都变得凝重起来："小三郎，那墓主人，是谁？"

连宋从她手中取回了指骨："商珀之妻，虞英之母，长右门第四十二代门主，虞诗鸳。"

祖媞轻呼："竟是她。"

十来步外，温宓确定春阳和寂子叙并不会真的要他性命后，倒也不再忌惮。而因场合不对，春阳逼问归逼问，也没用出什么过分手段，导致温宓根本不怕她，三人很快便陷入了僵局。

温宓一面敷衍应付着春阳，一面用眼角余光关注着坐在石块上的连宋和祖媞。他看到那一身矜贵的白衣仙君刚站到红玉身旁，红玉便主动往后让了让，那白衣仙君施施然在她身边坐下，将她挡得严严实实，然后低头和她说了句什么。即便看不见红玉，也听不到二人究竟在说什么，他也知二人挨得极近。

在三万多年前的那一世里，温宓也只见过红玉几面，印象中，这位独居在雨潇峰中的女修士孤高且难亲近，别说寻常人，就连她身旁那个叫梨响的女侍也不曾挨那么近侍奉过她，如今，她却能容这白衣仙君近身……可见二人关系不凡。

温宓忽然觉得可笑，难道寂子叙费尽心机使红玉复生，最后竟没能得到她？是了，是该如此，他又想。毕竟那一世，寂子叙真的伤红玉甚深，但凡有点气性，红玉也不可能再接受他。这真是太好笑了。

寂子叙也注意到了温宓的目光，向不远处的连宋和祖媞看去，见二人亲近相处，不禁眸子微黯。

温宓轻哼："没想到，你竟是为别人做了嫁衣。"

寂子叙没有答他。

仿佛察觉到了他二人的目光，那白衣仙君转头看向了他们。

温宓挑眉。剑眉凤目，天人之姿，这白衣仙君倒是生得很好。

连宋目光掠过二人，停留在寂子叙身上，淡淡地："还没问出他是个什么来路？"说完这话，他收好那指骨站了起来，仍是淡淡地，"此地不宜久留，带回去慢慢审吧。"

说着微一抬袖。

温宓还来不及反应，便感一阵天旋地转。他昏了过去。

毕竟不宜将温宓带回丰沮玉门，一行人北行几百里，在燕国一个边境小镇上寻了个小院。

祖媞的精力和体力向来不怎么样，先摸了间房自去休息了。

小院屋子不多，一人一间显是不够，连宋打着为祖媞护法的名头亦跟去了正房。因他还吩咐了手下侍者将中了昏睡诀的温宓也放进他们那间房由他看着，显得好像很一心为公，故而就连寂子叙也说不出什么不许他进祖媞寝房的话来了。

已是丑初，夜深人寂，因估摸着祖媞就睡两三个时辰，而恰巧温宓身上的昏睡诀也差不多只起效到那时候，连宋便让众人卯中来正房，说既然温宓不太好审，那就众人拾柴火焰高吧。大家没什么异议，自去歇息。

温宓醒来时，茫然的眼中映出了一扇木窗和一片藏蓝色的天幕，身在禁洞居于阵眼，他已许多年没有见过天是什么样，乍见此景，一时竟不知今夕何夕。他愣了片刻，撑起身来，便瞧见了不远处的烛火和烛火旁斜倚着凭几看书的白衣仙君。一些画面飞速掠过脑海，他才想起发生了什么。

"你醒了？"那仙君并未抬眼。

温宓慢慢坐了起来，一边打量那仙君一边飞速在脑海里盘算逃命之计。

白衣仙君于烛火微光下斜倚凭几闲翻书，举手投足皆是风流恣意，但神态却又矜贵淡漠，这种矛盾的气质难得一见，即便他看人的眼光算不得如何，也能辨出这位仙君身份不凡。

这人究竟是何身份？

斟酌了片刻，温宓开口："我知几位仙君和仙子对我有疑问，既落到了你们手中，我自然愿识时务，有什么疑问我都可知无不言。不过有一桩事也令我颇感好奇。

"那红玉曾在凡世里同寂子叙纠缠颇深，二人虽未曾在一起，但正因有此遗憾，二人对彼此都是刻骨铭心。我妹妹当初便是被卷入了他二人这番剪不断理还乱的情感纠葛中，最后才落得个不得善终的结局。我观仙君神姿高彻，想要什么样的神女仙子没有？又何必蹚他二人的浑水呢？"

虽是站不住脚的胡言，但男女之情最是脆弱，此时他埋下一粒猜忌的种子，焉知日后不会开花结果。他此生最恨之人是寂子叙，但他亦恨红玉，若非为了红玉，寂子叙又岂会背叛他和父亲。而兜兜转转这许多年，好似只有他过得落魄凄惨，这怎么可以呢？便是如今的自己已对他们造不成什么大妨害，但能给他们添点堵，他也开心。

在听了他的话之后，那仙君果然像是有些动容。他见他抬起眸来，将手中书册合起来放到一旁，双眉不悦地蹙起："你说，阿玉和寂子叙曾纠缠颇深？"

温宓正欲继续添油加醋，砰的一声，门被推开了。温宓抬头，见

竟是寂子叙立在门口。

"又在胡说什么？"寂子叙踏步入内，身形完全暴露在烛光中，目光冻人，"温宓，你为什么就不能放过阿玉呢？"

寂子叙既来了，他离间红玉和这白衣仙君的戏自然是演不下去了。温宓晦气地喊了一声，仰首看向寂子叙，勾唇一笑："我为何不放过她？不都是因为你吗？那时你明明已与芙儿定下婚约，可你的眼睛却追随着谁？当你看着她时，你可知芙儿在你背后望着你的眼神又是怎样的？"

寂子叙顿住，双眉微蹙："她从来便知我的真心不在她那里，我并未欺骗过她。"

可这句话却更触怒了温宓，温宓齿间含冰："所以你更该死，她是你的救命恩人，你却那样对她！你该死，红玉她也该死！你们根本不配得到……"

哗啦，小小一室里忽然响起珠帘被掀开的声音，打断了温宓的歇斯底里。

被吵醒的祖媞斜倚着落地罩看向三人，云淡风轻地招呼了一句："这么早，都在啊。"

说着走出落地罩，将手里的一只小香炉放了落地罩前的一个小方桌上，抬指引来明火，点燃了炉中之物。

寂子叙率先出声："阿玉，你这是……"

祖媞漫不经心："看你们火气大，燃个香给你们宁神。"

轻烟袅袅，自铜炉中漫出，祖媞转身，轻移莲步，径直上了连宋所在的草篁。

温宓目光闪烁地看着祖媞，眼见这位印象中总是一板一眼、谁也无法近身的美人竟主动挨坐在了那白衣仙君的身旁。坐好后，她瞥了那白衣仙君一眼，说话很轻，但温宓向来耳力好，还是听到了。她问那仙君："怎么像是不高兴？总不会是不喜欢我新燃的香吧，我可没有用你不喜欢的香。"

　　白衣仙君也很轻地回她："你又知道我不喜欢什么香了。"

　　她自然地伸出一双玉手来，将纤纤十指抵到了那仙君眼下，微微一笑："那你闻闻看吧，看我是不是挑的都是你喜欢的？"

　　她不避旁人地亲近那白衣仙君，且那种亲近极为自然，就像他们一贯如此。

　　温宓止不住惊疑。

　　那格外矜贵的仙君低了头，鼻尖离那玉色的指极近，停顿了一瞬："茉莉和沉檀的合香？"

　　她便笑了，眼中似有秋水横波："是不是你喜欢的？"

　　几步开外，寂子叙瞧着浅笑盈盈哄着连宋的祖媞，亦觉恍神。在遥远的前世，他几乎从未见红玉笑，也从未听她用如此柔软的声音说过话。她的人永远是冷的，身段永远是英朗的，像冰雕，也像一把永不弯折的剑。此时这个同连宋细语的人，简直不像她。他不禁又喃喃唤了她一声："阿玉……"

　　温宓敛了眸中异色，忽而一笑："倒是有趣。"

　　祖媞抬头看向他们二人，目光最终落定在温宓身上："你方才所说的那些话我都听到了。"她突然想起来似的，"我得澄清一件事。那一世我同寂子叙之间，不过是他的母亲对我有教养之恩，后来我将这份恩还给了他。"微微一笑，向温宓道，"同他纠缠甚深剪不断理还乱的，不是你们兄妹吗？"

　　温宓转了转眼珠："你敢说你们之间果真如此坦荡？"

　　"为什么不敢？"她起身走向温宓，来到他面前，半蹲下来，缓缓抬手握住了他的前襟，虽然做了这个动作，但语声很平和，"你，你妹妹和寂子叙之间到底是怎么回事，那一世我不清楚，不在意，也不感兴趣，如今我依然不清楚，不在意，也不感兴趣。你们有何旧怨都不关我的事，那一世便算了，不过以后呢，就不要再在小三郎面前嚼我舌根了。"仿佛很和气地征询他的意见，"可以吗？温宓？"

温宓低头看了一眼自己的前襟，缓缓勾起唇角："看来你是真的对……"

握住他前襟的玉手忽然成掌，往他心口处重重一拍，又一抓，温宓蓦地吐出一口血。祖媞含笑看着他："管住自己的嘴。"

温宓心口生疼，那一瞬突然感到心底很空，慌忙凝神去感应温芙之魂，察觉到那羸弱的魂魄仍躺在他心间，他才松了口气。又想起红玉那句威胁，本能地就要维护尊严，嘲讽地驳一句"你以为你是谁，我为什么要听你的"，下一瞬却发现自己一句话也说不出了。不仅如此，竟连动也不能动了，只有眼珠还能转一转，能看到红玉微微抬头，向着他身后平静盼咐："你们进来，久等了，将他带下去问审吧。"

温宓死死盯着祖媞，像是从不认识她。

碰巧霜和这时候也过来了，进门时瞧见文武侍将温宓拖下去，愣道："不是说一起审他吗，那什么……众人拾柴火焰高？"

祖媞耸了耸肩："你还真信了小三郎的邪，适才那几位文武侍都是跟着他在刑司历练过的，审十个温宓也不在话下，还用你帮忙？"

霜和睁大眼："三皇子做什么耍我？害我起这么一个大早。"

祖媞倒着茶："他应该就是想骗你起早。"

连宋嗯了一声："总不能我一个人早起干活儿。"

霜和无话可说，闷了半天，突然气愤道："春阳呢，是不是还在睡，我去把她也叫起来！"说着摔门而出。

寂子叙也随他出了门。

过了会儿，祖媞去关了门，又关了窗，她将方才碰过温宓的那只手展开，雪白的掌心竟漫出了一团清雾。那雾缓缓飘落于地，于幽幽烛光中现出一个朦胧的女子的影，那影缓缓清晰，眉眼含郁，弱不胜衣，竟是温芙。

温芙抬手至额，深深拜在祖娓面前："仙长，多谢你将我释出。"

用随手所捏的假魂神不知鬼不觉将温芙自温宓心中换出来的祖娓叹了口气："我察觉到了你魂魄的震颤，解出了你求救的密语……可你为何会求救呢？难道你哥哥待你不好吗？"

温芙抬眸，眸中含雾："不能说哥哥待我不好。我离世后，他将我的魂存放在他心底，用他的妖力滋养我，才使我得以长存至今。开初，他以为我没有智识，但其实我什么都知道。我看到他密谋夺占你的身体，看到他同子叙反目，看到他们决战山巅，看到他四处流浪、招摇撞骗做尽恶事……很可笑吧，在我死后，我才知我的父兄是什么样的人，这真正的世间有多残酷。哥哥将我困在心底，仍想找方法复活我，但我却不愿再活在这残忍的世间了。当他发现我有智识、已苏醒之后，我曾试图求他释放我让我解脱，但他不愿。"

祖娓道："原来是这样。"

三殿下忽然插话："你可知温宓为何会来八荒？在你苏醒的年月里，你可曾见过他同什么特别之人交往？可曾听闻过他提及土灵珠？"

祖娓愣了一下，她从温宓那儿将温芙骗过来，还真不是为了利用温芙寻土灵珠，不过经小三郎这么一提醒，她也回过了神——温芙的确是个好线索。

温芙迷茫地摇了摇头："当哥哥发现我已苏醒后，我曾劝过他勿再行不义之事，或许说得多了，他嫌烦，后来便常让我昏睡，我没见他交过什么朋友，也没听他提过什么灵珠，亦不知他是如何来这儿的。"顿了片刻，又轻轻地、有些忐忑地补充，"我没有骗你们，你们可以查看我的记忆。若你们能的话。"

三殿下没有客气。自打他想起在凡世时同祖娓的旧缘，藏无的封印便解除了，即便温芙只是一个魂，需抽取窥伺的又是她死后的记忆，对三殿下来说也不是什么难事。

可令人失望的是，温芙的识海中的确并无他所需的信息。

不过她既行了他方便，他自然也会付出酬劳："你妖的血统很淡，死后本该去冥司，可你哥哥禁锢了你的魂，三万多年了，冥司估计也放弃了寻你转世，留在这世间你只能做一个孤魂，直至许多年后消散于天地间。你需要我们送你去冥司吗？"

温芙沉默了少顷，却道："若是可以的话，可否让我现在就寂灭消亡，我不想等到许多年以后了。"

这答案令人惊讶，祖媞和连宋对视一眼。片刻寂静后，祖媞温声相问："只有人族有永生不灭的灵魂，你母亲将永生不灭的灵魂传给了你，这很难得。为什么想要放弃这魂呢？"

没想到温芙笑了，厌倦似的轻声："转世又有什么意思呢，我曾经得到过最好的人生，虽然都是假的，但那假的人生里也都是开心和快乐。可能最大的遗憾是爱上了一个不爱我的人。但我说我想嫁他，他便娶了我。他也是个好人，一直待我诚实、包容。因病体羸弱，我们无法成为真正的夫妻，但我们是永不会背叛彼此的朋友。我再也无法拥有那么好的人生了。后来，我知道了真实的人间是什么样的，也看够了真实的人间。但那不是我想要的。所以可以的话，求你们给我永恒的寂灭。"

祖媞静默良久，良久后看向温芙，问她："你决定好了吗？不会后悔？"

"不会后悔，永不。"那羸弱的魂认真地回道。

第十章

次日辰初,文侍襄辛将温宓的供词呈到了连宋面前。彼时连宋与祖媞正在院中一个草亭里一边下棋一边等日出。

因东华帝君酷爱十九道盘的星阵,故而九重天盛行的乃是围棋。但二人此时玩的却并非围棋,而是魔族们更爱的六博棋。

祖媞不怎么会玩这种棋,于八荒玩乐无一不精的三殿下正手把手地教她。

襄辛候在一旁,呈上来的供词就放在棋桌一角拿个镇纸压着。

待领着祖媞完整地走完一局棋后,连宋才拾起那页纸来打开看了。

襄辛适时禀道:"没有逼太狠,他供出了这些。"

祖媞颇为好奇,问连宋:"他是怎么说的?"

连宋将看过的供词递给她:"自己看。"

祖媞接过来一目十行。见纸页上温宓招供道:三千年前,他在凡世遇到了一位自号藏蜂居士的女仙长,彼时那仙长为一头虎妖所掳,他救了那仙长。藏蜂仙长知他有登仙之志,为报这段救命之恩,便将他带来了这灵气盛极更易修仙的八荒。且仙长又担心他一人在八荒无依无靠,便给了他一块符令,说那符令乃她的家传之宝,是长右门一位已故门主赠予她先祖的,他凭此符令上凌门山,长右门定会收留照拂于他。他便揣着符令上了长右门。至于墓洞中布幻阵的本事，却是机缘巧合下他于长右门的经阁中得了一本破烂图册，而后他偷偷苦研数载，自那图册中略习得了几分本事。

通篇看下来，不像是在说瞎话。

连宋却问她："可看出了哪些是真话哪些是假话？"

祖媞反问："你手下的文侍亲自审出来的供词，还能有不实之言？"

襄辛机灵，闻言便笑："回尊上，我们殿下慈悯，常说屈打也不一定成招，假亦真真亦假的供词固然藏了被审问之人的心机，但只要心够明眼睛够好，未必不能从这种供词中辨得真言，这种供词也未必就比一份靠打打杀杀得来的供词差，所以咱们文武侍也有规矩，第一遍审讯向来是不大用手段的。"

"这倒是很与众不同。"祖媞一笑，抬起细白的手支住同样细白的下巴，目光凝在那份供词上，"那小三郎不妨亲自同我演示一下该如何利用这种真假参半的供词好了。"

白奇楠香携风倚近，连宋坐到了她身边，祖媞偏头，入眼便是青年完美的侧颜，冷不丁心头一跳，便见连宋也偏过头来，"看我的脸做什么？"他戏谑地笑了笑，"看这里。"纤长的指点了点桌面的供词，"照温宓言，那位藏蜂仙长因不放心他一个人流落八荒，想着护他周全才给了他符令，让他去了长右门。可玄冥上神治下的北荒向来清宁平和，谈不上凶险。那藏蜂仙长既是个能偷偷穿越若木之门的修士，修为想必不俗，于她而言，若只为护温宓在北陆康宁，有的是代价更小的法子，不至于祭出先祖遗留的贵重宝物送温宓上长右门，须知符令这种人情，用一次也就没有了。"

他抬手化出一支白烛来，亲自点燃了那烛，看了祖媞一眼："我可不信阿玉你没想到这一点。"

祖媞耸了耸肩："是啊，这供词乍看是那么回事，却经不起细思。"说着将那纸页叠起来，递还给了他。

连宋接过供词,将它放到了正燃着的烛上,火苗舔上来,薄薄一张纸顷刻化为草灰。"温宓他编瞎话定是为了隐瞒什么,那些东西我不一定现在就要知道。"连宋一笑,"不过这份供词里倒有个很有意思的点,不知阿玉你注意到了没有?"

祖媞还真没注意到什么有意思的点。

连宋问她:"听到藏蜂这两个字,你会联想到什么?"

祖媞一怔,很快悟了过来:"琥珀藏蜂!"她轻喃,"藏蜂之珀乃琥珀中的名种,是最珍贵的琥珀。那女修士以藏蜂为号,正与商珀相合,又同长右门关系匪浅,难不成……她便是虞诗鸳?"

连宋挑眉:"阿玉反应得很快。"抬手化去棋桌上的白烛和草灰,"倘虞诗鸳还活着,她一个凡人修士,又未能证道登仙,能活到三万多岁必然是靠异宝延寿。那异宝不用说,十有八九便该是土灵珠了。这北陆虽说是个承平世界,但身怀异宝也易遭祸事。若我是虞诗鸳,我也不敢让人瞧出我寿长得不正常,势必要寻个时机假死脱身。如此,她墓中尸骨骨龄有异也便说得通了。哦,对了,"他一边说一边从棋面上取了支博筹把玩,"前些日文武侍们探查长右门,发现这一代的门主和长老竟全然不知他们门宗从前还干过屠女娲圣山的大事,对土灵珠更是闻所未闻。可见若虞诗鸳还活着,也是瞒着长右门的后人且防着他们的。"

祖媞轻敲手指,谨慎且思辨地道:"不过……这虽然听上去很合理,但一切只是我们天马行空的猜测罢了。"

连宋将把玩的博筹放回原位:"所以真相如何还得再查一查。"

祖媞拿起连宋放下的那支博筹:"虞诗鸳长什么样可以去虞英和商珀神君处问问。然后再让温宓画一幅那藏蜂仙长的小像,届时比对一下,答案也就出来了。"

一直随侍在一旁的襄辛立刻跪拜祖媞:"属下领命。"

祖媞讶异地看向襄辛:"你是小三郎的亲侍,只当听他一人号令,小三郎还未发话,为何便跪我领命了?"不赞同道,"如此,当罚。"

襄辛也才发现自己好像是过于机灵了,反犯了忌讳,立刻请罪。

连宋却没当回事,从棋盘中重拿了棋子来摆:"不是大事,去让温宓把那藏蜂画出来吧。"

还是襄辛主动老实问:"那殿下,罚、罚呢?"

连宋没看他,只认真摆着棋子:"罚什么罚,祖媞神只是和你开玩笑,回头去天步那儿领十壶琼浆,哦,她那儿应该还有蟠桃,让她也给你拿几个。去吧。"

襄辛愣了,但他反应超快,立刻跪谢了连宋,又狠狠谢了祖媞,颠颠地跑了。

祖媞一言难尽:"你就这样驭下?"

连宋摆着棋,目光凝在棋盘上,一副没有办法的样子:"不然呢?他这么有眼色,我能怎么办,只好奖励他。"

祖媞分辨不出他是否在玩笑:"有眼色?"

"是啊,"连宋道,"知道听你的和听我的没什么区别。"

"怎么会没有区别?"

连宋抬眸。有一瞬间,祖媞觉得连宋看她的目光很深,但待她细观,却只能从那漂亮的琥珀色眸子里看到自己的倒影。

"我们彼此立过噬骨真言,你难道会害我吗?"她听到他问。

她回过神来:"自然不会,"又道,"我只是觉得……"

他已摆好了棋:"没什么好觉得。时候还早,还想不想再下一局?"

她自然是愿意的,正点头,忽听身后响起脚步声。

来者一身银灰道袍,却是寂子叙。

他来做什么?心中刚升起这个疑问,寂子叙已步入草亭,就站在离她几步远的地方,面色有些苍白,问她:"阿玉,我们可否谈谈?"

晨光撕破天幕,熹微初露。祖媞看向坐在自己对面的寂子叙,有些头疼。

前些日他二人一道去沧岚顶取南星妖身时，寂子叙就欲与她重谈旧事，彼时她便不觉有这个必要。昨夜遇到温宓后，听到温宓同寂子叙的几番关乎过往之言，她大致也明白了寂子叙从前的苦衷，虽然细节还不是很懂，但也没有很好奇想要搞清楚，只觉天意使然，既然大家都不容易，那过往之事便更该一忘了之，不值再提。

所以适才寂子叙步入亭中，提出想再同她好好谈谈时，她是想劝他一句别再执着过往，然后婉拒他想要同她独处继续掰扯旧事这个提议的。哪知在出声的前一刻，连宋竟替她答应了下来。"好好谈一次也好。"他越过她对寂子叙这么说。

祖媞惊呆了，因她记得很清楚连宋并不喜欢她那段前世，也不喜欢寂子叙。她搞不懂他为什么要替自己应下。连宋起身，附在她耳边低语了句："说清楚你不喜欢他，现在不喜欢，往后也不会喜欢。"这句话简直没头没脑，她还没反应过来，他已站了起来，对寂子叙颔首笑了笑："你们慢聊，我去外面转转。"也不知是不是她的错觉，总觉得连宋那笑有点假。

什么喜不喜欢……寂子叙从来就很清楚她不喜欢他，且从未喜欢过他，她还要怎么同寂子叙说清楚？

她正天马行空地走着神，对面的寂子叙开口了："我同温宓当初是怎么回事，想必阿玉你已清楚了。"

她点了点头。

寂子叙笑意苦涩："你并不在意。"

"已是久远过往，我们都不应在意了。"

寂子叙却并未听进她这话，嗓音微哑："虽知你不会在意，但我还是想同你解释，当初温宓提出想要你的躯体和修为复活温芙时，我为何会答应。"他薄唇抿得平直，"当初我向温宓父亲立下的那则噬骨真言，内容是将永生效忠并顺从他和温宓。彼时我体内的妖力封印尚未解开，孤弱无能，明知立下这则咒誓会使余生失去尊严，但那时候比起尊严来，我更想要自己变得强大。"

祖媞嗯了一声："我已知晓了你的苦衷，也理解你，寂子叙，你可以放下了。"

能对寂子叙说出"理解，放下"这话，已是祖媞作为神的仁慈。须知即便寂子叙有苦衷，那一世他同温宓对红玉的伤害也是实打实。红玉何辜？若红玉不是历劫的她，二人便是枉害了一条性命。故而她虽理解寂子叙，此时却也难对他说出"原谅"二字。理解他并劝他放下，已是她能做到的极限。

本以为她说了这话，寂子叙能稍许释然，哪知他的神色更不好了："你不该理解我，对你的那些伤害，至少最后一次我不是迫不得已。"他涩然道，"那时候，温宓提出想要你的修为和躯体……他其实说得没错，若我真的不想你死，我是可以豁出去杀掉他父亲的，只要他父亲死，我便可不必再遵循对他发下的咒誓了，但我没有……"

祖媞也想起了昨夜温宓那段挑唆之言，迷惑了："所以，那时候你是真的很想我死？"她本不应好奇的，却还是问出了口，"为什么？"

"因为我很卑劣。"见她满目不解，寂子叙苦笑了声，"那时你一心在大道上，是整个昊天门最有可能得道飞升之人。我不愿你飞升，想要得到你。但你一日为红玉仙长，是我的小师叔，便不会对我生情。"他一句一句，艰难道，"温宓想要你的躯体和修为，那些都是阻碍我得到你的东西，所以我答应了他。我只想要你的魂，那时我已为你准备了新的躯体，想使你成为另一个人。可最后一道夺魂雷被引下，金光闪过，你的魂魄倏然消失，那之后……"

那之后发生了什么，寂子叙虽没再说下去，但结合温宓的只言片语，真相是很易得的。

那之后寂子叙近乎疯魔，杀了温宓的父亲，还差点杀了温宓。

祖媞无法掩饰自己的震惊，愕然地看向寂子叙。

"我寻遍人间也无法找到你的魂魄,欲闯冥司,却不得其路。"青年眸中盛满了痛苦,"为了能寻到通往冥司之路,我一心修行,后来踏破虚空,证得道果,得以飞升九天。飞升之时,竟恢复了记忆,知晓了自己的真正身世,而后我一边护着丰沮玉门,一边四处寻你。"

许久之后,祖媞才回过神来:"我本以为今日你同我诉说旧事,是想让我原谅,但听到此处,却又觉得似乎不是这么回事。"她静静地看着寂子叙,"你说这些年一直在寻我,寻到我,是想做什么呢,仍然一心执念,想囚我的魂吗?"她轻叹了一声,"寂子叙,那一世我过得很苦,但我也不需弥补,我只希望所有的一切都到此为止。"

青年的唇颤了颤,像是被她的话刺伤。他嘶哑道:"我知。"面色惨白,眼眶却泛着红,"找你的这三万年来,我已知那时的自己大错特错,也曾日日夜夜地后悔。"他闭眼,"与你重逢后,起初我的确还有过妄念,但很快,我便知自己永无机会了。"他的声音哑得厉害,"你是对的,今日我来找你,的确不是为了求得你的原谅,因我知道我并无资格。向你坦白这一切,让你知晓我的无能、软弱、自私和卑劣,我是想让我自己……死心。"

祖媞无言。

两人之间静了片刻,寂子叙又道:"那一世你曾同我说,你并不知情为何物,也永远不想知道,但如今,你是喜欢那三皇子是吗?"

祖媞抬头看向寂子叙。

寂子叙却没有看她。"我比谁都希望你好,说这些话也并无私心,或许你不会喜欢听,但我没有太多可同你说话的机会,所以也只能选择在今日开口。"他收回落在亭外的目光,面向她,"我知你和那三皇子曾彼此立下过噬骨真言。噬骨真言的力量,我也见识过。我不希望你被那咒誓所欺。阿玉,不,尊上,"他换了对她的称呼,"你有没有想过,也许你并不是喜欢他,只是困囿于那咒言罢了,而他对你,或许亦是如此?"

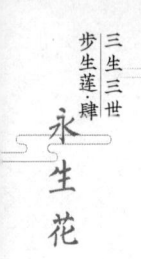

祖媞愣了一下。

寂子叙抬目看来，神情仍显颓然，但眸中所含的确是纯粹的关切："尊上曾吃过许多苦，我愿尊上能遇上良人，但那良人，或许不该是那风流的三皇子殿下。"

祖媞静了会儿："一个咒誓，或许会禁锢人的行动，却又如何能指引人的真心？就像那一世你为噬骨真言所困，处处顺服温宓，温宓希望你爱上温芙，可你有因真言之故，真心爱上温芙吗？可有见她便开心，离开便想念，只要同她在一起，无论做什么，说什么，都觉得快活有意思吗？"

寂子叙微震，一时竟无法成言，只一张脸更无血色，白得近乎惨然。

她虽从头到尾都未承认过自己喜欢连宋，但这一番话中的隐意，他又怎会听不明白。他方才所言，不能说全然出自肺腑，但至少存着八分真意。自知自己再无机会，他也决定强忍住锥心刺骨之痛去接受她另寻别的良人，但他着实难以信任那风流的水神，不禁道："可三皇子前科累累，我怕他会伤你的心……"

祖媞打断了他的话："你说得对，小三郎待我好，极有可能只是因噬骨真言之故，但这也没什么打紧的。"

这个回答是寂子叙无法接受的："为什么会不打紧？"

为什么会不打紧？

因若命运无法改变，她在这世间便只有三年光阴。哦，从现在开始算，只有两年半了。

她不是不知道那些想要征服连宋使他浪子回头的神女们的下场，也不是没听说过连宋的风流。但她所图甚少，没想过要在这三年里去博连宋的真心，因此连宋到底是出于何种原因待她好，她还真觉得不太打紧，也并不觉得若连宋是出于咒言之故才亲近她有什么不可接受。

二人间这种似是而非若即若离的关系，也不曾让她患得患失，因她没有那个时间，她只是单纯地享受着他们如此相处的乐趣。

或许正是因所谋不多，对连宋的喜爱带给她的才全部都是开心。

囿于压在头上的宿命，她更明白什么叫作人生得意须尽欢，她并不愿探究连宋对她的纵容究竟是出于何等情愫，也并不愿去揣度他的一举一动背后暗含了怎样的心意，更不想去分辨是他天生风流惯于如此还是别的什么，她真的没有时间，所以她只懵懂地追求喜欢一个人带给自己的快乐，并且觉得这没有什么不好。

或许寂子叙不能理解，但她很满足这样的现状，不过这也没有必要对寂子叙细说。因此她只对寂子叙道："总之我同小三郎……我自有分寸，你不用太操心了。"又道，"既然你也已决意从过往中出来了，那过往便皆可忘了，我们之间没有仇怨也没有交情，就当我们今日才认识吧，你觉得可好？"

寂子叙屏住了呼吸。这已是他能求得的他同她之间的最好结局，他又怎会觉得不好。但既然是今日方结识，他自然不宜再在她面前多说她同连宋的事。半晌，他道："好。"

祖媞便站了起来，向他浅浅一笑："那便如此。"

这还是他们重逢后祖媞第一次对他笑。寂子叙记住了这个笑容，压下了心中的苦痛与酸涩，点了点头。

他瞧着祖媞离开草亭，向院西喂鹤的连宋而去，走到一半时，连宋看到了她，对她招了招手，她便提起裙子飞奔了过去。连宋将手中的小鱼分给她，她将鱼抛到半空。两只鹤拍着翅膀跳起来争抢啄食，眼看要冲撞到她，连宋及时揽住她将她护在了身侧，她轻呼了一声，裙角在晨风中轻舞飞扬。在连宋再喂那两只鹤时，她主动退后两步，躲在了连宋身后，连宋转过头来笑着同她说了句什么，便见她轻轻瞪了他一眼，神情那般秀逸灵动。

寂子叙不愿再看，转过身，背对着他们走出了草亭。

襄辛审了半日，可惜并未从温宓处得到那藏蜂仙长的画像。温宓称那藏蜂仙长总戴着一副银面具，他从未见过她的真容。

连宋怀疑藏蜂送温宓入长右门其实有别的考量，吩咐襄辛就待在那小院将这事继续审下去，又吩咐其他文武侍盯紧长右门，该善后的善后，顺便查查看当初温宓所用的符令是否与虞诗鸳有关——即便无法得到那藏蜂的画像，若当初温宓所用符令果然同虞诗鸳有关，那藏蜂是虞诗鸳这事也八九不离十了。

待三殿下处理完杂事，一行人在次日傍晚回了丰沮玉门。

没想到雪意竟来到了山中。

祖媞先去看了南星，方回房同雪意说话。

早在一个多月前，当祖媞刚同东华帝君在对付庆姜这事上分好工，她便召了雪意，同他商议了寻找风之主瑟珈以求风灵珠之事。

东华帝君总觉瑟珈是沉睡了，否则不至于二十多万年杳无音信，但祖媞却觉瑟珈说不定仍清醒着隐在某处看着这世间。生而为魔的风之主，揣着那样的身世，个性还偏执，谢冥当初以身化冥司给他的打击又那么大，他心灰意冷从此归隐不愿再关心世事也是完全有可能的。故她吩咐雪意让姑媱的小花仙小木仙们向外传出消息，说曾看到祖媞神于苏醒后归置旧物，在姑媱长生海畔晾晒火神谢冥遗存的手札。

小花们一传十十传百传得很是那么回事，很快，八荒但有花木之地，便都收到了这个消息。

祖媞是觉着，照瑟珈对谢冥的珍视程度，若他果真清醒着不曾沉睡，那听闻谢冥尚有手札遗在姑媱，他必然会主动现身。

不料，雪意坐镇姑媱一月余，连谢画楼都跑来问了他她阿娘是不是真有手札遗在姑媱，瑟珈却一直都没出现过。

因此雪意有些赞同帝君的看法："帝君说得或许没错，风主有极大可能是在沉睡。"提议道，"尊上这里既脱不开身，那看需不需要我先领些人去风主有可能沉睡的地方探探？"又道，"只是有两个问题，一则，八荒之中，风主最有可能沉睡在何地还需尊上帮我圈定一下。另一则，姑媱除了咱们四神使和蓍蓉，下面都是些赤诚有余却不大顶事的小花仙小木仙，若尊上也觉让我先去探探风主沉睡之地的想法可行，那咱们就还得跟三皇子殿下借些得用的人。"

此刻离那天地大劫还有两年余。只要能拿到土灵珠和风灵珠集全五颗灵珠，东华帝君便可开始造对付庆姜的大阵。时间也算充裕。不过，帝君虽是个难得的阵法奇才，这等大阵却不是他一朝一夕便可造出，稳妥起见还是得多给他留点时间，如此便需加快寻取风土两颗灵珠的进程了……

祖媞思量了片刻，觉得雪意的提议可行，她翻出舆图来，当场给雪意圈出了十个地方。一是瑟珈老家南荒少和渊，一是谢冥出生之地南荒登备山，另有七处是谢瑟二人旧日久居之所，第十处则是冥司——虽然现任冥主称瑟珈并不在冥司中，东华帝君也说瑟珈不大可能在冥司，但想到瑟珈躲人的能耐，考虑半晌后，祖媞还是将冥司给圈了进去。

雪意领了被祖媞圈点过的舆图便去找连宋借人去了。没多久愁眉不展地回来，说三皇子太小气，自己同他说姑媱人手不够，想借他十个人查点事情，他倒是爽快应了，但撑死只肯借他三个人。有十个地方要查，三个人怎么够。

祖媞忘了自己是站哪边的，一心帮连宋说话："可能小三郎最近事多，手下人确实不够用。"但看雪意直犯愁，也很同情，"那我去帮你问问，看还能不能再多借两个人。"

祖媞和雪意来到连宋房前时，三殿下刚看完仍在漆吴山假扮琴侍囚禁瞿凤的卫未的来信。

天步主动帮二人打开门，祖媞开门见山："小三郎，我想跟你借几个人查点事情。"

连宋正要提笔给卫未两姊妹回信，闻言停笔，吩咐天步："任务轻的文武侍抽十人出来，再把宫中当用的侍卫调十人出来。"看向祖媞，"几个人怎么够，给你凑二十个人，你先用着，不行再同我说。"

祖媞嗯了一声："那你先写信，待会儿咱们一道用饭。"说着领雪意出去。走出一段距离后，问雪意："小三郎这不是挺大方吗？你是不是刚才态度不好，不够真诚，所以他才只肯借你三个人？"

雪意静默了片刻。明白了。

好了，破案了，应该是我表现得真诚过头了，让他误以为想借人的是我，所以我才借不到人。雪意面无表情地想。

这个三皇子，真是双标得无所畏惧明明白白。我也太惨了。雪意面无表情地又想。

第十一章

祖媞当初预判南星五六日里便会苏醒。

他们回到丰沮玉门正好是在第五日。

当夜,南星便醒过来了。

是寂子叙来通知的祖媞。

祖媞和连宋几人赶过去时,见南星面对着窗棂跪坐在窗前的矮榻上,身后是双眼红红的春阳。春阳正在为她梳发。此前躺在冰榻上沉睡的南星只着素裳,此刻又穿上了象征女娲神使的十七层素纱单衣,侧颜恬静,月光映照下缥缈不似真人。

祖媞走过去,唤了一声:"南星。"

她像是没有听到,并未回头。

春阳轻声道:"如尊上所料,神使大人只是恢复了神识,却并未能恢复灵智。"

祖媞看了南星片刻,缓声:"恢复了神识,可睁眼,能有知觉;但未开灵智,便对外物不敏感,只能似个活死人。"她安慰春阳,"等拿到土灵珠后,使她的两魂融合,或许那时她便能认出人了,不急。"

春阳点了点头。

见南星如此,想着他们来丰沮玉门的目的,菁蓉有些忧虑:"南星

大人这样，真能感应到土灵珠的下落吗？"

祖媞看了一眼窗外，见天上之月虽不甚明亮，但漫天星子却是辉光极盛，沉吟道："择日不如撞日，今夜天象不错。"又向诸人，"你们都出去吧，留小三郎在门口帮我护个法即可，我试试看能不能将寻土灵珠的灵旨种入南星的潜意识。"

几人对视一眼，相继退了出去，三殿下靠在门口，在他们出去后抬手结了个护法阵。

不过春阳几人也没走远，就在几步外候着。他们之中没人听说过种灵旨这种法术，皆不知其需耗多长时间，大家便只都面色凝重地站那儿等着。

刚开始并听不出房中有什么动静，但一炷香后，突有一束蓝光刺破屋顶，直冲上天。蓝光似箭，飞驰至天边，与天边某只星子相接，在触到那只星子的一刹那消失无踪。那颗星子却似饱食了什么可怕的能量，突然辉光大盛，无数刺眼的银芒洒落，那些银芒在接近山巅时化为一道光柱，直直打下来，就像是一种呼应，笼住了祖媞和南星所在的竹舍。

霜和看得瞪眼，问一旁的菁蓉："这是怎么回事？"

菁蓉也答不出个所以然。

两人面面相觑。

星辉光柱尚未消失，祖媞已推门而出了，同倚在门框处刚收了护法阵的连宋说话。"是长微星。"祖媞道。

连宋目视着远天，嗯了一声："长微在巽位，对应的应当是第七十七万区的一处凡世，看来我们得入凡一趟了。"

明显，连宋和祖媞是在说什么正事。霜和经常会在他俩说正事时产生脑子不够用的痛苦，此刻他再次体验到了这种痛苦，举目四望，感觉只能从菁蓉身上寻找安慰，于是问菁蓉："蓉蓉，你听懂他们在说什么了吗？"

蓉蓉没有让他失望，也没听懂，摇了摇头。

霜和悄悄松了口气，忍住了没显得太高兴："哦，那就好！"

寂子叙实在是听不下去他俩的对话，为他俩解惑："青天上有数十亿繁星，八荒外有数十亿凡世，一颗星子对应一处凡世。虽不知尊上是如何做的，但神使大人应是感知到了灵珠的所在，用这种方式告诉我们灵珠在何处。"

霜和还傻傻地："啊？"

菁蓉只是书读得少，人还是很聪明，听了寂子叙的提示已反应了过来："所以……尊上和三皇子是在说灵珠应该在长微星所对应的那处凡世！对吧？"

寂子叙点了点头，神色微微凝重。土灵珠竟在凡世。他从未想过这个可能。可它为何会在凡世？又是谁将它带去了凡世？

既然土灵珠在凡世，那便需尽快去一趟凡世。但商鹭手下的两个魔族却还在山脚盘旋。

幸而近日天族与青丘之国的联合大阅已在东南荒拉开帷幕，全魔族皆对此严阵以待，庆姜和手下七个魔君的重点都放在了这场联合大阅上，并无暇他顾，加之纤鲽也被昭曦和殷临缠得脱不开身，因此根本没人给盯着他们的商鹭施什么压力。

商鹭这个魔，头上没顶着压力时向来是得过且过的，将他糊弄过去并不难。

几人商量后决定兵分三路，祖媞先带着南星、菁蓉、天步和寂子叙兄妹去凡世寻灵珠；三殿下则再在丰沮玉门留几个时辰布局以牵制住商鹭的人；霜和则回姑媱，因雪意不在，也需有人回姑媱守着。

大家没什么异议。

遵循南星的指引，祖媞一行很快来到了一处时间流速比八荒快了

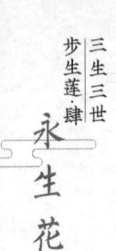

差不多三倍的凡世。

此凡世的中原王朝被称作大祈。南星领着他们来到了大祈朝一个名为剎日城的边塞之城。几人寻了间客栈下榻。

在他们抵达剎日城的第三日，连宋也来到了这处凡世，在法器的指引下同他们会合了。

这三日里着实发生了不少事。南星来到剎日城后便再无动静，仿佛突然失去了对土灵珠的感知，他们推测是因持珠之人善造空间阵，躲入空间阵中逃避掉了南星的感应。不过没等多久，当天半夜，原本对外界毫无反应的南星忽然又有了异常。她跃窗离开，去到客栈附近的一处湖泊，救起了一个自高塔上坠湖的女子。但或许是南星去得不够快，那女子被救起时已溺毙了。

因这叫容仪的女子此来剎日城是为寻找在战乱中离散的丈夫，可找到丈夫后，别娶的丈夫不仅不认她，还将她赶出了城，故而查案的捕快怀疑她是投湖自尽。

听上去女子只是个普通妇人，这案子也只是个普通的投湖案。可问题在于南星如今并无灵智，去救那女子自然不会是因慈悯，只可能是因她感应到了灵珠。

虽在救起女子时他们并没有在女子身上发现灵珠，但能引得南星异动，说明她身上至少沾染了灵珠的气息，且沾染得还不少。

然他们也查过了，女子的确只是个寻常凡人，并不懂术法。祖媞甚至去问过她住处周遭的花木，花木们也不曾见过她同什么妖邪或道人相交。可若她果真只是个寻常凡人，又怎会沾染上那样多的灵珠气息，以至惊动南星呢？

若南星能继续感应灵珠，他们其实也不必在这女子身上费许多劲。可不妙就不妙在南星对灵珠的感应虽是源于本能，与术法无关，但去湖中救人时却不慎动用了术法，遭遇了反噬。严重倒也没有多严重，不过当夜回来，南星便又陷入了沉睡，导致寻灵珠这事又陷入了僵局。

午正时分，诸人聚在南星房中议事。

刹日城产水晶泥，此客栈每个房间都摆了一匣子。三殿下将折扇放在一旁，一边听祖媞叙说这几日发生之事，一边很感兴趣似的摆弄着手边那匣子水晶泥。

祖媞半撑着腮坐在他身旁："捕快们虽怀疑容仪是投湖自尽，可据她住所周遭的花木们言，那容仪却是个心性极坚强之人，即便遭遇丈夫抛弃，也不当是会投水自尽的。而她又和土灵珠有关系……所以我在想，或许她是为人所害，说不定害她之人便是持珠之人，便是……虞诗鸳。可持珠人为何要害她，她和土灵珠又有何牵扯，"她看向连宋，"我还未查到更多，小三郎你便来了。"

春阳补充："神使大人陷入了昏睡，无法再为我们指引灵珠的位置，也只能循着容仪这条线去查探灵珠下落了。尊上的意思是用凡人的法子查不出，那便干脆去一趟冥司，直接寻容仪之魂问问。"她为难地蹙眉，"可我们想着去冥司需用到术法，会遭到反噬，且听说冥司里遍布冥兽也很难闯……"

连宋拿起扇子起身："也不太难闯，我去冥司看看吧。"

祖媞也站起来："我一道去。"

连宋按住了她的肩："我一个人足够了。去冥司也用不着重法，不会有什么厉害反噬。"说着将方才他用水晶泥捏出的东西放在她手心，又自然地握了握她的手腕。

祖媞仰头看他："那你小心。"

"嗯，莹南星还需你看着，我去去就回。"说完这话，三殿下便撩开帘子出门了。

白衣在窗前一闪即逝。

春阳惊呆了，瞠目结舌地看看天步，又看看祖媞："三殿下他这么果决的吗？就不准备准备？毕竟是去冥司，冥司也不是真的不难闯吧？三殿下怎么像是去打个酱油那么轻松地就去了呢？"

天步是见过大世面的，手里收着茶具，一派云淡风轻："太晨宫我们殿下都拆过，冥司，没事的了。"

祖媞也点了点头："嗯，没事。"她朝连宋离开的方向看了会儿，将手掌摊开，才发现连宋方才放进她手里的是一对水晶泥捏成的小兔子。小兔子一黑一白，栩栩如生，娇憨可爱。

她抿住唇，但没能压住唇边的笑。

菁蓉从她身旁冒出来，稀奇道："这捏的是两只小兔子呀，三皇子可真是手巧，尊上让我也看看！"

祖媞捧出手掌给她看，谁知菁蓉竟想动手来取，祖媞立刻将手收了回去。

菁蓉不知自己做错了什么，有些讷讷的，但又的确很好奇，探头探脑道："尊上，我瞧瞧啊！"

看菁蓉可怜巴巴的，祖媞犹豫了一下，重新将手伸了出来，但离她足有三丈远，谆谆叮嘱："那只许看，不许摸啊。"

菁蓉："……"

白冥主谢画楼最近挺烦的。黑冥主孤州君当年为彰慈悯，立下了一个规矩：谁能闯过断生门和惘然道，谁便能得冥主一诺。前十万年其实也没什么厉害的神魔闯冥司，所以谢画楼也没觉着这个规矩给她添了堵。但前一阵，等闲连九重天都不出的东华帝君突然一趟接一趟地往冥司跑，好家伙谁能打得过帝君呢，搞得他们冥司欠了帝君一诺又一诺，以至于她醒来刚接过她弟谢孤州的接力棒就开始给帝君当跑腿。

画楼君觉得不能再继续这样下去了，可亲弟弟立的规矩，也不能说废就废，这几天她正琢磨着是不是给这条规矩加个限制，譬如一个人一生只能求冥司一诺什么的。结果棋慢一着，正式下令旨昭告八荒和凡世前，天族三皇子居然又找上了门。

毕竟令旨还没下，谢画楼只能自认倒霉。

连三殿下闯冥司，是欲寻一名为容仪的凡人之魂。所幸这不是难事。此女死了五六个时辰，照理应已被引来，泡在思不得泉中思前尘思来生了。

冥司属官们奉命前往思不得泉搜魂。可出人意料的是，几个人都快将思不得泉翻过来了，也未在新魂中找到三殿下欲寻之人。

凡人身死，很快便会有引魄蝶将其魂引入冥司。若魂魄未归冥司，要么是执念太深，挣脱引魄蝶的引魂术羁留在了世间，要么就是被什么懂术法的人给捉去了。于容仪而言，这两者皆有可能。

谢画楼的意思是借连宋两只追魄蝶，将两只蝶带去认一认容仪的尸身，若她的魂不曾被炼化，那跟着追魄蝶便能寻到她了。这也不是个大事。

但令谢画楼没想到的是，交出两只追魄蝶根本送不走这位三殿下。东西他倒是收了，却又提出了想去冥司深处查阅容仪溯魂册的要求，还云淡风轻地点了个她座下的属官，问她能不能将那属官借他带去凡世用一用。

谢画楼当然知道他是什么意思。

帝君曾有法咒，八荒中的神、魔、鬼、妖四族入凡，若在凡世施术，会被所施之术反噬。

冥司身在混沌，不属八荒，冥司之仙不用受帝君法咒的束缚，即便在凡世施术也不会被反噬，的确是这位殿下用得上的。

早年孤桝曾在信中同她提过天君这个三儿子，说虽然这位三公子风流之名响彻八荒，但若真信了他只是个恣意的浪荡子，那势必要吃大亏；天君三个儿子，就数这位公子最诡变多端，不好相与。

忆川之上，六角亭中，谢画楼一身白裙，手里抱着一只黑色的狸奴，心想孤桝不误我，这个三皇子，同他打交道简直需要随时提神醒脑，否则一不留意就得踩进坑里。她头痛地揉了揉额角："冥司只许三皇子一诺。一诺。"她强调了一遍这个数字,"一诺只能换一事,三皇子不妨数一数这都几桩事了? 与三皇子有交情的是孤州,却不是我。这里也不是九重天,三皇子说什么就是什么,恕我只能照规矩办事。"

这话已说得很不近人情,连宋却并不在意,随意拿茶盖拨了拨杯中浮叶,不回此言,反提了另一桩事:"画楼女君和帝君也打了几次交道了,听说与帝君合作得也不是不愉快。"

谢画楼眸光微动:"三皇子提起此节,是想说什么?"

连宋喝了一口茶:"世间第一缕风、第一团火及蕴藏了火神元神之力的火灵珠皆是画楼女君亲手交给帝君的。女君向来智高,即便帝君未同你明说,想必你也猜到帝君寻此三物是同何事有关了。"

谢画楼抚着狸奴背脊的手微顿:"瞒不过三皇子,我的确猜到了一些。庆姜复归,神族和魔族之间想来必不能再维持平静。不过冥司向来中立,未请教三皇子同我说这些,却是什么意思?"

"没什么。"三殿下淡淡,"只是方才过忘川时,见到青之魔君的小儿子燕池悟正与玄狐在忘川上切磋。我想女君将燕皇子召来冥司,应是不想他卷入这场旋涡中吧。但,"他转了转茶杯,"倘届时果真有一战,神魔势不两立,单凭冥司,我想也不一定能护得住燕皇子吧。"

谢画楼一怔,唇边扯出了一个笑,那笑却含着冷意:"三皇子果真最懂得如何拿捏人心。"

连宋笑了笑,没说话。

谢画楼垂眸抚着那乖顺的狸奴,雪白的指有一搭没一搭地掠过狸奴漆黑的毛皮,许久,她重新抬起了头:"三皇子的意思我明白了。"叹了口气,缓缓道,"小燕天真,赤子心性,他父亲燕傩和几个哥哥却生来钻营,满怀野心。青之魔族在这场神魔之争里将走向何方,会不会凋零覆灭,我并不关心,我只想保住小燕。"狸奴突然喵呜一声,打了个哈欠,而后立起了前肢,她拍了拍狸奴的脑袋,容它跳下了她的膝头。

她看向连宋,继续:"但的确,我不敢托大,说自己一定能保住他。"

扯了扯嘴角，无奈似的，"既然三皇子想同我做交易，我亦却之不恭。若三皇子和帝君能答应我届时多照应小燕，我但由二位差遣。"

这番诚恳坦白之言由心有七窍的谢画楼说出来实在难得，连三殿下都不由得微微侧目："你对燕池悟这个徒弟的确是费心了。"

这事就此说定。

谢画楼沉睡这些年来，谢孤栩其实也做了不少事，比如搞了个联动的法阵，使得查阅溯魂册变得简易了许多。不过两日，连宋便找出了两本溯魂册，一本虞诗鸳的，一本容仪的。

溯魂册只载录凡魂们每一世的身份和生卒年。如三殿下所想，虞诗鸳的那本溯魂册上并未载录她的死期，说明她至今仍活着，翻看她的前世，也皆是稀松平常，没什么值得人在意的。再打开容仪的溯魂册，倒着翻过去，见她近百世无一世修道，只是寻常凡人罢了，也没什么特别。但翻到第一页，看到第一行字，三殿下却愣住了。他突然想起了帝君藏书阁中一本载录失传邪术的禁书。而许多事也在脑子里尽皆浮现，终于因这行字串成了一条线。三殿下的神色沉了下去。

连宋借走了容仪的溯魂册，带了个名叫利千里的冥司仙官回到了凡世。

他在冥司也待了有几日，但刹日城的时间之河却只流淌过了一个昼夜。

奉命留在燕国小镇上监审温宓的文侍襄辛出现在了客栈门口。温宓的新供词的确该出来了。事实上第三份供词这时候才审出来已是出乎三殿下意料。文武侍审人的手段他是很清楚的，温宓能扛到现在才招，可见被他藏起来的秘密非同小可。

襄辛随三殿下回房密谈了半个时辰。谁也不知他们说了什么，只知泰山崩于前也从容不惧的三殿下从房中出来后，面色很是凝重。而

后去寻了祖媞一趟。

追魄蝶在是夜被放出。为免打草惊蛇,跟踪追魄蝶这事三殿下只通知了祖媞和利千里。

绯蝶在黄昏时吸足了容仪尸身的气息,月夜下甫得自由,翅上便燃起蓝焰,载飞载止,领着他们一路向西,拐进一处小巷,在一户朱门前绕了一圈,而后飞过了那高耸的院墙。三人对视一眼,亦纵身跳上了院墙,跟着那绯蝶一路掠过前院,穿过影壁,径直入了第二进院落。

院子不算大,中有一湖,奇异的是不到隆冬,湖面却结出了一层厚冰。一个红衣女子趴伏在湖正中,身旁立了个玄袍男子。二人皆背对着他们。

三人行动隐蔽,动静也小,湖中那对男女并未发现他们。

然他们知隐藏行迹,追魄蝶却不容人控制,兴奋地跳着八字舞,径直向湖心飞去。二蝶飞近湖岸,身形蓦地一滞,似撞到了什么,翅上蓝焰也随之暗了一瞬,与此同时,伴着一声浅浅嗡鸣,湖面突然爆出一片红光。原来绯蝶胡闯,竟触发了布在湖周的结界。站在湖心的玄衣人受惊似的回过头来。

祖媞秀眉一挑。玄衣男子玉冠锦带,面目清俊,不是那兰台司的虞英仙君又是谁。

就在虞英诧然回头看向他们时,利千里一掌击出,结界应声而碎。不待虞英回神,以动作迅捷而闻名冥司的利千里已一个瞬移移到了他面前,劈手夺过了他腰间的锦囊。

见腰间锦囊被夺,虞英终于反应过来,抬手便欲抢,然不用法力,如何抢得过不受凡世法则束缚的冥官利千里,几招下来,力便不支。见势不妙,虞英一咬牙,忽地向空中一抓,竟是将仙剑召了出来,一边抵御着法力的反噬,一边同利千里过招。

利千里只是冥司的一个文官,因在思不得泉搜容仪之魂时表现得机灵麻利，才被三殿下相中借了来。虞英虽也是个文官，却是剑修得道，其战力自不是利千里可比。

虞英瞧着像是很重视那锦囊，豁出去不顾反噬也要制住利千里将那锦囊夺回来。自虞英祭出仙剑后，利千里也确是难以招架，节节败退。但这利千里也机灵，近几招一直在将虞英往岸旁引。

待两人接近池畔，利千里瞅着距离不错，一扬手便将锦囊扔了出去。锦囊几乎是垂直坠入祖媞怀中。

虞英见锦囊竟被扔给了祖媞，举步便向祖媞去，却被利千里在身后一绊，二人再次缠斗到了一处。三殿下将祖媞护在身后，他看到这里，也差不多了解了虞英和利千里各自的水平，明白利千里和虞英之间的确还存在着差距。趁着利千里缠住虞英，三殿下自袖中取出一方绢帕来，抬手咬破食指，飞速在绢帕上绘了几笔，而后轻震了震手中的镇厄扇，待扇端露出尖刃，以那尖刃钉住绢帕，扬手向利千里掷去。

利千里反应甚快，往后一跃便接住了镇厄扇。三殿下的法器他是不敢随便用的，也不知该如何用，所以他立刻明白过来三殿下想给他的是钉在扇端的绢帕。侧身躲避虞英时，利千里飞速展开那绢帕一扫，眉心一动，他领悟了三殿下的用意。

没有利千里在后面缠着，虞英立刻调转剑锋向祖媞和连宋袭去。利千里趁此机会将全身灵力都调用起来聚于一指，指尖点动绢帕上三殿下以龙血绘成的血符，以灵力催发血符后用力将其向前一推。

虞英此时已掠到了连宋和祖媞面前，劈手便欲夺那锦囊，五指成爪，已成扬起之势，却蓦地无法动弹，整个人仿似被定住了。他低头一看，却见竟是一道血红的符箓裹住了自己半身。那符箓非纸非帛，乃由红光勾成，足有半人高，似丝线致密缠绕在他身上，使他寸步难移，更无法调用法力。而体内的反噬之力却依然汹涌。

虞英再也按捺不住，猛地吐出一大口鲜血，连平衡也无法保持住，轰一声，直直摔倒在地上。

利千里三两步赶过来，抹了一把嘴角的血，祭出困仙铃来，将虞英锁了个结实。

祖媞已去到湖心。她蹲在那趴伏于冰面的红衣女郎身旁，将女子翻转了过来。

不出所料，女子正是容仪。确切来说，是容仪之魂，然那并非一只清醒之魂。女子昏迷着，身影有些淡了，眉心破了个大洞，伤口处残留着一道血痕，但那血的颜色很是奇异，竟是赤中带紫。追魄蝶绕着女子飞来飞去。祖媞抬头望了一眼天上月。明月皎皎似冰轮，月精极盛。

见连宋和利千里带着虞英过来，祖媞站了起来。"确是容仪之魂，不过受了重伤。"她看向虞英，"今夜月色不错，将她安置在这里，是想借用月之精华为她疗愈魂伤吧？"

虞英如泥塑木雕，一声不吭。祖媞也不在意，将手中的白色锦囊递给连宋，轻声道："是养灵袋，我适才数了数，里边已纳了一百四十五只凡人幽魂。哦，对了……"看了虞英一眼，又凑过去贴近连宋，在他耳边悄声说了句什么。

在听祖媞说出锦囊是何物，装的又是何物时，虞英终于有了反应，他闭上眼，认命般地垂下了头。

闻得祖媞在耳畔之言，连宋打开养灵袋看了看，目光掠过地上的容仪，问虞英："容仪和这一百四十五个人，是你杀的？"

虞英原本不打算开口，听到连宋这话，心中却一动。他狠了狠心，承认道："是我。"声音微涩，"既然技不如人，败在你手里叫你发现了，那我……甘愿回九重天领罚。"他亦知神仙残杀凡人会是什么下场，何况还是如此多凡人，但……也着实顾不得那么多了。

虞英垂着头，他能感觉到连宋的目光停留在他的头顶，带着审视。

"真是你杀的？"连宋问。

虞英闭眼："是！我因长久无法突破，听闻以凡人之魂修炼更易……"

"虞英仙君，有孝心是好的。"连宋打断他，扯了扯唇，"但你也知，三万年前祖媞神曾立过两道法咒，你若是对人族有不仁之心，是无法通过若木之门的，又谈何杀人？"

虞英的确没想到这一茬，一时竟不知该如何反驳，但回神之后令他感到更恐惧的，却是连宋方才出口的那两个字——孝心。

他面色泛白，外强中干道："说……什么孝心，我……"

便听青年笑了一声："难道你不是在替你母亲瞒罪吗？这些人皆为你母亲虞诗鸳所杀吧。"

虞英脑中轰然一声，一片空白。轰然之中，听到青年淡声继续："三万五千两百九十七年前，你外祖与母亲率长右门人围剿地母圣山，屠尽圣山生灵，夺走了地母的元神灵珠土灵珠。你母亲生下你后，以土灵珠助你母子二人修行，故你得以一世便摘得道果，登天成仙，但她却因曾滥杀无辜，背负大孽，过不了功德雷劫的考量，飞升无望。可她并不甘心应死劫，妄图超脱五行生死，故而死遁，揣着土灵珠来到了凡世避祸。然土灵珠终归不是你母亲的东西，待地母一醒，灵珠便会自行回到地母女娲手中。你母亲害怕失去灵珠，所以想开启邪阵来镇压诛杀女娲。开启这邪阵需要两件东西，一件是带有愿力的女娲眉心真血，一件是女娲的元神灵珠。女娲在沉睡前曾将眉心真血赐给了一百四十七位人族首领，使他们能在洪荒征战时护佑住人族。容仪和这养灵袋中的一百四十五个幽魂，便是当年那些人族首领的转世。你母亲虞诗鸳杀掉他们，就是为了从他们的魂魄中取走女娲的眉心真血。我没说错吧。"

土灵珠，女娲眉心真血，诛神阵。这便是连宋在冥司深处看到容仪溯魂册第一页那行字时，意识到的那条线。那行简述容仪第一世的墨字写的是："人族挈立部首领，初魂为女娲造，成年后，受赐女娲眉心真血。"

之后回到凡世，襄辛赶来，呈上了温宓的第三版供词。当日看了温宓的第一版供词，他和祖媞还有个猜测——他们认为温宓同那藏蜂应是被共同的利益捆绑在一处。离开燕国那小镇时，他便让襄辛朝着这个方向细审。而事实证明，当初他们果然推得没错。

被折腾得不成人样求生不得求死不能的温宓最后招供，他的祖先乃女娲座下一名妖使，名唤温随。他不知祖先为何会离开八荒去到凡世，但从祖先留下的札记看，他一直想要回去。温随传给子孙后世两件宝物，一件是一块名为蕉岭的玄石，一件是一本载录着许多高明阵法的阵法书。他原本并不知那块蕉岭石有什么用，但在被寂子叙杀了父亲颠覆了故土走投无路只好四海流浪之时，他遇到了一个跛足老道，老道同他讲述了蕉岭石可感应女娲眉心真血，而女娲眉心真血加上土灵珠可诛灭女娲的故事。

他本以为故事便只是故事，缥缈传说罢了，不想不久竟遇到了被一头虎妖追猎的藏蜂。他救了藏蜂，并在无意中发现了她有土灵珠的事。于是他便利用土灵珠可诛女娲的消息同藏蜂做了交易。交易的内容是藏蜂将他送回八荒，为他觅一个安稳庇身处，她自己则拿着蕉岭石留在凡世，以收集女娲眉心真血。待藏蜂彻底集齐了女娲当初舍出的一百四十七滴眉心真血，再回八荒与他会合，届时他会教藏蜂诛神阵法。两人合力诛杀女娲后，一起以土灵珠修行，跳出三界五行，获取不灭长生。

溯魂册的墨字，温宓的供词，再加上方才祖媞在他耳边的耳语——"那一百四十五只幽魂皆昏睡了，眉心破了洞，有除不去的赤紫色血痕。同容仪一样。赤紫色，是女娲之血的颜色。"

零散于思绪中的珠子，一颗一颗串了起来，终于回到了它们原本的位置。

虽然在娓娓道出原本遮掩在层层迷雾后的真相时，他问了虞英一句："我没说错吧。"但其实三殿下并不太看重虞英的回应。因为到这一步，基本可以确定事实就是如此了，即便有出入，也只可能是细节上的小出入。况且虞英也并不一定知道所有事。

而在听完三殿下这一席话后，虞英果然满目震惊，脸色惨白，惊惧又不可置信地："你在胡说什么，什么诛神阵，这、这不可能……"却没有否认土灵珠的确在虞诗鸳手中，而这些人也是为她所杀。

毕竟被他参过上百次，两人也算熟悉，三殿下对虞英的品性还是有所了解，看了他一会儿，道："我信你不知她杀这些人是为诛地母，若是知晓，想必你再是个孝子，也应该不会助纣为虐，所以，她是怎么骗你的？"

虞英瞳孔猛缩，张了张口，却没能说出话来。

三殿下淡淡："再要为她遮掩，我便只有将商珀神君请下界了。"

闻听此言，虞英立刻抬头急声："不要让父君知道这些事！"

祖媞突然插话进来："看你的样子，仿佛你母亲的许多事你父亲都不知晓。三万五千余年前，你母亲和你外祖围剿女娲圣山他不知晓；之后你们母子利用土灵珠修炼，他亦不知晓；如今，你母亲在凡世肆意杀人欲诛女娲，他依然不知晓，是吗？"

虞英看向祖媞。他一直觉她熟悉，仿佛在何处见过，只适才神经一直紧绷，没有余力回忆。而此时看清她的身影，听清她的声音，他终于想起了，月前在凌霄殿上辩笛姬之死时，正是她坐在了东华帝君身旁。不同的只是那时她戴着面纱。

她是光神祖媞。

而祖媞神多么敏锐多思，虞英早已领教过，他心中不由一乱。同时和祖媞、连宋两人玩心眼他是决计胜不过的，想到此，只余颓然，半响，实话实说道："是，父君他什么都不知道。在父君心中，母亲虽骄纵了些，但善良纯真，曾不顾生死安危救过他，又对他一片痴心。"

其实他父亲商珀神君内心深处是如何看待他母亲虞诗鸳的，虞英也不清楚。他是被虞诗鸳一人带大的，他出生前商珀已在闭死关。他长到弱冠也不曾见过商珀一面。后来终于见到，还是商珀出关飞升之时他远远看了他一眼。所以对商珀，虞英是没什么了解的，关于他和母亲虞诗鸳的过往,也只是虞诗鸳怎么说他怎么听罢了。

"而母亲,"提起母亲虞诗鸳,虞英真情实感多了,"她只是太喜欢父君,太想和父君在一起,才妄图拥有更长久的寿命。至于说她杀人……"他咬了咬牙,一意为虞诗鸳辩白,"母亲也是没有办法。土灵珠传承至今,灵力却在逐年溃失,为了使灵珠重焕光彩,她只能杀掉那些人,从他们的魂中剥出地母真血,以养灵珠。她并不是要对地母不利,若她不将地母真血取回,任由灵珠失色,才会真的对地母不利。她也并非是想永生不死,她只想借助灵珠使自己寿长一点罢了。她说过了,待地母醒来,她会将灵珠还回去的。再且,"虞英急急解释,也不知是想说服他们还是想说服他自己,"你们也看到了,母亲虽杀了那些凡人,却也将他们的魂好好收了起来放在养灵袋中养着,虽剥了他们的眉心真血,却也为他们疗治了魂中之伤。母亲也是想要寻时机使他们好好轮回转世的,她并非你们口中那等恶人!"

虞英一腔真意,说得跟真的似的。若虞诗鸳是用这样的说辞骗他帮她,那也能理解虞英为何会瞒天过海为虎傅翼了。祖媞没有对虞英这番真情辩白表示看法,只是好奇道:"你母亲到底想用土灵珠做什么暂且先不提,不过我在想,你父亲是不是连你母亲还活着都不知晓啊?毕竟虞诗鸳她一介凡人,照理是不可能活到现在的。"

虞英哑住了。

三殿下看虞英这样,适时地插了一句:"你已经说了很多了,不在乎这一两句了。"

确实也是如此。虞英丧气道:"是,父君不知母亲还活着,在我飞升后的第九百九十七年,母亲便死遁了。"

祖媞哦了一声:"可听你说,你母亲欲得长生,"看虞英一脸不赞同,改口道,"嗯,听你说你母亲欲得更长久的寿命,是想同商珀神君在一起。先不提神君他一日为神便须戒除七情这事了。"她微顿,"我们假设有一日你母亲真能达成所愿再次出现在你父亲面前,那届时她当如何解释自己竟活了这么久这件事？你应当也知，你父亲商珀神君乃九重天的骨鲠之臣，是绝不会赞成她用这种不正之法超脱生死的。"

虞英早知同祖媞对话不易，却没想到她角度如此刁钻，沉默了许久，道："母亲说过，她会以另外的形貌、另外的身份出现，去努力俘获父君的心。"

祖媞没有再继续问下去。"哦，这样。"她想了想，"我没什么可问的了。"看了一眼连宋，"小三郎似乎也没有。"目光重落回虞英身上，道，"既如此，虞诗鸯在何处，你带路吧。"

虞英苦笑："我不知母亲在何处，也无同她联络之法。每次都是她先找我。每十年，她会在若木之门附近给我留一则消息。"他艰难地和盘道出，"此次她来找我，是因她用来储魂的养灵袋在凡世很不安全，常被妖邪觊觎，因此她想让我帮她保存这袋子。将袋子交给我后她便离开了，说还要去寻最后一个人，以取地母真血。"

祖媞和连宋对视了一眼。连宋评价了一句："她倒是很谨慎。"

当夜，三殿下便将虞英带回了九重天。因事涉土灵珠，他未将虞英锁入刑司，而是交给了东华帝君。考虑到虞诗鸯若仍在那处凡世，说不定会回那宅院寻虞英，故祖媞和寂子叙诸人仍留在刹日城。因要让帝君帮忙看着虞英，免不了也同帝君聊了几句丰沮玉门之事。

三殿下这些日难得回一趟九重天，帝君见他一面觉得稀奇，令他陪着钓会儿鱼。重霖在一旁随侍。

"所以你和祖媞都认为当年莹南星所救之人是商珀，两人还曾有过一段情缘。结果三年后商珀所在的门宗却屠了丰沮玉门，杀了莹南星，抢了土灵珠，而商珀则在那之后娶了屠戮丰沮玉门之人的女儿为妻，两人还生下了子嗣，且他那妻子虽不曾登仙，却至今仍活在世上，土灵珠亦在她手中，故丰沮玉门幸存的后人认定是商珀对土灵珠见猎心喜，为占土灵珠背叛了莹南星，给他们招来了灭山之祸，对吧？"帝君撑着腮，慢吞吞总结道。

三殿下熟门熟路做了个串钩，挂好鱼饵，将钩抛出去："的确如此，不过有功德雷劫和昼度树作保，商珀应是不曾背叛过丰沮玉门的，只是他的举动也的确令人生疑。我怀疑丰沮玉门被屠山时他也出事了，而后又忘记了和莹南星在一起的那段记忆，所以才会娶虞诗鸳。否则就凭莹南星是他的救命恩人，他也不该娶害死莹南星之人的女儿为妻才是。"

三殿下其实并不喜欢钓鱼，但自幼被帝君逼着陪钓，用起钓竿来也很得心应手："商珀上天后仿佛断了七情，并不见有思凡之行，甚至不见他照拂过同虞诗鸳所生之子。倒是那虞诗鸳，像很钟情商珀的样子，还想换个面目诱商珀思凡，回到商珀身边去。"

帝君仍撑着腮，专注地看着浮在塘中的鱼线："我其实一直有个疑问。"他顿了顿，问道，"那虞英小仙果真是商珀的儿子？"

连宋刚从重霖手中接过一盏茶，听闻帝君此言，眉目微动，放下了茶盏："帝君是什么意思？难道是发现了什么证据证明他竟不是？"

帝君也从重霖手里接过了一盏茶："那倒没有。"想了想，发表了一个看法，"我是觉得，如果虞英小仙果真是商珀的儿子，那他那凡世的夫人应该生得挺一般的。"

"……"

三殿下沉默了片刻："我方才说了那么多，您老人家就得出了这么个结论？"

帝君不觉得这个结论有什么问题，仍然执着地发表自己的看法："主要是那虞英小仙无论在容貌上还是在才智上都同商珀差得太远了。"说话间目光落在连宋脸上，忽然道，"要是你和祖媞有一个孩子，那倒应当是会非常漂亮聪明的。"

正喝着茶的三殿下被呛得咳嗽："帝君慎言。"

帝君耸肩："哦，差点忘了，你俩现在这样，应该是不太可能有什么孩子了。"

刚从咳嗽里缓过来的三殿下感到一阵窒息,他问帝君:"……你知道为什么大家都不爱找你聊天吗?"

帝君很自信:"应该是他们自知自己不配吧?"

三殿下:"……太晨宫藏书阁里那本《跟折颜上神学习说话之道》不错,帝君有空可以翻翻。"说着便要起身告辞。

帝君有些意外:"今天连你都觉得自己不配和我聊天了吗?"

三殿下面无表情:"我今天是不太想和你聊天,不是觉得自己不配。"

帝君轻敲了一下鱼竿:"哦,我突然想起有件关乎商珀的重要之事还没告诉你,既然如此,那等你下次想和我聊天的时候我们再说吧。"

三殿下:"……"

已经站起来的三殿下又面无表情地坐了回去:"……那我们就再聊聊吧。"

帝君欲言的重要之事指的是商珀的情根。

"昼度树选出守树神君后,我曾入过商珀灵府,帮他与昼度树结契系魂。"帝君道。

昼度树长这么大,只承认过两位神王,一位是墨渊上神,一位便是帝君,如今这九重天上也的确唯帝君有这个资格能帮昼度树与它的守树神君结契。

"你可能不知,"帝君不紧不慢,"凡人独有情根,他们的修仙之途,便是一条化灭情根之路。待情根化灭,修为也积累得差不多时,便会迎来飞升雷劫。九重天以凡人之身登天的仙者莫不如是。不过商珀,他体内的情根却不是水到渠成自行化灭的,而是被外力折断磨平的。他灵府里情根所在处那残余切口的模样,我记得很清楚。"

可喜可贺帝君终于说了点有用的东西。三殿下眉心一动:"如此说来,是有人故意弄断了他的情根?"

鱼线沉了沉，有鱼咬钩，帝君轻轻一拽，钓起来一条肥美红鲤。他将鱼唇从铁钩上取下，边放鱼入池边道："一个人若想入另一个人的灵府弄断他的情根，要么得法力比那个人高许多，要么得有什么厉害法器凭托。"

放生了那笨鲤鱼，帝君又重新穿了个饵："若三万五千年前北陆果真有一个比商珀更厉害的凡人可断他情根，我想也不至于那七八百年间玄冥治下只有商珀一个凡人成仙了吧。"说到这里，帝君又哦了一声，才想起来似的，"对了，商珀的情根虽被磨平了，可从那断口也可看出，它未被折断前应是很粗壮的。说明他曾对某人情深不悔过。"

真相到此其实已呼之欲出了。三殿下迅速将帝君所言和自己所知串了一遍，得出了一个推论："所以很有可能，是商珀当年和莹南星两情相悦，但虞诗鸳也喜欢商珀，故以土灵珠磨断了商珀对莹南星的情根，还使商珀失去了对莹南星的记忆。之后商珀虽娶了虞诗鸳，但情根已断的他却无法再对虞诗鸳动情，反满腹大道，一心修行去了。故而在几百年后便成功飞升了。"

情缘之事，帝君原本就不擅长，听着三人间这弯弯绕绕的关系，也着实不想费那个脑子去理清，评价这事的角度就比较另辟蹊径："这虞诗鸳倒也做了件好事，虽然对莹南星不太厚道，却为你父君贡献了个股肱之臣。"

三殿下不觉得帝君这个角度对自己有什么帮助，因此没有答他，仍坚持了自己的思路，自语地低喃了句："如此看来，这虞诗鸳对商珀神君倒是执念颇深。"

帝君注意到他的神情，挑了挑眉："你又在打什么鬼主意？"

三殿下没有否认，微微一笑，轻敲了敲扇子："这虞诗鸳如一尾鳅鱼，滑不溜秋的，在凡世寻她有些难，不过若商珀神君愿助我，便也不用我再去费神寻她了，她自会来寻我。"说话间，一旁被定住的鱼竿晃了晃。是有鱼来咬钩了。

第十二章

暮色青苍，云雾冉冉，东天举出细眉似的一弯月，月光幽弱，洒在院中，微微寒凉。

寂子叙半靠在榻上，正合着眼听坐在榻前的祖媞读书。

念及他乃伤患，祖媞刻意将声音放低了，字亦念得轻缓："此物极异，不知其名为何。欲名其为鸟，然其一身鳞鳍；欲名其为鱼，然其身负二翼。此非鸟非鱼之物可翔于天，可游于海，亦可鸣，鸣时如鸾鸟清啼……"这书是从他们赁的这小院书房中找出来的一本志异故事，许是主人遗留之物。

四日前连宋锁了虞英离开后，他们便赁了此院，从那客栈搬了过来。彼时是想着若回来寻虞英的虞诗鸳有门路觅到他们跟前来，他们还住在客栈的话恐对客栈不便，才赁院别居。结果刚搬过来的次夜，就被一群妖邪找上了门。

小妖们看着祖媞，叽叽喳喳地，说着什么"住在城外火途山上的狼妖大人昨日在街上见了小娘子一面，颇为钟情，欲迎小娘子回山中做夫人"，就要来强抢祖媞。连宋留下来保护他们的利千里还是有点本事，收拾这一帮小妖不在话下。但此事却有些蹊跷，祖媞疑心乃是与虞诗鸳相关。故而在解决完小妖后，他们亲自登了一趟火途山。

也是他们对这凡界之妖太过低估，以为凡世灵气稀薄，生在此间的灵物成妖不易，修行更不易，不大可能成什么气候。哪知便吃了亏。利千里根本不是那狼妖的对手。

见利千里不敌狼妖，祖媞反应得甚快，便要不顾反噬施法相救，寂子叙彼时就站在祖媞身后，也反应得甚快，立刻以法宝困住了祖媞，迎上前去帮利千里挡了致命一击。他也知以祖媞之力，很快便能冲破那法宝的禁锢，因此也没有对自己客气，祭出本命剑来，以一剑破山之威力，三招之内便斩杀了那狼妖，并拘住了狼妖之魂。然因施法过重，他自己也被反噬得厉害，当即吐了几大口血，晕了过去。

对付生魂，冥司在籍的利千里自有办法，在寂子叙昏迷之时审出了那狼妖性好渔色，的确是被挑唆才来抢祖媞的。而据那狼妖描述的挑唆他之人的外貌，也与温宓所描述的虞诗鸳的特征一一合上了。

寂子叙醒来后祖媞便将这消息告诉了他。这还是两人重逢以来，祖媞第一次主动同他说话。彼时寂子叙内心之震动，无可言喻。也是醒来后方知，祖媞将身上所携的唯一一粒可疗重伤的仙丸取出来磨成粉，和着汤药给他喂了下去，他才能顺利从反噬中熬过来。

祖媞待他的态度也变了许多，像是对旁人一般温和了，见他伤了胳膊和右腿，卧床养病难受，还主动来给他念书。上一回祖媞对他如此还是三万多年前。那时他们一起住在雨潇峰中，他还是个十来岁的体弱少年，当他生病时，祖媞偶尔会到他床前来为他读书。

托那仙丸的福，他的伤好得甚快，今日两只胳膊其实已可动了，他也可自己看书了，但他没有告诉祖媞，仍装作伤势只好了一半的样子，因他知道一旦说出实情，这种两人安谧相处的时刻便会结束。

边塞秋夜的风，是有些狂烈的。烈风将窗棂敲得嘚嘚作响，女子的声音却依然那么稳，又那么清润。

"余有一友，自言曾于梦中见此灵物，合翼卧于一巨礁，状似大鲤。日晡，友甚饥，以铁叉击之，灵物不逃不匿，毙于叉下。友以火烤之，食其肉。及梦醒,多年狂症竟愈。"她仍在轻轻念着。

寂子叙合着眸,他想象得到祖媞念书的情形,应是一手撑腮,一手握卷,身子微倾,斜靠着扶臂,不算庄肃,也不算闲散,自有一段灵韵。

他其实很想睁开眼看看她,但他不信自己的自制力——倘睁开眼,他绝不会只看她一眼。而他深知,她愿如此照料他,是因他在火途山上不顾性命护了她,她要还他相护之恩;也因她信了他已放下了她,不再对她有执念。他怕自己看她的眼神会泄露他真正的心思,让她又疏远自己。

其实之前他也不是诓她,原本他是真的打算放下了。可谁能料到他还能有可护她之时。护了她,使他们之间形如陌路的关系有了转机,她的一点善意,便让他内心妄念又起。他也不想,却无法控制。

戌中是喝药的时刻。春阳入内,祖媞便停止了念书。寂子叙终于睁开了眼,春阳将药放在榻边的小桌上,正要坐下给他喂药,忽然一惊,急站了起来:"糟了,炉子忘了关火,哥哥我去去就来,你先等等!"说着慌里慌张跑走了。

他其实已可自己吃药,但既在祖媞面前说了谎,自然不好主动端药来喝,只好坐那儿等着春阳。房中静默了片刻,祖媞蹙了蹙眉,放下书,上前来端起了那药碗:"此药汤需趁热,我帮你吧。"

她走了过来,坐在春阳移过来的方便喂药的小凳上,两人间虽还隔着一段距离,但寂子叙仍是一僵。他已许久不曾离她如此近过,而见她端起那细瓷药碗,拿起那瓷白勺子舀了一勺药递到自己面前,他更是有如坠梦中之感。

然还来不及将那勺药咽下,便听到两声敲门声,接着门被推开了。抬眼望去,寂子叙的瞳缩了一下。白衣青年站在门口冷冷看着他,琥珀色的眸笼着冻人的寒意。祖媞回头,看到青年,轻啊一声,露出了含笑的表情:"小三郎,你回来了。"

寂子叙清楚地看到,在祖媞偏头的一瞬,青年收起了眸中的寒凉,凤目微微一弯,又变成了一位和煦如春风的如玉公子。他抬步走了进来,天步跟在他身后。

"怎么要你来喂药?"进得房中,连宋笑问祖媞,又吩咐身后,"天步,你去帮帮神使。"

天步上前来,祖媞便将药碗递给她,从床前走开,让出了位子。因碗中药汤盛得太满,方才递给天步时洒了几滴出来,连宋给了她一张绢帕,她接过擦了擦手,问连宋:"我算着你也该回来了,事情办得如何?"

"一切都好。"连宋回她,又道,"帝君有东西让我带给你,见你不在房中,我便放在了床头,你去看看吧。"

祖媞没有多想,点了点头便出去了。

天步很快给寂子叙喂完了药,垂首亦退了出去。

连宋来到祖媞方才坐过的竹椅旁。他拾起座椅上的旧书翻了两页,坐下来将书册放到了一边,仿似很随意地问寂子叙:"尊使的手,看着也不像有那么严重。"

寂子叙明白他的意思,扯了扯嘴角:"三皇子特意将阿玉引出去,就是为了同我说这个?"他静了一瞬,"若我说的确没那么严重,我只是想借此亲近阿玉,三殿下待如何?"

连宋看向寂子叙,寒芒重浮上眼眸,他没有回答他自己"待如何",却是道:"她并不喜欢你。"

祖媞不喜欢他。虽然寂子叙自己也知道这事,但自己知情是一回事,被对手窥知又是一回事。寂子叙只觉一阵刺心,本能地反击:"是吗?"他道。手在袖子里用力,说话的情绪却控制得好,仿似只是无谓闲谈罢了,"我听说阿玉去凡世修行是为了习七情,识六欲。那一世我曾怨恨她不懂情,如今想来,是我贪求太多。她本是无情之人,谁也无法从她那里得到情,我不能,任何人都不能。我又何必怨愤。"

他佯作释然,浅淡一笑:"她也不是没有对我动过情,虽不是男女之爱,但,她是在我身上学会了什么是遗憾和痛心。那一世我于她而言终究是最特别的,若不是我行差一步,说不定最后会是我成为那个让她学会何为爱的人。而如今你能更得她青眼,也不过是因噬骨真言罢了。如你所说她不喜欢我,但其实她也未必喜欢你,你说呢,三殿下?"

因他三日前不顾性命护了祖媞,这几日菁蓉终于对他有了好脸色,祖媞困倦时,菁蓉会代祖媞到他床前为他读书,两人偶尔也能闲聊两句。菁蓉虽不算笨,但论心机远在他之下,很容易便被他套出了话,让他知晓了祖媞前去凡世修行的目的。适才同连宋说的话,也的确是他在得知祖媞去凡世的目的后心中的真实所想。只是最后一句,他却知那是妄言,说出来不过是为了反击这位高高在上的皇子罢了。

连宋没有说话,眉目间暗聚风雪。寂子叙便知他是刺到了他的痛处,心中不禁快意。

"所以,你想做什么?"连宋冰冷地看了他许久,问他。

他想做什么? 寂子叙一阵茫然。他知祖媞或许是真心喜欢上了连宋,但这位三殿下对她,亦是真心吗? 若是真心,为何不同她表白? 所以果然,他也只当她是他过往所遇到的那些女子一般,也只是在用对待那些女子的态度来对待她吧? 其实想想,几万年来,这风流的水神又何曾为谁驻足过? 浪子便是浪子,又岂是那么容易能回头的。与其让祖媞被他伤害,不如自己……是了,自己。终归,自己是绝不会再伤害阿玉的。

寂子叙看向连宋,眼眸中忽燃起极亮的光:"我喜欢阿玉,想要得到阿玉,三皇子,你我公平竞争一次,最后她会选谁,或许也未可知。"

说完这话,寂子叙见青年那琥珀色的眸子瞬间聚起阴霾,仿佛下一刻便要暴怒。但他着实难以想象青年暴怒会是什么样。青年虽矜贵,性子也难琢磨,但脾气并不激烈,他几乎没见过他生气。

青年站了起来。

寂子叙略有些紧张,压低了声音:"你要做什么?"他已想好了,便是连宋如何以势相迫,他亦不会退缩。

却见青年行了两步，微微俯身，只是放了粒丹丸在他床前的小桌上："这是九转聚灵丹，服下可助你痊愈。你护了阿玉，此丹是我对你的谢礼。但你想要抢走她，"青年笑了笑，眉目间冷意瘆人，"若你以为你可以，就来试试。"

寂子叙怔住，想说点什么，却发现此时无论说什么，无论用什么态度，仿佛都落了下乘。一时无言。

这院子有三进，不算小了。穿过垂花门是一处庭园，连宋的寝卧被安在院西。

此时那房中竟亮了灯。

连宋停下脚步，站在游廊上，远观那亮了灯的寝卧，目光定在投映于窗纸的人影上。黄的光，白的窗纸，暗的人影，身纤纤，影倩倩，不是祖媞又是谁。

那影子撑着腮，微微仰着头，手中似把玩着什么。

她怎么会在他房中？

来不及细思，一阵熟悉的疼痛自灵府袭来。连宋摁住了心口。适才被寂子叙的那些挑衅之语刺激，一时不慎，心魔又被释出。被释出的心魔手挥利刃刺进他心底，挖出了那些暂且被封印的不可释怀之痛。彼时他仍能强作镇定，只因实在不想在寂子叙面前失态。

可此时，看到祖媞映于纸窗的倩影，他却着实是忍不住了。

沉疴复起，识海生澜。不可释怀的终究是不可释怀。

关于他和祖媞的缘分，连宋想过许多次。最绝望时他曾想过，祖媞也好，成玉也好，的确都不是非他不可。祖媞入凡，并非只十六世，而是十七世，正是因第十六世她未曾习得爱为何、怨为何、恨为何，她才会再去凡世轮回一次。可正如寂子叙所说，若在第十六世里，他没有行差那一步，那教祖媞学会爱欲的，会不会就是他？甚至在祖媞去大熙朝轮回的第十七世，若不是自己半道插足，教会她爱、恨、怨为何，助她修成人格、回归正位的，会不会是那帝昭曦季明枫？他与他们，有何异？

的确，作为凡人的祖媞最后爱上的是他，可在她复归正位后，却是忍痛含屈也要剥除有关他的记忆。那是因作为神的祖媞根本不爱他之故。所以他于她，究竟算是什么呢？若不是二人阴差阳错立下了噬骨真言，他于她，是不是根本一点都不重要？再次相见，他们是不是只能做一对陌路人？

剧痛蔓生，心魔在神识中肆虐。别再想了。他命令自己。手重重按压住胸口，几乎按裂胸骨。待神思稍微回转，他立刻以镇灵咒结印封住灵台，结印三遍，方堪堪制住那熊熊而起欲燃向灵府的孽火。他吐出了一大口血，但好歹算是制住了心魔。

他静了片刻，将自己收拾干净了方离开游廊，跨过中院，向那燃灯的寝房走去。

房门被推开时，夜风也随之潜入，油灯被吹得一晃，在灯前插花的祖媞抬起头来，望了一眼正关门的连宋，视线重移回手中的金花茶："怎么现在才回？"

"多同寂子叙聊了几句。"连宋转过身，看向她手中之花，"这花是哪里得的？"

他不问她为何会出现在他房中，只问她从何处得了这花，仿佛她合该出现在这里。祖媞抿唇一笑："火途山上一丛开了灵智的金花茶树送我的，还送了我些许灵泉，萻蓉将这些花枝保存在灵泉中，今日你回了，我也得一点空闲，便想着插一瓶。"

她跪坐在窗前的矮榻上，一边挑选着花枝一边如此道。矮榻上有一小几，小几上的白瓷橄榄瓶中已插了半瓶花，金色的瓣，金色的蕊，倒是与一身金裙的她甚是相宜。

连宋在她身旁坐了下来，才见他放在她床头的那只盘龙小镜亦在小几上，只不过适才被那橄榄瓶挡住了。

见他的目光落在镜子上，祖媞便也看了一眼那小镜。想到了什么，眉眼轻弯。"先前我研究了一会儿这镜子，"她出声，"发现它同那面可传声传影的鸾鸟纹铜镜也差不离，只是无需以灵力催动便可启用，更宜在这凡世里传讯。"半瓶金花茶挡住了她半边脸，她弯弯的眉眼灵动天然，"你说这镜子是东华帝君送我的，他送我这样的镜子做什么？"又问，"小三郎，真不是你送的吗？"

见她如此狡黠模样，连宋笑了："也算是帝君送的，"他答，"他那儿有与那鸾鸟纹铜镜类似的法器，我讨了它们，花时间改了一下，既是借花献佛，不好说是我送的。"

祖媞恍悟："怪不得你今日才回来，原是做这镜子花了时间。"

说到这个，连宋也感到后悔，微微皱眉："是我思虑不周，只留了利千里在此，让你涉险。"

祖媞并不在意，取了稍短的一段花枝，插在了花束的最外侧，调整了一番高低，无所谓地："算什么涉险，那狼妖本不足为惧。"

连宋道："我听说了，是虞诗鸳之计。"

祖媞颔首，轻嗯了一声，又挑了一枝花枝，一边用剪子修那冗余之叶，一边徐徐道来："据那狼妖所言，虞诗鸳是两个月前来到这刹日城的，人很懂规矩，刚来到城中，便打探到了此地最厉害的妖是他，送了宝物和美妾去拜山头。说她排场也不俗，身边跟了好几个法力还不错的妖相护，狼妖便宴了她一回，但那之后他便没再见过她，直到四日前，她去找那狼妖辞别。"

祖媞将修剪好的花枝插入瓶中，端详了一番，拨了拨顶部的一个花苞："狼妖说虞诗鸳在辞别时特意提起了我，说城中来了个如何美貌过人的小娘子，又几番怂恿他亲来城中劫我。"她抬眸看连宋，"我怀疑那日我们去那旧宅锁虞英时，虞诗鸳亦躲在附近，知晓你和利千里不好惹，故不敢现身救虞英。但见你绑了虞英，又咽不下那口气，故在你离开后,想借那狼妖之手,在我身上出气。"说着叹了叹,"不过这些都不重要,重要的是,想来那虞诗鸳应是不在此凡世了,或者就算在此世,也会避开我们躲得远远的,再要寻她,恐怕难了。"

连宋拿起剪子也挑了枝花枝,修剪后插进了那橄榄瓶中:"无妨,三日后商珀便要出关了,无论虞诗鸳去了何处,有商珀帮忙,相信很快便能寻到她。"看祖媞疑惑,遂将从帝君那儿得知的商珀可能和南星及虞诗鸳的过往纠葛告诉了她。

祖媞沉默了片刻,略感不可思议:"你是说,虞诗鸳这个凡人,不仅害死了南星,还曾将商珀玩弄于股掌之中?"

连宋端视那花瓶,建议道:"再插两枝差不多了。"又回祖媞,"只是我和帝君的推测,事实如何,恐怕得三日后去见了商珀才能知晓。不过虞诗鸳既已不太可能在此凡世,那我们明日便启程回丰沮玉门。女娲圣地,也方便莹南星养伤。"

祖媞从连宋手里接过他为她挑选出来的适合插瓶的最后两枝花枝,点了点头,却又想起了寂子叙:"寂子叙恐怕暂不方便挪动。"

连宋没有立刻说话,过了会儿,才道:"那就让他们两兄妹暂住在这里养伤,养到寂子叙能挪动了,他们再回丰沮玉门便是。"

祖媞放下花枝,偏过头来,单手撑腮,看着他。

连宋薄唇抿成了一条直线,也回看她:"你看着我做什么?"

祖媞就笑:"小三郎,你怎么好像又不高兴?"

连宋忍了忍,没能忍住,唇线抿得更为平直:"听说这三日你衣不解带伺候在寂子叙床前。春阳和天步都在,用得着你亲自伺候他吗?"

祖媞愣了一下:"衣不解带?"接着扶额,又笑,"谁告诉你我衣不解带照顾寂子叙来着?是天步吗?等我明天去骂她一顿。"

连宋的脸瞬间变得阴郁。结印三遍才镇住灵府的镇灵咒仿佛也有些松动。"为什么骂她,因为她向我通风报信吗?"

祖媞眨了眨眼:"骂她乱用成语啊。"

连宋:"……"

祖媞重新捡起花枝来,神情肉眼可辨的愉悦,连宋完全不明白她在愉悦什么,只听那一贯清润的声音变得很轻,也很软。"火途山上寂子叙护了我,使我免于受伤,我不过一日里抽两个时辰去给他读读书,也算不上多仔细的照顾,不过略略尽心罢了,怎么就是衣不解带了呢?你说天步她是不是很不会用成语。"

连宋很稳得住,辨他神情,顶多能觉着他可能有点儿不高兴,没人能看出此刻他心绪动荡得有多厉害。忍着反噬之力在心海中为灵府又加了层咒印后,他问出了一个似乎不应当,但他却无法控制自己不问的问题:"若我受伤了,你也会为我略略尽心吗?"

祖媞正要将最后一枝打理好的花枝插入橄榄瓶中,使这一瓶金花茶插瓶功德圆满,闻听连宋此言,不自禁地笑了,仿佛觉得他这种言辞很可爱似的,忽然靠近了他,用那花枝点了点他的鼻端:"若真有那时候,小三郎只需我略略尽心就可以了吗?"轻声,"不需我衣不解带吗?"

他们离得不算很近。但那一枝金花茶就在他鼻端,花香袭人,也惑人。所以即便他们曾有过更近的距离,而在那更近的距离里,他也曾控制住自己保持了理智,但此时,却再难做到了。"那你会吗?"他问她。

"为什么不会?"她特意凑到他耳边,抿着笑答。

他从前常戏弄她,也不负责任地撩拨过她,如今,她全学会了。

她如兰的吐息自他耳畔离开,那金花茶花枝也自他鼻端移开了。浓郁的香气随之退散。她要重新坐回去了。便在这时,他突然握住了她的手,一拽,蓦地,她落入了他怀中。她轻呼了一声,欲要抬头,他却抬起右手,按住了她的后颈,使她的脸埋在了他的胸口。她无法再动。

他不是从前的她,被他戏弄了,会呆呆地不知该怎么办好。

他总是要让她付出一点代价的。

他腾出手来,握住她的左手,始见那纤白玉指中还拈着那枝金花茶。冷白的肤,金色的花,茶花香熏染过如雪肌肤,与她原本的香混在一起，芬芳妩媚，馥郁醉人。

　　他原本只是想吓一吓她，可此时，他清晰地感受到，这亲密的动作竟引得灵台前的孽火有再燃之象，而识海不静，有个声音在耳边一遍一遍响："其实你从来就不满现在的位置吧，你一直怨恨明明你们是夫妻，你却必须对此隐瞒；你想要拥有她，却必须克制压抑。可方才在游廊上你不是已想明白了吗？作为神的她从来就不爱你，你对她也根本就不重要，总有一天你会连这个卑微的位置也失去。既然这样，你还克制什么，又压抑什么呢？"

　　头疼得要死，他很快便被说服了，阴翳暴戾的情绪在神识里蔓延。他想放纵自己去吻她的手，她的臂弯，她的肩，她的下颌，她的唇。他知她肌肤娇嫩脆弱，轻轻一吮便会留下印子，他想在那上面刻满他的印痕。

　　她的头被他禁锢着贴在他胸前。这很好，他不必看到她的表情，看到她不愿意。她的天真和美丽，温柔和甜蜜，他现在就想要，想全部占据。她必须是他的，也只能是他的。

　　他拥着她，眼看就要依着那魔的指引，顺着心意肆意掠夺了。静室中却忽然响起了迟疑的一声："小三郎？你……这是要做什么？"

　　他这是在做什么？他一恍神，顿住了动作。

　　祖媞稍微挣了挣。他将她锢得有些疼了。因并非出于抗拒才挣扎，故而她的动作非常轻。

　　但即便是如此轻微的动作，于此时的连宋而言，也传递了一种反抗的讯息。这"反抗"终于召回了他些许理智。笼罩于灵府的偏执被撕开了一道口子。是了，克制，他想，他需要克制。在此之前，他克制了那样久，不就是害怕一旦出格，会为她所不喜吗？或许终有一日他会再次失去她，可不克制就是立刻失去。他要这样吗？

　　不要。

　　忍着刀绞一般的疼痛，他又一次以镇灵咒施压于灵府。这咒言于

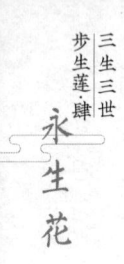

他的效用已很弱了，足足七次结印，躁乱的心绪方被抚定。

这一场于心海中的无声对峙却并未被祖媞察觉。她只是发现青年放开了她的手，左臂搭在了她的腰间，换成了将她虚拢在怀中的姿势，然后，又过了会儿，他将头埋在了她的肩处。

连宋紧闭双眸。平静之后回顾方才，才发现心魔发作、被心魔操控的自己有多难看。可刚刚抚宁神识，正是脆弱而缺乏安全感的时刻，即便觉得这样的自己难看，他也不想放走怀中人，靠近她，抱着她，方能使他此心稍安。

但面对她"你要做什么？"的疑问，也不能不给一个解释。

搭在祖媞腰际的手微微拿开，弹指一点，矮榻角落处立刻出现了一只蟑螂。

"有蟑螂，你不怕吗？"他轻声在她耳边问。

"蟑螂？"祖媞懵懂重复。倒不是被蟑螂给吓的。别说这凡世的蟑螂，就是八荒里成精的蟑螂她也能一拳灭它一百个。问题在于……她陷入了沉思：小三郎竟觉得，我是该如凡俗女子一般怕蟑螂的吗？是因为他觉得我会怕蟑螂，才将我拉过来，抱了我安慰我的吗？这真是个美丽的误会啊。既然如此，那、那我就怕一下？

连宋此时只是松松揽着她，但她却演了起来，立刻伸出双手来圈紧了他的脖子，小声轻呼："啊，那它走了吗？"

她的怀抱，她的气息，此时正是救他的良药；因此当她主动贴得这么近时，连宋只顿了一小下，便也搂住了她："还没有。"

她喜欢和他这样近，舍不得离开，但终归有些害羞，于是一边红着脸，一边给自己加戏："那……我的鞋子放在榻下，是不是被它爬过了，怎么办？"

连宋静了一息，低头看她："那，我抱你回去？"

计谋得逞，她简直忍不住要笑，但还是忍住了，矜持地点头，小声道："那只有这样啦。"

第十三章

寂子叙服下了连宋给的九转聚灵丹，一夜调息，伤好了七七八八。祖媞看他恢复得不错，也就没再提让他留在凡世养伤。次日，一行七人一道回了丰沮玉门。利千里则功成身退，回了冥司。

商鹭那几个不太灵醒的手下这几日一直守在丰沮玉门山下，却愣没发现监视对象在他们眼皮子底下出去了又回来了。菁蓉一边觉得他们太废物，一边同天步嘀嘀咕咕如果所有魔族都这么废物那也挺好的，天步让她不要做梦。

两日后商珀神君如约出关。祖媞虽也对商珀莹南星虞诗鸳三人的过往感到好奇，但她要助莹南星养伤，便未同连宋一道访灵蕴宫。但三殿下见商珀时顺道打开了传声镜，故她虽不在现场，也同在现场没两样了。

从人口中套话，三殿下是专业的。祖媞听连宋以"给新飞升仙者出文试题需了解一些凡人升仙之事，故来灵蕴宫向神君讨教一二"为托辞开场，一句话便打消了商珀对他突然到访的疑虑。

两位神君一个遍览群书，博学多闻，一个自登仙以来便专注大道，见识也是不俗，聊起这些来颇为融洽。

连宋引商珀谈佛论道，以佛道二法巧辩天机，最后落点到天道关于凡人升仙的考验与法则上,水到渠成地便将话题引向了商珀曾经的凡缘。

"凡人登天,需灭情根,而情根化灭,亦有助于凡人修行。九重天上以凡身登天的仙者大多是在情根化灭五六百年后修为大成,迎来飞升雷劫,"天树林正中的碧玉亭中,白衣神君轻敲扇柄,"然听帝君说神君更有悟性些,娶妻生子后不过三百年,便迎来雷劫飞升成仙了。

"似本君这般自来仙胎的仙者,其实不大理解于凡人而言斩情缘化情根意味着什么,但想来是很不易的。

"听闻神君证道前也曾同尊夫人伉俪情深,故而本君有一问望神君赐教:不知神君在化灭情根证取大道的那三百年里,是否也曾因七情难断而备受折磨,最后又是如何克服那魔障成就大道的?"

这事虽然算是商珀的私事,但连宋如此问,却使这问题失了私务意味变得学术了起来,因此商珀并未感到被冒犯,没怎么考虑便做了回答。

"臣下自幼修无情道,"商珀如是道,"无情道可止情生,可抑情根。因无情道之故,臣在凡世修行的一千年里并未动过七情,也不曾为证仙果历经煎熬去断过七情。臣亦不知天上为何会传臣与师妹伉俪情深。臣娶师妹,不过为义,与情无干。

"三万五千三百年前,臣第一次历飞升劫,不幸渡劫失败,被天雷卷至西荒,重伤流落于灵山,是臣下的师妹找到了臣,救了臣一命。彼时臣所在的门宗长右门被仇家寻仇,一夜间门主身死,多位长老亦殒命。师妹的父亲虞长老幸存,欲竞门主之位,而臣欲报师妹救命之恩。

"门中自长老及弟子,皆对臣登仙寄予大望。臣虽不理外务一心求道,但在门中也算有分量。若臣娶师妹并留下承嗣子,便能助虞氏这一脉至少三代坐稳门主之位。师妹与虞长老希望臣如此还了这段恩,臣亦觉得可,便娶了师妹。

"我二人因此而成婚,婚后,虞长老自臣身中取了一段骨,自师妹身中取了一碗血，以大阵祭冥主，求了一凡魂，于灵泉中育了七七四十九日，育出了承嗣子，如此，虞长老顺利坐上了门主之位。而臣还完恩后便闭了死关，在三百年后迎来了第二次飞升机缘，三百年间门中如何，概不知晓，也不曾因什么凡情生过魔障，第二次飞升亦很是顺利，一切便是如此了。"

商珀这篇自述着实出人意表，不仅祖媞感到惊讶，连宋亦有些愕然，主要是没料到虞英竟是这般降生。且听到这里，连宋基本上能确定商珀果然是被虞诗鸳给骗了，且他的记忆也有问题。但修改记忆的术法神仙施起来都难，遑论凡人，即便有土灵珠相助，连宋也不信虞诗鸳能如东华帝君改他记忆那般改掉商珀的记忆。

他猜测虞诗鸳是删抹掉了商珀的记忆，因道："本君亦听说过长右门曾于一夕间损失了多位长老之事。但据本君得来的消息，贵门宗长老殒命却非是仇家寻仇所为，乃是因长右门当年以凡门犯仙山，门主携长老领数百弟子潜入女娲圣山夺宝，惹怒了女娲座前神使，为神使所诛。"

见面前玉质金相琨玉秋霜的青衣神君一脸震惊，三殿下微微挑眉："彼时神君应是在门中养伤吧，竟不知吗？"

商珀犹在震惊中："长右门不过凡门，何以有胆量敢犯仙门，何况是地母的圣山，这属实……"他有些茫然，"属实荒唐，令人难以置信。"

三殿下点了点头："乍听是有些荒唐，不过，"他转而道，"地母因补天而沉睡时，五族之战刚拉开序幕不久，那之前的二十多万年，各族相处其实很融洽，八荒民风亦很淳朴。地母为神慈悯，大约也没料到她沉睡后这世间生灵会变得好斗又贪婪吧，故而当初丰沮玉门闭山时并未太过对外防范，只设了一个护山大阵用以护山，一个空间大阵用以护地母仙体。二十多万年前，地母留下来守山的大妖侍便相继羽化，唯剩一个座前神使领着漫山贫弱守在山中。是故便是凡人修士，只要知晓了通过护山大阵之法，人够多的话，也是有可能从地母圣山中夺得法宝的。"

他顿了顿,"因此,当初听得这消息时,本君倒是信了。"

见商珀双眉紧蹙,三殿下端起瓷盏润了润喉:"神君一时难以接受也可理解,"缓声相问,"不过,神君当初在门中养伤时,是亲眼见证贵门主及长老死在了仇人寻仇之中吗?"

天树林里,雀鸟隔枝而立,正欢快地啾鸣。这小小一方碧玉亭中却是一片静谧。

商珀的声音不再似先前那样冲淡平和,有些发沙:"臣当日伤重,流落于灵山,师妹将臣救回宗门后,臣昏迷了七年,七年间门内外发生了何事,皆是醒来后为门人告知,臣……并不曾亲见。"说到这里,似有所感,一张俊颜蓦然发白。

"是吗?"三殿下应道,垂眸拂了拂扇柄,"其实,在神君方才自述曾因历劫失败而伤重流落于灵山时,本君便觉有一事很巧合。

"同本君聊起此事的仙友,曾道丰沮玉门之所以遭祸,乃因三万五千三百年前,女娲神使于灵山捡了个身受重伤的凡修带回山中。

"说神使将那凡修留在丰沮玉门救治了三年,并不吝与他分享地母圣山的秘密,不料却因此埋下了祸根。

"那凡修离开丰沮玉门后,竟将如何通过守山大阵之法泄露了出去,以致圣山被屠山,而神使也为此付出了代价,虽诛灭了来犯的凡人,自己却也身死道消,魄散魂飞。"

商珀听出了连宋这番话的内含之义,不可置信地抬头,本就白得厉害的一张脸此时更是血色尽失。

"地母座前那位神使的名讳,不知神君听说过没有,"三殿下仿若对商珀的脸色无所察觉,仍兀自继续,"她叫莹南星。"

商珀低喃:"莹南星……"说出这个名字时,他忽地捂住了胸口。

三殿下抬眸:"神君可是觉得这名字熟悉?"

熟悉?也不能说熟悉,他的记忆中并无这个名字。可听到这三个字,胸口的闷疼却又那么真实,这并不正常。商珀虽隐居灵蕴宫不察外事，但也不笨，此刻再捋一遍连宋今日来此的所言，他便发现了，连宋其实不是来与自己谈佛论道的，他是来告诉他，丰沮玉门被屠山之事应与他有关，他身上很有可能背负着某种被他遗忘的因果，只因疏不间亲，贸然同他说此事不智，这位精明的殿下才迂回地同自己绕了如此大一个圈子。

商珀试着张口，却不能发声。

对坐的白衣神君自然也察觉到了他的震骇，却不再出言，而是怀着绝佳的耐心，等待他答他所问。

许久，商珀才找回自己的声音："殿下这番话是想告诉臣，当初地母神使所救的那凡修很可能是臣，而当年长老和门人们皆是在骗臣，那空白的七年，臣并非在昏睡，可能是被谁删抹了记忆，是吗？"

可若这才是真相，他便是那凡修，他怎会恩将仇报，泄露丰沮玉门之秘？而长右门又怎敢欺瞒愚玩他至此？商珀一时竟不知该怒该疑。

连宋将茶杯放下："本君说什么并不能作准。"他站起身来，很淡地笑了笑，"神君居灵蕴宫三万余年，想必也不是能被人糊弄的，有心查应当很快便能查出当年真相吧。"

听连宋如此说，商珀回过神来。是了，他素来持论公允，并非偏听偏信之人，即便连宋如他之愿说得更多些，他其实也不会全信他，还是会私下再查。念及此，商珀微微正色，终于恢复了常仪："谢殿下提醒，臣知了。"

连宋离开灵蕴宫后，传声镜那端的祖媞方出声："你说，商珀第一次历飞升劫失败，会不会是因命里有情劫未渡？"

三殿下将盘龙小镜自袖中取出，祖媞的身影出现在了镜中。初秋的午后，日光仍盛，女神倚窗而坐，窗边攀满了纯白的茑萝，她正以指尖拨弄着那幼嫩的茑萝花瓣。

三殿下欣赏了片刻祖媞拈花的模样，开口："怎么说？"

祖媞看向他，收回了手，轻托住腮："前段时间在青丘时，曾听小浅说过凡人修仙之事。听她提及，凡人成仙要历许多劫，其中情劫是必历之劫。而商珀说他自幼便修无情道，不曾动过七情。既不曾动过七情，又谈何勘七情，破情劫？情劫未破，又如何能飞升？我甚至在想，或许正是因此，上天才安排了他同南星相遇，让南星做他的情劫。"

她弯起指尖，轻点了点窗棂："南星那等品貌，也确有使一个修无情道的凡修坠入情网的资本，否则我也想不出还有谁值得商珀冲破无情道的禁制，为其生出茁壮情根了。"说到这里，她顿住，少顷后低喃，"若非虞诗鸳以土灵珠磨断商珀的情根，单靠商珀自己，想是很难对南星断情，顺利渡过情劫飞升成仙，做你父君的股肱之臣的，如此看来，东华帝君此前说虞诗鸳乃是助商珀成仙的功臣，竟是有道理。"

"看来一饮一啄，自有天定。"连宋道，"就是不知待商珀查出过往真相，还愿不愿继续做我父君的股肱之臣了。"

祖媞秀眉微抬："丰沮玉门不是他想进就进得来，而时间太久，长右门想也是查不出什么的。"她微微思量，"商珀若是聪明，便当自虞英小仙入手，而有小三郎你暗中安排引导，他要查到虞诗鸳尚活着应是很简单的。"

连宋颔首："是，至多只需两日。"

祖媞微微一笑："只要让他知道了虞诗鸳还活着，其他那些事便由不得他不信了。届时他自会来找你。"

连宋含笑不语。

巴掌大的镜子里，祖媞忽然靠近了些许，很认真地望着他，轻抿住唇，问了一个不相干的问题："那这两日，小三郎你是要候在天上，还是先回丰沮玉门？"

连宋心中一动，正要回答，天步却在此时急步而来，递给了他一封信。连宋单手展开信笺看了一眼，神色沉肃了几分。

祖媞也望见了他的神色变化，在镜子那边轻声相问："怎么了，发生了什么事吗？"

连宋从纸笺上收回目光："折颜上神来信，让我即刻启程去十里桃林一趟。"无奈一叹，道，"本想今日便回丰沮玉门的，看来是不成了。"

祖媞很讲道理："那还是这件事紧要些，你先去吧。"

"你还有没有什么别的想要的？"连宋突然问她。

祖媞面露茫然："什么别的想要的？"

连宋笑了笑："就是除了想我，想要我早些回丰沮玉门，还有没有别的想要的？"

祖媞愣住了。她是想要他早些回丰沮玉门，可她就是想想罢了。且她觉着自己好像也没露出什么形迹。她完全不明白连宋是怎么看出来的。

也罢，就当是他聪明吧。可看出来也就罢了，还要说出来，他就这样爱戏弄她吗？ 又一想，他可不就是爱戏弄她。

连宋的目光一直凝在镜中祖媞的脸上，他见她雪白耳尖攀上了一层粉意，但没有脸红，他觉她有些恼，但仿佛，又有点害羞。

接下来她会如何呢？ 是会瞪他，还是会佯作无事地移开眼？

便见她轻抿了一下水润的唇，抬起眼来，眼睫都在颤，却没有退缩，反而将传声镜移得更近了些："小三郎不也是想要早些回丰沮玉门，见到我吗？"

那声音很轻，仿佛贴着他的耳廓说出，使他的呼吸一下子滞住。

他想，她真的很懂怎么拿捏他的心，或者说她根本不知道，她只是这么做了，却立刻使他投降。"是，我想。"于是他投降般地回她。

她便笑了，眸光里似落了晨星，很亮。她微微偏头，又凑近了些许，轻声道："小三郎，不用带别的，为我带一束桃花回来便可了。"

她清妩的笑容突然令他的心变得很软，他抬指在镜面上摩了摩，镜面中那一处正是她的颊。她并不知道，还在撑着腮追问他："好不好？"

他也学着她，靠近了那镜子些许，很轻地回她："好。"

秋日本是花事荼靡之季，东海之东却仍是桃枝灼艳，花繁似锦。

在会客小厅中见到同折颜上神下棋的连宋时，莹千夏愣了一愣，看向折颜上神，得上神点头，莹千夏捺住了惊讶，上前见礼。

莹千夏同十里桃林颇有缘法，其渊源可追溯到她幼时。

这位妖族郡主在幼时曾生过一场大病。妖君与折颜上神有交情，将莹千夏送来了十里桃林就医。折颜看诊后，发现小郡主乃因天资过高，先天灵力过足，却又未得正确引导，以致灵力淤塞于妖体之内，才遭了病痛。

须知天生五族，五族各有所长，神魔二族力量强大，鬼族多智，妖族擅察人心，人族则拥有不灭之魂。莹千夏身为擅察人心的妖族，其不俗的天资便在于共情能力和抚慰人心之力极强，若走邪道，易修成蛊惑之术，但若走正道，便是不世出的医道好苗子，极适合修习安神镇灵的疗愈之术。

退隐三界不问红尘的折颜上神虽从不收徒，但喜莹千夏是个可造之材，便做了引她入道之人，偶尔会对她在医道上的修行指点一二。

莹千夏也是对折颜尊奉有加，故而十日前折颜上神传信召她入桃林，她便立刻赶来了。

赶来桃林后，莹千夏方知上神收了个生了心魔的病患。

彼时莹千夏只知那病患是位修为高深的神君，要破他心魔不易，连折颜上神也无法，近来一心扑在这上面，好不容易钻研出了一篇药方和一套新的经咒，那药和经咒却也不能彻底破除那心魔，不过能压制罢了，且那经咒也不是人人可念，需她这先天之力极强极擅疗愈人心的妖医诵出方能有效用。

而因那位神君不能长久待在桃林养病，故折颜上神需她将药方和经咒都掌握好，去跟随那神君一段时日，助他压制心魔。

莹千夏着实是没想到，那位生了心魔的神君，竟会是眼前这位天族三皇子。

这是莹千夏第一次离连宋如此近。见那细梁河受降图上的俊美青年就在眼前丈余远,饶是素来性子淡泊,莹千夏一颗心也不由急跳了两下。

十里桃林向来不留外客,青年见她这个生面孔出现,却并未流露出意外神色,在她同他见礼时还客气地对她点了点头,莹千夏便知折颜上神是提前同青年介绍过自己了。

见礼完毕后,莹千夏自发跪坐到棋局一旁为二人侍茶,折颜和连宋则继续一边说话一边下棋。

折颜拈着白子看了莹千夏一眼,向连宋道:"千夏虽是个寡言的,但本座知你谨慎,故已让她向本座立了噬骨真言。她已起重誓,不会将跟随你期间的所见所闻泄露给不得你信任的外人,你尽可放心用她。"

莹千夏知情懂礼,随之道:"无论是多微不足道的事,若臣女泄露给他人知晓,便立刻遭天火焚骨而死。这是个永恒誓言,于臣女一生都起效,故殿下尽可对臣女放心。"

连宋没说别的,只颔首:"这段时日便劳烦郡主。"

莹千夏垂眸轻道:"殿下客气。"

折颜见二人也算是认识了,便转了话题,说起连宋的病情来:"照我看,镇灵咒于你也没多大用处了,若再犯病,只能让千夏念伏灵清心咒给你试试。但伏灵清心咒也不是破魔之咒,要彻底除那心魔,我还得想想别的办法……"说着将手中白子落下,瞟了连宋一眼,又道,"本座真的建议你试试忘情丹,不该记得的人和不该记得的情,都把它忘掉,让心魔无所依托,如此一来,你根本不用吃药也不用承咒,心魔自个儿就能慢慢消亡了,岂不是好?"

莹千夏分茶的手一顿,面上虽不显,心中却一片惊涛。执念过深又不得解才会生心魔。方才她也想过,这位传闻中潇洒无拘游戏八荒的三殿下，他究竟是起了什么不得解的执念才会生心魔……却竟是入了情执吗？怎么会？

莹千夏愣神之际，连宋已一子定江山，只道："上神，你又输了。"

折颜斜觑了眼棋局，也不是很在意，嘟哝："输了就输了吧，今日棋运不好，"又瞟了连宋一眼，继续不屈地建议，"你真的不试试忘情丹吗？"

连宋看着他不说话。

折颜尴尬地咳了一声："行吧，不试就算了。"叹气道，"那本座再想想别的法子。"话说到这里，想起一事来，看向莹千夏，"不过三皇子生了心魔这事不能让外人知晓，你去到他身边总需有个名目，"沉吟了一番，"要不你就以元极宫新入美人的名义过去吧。"

莹千夏递茶的手僵在了半空："上神，这不大妥当吧？"

折颜也反应了过来："也是，女儿家的名誉伤不得。"

连宋淡声道："元极宫掌案仙者修行出了岔子，得了离魂症，郡主乃是上神荐给本君的医者。如此可妥？"

折颜当然没有意见。莹千夏亦赞同："殿下安排得甚妥。"

这事就这么定了下来。

二人又下了一局棋，莹千夏安静地侍奉在侧。

连宋在十里桃林待了两日。折颜问起，他答自己在等一个折颜不认识的人。折颜便没再多问。

连宋等的人在次日傍晚登了门，正是商珀神君。

不过两日，原本金相玉振的神君看着竟憔悴了许多。

"臣去了太晨宫，见过了虞英。"商珀与连宋相对而坐，道。

连宋分着茶，没有说话。

商珀垂眸："殿下前日所言，或许才是真相，飞升前的三百年，臣其实一直活在一个谎言中。那为丰沮玉门带去劫难的凡修，大约真的是臣，只是……臣实在难以想通，臣为何会罔顾南星，"提到这个名字，他不由顿了一下，"罔顾南星神使的相救之恩，背叛丰沮玉门。"

见连宋始终不言，商珀静了片刻："虞英说殿下正在追捕虞诗鸳，欲寻回土灵珠。臣想，这才是殿下突然登门寻臣探问旧事的原因吧？殿下想让臣配合以引出虞诗鸳，是吗？"

三殿下这才有了开口之意，搁了一盏茶到商珀面前，笑了笑："神君是通透之人。"

商珀泛白的唇抿得平直，自嘲："若臣果真通透，又怎会被……"仿似感到难堪，这话他没说完，转而道，"虞诗鸳身负一百四十余条凡人性命，又盗占地母秘宝，可谓罪孽深重，殿下需臣帮忙拿她，臣自无别话，但臣有一事相求，"他看向连宋，"臣欲寻回过往丢失的记忆，请殿下助我。"

当连宋将商珀带到折颜跟前，让他帮忙看看商珀的忆河时，折颜才明白连宋为何非要在十里桃林等这人。

帮人恢复记忆于折颜上神而言原本并非什么难事，但进入商珀魂中，行走于这位神君的忆河之畔，仔细推敲完他忆河中的那段空白，折颜上神却惊讶地发现，商珀失去的那段记忆竟是被地母之力删抹掉的。

这就不好办了。

要恢复被地母之力删抹掉的记忆，单靠他这个神医没用，还需再借地母之力。所以想要寻回商珀的记忆，得先将土灵珠找回来。

对折颜给出的结论，三殿下没太失望，因商珀和丰沮玉门的纠葛他已猜得大差不差，虽然一些细节还不是很明白，但那些细节并不妨碍他寻土灵珠，因此他一点也不着急。

只是商珀瞧着很失落，沉默少时后，主动提出即刻便随连宋回丰沮玉门，尽快布局，以求早日寻到虞诗鸳，拿回灵珠。

但终归日近黄昏，时间已晚，他又才被折颜施了术，尚有些虚弱。

最后折颜上神做主他二人休息一夜，明日再带上莹千夏启程。

几人各自回房不提。

白日事忙，晚膳开得迟了些。十里桃林仙侍少，莹千夏便主动担了送膳之职。

毕方鸟为三殿下准备了两道素膳一壶清酒，放在一个漆木托盘中，由莹千夏端着给独宿在西竹舍的三殿下送过去。

夜幕已临，唯天边还浮着一团火烧似的夕云，漏下一片橘红色的天光。

但这光也撑不了多久了。

莹千夏行至西竹舍前，见竹门敞开着，踌躇了一瞬，停下了，微微扬声："三殿下，臣女来送餐食。"话罢候在那里，等了数息，却未听到连宋回她。

莹千夏拧眉想了想，试探着迈步进去。

屋子正中安置了道纱屏以隔开内外室，透过那纱屏，隐约可见青年靠坐在一张矮榻上，听到她进来也没什么反应。

莹千夏定了定神，走近那道纱屏，正要再次出声，忽听内里传出一个男子的声音："如果他真的喜欢你，对你是真心，他会尊重你，告诉你，而不是像现在这样，让你……"话未说完，被一个冷淡的女声打断："就算你说得有道理，那又如何呢？"

莹千夏并不知这一问一答是何意，只约略听出了他们谈论的是一桩风月秘事。但也不知这究竟是谁的风月秘事。因无论是男子的声音还是女子的声音，都有些陌生。可这样的谈话发生在连宋房中，由不得莹千夏不好奇。她强压下已近在喉口的"三殿下"三个字，难以控制地向前一步，移到了屏风之侧。那是个不算逾越，又隐约能觑见室内情境的位置。

然刚站到那处，还来不及窥探，便见连宋抬眼望来，眼神冷且凌厉。莹千夏怔住,本能地便要请罪。可刚弯下膝头,青年已抬起手来,弹出了指间冰丸。冰丸近她身时化作一片冰雾,密实地笼住她,将她定在了其中。

莹千夏僵在那里,足不能行,口不能言,所幸眼珠还能转动,因此她发现了,这小小一室中并无他人,方才那一男一女的声音,竟是从青年手中紧握的一面盘龙小镜中传出。

说话的二人乃是万里之外的祖媞和寂子叙。

那夜寂子叙在连宋面前放了狠话,说要再追回祖媞,那并不是说说便罢。他与祖媞先前本已说开了过往,也算释了前嫌,加之火途山上他护过祖媞,祖媞对他的态度也好了很多,如今两人已能如寻常朋友一般相处。

连宋离开丰沮玉门这几日,祖媞一直在为南星疗伤。南星伤得不重,给她疗伤不是难事,只是南星魂体与常人不同,需更细致些,因此令祖媞格外耗了些神。祖媞精力不济之时,寂子叙也会靠近照应,端个茶递个水,送个药送个餐什么的,因他行止极有分寸,也没人说什么。

寂子叙存着润物细无声的心,其实没想这样快就再同祖媞提情。然黄昏时见祖媞在院西侧那架蔷薇花下小憩,给她盖毯子时,他没忍住抚了一下她的额发。好巧不巧,祖媞竟在那时候醒了,拦住了他的手,问他:"你在做什么?"

寂子叙望向祖媞的眼睛,看到了那明眸中的洞然,意识到了即便他说瞎话敷衍,她也不会相信,她会像红玉当年对他那样,知晓他的心意后便将他推得远远的……与其如此,还不如剑走偏锋试试。

于是他临时决定了将计划提前。

他在她对面坐下来,定了定神,道:"我是有话想同阿玉你说。"

祖媞也缓缓坐了起来:"什么话?"

他极快地梳理了一遍思绪:"在北陆燕国那小院中,我曾同你说,或许你不是真的喜欢连宋，只是为噬骨真言所困。但你告诉我，你知道你不是。彼时我无法反驳你的话，可那之后我一直在想，在这一世才勉强知七情为何的你，又怎么知道你到底是不是。"

两人之间隔着一张小案，案上放着茶水果盘和一枚小镜。"那时我不是告诉你了吗？"祖媞道，"看见他便开心，离开了便想念，只要同他在一起，无论做什么说什么都快活有意思，难道这还不是真的喜欢？"

这话寂子叙已听她说过一遍，再次听到，也没有那么不可承受，他回望祖媞："你对他生出这些情绪，焉知不是因你们曾对彼此立下了噬骨真言？你依赖他，他或许也依赖你。对情字一知半解的你将这种依赖定义为喜欢，可更懂得情是什么的三皇子显然并没有这样以为。"

见祖媞脸色微变，显然是被他的话触动了，寂子叙靠近了她一些，手不经意擦过桌案边的铜镜，镜面有微光一闪而逝，但他没有太留意，只看着她的眼睛："你也感觉到了吧，他并不喜欢你，待你和过去那些他感兴趣的女子也没有太大不同。"他是真心这样以为，因此说这话时，他的眼神很真，语声亦很真，"如果他真的喜欢你，对你是真心，他会尊重你，告诉你他的感情，而不是像现在这样，让你……"

虽然并不是很在乎连宋对自己真不真，但寂子叙这些话，祖媞仍不大爱听，因此她打断了寂子叙："就算你说得有道理，那又如何呢？"

寂子叙停下了。

谁也没有注意到，桌案上那盘龙小镜方才被寂子叙无意一碰，受了触动，已启开了。

"又如何。"短暂的沉默后，寂子叙开口，重复了一遍这三个字，停顿了一瞬，突然道，"你那时候问我，被温宓以噬骨真言囚困后，我对温芙是否有过真心。我是没有。但我只尝试过单方面的噬骨真言。单方面的噬骨真言的确只是囚困人的牢笼。不过，我听你身边的菁蓉君提过，若两人自愿向对方立下噬骨真言，含义却是完全不同的，真言不会成为强迫人的工具,反会助两人建立起无可替代的羁绊。"

说到这里,寂子叙缓缓抬眼:"所以我才会说,焉知你对他产生依赖心和亲近心不是噬骨真言造成的幻觉。而倘若如此,反正他也不喜欢你,你也趁机从此迷梦中抽身,不是更好吗?"

祖媞没有回答他,许久后,她问:"你为什么一定要否定掉我和他对彼此的情谊呢?"

寂子叙摇了摇头:"不是我要否定,是原本就有这个可能。"他道,"其实也有办法可以搞清楚你们对彼此的亲近依赖到底是不是只因一个咒言。我是很想知道答案的。你也不是不想搞清楚,不是吗?"

祖媞神情复杂,抿唇道:"你说说看。"

"你可以同我也立一次噬骨真言。你当初如何同他立誓,便如何同我立誓。"

祖媞惊讶抬眸:"你……"

寂子叙做出平淡模样:"不过试一试罢了。试过之后,我们彼此再废掉那咒言便是。"又道,"我是最宜同你试此事之人。"他缓声陈述理由,"我知你对我仍有抗拒之心。若抗拒着我的你在立下这咒言后,竟仍能在心中生起对我的亲近喜爱,那便说明你对三皇子的感情的确只是一个虚假无意义的幻觉,不值得珍惜,也不值得继续。反之亦然。"循循善诱地问她,"这难道不是个绝好的法子吗?"

祖媞凝眉不语。

寂子叙挑眉:"是不敢吗,阿玉? 你害怕那真言让你我生出亲近之情,你害怕求证出你和他之间的感情果然并无什么特别,是吗?"

祖媞道:"不,我没有不敢,也没有害怕。"

寂子叙定定望着她,灼灼目光看进她眼底:"那我们试试。"

莹千夏觉着很冷。这并非她的错觉。随着铜镜中那清泠女声和低沉男声的对话步步深入,莹千夏眼睁睁瞧见这小小竹舍中风雪暗起,

189

冰凌贴地而生,而竹榻上青年的神色每沉一分,房中寒意便更甚一分。莹千夏自知这是水神生怒,怒意过甚,以致神力溢出之故。莹千夏是聪明的,虽然镜中那番对话她听得不甚懂,可见连宋如此反应,也明白了他们所谈之事同连宋入情执生心魔脱不了干系。

见连宋俊美的脸绷得冰寒一片,暗沉双眸浮上阴翳,莹千夏心中急跳,知这是心魔被释出的前兆,或许镜中那对男女再说点什么,便能刺激得那心魔彻底破印而出。可她此时却被定得死死的,根本念不了咒。

她正自心慌,忽听镜中传来哐的一声,那二人对话停留在那句"我们试试"上,此后再无声息。房中一时静极。莹千夏猜测也许是对面的传声镜掉落在了地上,终止了传音。她觉得这是件好事,至少连宋不会继续被那对话扰乱心神了。莹千夏松了口气。

然那口气还未彻底松下去,却见青年森寒着一张脸,蓦地捏碎了那盘龙小镜,与此同时,一口血自他口中吐出,染红了破碎的镜面。莹千夏心下一沉,骇极。青年俊眉蹙拢,手捂住胸口,接连吐了两口血。莹千夏明白,这是心魔被释出了,青年如此模样正是在忍受着心魔噬心之痛。

莹千夏努力想要挣脱身上的禁制,好得自由为青年镇魔。可她虽于医道上拔萃,别的上头却着实不怎么样,努力了半天也未能动摇那禁制,只能眼看着化作风雪的怒意如影子般旋绕在那俊美神君的周围,而他唇畔带血,面若修罗,即便为心魔所苦,身心皆受着折磨,亦强撑着走出了竹屋。

莹千夏不知青年在想什么,又要去哪里,见他抬手召云,感到不祥,心中顿急。这一急倒让她寻机冲破了禁制。

不远处刚被召来的祥云被打散,青年滞了一下,微侧了身看来,目中的冷然令莹千夏头皮发麻。

若青年攻来,她是无还手之力的,莹千夏清楚地明白这一点,她有一瞬感到畏怯，试探着后退了一步。

不过青年并未同她纠缠，银光一闪，竟是化出了神龙本相。

下一瞬，神龙腾天，龙吟响彻桃林。

莹千夏是知晓天族这位三皇子从不轻易化形的，此时却因召云被她阻拦便化出了本相，这说明他的情绪已到了失控的边缘。莹千夏仰望天空，不由露出了惊恐的表情。

作为医者，莹千夏的直觉很灵敏，此时的连宋的确已无理智可言了。戾气充斥了他的心海，他恨不得将寂子叙碎尸万段。

他明白寂子叙想做什么。

那卑鄙的阵妖并不是真的在意祖媞对自己的情感是否来自噬骨真言，他只是想借此亦同祖媞立下誓言，建立起羁绊罢了。他说过他想要同自己公平相竞，看祖媞最后会选谁，这大概就是他所谓的公平相竞。

可他原本就不该有同自己公平竞争的机会。祖媞是他明媒正娶的妻，尽管归位后她改了想法，选择了遗忘他，可他依旧是她的丈夫。他尊重她的道心，接受了她的选择，是因他知她不会爱人。可若作为神的她也可以爱人，那她又怎能舍自己而求他人？

他已经痛苦了足够久，在没有尽头的痛苦中，唯一能慰藉他的，便是他是这世间唯一一个与她立下噬骨真言之人，他们彼此亲近，彼此依靠，虽然这份依靠和亲近与他想要的相去甚远，但仍是独一无二的。

他一退再退，卑微至此，到如今，连这份卑微的唯一，寂子叙也要抢走吗？

同寂子叙立下噬骨真言之后，她是不是也会对寂子叙毫无隔阂，也会信任他，依靠他，最后喜欢上他？

灵台前燃起熊熊烈火，杀意弥漫至眉睫。

心魔再次被释放出来，像一匹巨兽，仰着淬火的头颅，扬着踏火的四蹄，在灵府中奔腾作怪肆意破坏，像要吞噬他，又像要撕碎他。疼痛紧缚住他，令他无处可逃，他能感受到这次的痛苦更甚往昔，这说明心魔发作得更厉害了，但这一次，他没再给自己念镇灵咒去镇压心魔。召云被那妖族郡主阻拦时，他也无意纠缠，本能地便化出了神龙相。

就在神龙相化出的那刻，心魔在他灵台前磔磔怪笑，煽惑着他，也怂恿着他："是了，你早该这样，为什么要压抑自己的欲望呢，此前一退再退，你又得到了什么？她原本便该是你的，你理应拥有她。便是她不愿，那也好办。拘押她，囚禁她，哪一种不是得到她的好办法？害怕她被人夺走，那就杀掉欲夺走她的人好了，顺应心意，你才不会痛苦。"他听着这些话，竟然觉得有道理。

而当他果然不再压抑那些黑暗的掠夺欲和毁灭欲，灵府中的野兽仿佛也驯顺了一般。只是疼痛仍无处不在。

痛极易令人生怒。他猛地摆尾，龙尾掀起飓风，桃林倾倒一片。如此发泄了一番，才算好受了一些。尽管神识已滑向浑噩与偏执的深渊，他仍记得不可在此耽搁，应向西去，尽快赶回丰沮玉门。可虽化为了龙形，却因痛苦加身，行动起来也没那么肆意，游至桃林边缘时，竟被一张金符织成的大网给牵住了。正欲挣开，忽听到不远处传来凤鸣。

凤声长鸣之下，大网上的金符焕出金光，金光铺洒之处，梵音阵阵。银龙的巨瞳猛地一缩。

这一夜着实是兵荒马乱。即便受着心魔的摧折，化为神龙的三殿下也不好对付。桃林中梵咒响了一夜，临近清晨，折颜上神才将那破印的心魔压制住，重新封印了回去。太白星落下之际，神龙化为人形从半空跌落。毕方鸟赶紧飞上去接住，在折颜的吩咐下，将昏迷的三殿下送去了药庐。

累了一整夜、出了一身大汗的折颜上神连衣裳都来不及换，便召了莹千夏重新推敲连宋的病情。两人坐在药庐前，皆是一脸沉重。折颜上神敲着膝盖沉吟："他的心魔又严重了，且严重了许多。或许是压抑狠了，又一直不得抒发之故。"叹气道，"原以为由你一人念伏灵清心咒便尽可助他管好那心魔了，如此看来，倒是需再重新调整一下疗治他的法子。"

当日下午，折颜上神以追魂术入了连宋魂中，将才被他封印不久的心魔释了一半出来，又设法将那一半心魔所蕴的戾气化入了连宋的灵府，使之与连宋的灵识共生。

这法子着实大胆，折颜上神给出的理论依据是："堵不如疏，与其一味压制那心魔，让连宋的神经越绷越紧，导致一遇到点刺激就犯病，不如合理疏导。将心魔的戾气化入他的灵府，的确会影响他的性情，譬如会使他变得极端偏执，但往好处想，他的精神不会再那么脆弱，只要不遇到特别过分的事，不至于再轻易犯病，这不挺好吗？"

就算不认同，折颜都已经做了，大家也只能说好。

折颜上神见大家并不十分心服口服，哼道："本座也不想这样标新立异，可不这样也没办法啊，连宋他还有事情要做，不用这法子，他三天两头就得犯病，根本没法离开桃林去做事，只能如此了，本座这是为他好。"

商珀沉吟了一下，这回倒是真心实意点了头。

莹千夏也没什么意见了，可想起昨夜面对犯心魔的连宋时自己也没能帮上什么忙，不由问折颜："臣女之力绵薄，若三殿下再犯病也不一定帮得上忙，那臣女还需继续跟着三殿下吗？"

折颜考虑了一瞬："心魔已被释出了一半，他即便再犯病也不会是这次这种大阵仗了，伏灵清心咒还是有用的，你跟着吧。"又道，"再说还有一事也需你看着。"

听到有新差事交给自己，莹千夏打起了精神："上神请讲。"

折颜道："本座刚才是不是说过，行了这法子，连宋的性情会有所更改，醒来后会变得偏执极端，一言不合就杀人？"

莹千夏茫然："前面您说过，但您没有说过三殿下会一言不合就杀人。"

折颜没有多做解释，只道："嗯，现在你知道了，他会一言不合就杀人。"凝重地吩咐她，"他想杀人的时候你记住多拦拦。"想想又叮嘱，"不过拦不住也算了，注意一点别把自己折进去。"

莹千夏："……什么叫注意一点别把自己折进去？"

折颜解释："就是他会很暴躁，但他又很强大，你拦架不注意一点，就有可能把自己折进去啊。"长叹一声，"很危险的。"

莹千夏："……"

虽然折颜是这么说，但醒来后的连宋表现得也没有太反常，就是为人更冷淡了点，连浮于皮毛的温煦也没有了，对他们爱搭不理的。不过倒没有一言不合就杀人。

商珀有些担心，询问折颜连宋这个情况是不是再休养几日比较好。

折颜回答他心魔本质上其实是一种精神问题，这种精神问题，再休养也就那样了，又沉重道他们打扰了他这么多天确实也该走了。把三人赶了出去。

三人倒也没有留恋，出十里桃林后便立刻启程向西，一路往丰沮玉门而去。

第十四章

因平日里没有要事他们也不会以传声镜传音，故祖媞并不知连宋已毁了他的那只铜镜。

她也不知她同寂子叙的那番言谈被连宋听到了。

那日寂子叙劝她立噬骨真言，强硬地对她说"我们试试"时，她走了下神，恍惚想起了自己当初为何会同连宋立此咒誓。或许是因小祖媞天真不解世事，不知那誓言的厉害和重要，所以轻易地将一生之诺许了出去；但无可否认的是，即便那时她对连宋还有着防备，但在心底深处，对他却是一见便心喜的。她从未对别人像对他那样见之便喜爱。

她一边这么想着，一边去够桌案上的水杯，因心不在焉，不慎碰掉了原本便在案沿摇摇欲落的铜镜。她并没有注意到铜镜有什么异样。

寂子叙察觉到了她的走神，弯腰帮她拾起铜镜重新放回桌上。"不愿同我试吗？"他深深看她，"不是说没有不敢也没有害怕吗？为什么不愿同我试。"

走神了那么一小会儿，倒让她想通了好些事情，指腹摩挲着瓷杯杯壁，她回寂子叙："你其实猜错了，我并不想搞清楚我对他的喜欢是不是因噬骨真言而起，我也不在乎。当初我愿同小三郎立此誓言，是因他于我是特别的。他的特别不在于他是唯一一个同我立下了此誓的人,而在于,他是唯一一个我想与之立誓的人,你明白了吗?"

她这番话说得极是平静,却如惊雷炸响在寂子叙耳边。

他明白她的隐意,她是说她不愿同他立此誓,不是因她不敢或害怕,只是因她不想。这话对寂子叙的打击太大,他的脸色一下子变得难看,勉强道:"不过是一个誓言罢了,阿玉也不用如此认真。"

祖媞却没有含糊:"但它会在人和人之间建立起亲密的羁绊。"她抬眸静静地看着寂子叙,"我只想同小三郎建立这种羁绊。"

寂子叙好一会儿没说话。

日暮已至,院中一片昏黑。春阳原本要过来送灯,见二人间气氛不妙,便只是将灯挂在了附近。

第二日,丰沮玉门出了件大事——附近小次山上被封印了小三十万年的朱厌兽突然破出封印现世了。

朱厌乃洪荒十大凶兽之一,其凶恶程度同被父神驯服的饕餮、穷奇、混沌、梼杌也差不多了。且古语有云"朱厌出,兵燹至"——朱厌还负有"一现世,便必会引来兵祸"的邪能。

曾被太子夜华斩杀的红色天犬也负有类似邪能,不过红色天犬的邪能只能影响凡人,朱厌之能却能影响神魔。

而此番,这朱厌兽竟破印而出了,极有可能为祸四方,这事就发生在祖媞眼皮底下,她当然不能坐视不理。

况且,托朱厌破印在她面前刷了存在感的福,祖媞还想起了这凶兽有个异能十分特别,正巧可以收服了将它交给正在设计镇压阵法的东华帝君参考一下。

但同时,她也不太确定朱厌在这个时候破印是巧合还是为谁设计,遂将寂子叙和菁蓉留在了山中守护莹南星,以防有心人调虎离山,她则带着春阳天步两个姑娘以及昨日刚从姑媱赶回来的霜和前往小次山,去降这凶兽。

朱厌的洞府坐落在小次山山巅,洞门足有千尺高,可见此兽甚巨,而方圆数十里竟不见虫鱼之迹,又可见此兽甚恶。祖媞取出三炷玲珑香,将之抛给站在洞口的霜和,霜和引天火将丈高的线香点燃,又将它们掼入洞口的泥地,然后站去了洞侧。

焰灭烟起,可摹洪荒名兽气息的玲珑香散发出夔牛的气味来,那味极烈,熏得霜和倒退了一步,反是和他站在一处的春阳天步两个姑娘比较稳得住,不为所动地紧盯着洞口,等着朱厌兽寻味而来。

霜和打了个喷嚏,半捂住鼻子,嘀嘀咕咕:"这玲珑香真能有用?能将那朱厌兽引出来?"

天步跟着三殿下读了很多书,是三个人中最有文化的,闻言答他:"《洪荒异兽考》中载朱厌兽领地意识极强,兼好勇斗狠,一旦有旁的异兽踏入它的领地,它立刻便会被激怒,无论在做什么都会选择放下,先将入侵者赶出去。"

春阳听得频频点头,一边佩服天步,一边怀疑地看着霜和:"神使便是降生于洪荒,与这朱厌兽也算是同一时代了,竟不知它的习性吗?"

霜和轻哼:"那你和九重天的太子夜华还生在同一个时代呢,也不见你多了解太子夜华啊。"

春阳的确不了解太子夜华,被堵得没有话说。

三人说着闲话,忽感脚下传来鼓动,大家反应得快,立刻闭了嘴,一人往左两人向右,快速退到了洞两侧的树丛后以作隐蔽。与此同时,洞中响起了巨兽的脚步声,砰、砰、砰、砰。巨兽走得不算快,但每一步都踏得很实,搞出了摇山撼树的动静。

这是朱厌在震慑来犯者。

来犯者稍见软弱,此时就该被吓得逃之夭夭了。但洞口几人并未退缩。祖媞微一扬手,便有风来,洞口的玲珑香燃得更快,夔牛的气息也更加浓烈，就像洞外果然有一头夔牛罔顾朱厌的威慑，在更加放肆无畏地挑衅。显然朱厌也如此理解了，勃然大怒，洞中传来一声呼啸，朱厌奔跑了起来，整个山巅都在震颤，就像它是一面鼓，正被重槌敲击。

很快，形似巨猿白首红足的巨兽便出现在了洞口，它立刻发现了夔牛的气息竟是从三炷高香中传来，一愣。在它愣怔之际，一支光箭自半空射来。朱厌扬爪一拍，拍碎了那光箭，但光箭碎裂时迸出的火焰也燎秃了它的一小撮皮毛。朱厌爱美，顿感侮辱，抬头向光箭来处望去，巨瞳捕捉到轻飘飘站在云中手持巨弓的女神，才明白了究竟是谁在挑衅自己。朱厌肩背微耸，肋生骨翅，怒吼一声，向着半空的女神猛冲而去。

朱厌的速度很快，转瞬已近到祖媞身前，利爪一挥。此兽自有神力，利爪扬出的爪风带出蓝色的雷电，眼看就要落在祖媞身上，祖媞侧身欲躲，但想了想一开始还是要让朱厌有点成就感，就硬生生止住了闪避的步伐，反身举弓相迎。那雷电便打在了怀怨弓上。雷电的破坏力被神弓卸去大半，剩下的小半将祖媞逼得向后退去。

祖媞这一退退得老远，朱厌以为祖媞不敌自己，喜形于色，立刻乘胜追击。殊不知这是祖媞的调虎离山之计。当一人一兽皆远离洞口时，隐蔽在洞侧的霜和三人立刻现出身形，开始照着祖媞教他们的法子列阵以封洞门。

封住洞门，是要绝了朱厌的回头路。须知朱厌兽有个习性——极爱打洞，自己给自己挖的洞府犹如一个迷宫。若朱厌发现自己打不过祖媞，逃回洞中，那他们想要再寻到它就难如登天了，还很危险。祖媞打着活捉朱厌的主意，自不能容这种事发生，故而使计将它骗出洞，又佯败引走它，给了霜和三人列阵封洞的机会。只要朱厌回不了它那迷宫一样的老巢，那活捉它也就是时间问题了。

小次山前山，祖媞以一人之力牵制着朱厌，后山兽洞前，霜和三人也不敢懈怠。但要结一个牢固的封印并不容易，三人大汗淋漓，花了好些时间，眼看终于要收尾了，天边却突现浓云。

云潮以不可思议的速度滚压而来，顷刻染暗了一半天空，云迷雾锁中，雷鸣响彻天地。这陡生的变故令霜和与春阳措手不及，俱皱眉看向天空，面现忧虑。天步亦紧盯着那云潮，却是面无表情。雷声一阵急似一阵，伴着那震人心神的雷鸣，浓云中忽然现出了一只光华流转的龙爪，紧接着，一头巨大的银龙钻出那浓黑云层，露出了华美真形。天步松了口气："没事，不是敌人，是三殿下。"又看向霜和、春阳，提醒他们，"还差一点此印便可成了，我们得抓紧时间。"二人闻言，赶紧收回了注意力。

电闪雷鸣中，祖媞同朱厌从前山打回后山。与朱厌对招时祖媞也并非一味防守，否则就太假了，她也会寻机主动攻击，且使出的俱是刁钻招式，令朱厌不敢掉以轻心，因此即便回到了后山，朱厌也没注意到霜和三人在它的兽洞跟前忙碌结印。

半空中，朱厌张口喷出烈火，以噬人的业火攻击祖媞；而祖媞见兽洞前金印已成，眉一动，也换了手中光箭，打算来真的了。就像此前在锁妖塔中战藤妖那般，方才的数次避让间，她已用步法绘成一张七星符咒，侧身躲避那业火时，她不忘迈出最后一步。具象的金线立刻为那符咒封了边。七星金符腾地升至半空，光华耀目。

只要祖媞以怀恕弓射出一箭，她与朱厌之间的形势便可立刻逆转了。

祖媞自然是有成算的，但朱厌口中业火不熄，紧紧追击她，显得她此时却像是在被动挨欺负的模样。便在祖媞下腰躲避又一簇业火，并反手捞弓欲搭箭时，中天沉闷的雷鸣中忽传来巨龙沉啸。

龙吟声贯破长空，威势迫人，而那啸音在云层间的回声未落，一头银龙已似流光疾游而来，加入了战局。那泛着锋锐冷光的银爪狠狠扫过吐火的朱厌，炽烈暴戾的业火瞬间被冻结，朱厌被龙气震得后退数步，目中流露出恐惧。

龙这种生物认真起来猎杀他物时，从来都是凌厉可怖的。

祖媞趁银龙挥爪教训朱厌时身形一动，往后退了数步。

在挥退朱厌后，银龙转过了头，那冰冷美丽的琥珀色竖瞳乍然与她相对，祖媞的心漏跳了一拍，瞬间认出了这是谁。

小三郎。

银龙从龙角到龙鬃到龙鳞再到龙足俱为银白，不含一丝杂色，周身泛着华美的光，洁如月，却比月光更亮，润如玉，却比玉光更凉。这是一头太过美丽而又威严的神龙。祖媞震慑在这种美丽之中有些回不过神。

数丈开外，朱厌虽只与神龙交锋了一招，却在这一招之中完全认识到了对方的强大和冷酷。若对手单是这神女或单是这神龙，它是不会退却的，但此时审时度势，它没有能同时胜过两人的自信，打成平手的自信都没有。朱厌感到惧怕，憋屈地低吼了一声，转身便逃。银龙立刻调头追去。

霜和三人辛劳了半天的成果终于派上了用场。洞口金光一闪，瞬间立起一道巨屏，朱厌庞大的兽身撞上那巨屏，冲力将兽洞都带得震了几震，但那金色屏障却纹丝未动。

朱厌不可置信，回头看巨龙已追上来，只能先行迎战。朱厌擅火攻，然火攻却奈何不了水神，即便喷出的烈焰击中了银龙，银龙也无事，仍可肆意地游走在它身周。朱厌不禁骇异。见它骇异，银龙也不怎么认真攻击它了，仿佛猫捉老鼠一般，一边傲慢地逗着它玩，一边欣赏它的屈辱与愤怒。

终归是有血性的洪荒异兽，朱厌难耐屈辱，骨翅一振，竟勇武起来，一个旋飞主动靠近龙身，扬起利爪，全力一挥，欲以爪上风雷斩断龙脊。银龙反应也快,倏地一摆龙尾,龙身退后数丈,朱厌爪上那破坏力极强的雷电之力只堪堪擦过龙背的鬃毛。银龙看了一眼被那雷电之力所伤的背鬃,微微偏了头,有些意外对手居然还有两把刷子似的。

而发现雷电之力可伤这巨龙,朱厌也多少恢复了点信心,扬爪欲再战。不料巨龙突然开口,一声低沉龙啸引得天雷大动,电光闪过,三道紫雷直直向朱厌劈去,朱厌赶紧闪避。竟闪避到隐在一旁观战的春阳近前,还背对着春阳。春阳深觉这是战机,忙飞身而上,举剑从后偷袭劈刺朱厌。可春阳哪里是朱厌的对手,朱厌甚至没有躲避她的攻击。妖剑刺在朱厌背心,却根本无法穿过那铁甲般的皮毛,她自己反倒被朱厌一把拽住。眼看那一爪握下去春阳不死也得重伤,巨龙蓦地再啸,中天又是三道紫雷落下。朱厌无暇再顾春阳,霜和赶紧上前将她给捞了回来。

因插了这个变故,大概觉得速战速决更好,银龙终于一扫方才的悠游之姿,行动狠绝利落起来,趁朱厌躲避最后一道紫雷时,以迅雷不及掩耳之势近得它的身缠缚住它。朱厌扬爪挣扎,再次以雷电之力攻击,不料银龙身上竟也爆出了蓝色的雷力与朱厌挥来的雷力相抵。这一招里,一龙一猿并未被伤到,近处的兽洞门却崩塌了,洞口的封闭之印也摇摇欲坠。

也不知是不是觉得在外打斗会伤及无辜不方便,神龙顿了一瞬,不耐地一摆尾,缠住朱厌,干脆冲破那封印游进了朱厌的洞府。

一龙一猿倏忽间消失在洞口。

霜和觉得自己和春阳还是不一样,能帮得上忙,不会拖后腿,见银龙卷着巨猿消失,立即跟了上去。不料刚入洞便被汹涌的巨浪给冲了出来,才发现不知何时那深长兽洞里竟已是一片洪涛。不过那浪涛自在洞中汹涌,并无一分一厘漫出洞府。

霜和呆了一下，不信邪，待要再冲入洞中，却见金光闪过，自连宋夺走战场便退下来待在几百丈外一棵无叶树上静默观战的祖媞出现在了他身旁。祖媞抬手拦住了他："小三郎一人便行了，你我进去皆是分他的神给他添麻烦。"她道。

女神收了神弓，端立在洞口，玉手自广袖中探出，白皙指尖凝出一枚小巧的金色光印，光印甫一触到洞中水浪便立刻化作光丝。千万光丝似游蛇随水流探入洞内，祖媞闭上了眼。她释出的乃原初之光，原初之光能助她感应连宋的能量，就算是有个万一，小三郎不留神被那朱厌钻了空子遇了险，她也必定能知。

不过霜和几人无这个本事，洞中究竟如何了他们也闹不明白，只能通过脚下微微震颤的山地约莫得出一个猜测——朱厌大概是没能寻隙逃走，一龙一猿或许正在兽洞深处激烈打斗。

春阳受了点轻伤，被天步搀扶着站在几步外。她疑惑地问天步："三殿下怎么化龙形了？我听闻三殿下并不轻易化龙形，得是天地有大事了他才会以神龙相现身。区区一个朱厌兽，不值得他如此吧？"

天步凝重道："照理……确是如此。"拧眉推测，"难道……这朱厌兽竟身负什么洪荒隐秘，并不容易降服？"

一个轻柔的声音在他们身后响起："仙子多虑了。"

春阳和天步一齐回头，见本该守在丰沮玉门的寂子叙竟带了菁蓉和一个不认识的白衣女子出现在了这里，说话的正是那相貌秀雅的白衣女子。

女子见二人皆看向她，停下了脚步："折颜上神道三殿下近来常化龙形，是因他放纵了杀戮心之故。神龙相是三殿下三十二化相中最具破坏力的一相，与这杀戮心相合，故在心底蔓生出嗜杀之意时，他会本能地选择此化相。"又道，"我和商珀神君随三殿下回到丰沮玉门时，正遇到几个魔族之人前来劫南星神使，彼时解决那几个魔族时见了血，想是受了血色刺激，且又听说诸位在小次山猎朱厌，殿下的杀戮心被激起，所以便化为龙形前来了。"

天步微震："杀戮心？"

白衣女子点头。

白衣女子正是莹千夏。

莹千夏打量着天步与春阳。她认出了天步，也认出了春阳是两个多月前在千花盛典上备受欺凌的笛姬。千花盛典结束后她虽离开了九重天，但也从知鹤公主的来信中知晓了不久后笛姬在九重天上掀起的风浪。据说贪狼星君至今仍在搜捕她。

莹千夏又看了一眼身边的菁蓉和寂子叙，只觉得今日遭遇过于离奇了。她先是在丰沮玉门见到了可称为妖族活祖宗的女娲神使莹南星，彼时守在莹南星身旁的便是这二位——一人曾在千花盛典上帮笛姬出头，身份成谜；一人的声音她前几日才从三殿下的传声镜中听到过，仿佛同三殿下是情敌。好说不说，莹南星和这二位的组合已经够古怪了，可此时，她竟又在这里看到了笛姬。

莹千夏脑子转得飞快，但不及她理出头绪，前面不远处背对着他们站在巨洞前的黄衣女仙突然开口问："如何竟会生出杀戮心？小三郎是怎么了？"那声音似被空山新雨濯沐过，空灵而清润。

因才听过不久，莹千夏立刻辨识了出来，这便是那传声镜中的女子。是令三殿下入了情执的女子。

莹千夏蓦地抬头，凝目望向女子。

女仙转过了身来。

看清女子的面容，莹千夏的瞳不禁一缩。眼光挑剔如她也不得不承认，这着实是一张美得世所罕见的脸。那一霎的冲击让她愣了会儿，而后她才注意到女子的装扮——金丝花冠轻压乌发，右眉眉骨处以金色光珠作妆。这妆太特别了，她瞬间想起了女仙是谁。

她曾见过她。她便是千花盛典上被蓉蓉唤作主上、一弹指便将桫椤湖中的石亭化作齑粉、震慑住了众神女的黄衣女仙。只是那时她戴着面纱，掩住了面容。彼时知鹤还猜测她既被尊为主上，定然年纪很大了。谁又能想到，那面纱之下竟是如此清婉的少女容颜。

莹千夏也没有忽略女子方才称连宋为小三郎。寰宇之内，有资格如此称呼三殿下的人，一只手，不，半只手能数得出来。

女子手无寸铁，乍一看美丽又纤弱，可仔细观之，却能发现她内蕴着极强的气势。莹千夏一震，她有些猜到这女仙的身份了。

莹千夏压下了心中的震惊，尽量使自己不动声色，斟酌着回道："三殿下生了一场病，但也非什么大病，杀戮心……是那病的后遗症。"

女子纤细的黛眉微微凝住，没有说话。

霜和盯着莹千夏，突然道："我好像见过你，但一时想不起来在何处见过你，你是谁？"

莹千夏却记得在何处见过霜和，仍是在那千花盛典上，她微微颔首："神君或许是在两月前的千花盛典上见过我。"道，"我是妖族郡主莹千夏，亦是十里桃林的医者，奉折颜上神之命跟随三殿下和商珀神君来丰沮玉门，因一到丰沮玉门便遇上了魔族来犯，还没有同诸位见礼，"说着向祖媞霜和一礼，微微侧身也给寂子叙和菁蓉行了一礼，又看向天步，"诸位中我只识得天步仙子，不知可否请天步仙子为我引荐一二。"

她态度落落大方，令人心生好感，天步便将春阳交给了寂子叙，一一同莹千夏介绍了几人身份。当介绍到祖媞时，莹千夏眉目微动，心道果然如此，上前一拜，又补了个大礼。到此她终于明白了折颜上神为何会让她立噬骨真言。她见到的这些人，预示着接下来她将遇到的事当是不能为外人道的绝密。虽不知那会是什么绝密，但莹千夏已暗暗惊心。

几人厮见完毕，霜和突然想起了一件事，脸色顿时大变："若是如莹郡主所说,三皇子是抱着猎杀之心前来,那朱厌兽岂不是活不了了?一个死掉的朱厌兽对尊上来说不就没用了吗?"

祖媞重新将原初之光探入洞内洪流:"小三郎慧绝无双,探到那朱厌兽实力在我之下许多,他就当知晓我并非为猎杀它而来,而是要它有用了。"回霜和道,"放心好了,小三郎不会杀它的。"

霜和立刻反驳:"正常的三皇子是不会杀它,可,不是说他病了,放纵了杀戮心吗?"又问莹千夏:"你是医者,你觉得他此时面对那朱厌兽会是理智在前还是杀戮心在前?"

莹千夏一愣,她还真判断不出来。

正当此时,洞中忽传出一声长啸,是朱厌兽的声音。那长啸透出无尽的悲戚与哀肃,紧接着,他们脚下的山地平息了震颤,洞内的洪流也急速倒退回去不知归往了何处。众人面面相觑。

祖媞抬手收回了原初之光。"结束了。"她看了霜和一眼,"你虑得也有道理。"顿了顿,"小三郎应是没什么事,我进去看看。这兽洞深长,估计需耽搁些时辰,你们先回丰沮玉门,和小三郎碰头后我同他一道回。"声音虽轻缓,却是不容置疑。

这朱厌洞的确阔且深。曾经少绾叹过小次山上白玉多,七百七十里朱厌洞皆由白玉妆成,令人惊叹。然祖媞掠入洞中,却未见得一片玉石。无它,水晶般的冰凌裹覆住了整个兽洞,自然也遮掩了白玉。

迷宫似的朱厌洞洞道盘根错节千头万绪,加起来共有七百七十里,人在其间就算不迷路,走一天也不一定能将这些洞道走完。不过方才一龙一猿打斗激烈,将这迷宫毁了一半,前半段三百多里洞道皆被夷为平地。祖媞一路畅通无阻,很快便来到那一龙一猿一决生死之地,见到了倒在地上的朱厌兽。

白首红足的凶兽奄奄一息,被一根极粗的冰链锁定在地动弹不得,不过身上并无重伤。小三郎果然知她心意,祖媞想,不过他此刻却在哪里？

她将目光放在了兽洞深处未被毁坏的几十条洞道上。

顺着那条洞口残留了一线龙爪印痕的洞道向前而去，疾行了约一刻钟，祖娣来到洞道尽头，见尽头竟是一道巨渊，巨渊之上架了座冰桥，冰桥彼端连着座浮岛。

浮岛上盘着浓浓雾色，看不清岛上诸景，但祖娣已有所感。

飞身掠过冰桥，拨开雾霭，一片微蓝的冰湖出现在眼前。

那冰湖正中倚着座小冰山似乎在养伤的白衣青年不是连宋，却又是谁？

这兽洞邈远，因纳于地底不见日月，故不算很明亮。加之洞中诸物皆被有洁癖的三皇子裹了层冰凌，以致诸小景于朦胧处又增幻美，而青年静坐于冰湖中的一幕，也像是一幅画一般。

祖娣没有出声去打扰这一幅画，她凌波而行，飘落在青年身前。薄纱堆叠的裙裾迤逦而下，落入水中，鹅黄色的裙尾在湖面下摇曳浮动，似一朵华美的水中花。她没有在意被打湿的衣裙，只俯身一瞬不瞬地看着眼前的青年。

青年半身泡在冰湖中，身上的衣袍并无破损，可见没受什么严重外伤。只是……这湖中处处浮冰，瞧着应是极冷的，可祖娣立在这湖中，却觉身周之水皆是温热，这显然不同寻常。只一瞬，她便反应了过来，忙伸手去握青年的手。

肌肤相触，果是一片滚烫。她吃了一惊，低声轻唤："小三郎。"青年毫无动静，像是累极睡着了。她凝眉抬手，两指并拢欲去他眉心探他神魂，不料指腹刚点到他眉间，手腕便被握住了。

青年睁开了眼，琥珀色的瞳似一汪幽深的泉，映出她的影。

祖娣微怔："你……醒着？"一想，醒着更好，问他，"你身上很烫，是怎么回事？"话刚出口，忽觉腰间一紧。

青年修长的手臂揽住了她的腰,一收,她蓦地跌坐了下来。

他们身下是一块巨大的冰石。两人原是青年屈膝坐在那冰石上,而她站在他面前俯身看着他的姿势。这样的姿势下,她是要比他高的。可此时她却跌坐在他腿上,便成了他垂着头看她了。

"为什么会来这里?"他没有回答她的问题,反而问她。

"之前是有些担心你将那朱厌兽弄死了,但现在,"她微微蹙眉,眼中盛满了忧虑,手搭上他的肩,"是有些担心你。"素手下移,掌心紧贴住他的背,隔着一层衣衫,她竟仍感到了灼烫,可青年的脸却是羊脂玉似的白,这说明他身上的灼烫并非源于受伤引发的高热。祖媞的心无端下沉,再次问他:"为什么会这么烫,究竟是怎么回事?"

青年仍没有答她,只是深邃地看着她,琥珀色的眸里像是含着许多情绪,又像是什么都没有,最后,问她:"想帮我?"

不待她回答,揽着她腰的那只手忽地松开。而后,那只手来到了她的胸前,紧贴住了她的心口。他们之间曾有过许多亲近时刻,可过往两人之间那些似是而非的暧昧,你来我往的拉扯,皆是自然的,有度的,水到渠成的。然此刻,青年的动作却极突兀。祖媞预感到有什么事将要脱轨了,一时心如擂鼓,张了张口:"你……"

青年却像是并没有感受到掌心下那不同于常时的剧烈心跳,望着她的眼睛,淡淡:"可这里不是已刻下了给另一个人的誓言了吗,怎么还来担心我?"

这话说得半明不白,祖媞愣了一瞬,脑海里掠过一些东西,灵光一闪,她懂了:"传声镜。我和寂子叙那天说的话,你听到了?"

他对她的疑问充耳不闻,靠近了她些许,只自顾自问:"可是对他也产生了依赖感和亲近心?"他审视着她,眸底冰冷,若仔细看,能看到其中暗藏的霾影和怒意。

祖媞察觉到了青年的怒意,她飞速回想了一遍那日自己同寂子叙都说了些什么,很快想清楚了其中的误会。"你是不是……"她想要问他是不是没将她和寂子叙的话听完，结果刚说出"你是不是"四个字，便被堵住了嘴。青年吻住了她的唇，吞掉了她的未尽之言。

他真的很生气。祖娖第一反应是这个。因为那吻着实太凶了。他肆意在她口中挞伐，像是有意要让她感受到他的愤怒似的，仿佛这是一场战争，而她是他必须征服的敌人。她的唇被吮得发麻发痛，人也有些喘不过气来，本能地挣扎了一下，这动作立刻刺激到他，一阵天旋地转，她还没反应过来是怎么回事，人已被抵在了身后的冰山上。这个姿势更方便他禁锢她。他握住她两手，将它们举到她头顶，膝盖顶入她腿间，几乎是将她钉在了冰山上，继续吻着她，侵占着她。

她实在是喘息不能了，忍不住咬了他的唇，用了不会伤到他却会让他感到疼痛的力度。他终于停了下来，放开了她些许，她偏开头，克制不住地喘息，既惊且惑，又有点茫然，问他："小三郎你……"

再一次，他没让她将想问的问题问出口，唇虽移开了，却仍贴在她嘴角："不是担心我，想要帮我吗？"

她一颤，清醒了过来，略一思索，睁大了眼："这血热……你是中了迷药……或者情毒？是朱厌？"

不是迷药也不是情毒。但他会如此的确是因朱厌。杀戮心已起，屠刀已祭出，却因她需活捉朱厌而不得不收刀回鞘，强抑住杀戮欲，此欲不得满足，恶果便是灵府动荡，怒血沸腾。原本在冰池中泡几个时辰也能好，她却不知死活地踏入此地来到了他身旁。杀戮心与掠夺欲同出一源，伴生于他的灵府。就在她担忧地握住他手的那一刻，缠绕于心的杀戮欲尽数转为掠夺欲，沸腾的血热使他只想在她身上实现强占和侵夺。

若是从前的他，当然会克制，可此时他却并不觉放纵这些欲望有什么问题。她本就是他的，理应属他。或许他如此会让她害怕、厌恶……更或许，她心中已纳入了另一个人。这固然令他生气，可那又如何呢？就像这样，拘押她，囚困她，他想要得到她，便一定能得到她。

不过，她好像并不是很厌恶，也不是很害怕。

这更好。

"是朱厌吗？"她还在不知危险地追问。

他不想回她，只是继续吻她。细碎的吻落在她的唇角，她小声地吸着气，仰了仰头，避开他的唇，一副克制着想和他谈正经事的模样："小、小三郎，是不是朱厌的毒？"她的气息已不稳了，却还坚持问着，一边问着，一边却又质疑，微微蹙着眉，在他的碎吻中艰难地开口，"可朱厌有使人中情毒的本事吗？"

她的躲避令他不快，质疑的话也令他不快。他垂眸看着她，抬指故意去揉她被他吻得嫣红的唇："又不想帮我了？"目光沉冷，"因为寂子叙？因为和他立下了噬骨真言，你又去喜欢他了，所以不再将我放在首位了是吗？"说着再次吻上了她的唇，狠狠地咬了一口。

祖媞嘶了一声。反应过来青年在说什么后简直要气笑了。

青年也知咬疼了她，放开了她些许，她终于能将一直想说却被打断了好几次的话说出口："你一直都在胡说什么，我根本没有和寂子叙立噬骨真言！"

见青年愣住，她不自禁地抿了抿唇，却忘了唇上还疼着，又嘶了一声："也没有不想帮你。"她说。

话说完才后知后觉地感到赧颜，蝶羽似的睫颤了颤，她垂了眼眸，微红了双颊，忽然不敢去看青年的脸。

适才，在他第一次问她是不是想帮他时，她其实没有反应过来他是什么意思。直到他吻住她，肆意地同她纠缠，伴随着愕然与震惊，她终于搞清楚了他口中所谓"帮他"的隐意。搞清楚那隐意后，她有过一瞬的慌乱，但很快便镇定下来。她明白那慌乱并非来自不愿或抗拒，她慌乱，只是因她毫无准备。

或许因她是个没有未来的神，同连宋在一起时从来只追逐当下相处的乐趣，并没有想过有朝一日两人会如此，故而面对他突如其来的越轨，她备感惊愕，还有些不知所措。但她没有想过拒绝。不仅是为了给他解毒。

其实，就算他没有中情毒，面对他亲近的要求，她也不会拒绝，因喜欢一个人便会生出占有欲，所谓的占有欲，亦包括占有对方的身体。她对他是有占有欲的，她一直都知道，只是此前没有深想过。而此时想到这里，除了无可避免的紧张和羞赧外，她竟也对这件事生出了一丝隐秘的、不能宣之于口的好奇。

青年一直没有说话。

她等了片刻，终于忍不住开口问他："怎么不说话？"声音很低，很轻，脸更红了，不是很认真地挣了挣，"先放开我吧，手有点疼。"

青年如她所愿放开了她，突然问："为什么没有和他立下真言？"

她知他是在问她为什么没有和寂子叙立下噬骨真言。哪里有那么多为什么，归根结底不过是她不愿。两人靠得极近，他的手握着她的腰，掌心的热度很是烫人。

她中过情毒，知他此刻必定难熬。这一次是她答非所问："很难受吗，小三郎？"她抿了抿唇，忽然抬手圈住他的脖子，红唇擦过他光洁的下颔，印下了一个似有若无的轻吻。

便在这一吻落下时，青年的手忽然用力按住了她的腰。再一次，他将她抵在了冰山上，虽不似先前那样凶狠，但力度仍很大。白奇楠香变得馥郁，笼在这冰山一角。青年又吻了上来，气息滚烫，唇舌亦滚烫。

这一次，没了疑虑和担忧，她沉浸在他的抚触和炽热的吻中，身体的感触全回来了。她闭着眼，在他身下不自禁地轻颤。

当她终于忍不住轻哼出声时，青年的吻慢了下来，唇移到了她的锁骨处，在那一处轻啃噬咬，"为什么没有？"一边咬吻着，一边还在问她。

她感到难受。身体里滋生出奇怪的感觉，就像是有一泓水、一缕风，自他吻落之处潜入她体中，风拂过四体，水流入百骸，牵动神经，麻痹筋骨，带给她酥麻和痒。灵台像是捣了糨糊，不知今夕何夕，只是真实地感受到了他的触碰和他的吻。

"告诉我为什么没有？"诱哄似的，他的手抚上了她的肩头，顺利剥开了她的纱衣，吻向下移去。

她受惊地喘了一声，紧攥住他肩背的衣料，但没有推拒，只是用力揉皱了。"因为，"她闭上了眼，还是说出了那个答案，"因为我……不想。"

青年停住了动作，手按着她的腰，抬起了头，他看了她一会儿，忽然倾身，又吻住了她的唇。"不想最好。就算想，我也不许。"在碎吻的间隙，他低语着回她。

什么叫"就算想，我也不许"。这一语入耳，祖媞倏然于恍惚中抓住了一线清明。就算她不擅七情，到此时也不得不怀疑一件事——"你是在……吃醋？你喜欢我？"她纠缠着他的呼吸问出这句话，自觉心惊，因此声音轻得似丝弦上的余音。然后，她感到青年的呼吸滞住了。

两人面贴着面，她睁开眼，想看他的眼睛。却在此时忽感唇上一刺，他竟咬了她。又咬了她。

这一次他咬在她上唇，其实不疼，只是她肌肤娇嫩，必然又要留印。这着实可恼。但轻恼之余，她又觉他这举动可爱。不可爱吗？这威严的银龙此刻竟像是一只有小脾气的狸奴，被猜中心事便要扬起爪子挠人，也不是想将人挠疼，只是为宣示他的不豫。很可爱了。

"你喜欢我。"她小声地吸着气，手抵在青年胸前，微微推开了他。那些因害怕失望而不愿探究的他对她的情意，那些因觉似是而非而不敢确认的他对她的情意，此刻如此清晰地呈现在她面前，叫她也敢于笃定，"不是游戏人间逢场作戏，不是对谁都如此，是只喜欢我，只有我是特别的，是只想将我拽入红尘，是不是？"

青年没有否认，看着她，眸光闪了闪："觉得讨厌吗？"

他没有否认。

那便是真的。

祖媞深吸了一口气，脑中一片空白。"怎么会讨厌呢？"她轻喃。因那场注定会到来的大劫，她一直觉着两人能保持现状便很好了，从未想过要将这份难卜前路的心意宣之于口，因此也并不期待从他那里得到一句切实的回应。可此刻，他竟毫不掩饰地向她表明心意，这简直就像是一场梦，最好的幻梦。只是，他为何要问她是否讨厌？怎么会讨厌呢。

千般思绪涌上心间。"我这样，像是讨厌的样子吗？明明是也喜欢小三郎的样子吧？"她轻声答。是含着笑说出这句话的，然话刚出口眼尾便红了，原本清润的嗓音也染了一点哑。

青年静了一下，眸色变得很深，修长的指抚上她的眼尾："也喜欢我？"那指下滑，又抚上她的唇，停顿了许久，突然问，"是因为噬骨真言吗？"

当然不是。

"不是。"她捉住他的手，不让那纤长的指在她唇上继续作乱，微微闭上眼，将脸颊贴在了他的掌心，她坚定地否认，"当然不是。"顿了一瞬，有些迟疑，"不过……你呢？你是因为噬骨真言才喜欢我吗？"

青年沉静地看着她，手指微动，摩挲着她的颊："我不是。"停了一下，却又道，"但你是。"

她不解地仰头，微微蹙眉："什么叫但我是，你是不信我吗小三郎？"

他没有回答。

三万年前，她选择坚守无欲的道心，视他给予的爱为业障，无情抛弃了他，三万年后，她却又说喜欢他，这不是因真言之故又是因什么呢？

当不再克制心底的暴戾和欲望，他才发现，三万年前她给他的痛其实比他想象的更加深刻绵长，成了他无法迈过的坎，无力消遏的业。他根本就做不到成全她的道心放弃她，非要他如此，他一定会疯。所以，他果然疯了，如今竟想着即便囚禁她，也要得到她。

可她竟说喜欢他。他并不介意她因噬骨真言而喜欢他，因到了这一步，他甚至已做好了她会厌恶他的准备。但她竟喜欢了他，这不是很好吗？她喜欢了他，那他便无需再用囚占的方式去拥有她了。不过，这还不够，远远不够，或许他还需……

祖媞握了握他的手腕，重复了一遍方才没有被他回答的问题："你是不相信我吗？我……"可话还没说完便被他打断了："再同我立一个誓言吧，阿玉。"

祖媞一怔，看向他，眸中透出迷茫，仿佛不知话题为何就进展到了这一步："什么誓言？"

"发誓你绝不会再同他人立噬骨真言。"他定定看着她，"我也会如此立誓。"

若同她立下噬骨真言便能让她喜欢上，那他唯一需要做的，便是保证她绝不会再和他人立下此誓。他不挑剔，也不深思这喜欢是否来得不够纯粹，只要他是她的唯一，那便够了。

祖媞眨了眨眼，有些不解，但此时她心中充满柔情，只觉可将世间一切都捧给她的小三郎，何况他只是想再问自己要一个噬骨真言。

"可以啊。"她离开他，拢了拢衣衫，素手微扬，即刻便召出了作为见证的三昧圣火。她缓声向上苍宣布誓言，言说自己一生将只与一人结誓，在她立誓之时，青年暗沉的眸微微亮了亮，亦随她向圣火起誓。

盟誓很快结束，金色的火焰化为赤红的花，在两人的手背上留下了相同的血色的印。

在印记消失的前一瞬，祖媞忽然握住了连宋的手，轻轻吻了吻那印痕。一吻后抬头，迎上了青年专注的、深沉的，而又灼烈的目光。她忍不住又去啄吻了一下他的下颌，手攀上他的肩，再次圈住了他的脖子。

他凝眸看她，在她不好意思轻抿唇角时覆了上来，重新将她抵在了冰山上。他垂下头，这一次两人极自然地接吻，慢慢地，他的动作又凶了起来，滚烫的唇沿着下颌线一路移到她的脖颈、锁骨，手也随之抚上，剥开了她刚拢好不久的衣裙。

她没有阻止，只是轻颤着抱住了他的肩背。

莹千夏寻到这浮岛上来时，连宋正在为祖媞穿衣。莹千夏并没有弄出什么动静，但她刚落到湖岸旁三殿下便发现了她。在她匆匆朝湖心瞥去时，三殿下弹指以水幕围出一片屏障拦住了她的视线。虽然三殿下拦得很快，但那匆匆一瞥的风景却已烙印在莹千夏眼底。

冰湖中，端然难以接近的光神背对湖岸靠坐在三殿下怀里，乌发拢于身后，微微露出了一点雪色的肩，而三殿下扶着那削肩，正将滑下的薄衣拉上来为她重新覆上。这便是莹千夏匆匆一瞥间瞧见的风景。

那一幕美极，冰洁中透着旖旎。

其实光看那一幕，倒也不能断定他们是发生过什么了。不过莹千夏是医者，她知他们必定是发生过什么了。

真刺激，理论上是很懂但实际上从没有见过此等场面的莹千夏忍不住在心底暗暗想。

她是担心连宋和祖媞才悄悄寻了来，不过此时却觉自己有点白操心。

抬手冰了冰脸颊，莹千夏提起裙子，蹑手蹑脚地扶着桥索离去。

第十五章

九连镇是个寻常小镇，位于三千大千世界中的某处寻常凡世。

镇子尽头有座不打眼的二进小院，小院深闺里，一个青衣女子正揽镜梳妆。女子身段玲珑，仅看背影便可辨出是位佳人。但自镜中却瞧不见女子容颜，因她脸上覆了张精美的错彩镂金面具。那面具将女子的眉眼脸容皆挡住了，只露出樱唇一点，和一小片莹洁的下颔。

这女子正是虞诗鸯。

在她身后伺候的灰衣侍女是虞诗鸯用自北陆带出的妖毒收服的凡妖，已跟了她几千年，极是忠心。侍女一边为她挽发一边低声进言："传言说是因北朝皇帝萧镲问道之心切切，感动了上苍，故上天派了商珀神君下界为众生传经度厄。可仙界正追杀主上，主上带属下们才躲来此凡世没多久，神君便也来这里讲经了，却仿佛有些巧合，这事……是否有诈？"

虞诗鸯看着镜中的自己，素手抚上脸上的面具，轻道："阿英被他们带走了，养灵袋也落入了他们手中。我为何会杀那些凡人，他们一定可以查到。"顿了顿，"这些事既已为仙界察觉，想来那诛神阵也很难再完成了。完成不了那阵，一旦女娲苏醒，灵珠自会回女娲处，届时迎接我的，便是死路。"话到此处，突然低声一笑，笑中隐含偏执，"大师兄自登仙后从未出过九重天，这还是他第一次下界。我呢，说不定此生也只能再见他这么一次了，便是有诈，我又怎能错过呢？"

侍女欲言又止："可这……太冒险了。"

冒险吗？自然是冒险的。但她能逆天改命，一路走到如今，靠的，不正是她敢于冒险吗？若她不是这样的人，早在三万四千年前，她便寿尽而死一抔黄土葬枯骸了，又怎能手握土灵珠和女娲真血，以凡人之躯跳脱于五行之外？

一个不应存在于世的不伦产物，生来便为父母厌憎，一无所有地长大，生命中的一切，皆是通过冒险得来，因此她习惯冒险，也喜欢冒险。

小时候冒险，是为了在父亲的打骂和母亲的漠视下生存下去，那时候也不敢冒什么大险，犯险所得的，都是些不重要的小物。

她此生第一次冒泼天之险，是在十八岁那年。

十八岁那年，有一晚，她意外偷听到了母亲和仆婢的谈话，得知了自己的身世。她原来并非父亲的亲生骨肉，而是母亲被门主欺凌后生下的孽种。她终于明白了自己为何从小被这对夫妻虐待，原是这样。

但她却忍不住更恨。父亲软弱，不敢对抗门主，心中有恨，便虐打她一个孩子；母亲虚伪，口中说着恨门主，却依然好端端待在长右门中，享受着门主予她的特殊照顾。可她何其无辜。她得为自己的恨寻找一个出口。

于是不久后的一夜，她在府中的井水里投下了可令人昏睡之毒，而后，待三更时分所有人都陷入熟睡之际，她一把火烧掉了整个虞府。父亲和母亲皆死在了这场大火中，而她，则解脱了。没有人怀疑她。

这泼天之险冒得很值，因它结出了一个极不错的果——父亲那关系不太好的大哥闻讯从主峰赶来这偏远之峰接走了她。大伯是门中长老，地位很高，府中也简单，只有他和堂姐两个主子。大伯待她很和蔼，堂姐也不刁蛮，性子亲切，极好相处，她的日子好过了许多。因此，有很长一段时间，她没有再冒过险。

她再一次冒大险，已是在四百一十九年后。

而这一次，她杀死了她的堂姐虞风铃。

那是商珀失踪的第二年。

她堂姐爱慕商珀，宗门皆知，商珀渡劫失败，宗门寻了他三个月也未寻到踪迹。所有人都以为商珀已死于雷劫灰飞烟灭了，唯她堂姐不信，荒废修炼，日日找寻。便是在第二年，竟真让她堂姐寻到了商珀。但她堂姐不曾告诉宗门。她也是发现她堂姐那些日情绪不太对，趁她醉酒巧言逼问，才知此事。

她堂姐说，前些日她寻得了有关大师兄可能在西荒的线索，便匆匆赶去了西荒，不料半道为一头妖兽伏击，危急之间，一位女子搭救了她。待她醒来，竟发现自己身在一处仙山中，且在彼处，她还见到了大师兄。但大师兄失去了记忆，已不再记得她，且大师兄还和救她的女子成了亲。那女子乃上界之仙，腹中已有了大师兄的骨肉。

商珀自幼修无情道，素来无心，谁能想到有一天他也会对女子动情。可商珀有了心，懂了情，却与他人成了亲。她想，也不怪堂姐会伤心。

从堂姐口中撬出此事后，堂姐再要出远门，她便悄悄跟着。然后她发现，堂姐每次出远门，竟都是去西荒的一座仙山。她知大师兄和他的仙界妻子便在那仙山中。

山前有阵，当堂姐在山下徘徊时，会有素衣仙子前来接引，领堂姐进去。但她是进不去的，所以她偷偷藏在山下，一边等堂姐，一边也是想撞运气，看能不能偶遇大师兄和他那身为上界之仙的妻。

但大师兄和他的仙界妻子却不怎么出山。只偶尔有侍女打扮的仙子下山办事。

有一天，她听到两个素衣侍女议论她堂姐。

两个侍女一长一幼，山道之上并肩而行。年幼的侍女不高兴道："神使大人难道没有注意到那凡人小姐偶尔看商剑君的眼神吗，为何还一次次允她入咱们丰沮玉门呢？"

年长的侍女慈和答："商剑君在历雷劫后将过去忘了个干净，神使大人也希望他能忆起过去，常有故人来访，说不定能助商剑君恢复记忆。再且，你近日不是在研习相面学吗，怎不知虞小姐耳白唇红，眉清目润，乃是有德之人？"轻叹，"人有七情，喜欢一个人不是错，便是虞小姐对商剑君有情，只要她无背德之心，无背德之行，便值得你我以礼相待。你往后不可再说这样的话，也不可对虞小姐不敬。"

年幼的侍女受教地垂头，想了想，道："这倒也是，每次她离开，神使大人总有宝物相赠，但她一物也未取，的确是个清正守持的凡人小姐。"

侍女们一番话入她耳中，她心神巨震。她堂姐竟是这丰沮玉门的座上宾，还常得仙人宝物相赠。

半血凡人们居住的北陆虽也是北荒的一部分，然玄冥上神掌御之下，神魔妖鬼四族鲜少踏足此地。他们这些凡人极少见到神仙，对仙界之事也知之甚少。不过即便如此，一座仙山能拥有多少财富她也可以想象。她堂姐明明得了机缘，却不善加利用，简直浪费气运。

便是在那时，她坚定了对她堂姐的杀心。

她堂姐待她全不设防，于是在回程的路上，她以邪术夺了她堂姐的魂。魂魄被她扼住时，她堂姐震惊极了，不可置信地问她为什么，说"我自问一直待你很好，是个好姐姐"。她毫不犹豫地吞了她，连回答都吝于给她。能问出这样的问题不是很蠢吗？她堂姐一个千金养成的无忧无虑的娇小姐，怎能明白她一个孤女的艰辛？寄居在大伯家中，他们父女俩看似待她不错，可她依旧是个外人。不打紧的灵材灵宝大伯会施舍她些许，可要紧的修行秘宝她是沾也不要想沾的。

她早知大伯从前因探一个秘境受了妖物暗算，此生无法再育子嗣，堂姐是大伯唯一血脉，若堂姐没了，那她便是虞家仅存的后继之人。大伯无视她修行的好天资，不给她向上爬的机会，她便自己寻找机会。

因此她杀了她堂姐，并生吞了堂姐的魂魄。

她极擅伪装，过去也曾有相面之士为她相过面，道她眉目低垂，地阁窄小，是个柔弱到甚至软弱的面相。不过，她不确定她的伪装能否骗过仙人们。故而她吞食了堂姐的魂，再施以术法，利用那魂魄的清正之气，从根本上改变了自己的面相气质——这将助她承继堂姐的机缘，踏入那仙山的山门。

她堂姐就这样死去了。

没有人怀疑堂姐之死与她有关。

大伯悲痛了月余。

最终，为了虞氏血脉不断，大伯将她过继到了膝下。她拥有了高贵的身份，成了长右门虞氏唯一金尊玉贵的大小姐，从此华服美饰用之不尽，天材灵宝取之不竭。不过，她也没有忘记前往丰沮玉门，去承继堂姐在仙山的机缘。

丰沮玉门山前，她拿堂姐常佩的玉佩叩开了山门，向侍者陈情，说堂姐不幸，遇妖袭而亡，死前告知了她大师兄还活在这世上，托她每个月代她来一趟丰沮玉门看望大师兄。侍者观她面相，不疑有他，立刻前去通禀了莹南星，不久，她便被迎进了山中。

她终于踏入了这座名为丰沮玉门的仙山，在山中见到了大师兄商珀剑君。因修无情道而冷心冷情的大师兄在失去记忆后居然不再拒人千里，见到她竟会主动同她打招呼，令她吃了一惊。可更令她吃惊的却是她自己——她竟会在商珀看向她、叫出她名字的一刹那心跳不已，就像她多么渴望他的眼能看到她，他的口能呼出她名字似的。她从前对这位出类拔萃的大师兄是有几分仰慕，但远不到会对他脸红心跳的地步，这太奇怪了。

他们站在一座花园前。玄衣剑君立在几步外，说着对她堂姐的死感到遗憾的话，又略带担忧地劝她节哀，她却只能听到自己咚咚咚咚毫无章法的急剧心跳声。

大约是注意到了她的魂不守舍，商珀犹豫地唤了她一声："师妹？"

她怔怔回过神，正要回应，忽闻身后传来吱呀一声。

她注意到商珀的目光蓦然柔软，越过她向她身后看去。

她亦往后看去。花园的篱笆门被一只素手推开，一位白衣女子出现在门旁。女子仙姿玉貌，银发雪衣，怀里抱着一束粉白的慈姑花，从模样到气度，都非凡人可比。她心知这便是商珀之妻，内心微震。

女子一手抱花，一手提裙，徐步向他们行来。"你便是风铃的妹妹诗鸳吗？"女子主动招呼她。不愧是仙，连声音都好听得似花间婉转的莺语，"你姐姐的死让人难过，但凡人的灵魂不灭，你姐姐清正善良，来世定会投一个好胎。"她如此劝慰她，顿了顿，又轻声道，"风铃之前在这里种过一片换锦，如今那片换锦已开花了，你想去瞧瞧吗？"商珀在女子同她说话时牵住了女子的手，目光停落在女子身上，很温柔。

她看了二人一眼，佯作伤感，恰到好处地红着眼圈同女子点了点头。

若没有踏进这座仙山，她或许会对自己现在拥有的一切感到满足，觉得做修仙大宗的大小姐已很好了。但她踏入了这座仙山，看到了莹南星的生活。莹南星，她拥有那样灼目的美貌，那样淑雅的性情，她占据着那样多的灵材灵宝，还被女娲赐福了永恒无终的寿命……与莹南星相比，她堂姐的人生又算得了什么？她犯下泼天之险得到的人生又算得了什么呢？

人，一旦成功走了一次捷径，便会在心中养出妖魔。她虽大胆，但从前也未大胆到这样的程度，敢去觊觎一位仙者的人生。可一想到自己那般轻松便窃得了堂姐的人生，获得了现在的一切，她便无法压抑住心中的恶念与妄想。

没有挣扎多久，她便决定了，她要莹南星的所有。当然，她也明白，那绝不容易，比盗取她堂姐的人生难一百倍，一千倍。但她自认自己吃得了苦，也下得了狠心。她相信她可以做到。

定下这个目标后，她便利用做客丰沮玉门的机会，有意识地搜集丰沮玉门的情报。

半年时间，她便摸清了丰沮玉门的情况，探知到山中最大的珍宝乃是一颗灵珠，那灵珠能助人成仙，使人长生；亦探知到原来山中这些侍从并非仙者，乃是妖，侍从们法力也一般，整座仙山，法力深不可测需忌惮者唯莹南星。她还探知到莹南星已有了身孕，不过妖怀胎与凡人不同，怀满十八月方会产子，也就是说，两个多月后的月夜，莹南星将临盆。

得知了这些信息，一条毒计在她心中生成。回到长右门后，她亲去求见了门主。

那之后，时隔一个半月，她再次来到了丰沮玉门。

见到莹南星后，她故作忧急之态，引来了莹南星垂问。她含着泪告诉莹南星，自己半年前不小心说漏了嘴，叫他们的师尊知晓了商珀还活着。"上个月，师尊渡劫失败，受了重伤，延挨至今，已呈油尽灯枯之态。三日前，师尊将我召至榻前，说想在临终前见大师兄一面。"她边说边抹泪，言辞切切向莹南星，"这是师尊的弥留之愿，我们做弟子的，又怎能让师尊抱憾而去呢，故虽知南星姐姐你临盆在即，亦离不得大师兄，我还是觍颜向你一求，南星姐姐，求你让我带大师兄回去见师尊最后一面！"说着便要伏地叩首。

莹南星扶起了她，允了她的所求。

她利用莹南星的单纯和仁善轻易骗过了莹南星，带走了商珀。

而后，商珀便没能再回丰沮玉门。

失去过往记忆的商珀，心计和能力都大不如前，甫回到长右门便被长老们制住。门主用了长眠草使他沉睡，并将沉睡的他锁进了囚禁恶徒的高塔中。

接着，在莹南星临盆的月夜，一个长右门弟子假扮作商珀，跟着她一路心焦如焚状向丰沮玉门赶去。他们的背后悄悄跟了门主、十七位长老和数百名全副武装的长右门精锐修士。

南星正在生产，众妖都很紧张，瞧见她同商珀归来，赶紧打开护山阵的一条缝隙迎他们进入。他们匆匆迈进山门，在妖侍欲关掉护山大阵时突然暴起，一剑斩下了两妖之头。护山阵失守，长右门数百修士攻了进去。

那一夜，战事惨烈。他们在沧岚顶寻到了莹南星。莹南星极为决绝，为了护山，竟选择拖着产后的虚弱之体与他们同归于尽。数百门人有去无回，连门主都死在了那场战事里。

门主至死不知她是他的女儿，也不知她怂恿他领门人来攻丰沮玉门亦是对他的算计。她想让他死。

门主虽死，但她和大伯逃了出来。他们还拿到了土灵珠。是门主死前从莹南星腹中取得。莹南星还是厉害，死前辨出了她带回的商珀乃是个冒牌货，她没能成功离间莹南星与商珀的感情。且莹南星将她刚诞下的那孩子藏得极好，她也没能找到那个在她看来根本不该存在的孩子。

不过也无所谓，她想，只要她最后能得到土灵珠和商珀就行了。

是了，除了土灵珠外，她还想得到商珀。她曾仔细复盘过她是从什么时候开始对商珀产生觊夺之心的，最后发现是在吞下虞风铃的魂魄后。或许，随着虞风铃的魂魄融入她魂中，虞风铃对商珀的赤诚深情便也似一剂毒药弥散在了她的灵魂深处。虞风铃懦弱，又有些没必要的良善，此情在虞风铃魂中注定被压抑被约束，可她却不是那等会委屈压抑自己的人，故而当此情在她魂中生根，催发出的便一定会是"觊夺"的果。

可她见过太多因困于私情而走向败局的人生，自觉情之一物一无是处，只会成为阻碍她上行的枷锁，所以一开始，她对魂体中涌露的对商珀的情思是完全抗拒的，甚至讽刺地想，或许让她对商珀生情，便是她那无能的堂姐对她的最大报复吧。

但这报复又确实是有效的。

她试过抵抗，然对于她这样并不懂得克制的人来说，违背灵魂之欲的痛苦是可怕且令人难以承受的。她向来是个识时务的人，所以她很快选择了放弃，还给自己找到了一个极好的她需得放弃抵抗的理由——她原本就是想要莹南星的所有，夺取商珀同她的目标从来就不冲突，况且莹南星那样珍视商珀，几乎将他看得和土灵珠同等重要，拥有商珀，不才算是真正拥有了莹南星的一切吗？

而经历了丰沮玉门这血流成河、白骨露野的一夜，土灵珠已到了他们虞家手中，接下来她需要用心去设计夺占的，便只有商珀了。

长右门中原有二十一位长老。当初门主采纳她的献计后，曾与诸位长老商议攻取丰沮玉门之事。此事遭到了四位长老的反对。门主斥那四位长老妇人之仁，将他们锁入了高塔的顶层，之后，便领了另外十七位赞成此事的长老雄心勃勃前去夺宝。这十七位长老中，包括她的大伯。

所以说，她大伯也不过是个伪君子，平日里满口仁义道德，大利当先时，又哪管什么仁义，什么道德。

那一夜后，只有三位长老存活了下来。

门中伤亡如此惨重，一大要务便是选出新的门主。在选出新门主前，灵珠先由她大伯虞长老保管。

她想得到商珀，她大伯一直知道。因夺得灵珠她出了大力，故她很容易便从大伯那里借得了灵珠。而后她打开高塔，以灵珠之力删抹掉了商珀关于莹南星的记忆。怕删得不彻底，她还用灵珠磨断了商珀的情根，以确保他心中再无半点莹南星的影子。她用了很长的时间去磨断商珀的情根，待情根彻底磨断后，她给商珀喂下了长眠草的解药。

很快，商珀醒来了。

她多聪明啊，见磨断情根前尘尽忘的商珀眉目间重聚冷霜，竟像是又回到了从前无情道未破时那般淡漠冷峻，深知趁此时向他倾诉情意反会惹他不喜，她立刻改变了计划，将原本准备好要说给商珀听的故事极巧妙地动了一笔。

在这个新故事里，商珀渡劫失败后流落西荒，命悬一线时，是她这个师妹将他救回了宗门。他伤势过重，一直没能醒来，在他昏睡养伤之际，宗门被仇家寻仇，一夜血战，门主身死，长老团也不剩几人，弟子更是死伤无数，万年大宗竟一夕凋零。

她红着眼看向商珀："我知大师兄有恩必报，师妹今有一事，欲求大师兄。"她假作一心为长右门、为她大伯的大业，"门主之位如今空悬，几位长老皆有一争之心，韦慈长老呼声最高。但相信大师兄亦知，韦慈长老宽仁有余，威焰不足，而'义不养财，慈不掌兵'，宗门遭此大难，能重振宗门者必得是有威焰有魄力之人。恕我对几位长老不敬，我认为除我父与大师兄您，几位长老皆无此威势也无此魄力。但大师兄一心修道，想是不愿理这俗务，那便唯有我父适合执掌山门了。可我父不及韦慈长老声望重，故我希望借大师兄威望一用。"话落跪地，她继续，"我知这话很没脸，但此时我也顾不得了。"她望商珀一眼，深深拜在他榻前，"大师兄若要还恩，我希望大师兄娶我，与我生下承嗣子，助父亲登上门主之位，以还此恩。"

当然，一切都是谎言。她大伯取门主之位根本不似她所说那般艰难。如今门里门外已由她大伯一手把控，另外两位存活下来的长老皆重伤在床，全然不是她大伯的对手。她撒下此谎，只因若她说喜欢商珀，欲嫁与他，这在商珀看来，便是在向他强求姻缘和牵绊，即便因救命之恩压着，他不好拒绝，她也会为他所恶。但她如此说，便不是在向他求姻缘了，不过在向他求一桩交易，他反而不会多想，也不会厌恶她。

她之所行，乃明晃晃的挟恩以求报，但她将姿态做得极坦荡，极磊落。她知她如此作态，反而不会被修无情道的清正淡漠的大师兄讨厌。

她抬头看商珀。果然，商珀眼中一派平静，并无烦憎之色。

修仙之人不欠人因果。商珀答应了她。

她借垂首拜谢商珀之机，掩住了唇角志得意满的笑容。

她想得很好，觉商珀既答应了娶她，同她诞育承嗣子，那未来两人便必会有亲近之机。而待孩子诞下，两人之间还会有共同的牵绊，她会成为商珀最特别的人。届时她再使些润物细无声的手段，不怕商珀不对她动心，她最终一定能得到一个身心皆属于她的完完整整的商珀。

自她杀了堂姐，承了堂姐的机缘，占了堂姐的地位，人生便一帆风顺，任她想谋算什么，皆是手到擒来。如此经历使她极为自负，根本不觉得对商珀的盘算会出什么问题。

然成亲那夜，她坐在喜床上左等右等，却并未等来商珀。

也并未等来她想象中的洞房花烛夜。

近黎明时，她在宗门的闭关圣地寒冰洞中寻到了商珀。青年一身玄色道袍，闭目趺坐于冰湖中心的巨石，正自静修。她涉水来到湖心，压抑住恼怒，做出惹人怜的姿态，素手轻搭商珀右臂，委屈相问："今夜是我们的洞房夜，大师兄为何却在此处？"轻咬红唇，眸中浮出泪光，颤声，"师兄答应了要给我一个承嗣子，是……不作数了吗？"

商珀睁开了眼睛,仍是一贯的平静:"师妹来得正好。"他微微抬手,自储物锦囊中取出一物来,那物呈长条状,被一匹素缎裹住。他将那物放到她面前:"这是我的一段骨。"在她不解的目光中淡声解释,"取我一段骨和师妹一碗血,以大阵祭冥主,便能得到师妹想要的承嗣子。师妹将此骨带给虞长老吧,他知该如何做。"

平淡的几句话犹如当头一棒挥来,她脑中一嗡,万万没想到商珀竟会有这样的安排。他既不打算亲近她,那她的筹谋还有何用?

"可……"她心慌意乱,想说点什么,但青年已闭上了眼:"师妹之恩,我已还了,红尘因果已了,巳中吉时到,我便要开始闭死关以期飞升,师妹可以离开了。"

她千算万算,却未曾算到这样的变数。然正如商珀所言,在他看来,他的红尘因果已了,如今凡尘中已再无他挂念的人或物了。她拦不住他,恼得要死,却无计可施,只得眼睁睁看着商珀在天明之时封了寒冰洞门,闭了死关。

之后不久,虞英出生了。

三百年后,商珀出关,在出关当日成功飞升,飞升之时,未看她和虞英一眼。

又一百年,她大伯依靠灵珠修行,也迎来了飞升大劫。但就算身怀灵珠,她大伯亦未渡过那劫,被天雷劈得半死。她知有灵珠在,她大伯便不会死。说起来,她已经许多年不曾碰过灵珠了。她大伯对她是还可以,门中宝物任她取用,但不包括土灵珠这件至宝。她又怎甘心灵珠为大伯独占,因此,在她大伯飞升失败身受重伤之际,趁着侍疾之机,她神不知鬼不觉地杀掉了她大伯。

大伯死后,她顺利占有了灵珠,继承了门主之位,开始一心一意修行。

如此辛苦修行，一为登仙，二为商珀。

她一直未能将商珀放下。

她个性偏执，想要的东西，无论如何她都是要弄到手的。可费了那么大力，用了那么多心思，她却一直未能真正得到过商珀，这让她如何能甘心。

或许，她对商珀的情思最初是生发于被她吞入的虞风铃的魂，是虞风铃的情意一寸寸抚过她的魂体，在她的心间点燃了一粒火种，但如今四百多年过去，火势燎原，欢愉也好痛苦也好，放纵也好忍耐也好，都是她自己在这片烈火中的体验，却是同虞风铃无关的。这已是独属于她的情，如果它能被称为情的话。

或许她这样的人，一旦对人生情，那情最后也只能走向这样的偏执。不过她也无所谓这是不是一种偏执。她只知她必须要得到商珀，因唯有如此，才能消解她灵魂深处一直未能被满足的疼痛和空虚。并且，为了得到他，她已经走到这一步了，便更不能放弃这执念，否则岂不是前功尽弃？

凭倚灵珠修行的确可一日千里，五百年后，她便迎来了飞升劫。但不幸的是，与她大伯一样，她并未渡过那劫。直至她的儿子虞英成功飞升，她方知飞升劫的最后三道雷竟是功德天雷，凡人欲登仙，还需通过功德天雷的考量，而似她这般弑父弑亲双手沾满血污之人，是根本不可能飞升成仙的。

得知这个消息，她如遭雷击，第一次对自己选择的这条不择手段之路产生了怀疑，但她很快压制住了这种怀疑，因否定这条路便是否定她自己。她不可能否定自己。她一遍又一遍地告诉自己，上天让她一路走到如今，做成功了这样多的大事，必是有意义的，即便不能成仙，她亦是上天选定的特别之人。试看这天下，能以卑微之身攀至她如今所在高位的能有几人？除她之外，别无他人了。

她重振了信心。

后来,她在凡世遇到了温宓。自温宓处听闻女娲灵珠可诛灭女娲的传说时,她的血沸腾了,一个大胆的想法掠过脑海,她想她明白了她为何能自莹南星手中取得灵珠,也明白了自己存世的意义。她又岂需靠天劫考核成仙?诛灭女娲,取而代之,方是她应做的大事!届时,高贵的神位,无尽的寿命,还有那已飞升为九天之仙的商珀神君,都将是她的囊中之物。

她再一次踏上了冒险之途。

这一次,她杀了一百四十七个凡人。

眼看曙光已近在眼前,不想一着不慎,竟走入了绝境。

正如方才她同身旁侍女所说那般,她在凡世所做之事已为仙界察觉,那诛神阵很难再完成了,而完成不了那阵,一旦女娲苏醒,灵珠自会回女娲处,届时迎接她的,便将是死路。

不过,这也不是她第一次走到类似绝境的境地了。

说不定,这一次依然可以绝处逢生呢?

只要她敢冒险。

她握紧了手中的金簪,簪子刺破手心,流出了一点血。她勾了勾唇角,抬起手来,将那一滴血舔掉了,而后懒懒将簪子插入了鬓发中。

第十六章

黄昏日暮。

与虞诗鸳同一凡世的一个山居小院中，祖媞正临窗而坐，打量着指间的一串银手链。

前些日莹南星助他们感应到虞诗鸳乃是藏在此凡世后，他们便立刻赶来了。南星精力越发不济，感应了一次土灵珠的方位后又陷入了昏睡，无法随他们前来，故此只有她、连宋、商珀，外加一个寂子叙来这里。寂子叙扮作商珀的掌事仙使，同商珀一起歇在山上的皇家道观白玉宫中，她同连宋则在山下赁了个小院住着，以免打草惊蛇。

商珀将在白玉宫中讲经的传闻好几日前便散播出去了。瓮已置好，只待君入。

而考虑到他们这些八荒之仙在凡世施法易受反噬，连宋下午去了冥司，找谢画楼借利千里一用。

她别无他事，便坐在窗前等连宋。

风有些冷，她掩上窗，把玩着指间的手链。

那是条银色的细链，链子上间缀了些红玉雕镂的小花，有吊钟、山茶、茑萝，还有红莲、彼岸、芙蓉葵等。一朵朵小花玲珑精巧而又栩栩欲活，随手一晃，花盏轻撞，链的银与玉的红交相辉映，璀

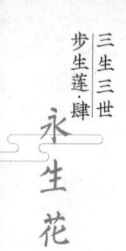

璨迷人。

即便这是条普通手链,也是极别致不俗惹人喜爱的,更别提它还是由龙之逆鳞打造而成。

是了,看到它的第一眼,祖媞便知它是由龙之逆鳞打成。

收服朱厌兽那天半夜,月光微凉,洒于阶前,她幽幽醒转,发现自己躺在连宋怀中,他们所处之地已不再是小次山的朱厌洞了,而是丰沮玉门她长居的竹舍。

秋夜幽凉,她只着了条素缎裙,本该觉着冷的,但他在她身后揽着她,使她的后背紧贴住了他的胸膛,她仿佛挨着一个极暖的火炉,倒并不觉凉。

他一只手放在她脖颈下,容她枕着,一只手握住了她的左腕。两只手相叠,就垂放在她眼前,使她睁眼便能瞧见他暖玉似的指,和指下不知何时出现在她腕间的精巧手链。

那独属于龙鳞的光在幽夜中轻闪,她抿住唇,目光停落在那银链上。龙族若赠人逆鳞便是以此求亲的传闻恍然掠过脑际,她的心跳蓦地加快。

按捺住突然加快的心跳,她抬起空着的那只手欲碰触那银链,伸手时才发现,右手无名指上多了一枚红莲戒面的戒环。那戒环亦是由逆鳞制成。身后的人忽然动了,握住了她伸出的手,将她禁锢在怀中。

他亦醒了,声音有些低哑,在她耳边问:"还早,不再多睡会儿吗?"

如何还能睡得着?她转过身面朝着他,眸中含光,将佩着美丽玉饰的左腕横在他眼下,唇角微扬:"小三郎,你是要向我求亲吗?"

在她话落之际,他睁开了眼。但他似乎不甚清醒,没有去看她的腕,反抬手揉了揉她的耳垂。而后他揽了她一下,低头在她眉心吻了吻，微哑的嗓音中带着一点困意："不许取下来。"

这是默认了。

她埋首在他胸前，忍不住笑："你是不是怕我不答应你，才趁我睡着时把逆鳞放在我身上？"

"促狭。"他闭着眼，声音清醒了不少，"如今神族成婚，需制三书，行六礼。但离那大劫只还有两年半，这两年半里，你我的婚事想是难有时间好好操办。"下巴贴着她的发顶，他低声，"待拿到土灵珠后，我回一趟九重天，请天君去姑媱提亲，将你我的婚事先定下来，待镇压了庆姜我们再行婚仪，你觉得如何？"

她第一反应是这是不是太快了，毕竟昨日他们才互诉心意，但又一想，一对男女两情相悦后，自是当谈婚论嫁。神族里不这样的当然也有，但好像都不是什么正经神……

不过，男女之间，一旦谈及婚嫁，那便不是两人之事了，也不知天君对小三郎的婚事有没有别的安排。她微微沉吟："你打算得很好，也很妥，只不过，若天君不愿你娶我呢？"

"他为什么会不愿？"青年睁开眼，像是彻底清醒了，蹙眉，"他觉得我不配娶你？"

"……"

他轻嗤："我不配娶你，我还不配入赘姑媱吗？"

"……"

仿佛觉得这是个极好的主意，他揽着她，在她额际印下一吻，将脸埋进她的秀发中："那我就入赘姑媱。"又问她，"我入赘姑媱，你要不要？"

她完全没搞懂他是说真的还是在开玩笑，但不知何故，他这样揽着她，将头埋进她发中，仿佛有些闷地同她说话，倒叫她品出一丝可爱来。她抿着唇，伸出食指，点了点他宽阔的肩，小声问："小三郎，你是在撒娇吗？"

他抬起头来，微微勾唇，是个不明显的笑。"我是在撒娇。"他学着她，也小声答，还小声追问，"如何？若我入赘姑媱，你要不要我？"

如此英俊的，强大的，可靠的，聪明的，有时候又很促狭可爱的，喜欢她的小三郎，她怎会不想要呢？

"我要啊。"她伸手碰了碰他的脸。

他深深看了她一眼，捉住她的手，垂眸亲在她指尖。温热的触感自指尖传来，她想要缩手，却被他攥紧了。抬眼看到他微垂的睫，她有些走神，她想要他，但也无法不去想两年半后的那场劫，以及无数个预知梦里她必死的命途。

从前她处之泰然，对这一切接受良好，因得之我幸不得我命，也因她从未考虑过要在这短短三年里去获求一个情钟于自己的心上人，还想着若无法逆转命运，最后她依然死在那场大劫中，那于连宋而言，也不过失去一个亲近密友，或许他会伤心，但不至于伤心太久，这个结局倒是也能让她心安，让她接受。

可如今，又该怎么办呢？

她有些茫然。

连宋情钟于她，让她不可抑制地欣悦。她想要紧紧地抱住他，无法违心推开他。可享受着这种喜悦与温情的同时，那布满阴翳的未来也让她感到了一种隐秘的，不剧烈的，却绵长的疼痛。

该如何做呢？

她忽然想起霜和前日捎来的殷临写给她的信。殷临在信中说了几句闲话，提到了青鸟族的弥睱王君，道那弥睱终于还是服下了一念消，消了对连宋之情，如今已同钦慕她的那个小侍卫结为了夫妻。又说她本就是个不错的守国之君，不再为爱痴狂后，有了一位品性如兰的王夫与她相得，如今过得还不错。

她虽同弥睱不熟，但也知弥睱痴情，对连宋执念极深。

如今想来，痴情到疯魔的弥暇，在服下一念消后都可忘却前尘，好好过活，那么，小三郎应该也可以吧？

她镇定了些许。

若她终会离开，她要确定有办法可使她的离开不给她的心上人带去太大痛苦，如此，她才敢在此时心安理得地牵住心上人的手。

因着骨子里的慈悲，她在学会爱、习得了爱的自私之时，也无师自通地习得了爱的无私。只是她不知，无私的爱，在给予之时，其实是伴随着阵痛的。

"怎么在发愣，在想什么？"拥着她的人突然握了握她的手。

她惊了一跳，回过神来，掩饰地抚了抚耳垂，又摸了摸脖颈："我只是在想，你居然送了我一整套首饰。"

"嗯，是一整套。"他道。

房中虽未点灯，然月光极亮，足可照明。有风入内，纱帐轻舞。

雪白的纱帐被风揉着，似一位情姿婉婉的美人。越过青年的肩，她盯着那舞动的轻纱瞧了好一会儿，忽感这一幕熟悉，好似在遥远的过往，她也曾经历过这样一个夜，那夜里有昏淡的光，有一张榻，有风，有随风轻动的纱帐……可再要细想，却又理不出什么头绪，眼前一切似被蒙了一层迷雾，忽地亦真亦幻起来。

便在这亦真亦幻之中，青年忽然开口："它们还有名字。"接着，他在她耳边念了一句诗，"明月初照红玉影，莲心暗藏袖底香。"

她一怔，这诗仿佛也很熟悉。她低声喃喃："你是说，这句诗，是这套首饰的名字？"

"嗯。"他微垂着眸，长指划过她的腕，落到了她戴着红莲戒环的无名指上。说不清他是在描摹那逆鳞饰，还是在抚着她的指。她轻挣了一下，抱怨了一声："痒。"他停了动作。她好奇地问："怎么起这么长的名字？"

他没有回答这个问题，只道："就有这么长。"

可用一句十四字的长诗来给首饰做名字也太奇怪了，她微微仰头，抿着唇，似疑非疑地低叹："你不要糊弄我啊。"

青年蓦地愣住了。

看到青年露出愣怔表情，她不明所以，偏着头轻唤了他一声："小三郎？"

青年回过神来，凤目中的眸色变得极深，过了会儿，突然一笑，回她："糊弄你？怎么会。"说着这话，他的手抚上了她的耳，"明月。"移到她的脖颈，"红玉影。"顺着她的肩，滑至她的右指，"莲心。"再移到她的左腕，"袖底香。"

他像是将她当作了一把琵琶、一张琴，配合着那些逆鳞饰的名字，以指点过她的耳、她的脖颈、她的手、她的腕，像是在琵琶和古琴上谱曲，风雅，又含着风流之意。

随着那温热的指滑过身体，她止不住战栗，肌肤泛出桃花一般的粉色。"你……"刚发出一个音，他的手已弹拨到了她的足踝，此时她才发现右足上竟也被绑了一只饰品，是条足链。

"这是……步生莲。"青年道，在她来不及给出更多反应之时，欺身覆了上来。

他们在那一夜定下婚事，次日，当祖媞戴着那套逆鳞饰现身时，除了自见到莹南星后便有些魂不守舍的商珀外，丰沮玉门诸众皆露出了不可置信之色。

她早料到了他们会吃惊，并不觉什么，但莹千夏的神色却有点古怪，仿佛担忧多于惊愕，令她微觉稀奇。

莹千夏没让她等多久，用过朝食便来找她了。

后山的山茱萸树下，这位妖族郡主秀眉深锁，向她福礼后缓缓道来："殿下禁止臣女透露，但臣女觉着此事还是让尊上知晓为好——

臣女其实是被折颜上神派来看顾殿下病情的。

"昨日尊上问臣女,三殿下为何会生出杀戮心,因彼时人多口杂,臣女不好细说。殿下如此,实则是因他生了心魔。殿下他这样已有一段时日了,原本靠着折颜上神的镇灵咒,那心魔已被压了下去,不想近日它却又破枷而出,而此番竟是难以遏压。折颜上神花了极大力气才驯服它,又将它的戾气化了一半入三殿下灵府,使殿下不再那么容易犯病了,但心魔戾气入殿下灵府,也导致了殿下性情大改。

"或许尊上也察觉到了,殿下变得偏执了许多。而据折颜上神说,除去极端与偏执外,殿下性格中的其他负面因素也会在这段时间放大并凸显出来,譬如……"说到这里,少女微顿,"掠夺欲与占有欲。"飞快地说完这七个字,少女觑了她一眼,见她神色如常,少女垂眸继续,"更因他情绪不稳,还可能会一时这个想法,一时那个想法,似朝令夕改,朝……"少女又卡了一下,再次抬眸觑她。

这一次,两人的视线撞到了一起,她大约也猜到她为何又卡住了。"无事,你直言便是。"她道。

少女闻言,向她歉意一礼,低声道:"那臣女便直言了。臣女是想说,似朝情夕逝这样的事,未来也是有可能发生在殿下身上的,届时还请尊上务必稳住,看在殿下是个病人的分上,勿要气恼于殿下,多顺着他,以免刺激他,加重他的病势。"

说完这些话,少女的目光掠过她身上的逆鳞饰,踟蹰了一瞬,又道:"臣女实未料到殿下会拔出逆鳞向尊上您求亲,须知这门古礼已废止多年,新神纪以来便没有龙族会如此做亲了。殿下这行为着实太过极端,不知是否是因心病加重之故,臣女也会尽快去信一封问问折颜上神的。"

少女年纪虽不大,说话却有条理,有重点,也有分寸。

她面上不显，心底却掀起了巨浪。她从不知连宋竟生了心魔。他们有那么多时间都在一起，是她太粗心，还是他在她面前装得太好了？莹千夏话中的隐意她也听明白了。少女是在委婉地告诉她，连宋向她求亲，不一定是因喜欢她，也有可能是心魔导致的占有欲作祟。她也认可少女的判断，但此时却顾不得这些了。她凝眉问少女："小三郎他为何会生出心魔？"

"《医经》道，'心有执，逢其时，心魔生'。"莹千夏垂首答，"臣女早先以为殿下是因对尊上求而不得，故生心魔，但这两日看来，尊上与殿下处得甚好……应当是臣女料错了。目下唯一可确定的是，殿下是因生了情执而有了心魔，如今想来，这情执中的情，也不一定就是指男女之情，此前倒是臣女狭隘了。臣女推测，或许殿下心中是存着什么自幼便有的心结，机缘巧合下为魔族暗算利用，故得了此症吧。但尊上也不必太过担忧，折颜上神正在思量彻底破除殿下心魔之法，臣女看折颜上神对此仿佛很有把握，缺的，应当只是时间罢了。"

她点了点头，没再说什么。光神虽主疗愈，但毕竟不是医者，原初之光是能疗愈万物，然能疗愈的多是面上之伤，心病之类她并不擅长。雪意倒是很擅安神镇灵，或许能对小三郎的病有建言，但据霜和带来的消息，前去寻找风主瑟珈的雪意自入了冥司便与姑媱断了联系，如今已有好些日了。她原就打算拿到土灵珠后便赶往冥司寻雪意，这下寻雪意之事更需提上日程了。

仔细想想，小次山中的连宋和昨夜的连宋，在性情上比之以往确有 些微妙改变。若他是因生了病，又在噬骨真言的驱使下被激发了占有欲才对她如此……那，就当昨夜做了一个梦吧。失落、窒闷是必然的，她甚至还感到了一点痛，但她没有那么多时间患得患失，她只能允许失落、窒闷、惊痛这些情感占据她的情绪一刻。

她知道她想要什么，能要什么，最多能得到什么。可能因从前便对两人的关系没有过很高期望，所以此时她并没有感到大受打击。

他病了，病了的他可以给她一个梦，这梦很好，那她就继续享受这梦便是，能享受一日是一日吧。

莹千夏分辨着她的表情，后退了一步，自请罪道："使尊上生忧是臣女不对，其实臣女对三殿下所思所行的判断也是一家之言，或许作不得准……"

她微微抬手截断了莹千夏的话："你没错，不必请罪。"又笑了笑，"无论怎么样，我总是能包容他的。"这话说得很轻，近似呢喃。

莹千夏露出了惊讶的表情。

那日同莹千夏说完话后，祖媞在后山又待了一会儿方折回竹舍。一路思忖着往房中走时被叫住了，回头却见是坐在木亭中看信的连宋。她走过去，连宋已收好了信："不是让我在这里等你，说有事同我说吗？"

她才想起，在莹千夏私下将她请出去前，她的确如此嘱咐过他一声，随之也想起了欲同他商议何事。

她摒除他念，坐去了他身旁。刚坐下，他的手便来到了她额上，手背在她额上停留了一会儿，放下后又握了握她的手指。"脸色怎么不好？手也凉。"他不豫地问她。

她恍了一下神，心想，这样温柔的小三郎可真是太危险了，面上却一派平静："出去转了转，偶遇那莹千夏，同她说了会儿话，吹了点风，不碍事，喝两口热茶就好。"说着自顾自倒了一杯茶。

他微微皱眉，取过她手中的茶杯。

"哎，我的茶杯。"

"凉的,帮你温一温。"他道,又问,"是有什么事想同我说?"

她回过神来:"哦,我是想问,昨日朱厌破阵,我刚离开丰沮玉门赶去小次山,便有魔族来劫南星,此事应当不简单吧? 那几个魔族可有留下活口?"

他一边温茶一边回她:"是些半妖半魔的魔族,虽是半魔,却实力不俗,倒是捉到了活口,却不耐酷刑自戕了。"

她一顿:"可是同庆姜有关?"

"捉到的那两只半魔至死咬定他们是听闻丰沮玉门有慈悯大妖可助他们脱去妖体彻底化魔,他们只是来寻那大妖化魔的。"瓷杯中青碧色的茶汤重新变得滚烫,他将杯子递还给她,"不过,你信吗?"

茶汤入口,有些烫人,正因滚烫,两口下去,身体便暖了起来:"众所周知,丰沮玉门乃女娲圣地。女娲亲近妖族,圣地中必有大妖镇守,这不是什么难探知的消息,而凡可称为大妖者,基本上都有助修魔的妖化魔的能力,所以他们这样说也不是不合理。"她放下茶杯,以指叩桌,"只是朱厌一出,我一走,他们便来寻南星,这是否巧合了点儿? 再者,若朱厌破阵果然是他人有意为之,也不应当是这些半魔所为,他们没这个能力。"

他笑了笑,道:"是,所以说不定此事的确同庆姜相关。"

同她议事时,青年依然见微知著中正理智,并不见什么偏执疯狂,同过往那个他毫无区别,让她不禁怀疑他是否真的生了心魔。有一瞬,她几乎要问出口了,但想到莹千夏说他不欲别人知晓此事之语,她停下了,没有直接问出来,想了想,只稍加试探道:"对了,折颜君看重的小辈当是医道上的奇才才是,找一个医道宗师让莹郡主跟着历练不好吗,折颜怎会想着令她跟着你我历练?"

青年垂眸把玩着茶杯:"莹千夏和你说什么了?"

她摇头,故作轻松:"没说什么,问了我一些南星的事,毕竟南星也是妖族王族,她同南星也攀得上血缘关系。"佯作不解,提问道,"为什么会这么问我,莹千夏是有什么不妥吗?"

"倒也没有不妥。折颜上神既看重她,说明她能力不俗。接下来这些日,有个医者跟着我们,也不是坏事。"他四两拨千斤地回了她,也不能说回得不对。

她为他创造了时机,他却没有选择主动同她坦白病情,她便知了,他不仅不希望旁的其他人知道他生了病,他也不希望已与他极为亲密的她知道。或许,他更不愿意她知道。

莹千夏应当没有骗她,他确是生了心魔。但莹千夏的话也不可全信。正如莹千夏自己所说,她也是一家之言。

无论如何,那心魔究竟对小三郎的性情有几分影响,还需她自行去验看摸索。

彼时她那样想着。

此时在这凡世,再回忆那日两人的谈话,她依然如此作想。

她想得出神,竟有些忘了时间,不知不觉夜已深。有脚步声传来。她回过神。门被推开。青年玉冠白袍,一边走进来,一边解开身上的鹤羽披风,见她坐在窗前,微微挑眉:"已是亥中了,怎么还不睡,在等我?"

她站起身,有些恍惚,轻啊了一声:"已这么晚了吗?"说着走过去,便要接他的披风。青年却退后一步避开了她,温声道:"别碰,小心冻着你,外面下雪了,我一身都凉得很。"

"去冥司借到人了吗?"她问他。

"嗯,谢画楼亲自来了,人已去了白玉宫。"

她有些吃惊:"怎么是谢画楼前来?"

青年在竹灯旁站了会儿,驱散了身上的寒气,走过来抱住了她,头埋在她肩上:"听说我们已经在收尾了,她想过来瞧瞧热闹。"

"这样么?"她静了一下,微微偏头,问他,"是不是很累?"

他笑了笑,在她颊边蹭了蹭,撒娇似的:"不累,就是想抱抱你。"

第十七章

农历十一月十一日乃东方三圣之一的太乙救苦天尊圣诞日,此日,同属东方之神的灵树神君商珀圣君莅凡世度厄,在北朝皇家大观白玉宫中讲授道教真经《清静经》。

白玉宫中的正原道场里立起一座十丈高台,听经的信众绕台而坐,坐了七七四十九层。这四十九层信众里,内七层坐的全是道士,外七层坐的全是于凡世修行的精怪灵物。一大群道士和一大群妖怪狭路相逢,大家居然没有立刻跳起来互相残杀,主要也是看商珀的面子。

虞诗鸳到达时,这场为期三日的讲经活动已进行到最后一日。她原本打算远远看商珀几眼便离开,人到此处,才发现还是想靠他近一些。又见人群最外层皆是些打扮得奇奇怪怪的山妖精怪,她这蒙面的装扮放在他们中间也不算突兀,便果断混了进去。然刚混进去,便生出了一种被束缚之感,她尝试着后退,可退了三步便退不动了。在凡世的这三万余年,她也遇到过好几次神仙下界传经。的确有神仙会在讲经时于道场内设下只许进不许出的结界,以免传经现场人来人去不像样。如今商珀也设下了这样的结界,是同他们一样,还是……他与那些追捕她的仙神勾连了起来,在设局请她入瓮?

虞诗鸳一凛。

高台上，商珀每讲完一节经都会暂歇少时，此刻正是他歇息时。道场中一片静谧。虞诗鸳垂眸片刻，片刻后她做出了决定，微屈着身体降低存在感，重新混入到了人群中，假装自己只是一个普普通通的听经人，若无其事地盘腿在最外层坐了下来。

少顷，法铃轻鸣，正坐于台上的商珀开口，清冷平稳的讲经声充满了整个道场。

随着清音入耳，虞诗鸳遥望向那高台，眸中忽凝起泪。她素来强硬，一生难得有泪，此时却流了泪，自己也觉稀罕，她不懂自己为何会哭，是因发现或许此生真的很难再得到商珀了，所以流了泪吗？可她不该难过，而是该愤恨啊，她想。

泪水顺着面具滴落到了她平放于膝的手背上，虞诗鸳怔怔抬手，欲细观那泪，却在此时，于那清冷仙音外听得一重深沉法音。那法音是个女声，带了点森冷之意，一句一句复述着商珀的经言，音量虽不高，却含着一种令人一听便生畏惧的威慑力。

虞诗鸳面色一肃，本能抬手，欲施术保护自己，但那法音已携着拔山撼海的威势先一步裹覆了上来。灵压罩顶，如有巨力倾加于身，胸腔剧痛，喉中涌起一股腥甜。虞诗鸳咬紧牙关，硬生生忍住了那股欲呕之意，但她没忍住喉间的轻哼声。

一只小猴精坐在她附近，听到了她那声闷哼，偏过头来好奇地看了她一眼。虞诗鸳咽下口中的腥甜，恍知这法音只她一人能听到。

夫法音者，乃神之正言，言中含神力，可救人也可伤人。凡人是听不见法音的，唯修行者可聆得法音。且仙神们在诵出法音时，也可对法音施咒，以决定什么级别的修行者能听到他们诵出的法音。

电光石火之间，虞诗鸳已确定了今日这一切的确是追捕她的仙神针对她设置的一个局。为诱她来，他们特地安排了这三日经课。为将她找出来，他们特地设了这结界，诵了这法音。而她一旦失态，定会立刻被他们揪出来。

虞诗鸳额上渗出了细密的汗珠。该怎么办？

法音入耳，似有成百上千根细针沿着耳道刺入脑中，那种疼痛不可言喻，靠强忍是决计不行的，根本忍不住。或许……应该赌一把。这里既有一拨人等着捉她，那未必没有另一拨人伺机劫她。若能引两拨人对上，她自能寻到脱身之机。想到此，那渴望冒险的血液立刻在身体里沸腾了起来，让她在疼痛之余，竟感到了一丝兴奋。赌一把，是死是活，马上就会有一个答案！

唇际勾出一抹笑，她咬牙蓄力，蓦地飞身而起，像颗炮仗似的直冲向身后的结界墙。台上的讲经声戛然而止。

商珀注意到她了，她想。

怎么会注意不到呢，她故意把动静搞得大极了。

而显然，她赌对了，此地果然还有另一拨人。

在她撞上那结界墙前，一头猞猁精飞速窜过来挡在了她面前，气急败坏："你想撞死你自己吗？"紧接着，灵物群中哗啦啦窜过来好几十头精怪。打头的一头白狼精伸手向空中一抓，抓出来个奇形怪状的法器，朝结界一扔，那难解的结界竟如琉璃般轻而易举便被弄碎了。

白狼大喝一声："走！"众精怪齐拥而上，护着虞诗鸳后撤。

虞诗鸳一边后撤一边回望，见商珀和他身边的蒙面仙侍已持剑追了上来，白玉宫的道士们亦杀了过来。

但精怪们甚有章法，并不慌，一边护着她撤逃，一边施术袭击近处听经的凡人信众。人群中哀声四起，道场里乱成一团。趁失智的凡人们筑成肉盾挡住商珀一行，那领头的白狼精扬手一挥，朝空中扔出数张黑毯，又大喝一声："退！"众妖赶紧跳上黑毯。白狼精同猞猁精也挟住虞诗鸳跃上了近处的一张黑毯，眨眼间，众妖便消失在了天边。

论理虞诗鸳的修为远在众妖之上，但这帮精怪法器多，虞诗鸳为法器所制，挣扎不得，最后双眼被蒙，被精怪们挟持到了一片密林中。林中布了迷惑人的法阵。穿过法阵，虞诗鸳伺机蹭松了蒙在眼上的黑布，见这无人的荒林深处竟隐匿着一座丈高的黑塔。

被精怪们押进黑塔，虞诗鸳才发现，这黑塔看着小，内里却纳着极阔的空间，形似一个巨大的天然岩洞。

一片黑雾散开，他们面前现出了一条石道，石道两旁矗立着二十来尊七丈高的巨石像，巨石像后高耸着一方宽阔的水精台。

眼前之景令虞诗鸳惊愕，惊愕之余，她察觉到这神秘空间中灵气极盛。凡世不可能有这样盛的灵气，此地太不像凡世了，竟更像她睽违已久的故土——北荒。

难道……这黑塔竟是个什么了不得的法器，将北荒的某个空间移到了此地？虞诗鸳心中一咯噔。这虽是个大胆的猜想，但未必没有可能。

若果真是如此，那这帮凡妖就绝无可能是温宓的人了——温宓没有那个本事弄到这样稀罕又厉害的法器。

可，除了同她有共同利益牵扯的温宓，还有谁会费这么大力气来寻她、保她呢？

精怪们将虞诗鸳押上了巨石像背后的高台。那高台由白晶石砌成，光华璀璨，灼灼耀目。但诡异的是，如此光华耀目的台面上，却阴刻了好些让人一看便觉暗黑森冷的古怪图文。透过松垮的蒙眼布，虞诗鸳盯着脚下的图文暗自琢磨，身边的白狼精忽地将她往下一按，虞诗鸳不留神被压跪在地上。白狼精也跪了下来，向着前方口称"主上"。

一片黑色的袍角出现在了虞诗鸳的视野里，一个陌生的女声随之响起："商珀就罢了，他身边的黄衣仙子和白衣仙君没有跟过来吗？"声音微微发沙，像陈酒，是好听的，却透着阴沉。

白狼精恭谨回道："属下用主上赐的法器给那些凡人下了咒，去白玉宫听经的凡人尽皆中咒，命在旦夕。那些神仙选择了救人，没有跟上来。"

女子低低一笑："合该如此，这才是悲天悯人的神族。"

白狼精默了一瞬，略有担忧："但那咒言不知能抵多久的事，属下瞧那几个神仙倒像是有几把刷子……"

女子不以为意："这是镜面塔，便是他们，想在这茫茫凡世寻到镜面塔的踪迹，也非易事。"

趁着二人说话，虞诗鸳不动声色地抬头，想要看看将自己劫到此处的女子究竟是何人。可头才抬到一半，眼前便一暗，接着胳膊一阵剧痛，却是女子俯下身来捏住了她的手臂。女子的力气极大，动作也快，来不及挣扎，她已被女子拽了起来。但她没能看到女子的脸。女子全身上下都笼在一件黑袍中，脸也被黑色的兜帽挡住，只露出一截麦色的下巴。

下一刻，两人已到了半空。女子贴在她身后，一手锢住她的胳膊，一手扯开了她脸上的蒙眼布，声音带笑，但听之令人心寒："不该看的，别看；该看的，且仔细看看。"见她无反应，女子突然推了一下她的头，声音仍是带笑的，"向下看啊。"

虞诗鸳无法反抗，顺从地低头，下方的白晶台面尽收眼底。自此处看下去，那些身在其中时瞧着十分难懂的图文终于显露出了真形——那竟是一张符篆。虞诗鸳瞳仁猛缩，惊呼出声："这是个……阵法！"

女子默认了她的猜测，低笑："不妨再猜猜，这是个什么阵？"

脑中掠过一个想法，虞诗鸳一阵战栗，竟分不清自己是震惊更多还是兴奋更多，偏头向身后，颤声："这是……能诛灭女娲的诛神阵，对吗？"

"倒是不笨。"女子发沙的声音擦过虞诗鸳耳际，敛了阴沉，竟显得温和起来，"本以为你尚未收集完女娲真血，还想着让人去助你一臂之力，没想到你竟已完成了。土灵珠在你这里，一百四十七滴女娲眉心真血你也拿到了，可谓万事俱备，只欠东风。我便是来引东风给你，

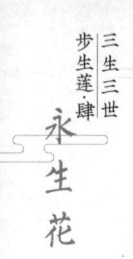

助你完成大业的。"

竟果真是诛神阵。这可真是柳暗花明又一村。虞诗鸳一颗心怦怦直跳。但她并未忘乎所以，很快冷静下来，脑子也飞快地转起来。这藏形匿影不肯露出真面目的女子仿佛也是八荒中人，哪一族说不准，但实力无疑是远胜于她的。关键是，这女子竟也会诛神阵。传说中启诛神阵诛灭女娲者，可取代女娲成为地母。温宓能力不济，无法单独设阵启阵，才需依靠自己。可这女子却不可能启不了阵。倘果真启诛神阵诛灭女娲者便可对女娲取而代之且无任何后顾之忧，那为何这女子不杀掉自己夺取灵珠和真血自行启阵？

脑中轰然，虞诗鸳猛地明白过来，瞳仁一缩，恐惧融于瞳心："诛神阵的事，是你告诉温宓的。以诛神阵诛神便可取代神的传说也是你杜撰的。"越是推测，越是心惊，"但实际上，以此阵诛神，不仅不能取代神，反而不会有好下场，可对？所以你才要借我和温宓之手……你，究竟是谁？！"她不动声色地退后一步，和女子拉开距离，佯作镇定地扬声，试图牵引住女子的注意力，目光则紧张地四巡，以期寻到逃生之机。

"很聪明。"女子垂首，缓慢地拍了几下掌，笑道，"这么快就反应过来了。"

趁女子垂头，虞诗鸳拔腿便逃，怎料女子出手如电。她刚跑了两步，腰间便被一条长鞭缠住，长鞭一勾，她身不由己转了两圈，又回到女子身前。

女子抬起戴了蟒皮指套的手，轻拍了拍她的脸："可反应过来又怎么样呢，也晚了。你以为你逃得掉吗？"

她一向是能屈能伸的，见势不妙，思绪飞转。"我逃，"转念间，她已想好了说辞，"固然是因不想枉送性命，但也是因不想耽误……"她不知女子身份，眼珠微转，选择了敬称对方为尊主，"也是因不想误了尊主的大事。"说着觑了一眼脚下的阵，"想必要启动这大阵，是需一些复杂印伽，再配一些复杂咒言的吧。不瞒尊主，我虽有几分小聪明，但记性却差，即便尊主此刻教了我那印伽和咒言，我也怕自己记不住。试想启阵之时，万一我将那咒言给说岔了，岂不是耽误了尊主的大事吗？"说到这里，她话锋一转，"我可将灵珠与女娲眉心真血双手奉给尊主，尊主手下能人众多，由他们启阵，想必也会更把稳，尊主以为呢？"

"有道理。"女子道。

虞诗鸳松了一口气，女子一笑："你希望我这么说，是吗？"

虞诗鸳一窒。

女子靠近她，抬手掐住了她的下颌，声音低似叹息："要有多天真，才能觉得自己三言两语，便可改变我的决定呢？"话罢一掌拍在她胸口。

随着女子这一掌拍来，乍然之间，竟有许多她不懂的咒言如洪流般汇入她脑海，与此同时，身体也变得不受控制。

下一刻，虞诗鸳自半空跌落，摔倒在那大阵的中心，但她感觉不到疼。她就像是一个旁观者，眼睁睁看着自己仿若无事地爬起来，甫一站定，便屈指结印，开口以一种怪异的语调，念出她从不曾听闻过的复杂咒文。而随着那言响起，大阵八个角上阴刻的八头洪荒异兽竟动了起来。穷奇、混沌、梼杌、饕餮……异兽们次第苏醒，脱离了阵纹的桎梏，纷纷站了起来，身躯虽只是光线织就，却携着令人惧怕的威压。

虽不知这意味着什么，但虞诗鸳感到了惧怕，可这具身体已不是她能主宰。她只能绝望地目睹自己在唤醒那八头异兽后，又召出灵珠和女娲眉心真血，亲手将那被女娲真血裹覆得严严实实的灵珠放进了头顶的石龛。

那石龛正是大阵的阵眼。灵珠嵌入阵眼后，猛地爆出白色的光。那光似有感应，瞬间析成八条光带。八条光带外延至八个阵角，缠住八头静立的异兽。异兽静默，那光亦静默。她又开始念一些不知所谓的咒言，第一节咒言结束时，石龛中土灵珠上干涸的女娲真血忽然重新流动起来，一寸一寸染向光带。

虞诗鸳紧紧盯着那光带，突然意识到，待那缠着八方异兽的八条光带被彻底染红,当女娲的眉心真血真正进入到那些异兽身体中,这阵说不定就会被启动,届时八头异兽逐血而狂,会诛了女娲,也会吞了她这个启阵者。

虞诗鸳遍体生凉。

眼看光带已被染红一半,虞诗鸳彻底慌了,拼命想要夺回身体的主动权,好停止那招祸的咒言。挣扎之下,出自她口的吟诵声的确变缓了,但她也只能做到这样罢了。

虞诗鸳急得满头大汗,甚至开始企盼着商珀他们能追来——落到仙界手里,她或许还不至于丢命。

可能喜欢冒险的人运气都不差。当她如此祈求着时,大门处忽然传来轰隆一声。虞诗鸳倏地抬头。高台之前,突现洪流滚滚。

台下的几十头精怪瞬间便消失在洪流中,虽也有擅水的精怪泅了上来,但他们很快便发现了不对劲——他们被囚困在了这乍然而生的汪洋里,无论如何也无法离开。半空的黑袍女子也发现了异常,蓦地倾身,直向阵中的石龛而来。

眼看女子的手距那石龛已不到三寸,忽有一物疾袭而来正中石龛。石龛被击得粉碎,灵珠亦被那物缠着飞向远处,黑袍女子紧追而去。她的动作不可谓不快,但有人比她更快。一道白影闪过,一个白袍青年突然出现,稳稳截在了她前面,灵珠和裹挟着灵珠的东西一起落入了青年之手。

虞诗鸳这才看清,那竟是一把玄扇。再看青年的脸,虽已有所预料,虞诗鸳还是不自禁地后退了一步——青年正是此前捉走虞英的仙君。

也是此时,虞诗鸳才发现身体的主动权又回来了。

她活动了一下手腕,看着台下的滔滔洪流,想自己猜对了,这里果然是八荒的空间而非凡世的空间,否则这白衣仙君如何能使出如此重法而不被反噬?且,那黑袍女子的态度也值得玩味,看清青年的面目后她竟连灵珠也顾不得抢,立刻捏诀劈了个空间藏身,飞快地在他们面前消失了。看来她也认识这仙君,不敢让仙君知晓她的身份。

弹指间便能劈出个空间阵藏身,可见黑袍女子的厉害。她既躲进了空间阵里,便是这白衣仙君法力高强,寻她也当是不易的,那正好为自己争取了逃走的时间。虞诗鸯一边这么想着,一边默不作声地朝高台边缘退去。却在此时,忽见浪涛之上另出现了位仙者。是个女仙。

待看清女子那张丽色殊胜的脸,虞诗鸯瞳仁一缩,这亦是位熟人。

女子踏浪而来,很快飘落在了那白衣仙君的身旁,落地的同时,手指捏印,指间生光,抬手凌空一划,金色的光线似网,瞬间充斥了整座黑塔。然高台东侧凌空的一处却是一片混沌,金光并无法抵达。女子同那仙君相视一眼,虽一句话没说,彼此却似已懂了对方的意思。下一刻,二人便似两道相缠的光,默契地径向那一处袭去。

虞诗鸯惊愕难当。她亦会空间阵,但她起阵耗时间,故空间阵于她从来不是逃生首选。然她亦知,若能将空间阵习得似黑袍女子那般,那这世上的仙神便没几个能奈何得了她了。

可今日,此等在她看来堪称绝技的术法,竟如此轻易便被这黄衣女仙给破解掉了,这完全颠覆了她的认知。再回想此前在另一处凡世,她曾借那火途山的狼妖之手肆意挑衅过这黄衣女仙,虞诗鸯只觉脊背生凉,一时后怕不已。

不过幸好,此时这黄衣女仙和那白衣仙君一心只在那黑袍女子身上,并不在意她,倒给了她一个逃命的好时机。

她抿住唇仔细分辨周遭环境,正欲向前方的石壁去,不料脖颈处忽然传来凉意。头一偏,她看见了颈边的剑,顺着那剑望去,她蓦地咬住了唇:"大师兄。"

"虞诗鸯。"一身黛色道袍的商珀长身玉立于她面前,冷冷呼出了她的名字。

甫在密林中见到这黑塔，祖娘便认出了它乃洪荒法器镜面塔。

镜面塔是种可复刻空间的法器，分黑白双塔，黑塔为子塔，白塔为母塔。母塔为咒言驱动后，可将塔周数十里空间尽数复刻于子塔内。施术期间母塔虽不可随意移动，小小的子塔却可被带去任何一个地方。

祖娘记得，少绾当年是这样向她介绍此塔功用的："倘使一个人去书院读书，却不满书院寝卧简陋，她便可将这镜面塔的母塔放在自个儿闺房内，驱动咒语，使闺房复刻于子塔，然后她再将子塔带去书院，这样，即便身在简朴的书院，她也依然可以过上每天在一百尺的豪华大床上醒来的美好生活。你说这塔是不是很实用？"

听话听音，彼时她明了地看向少绾："所以你发明这塔，就是为了神不知鬼不觉地把你自个儿的寝卧带进水沼泽学宫中？"

少绾理不直气也壮："那不然呢？"捏着杯子不在意地笑，"咱们各凭本事过上美好生活嘛，再说了，我也没违反学宫的宫规啊。"

二十多万年过去了，祖娘没想到自己居然还能再次见到这镜面塔。

此塔塔顶构造有些怪异，人站在塔底向上望，可瞧见塔顶有个开口。那开口极大，却无一丝光线透入。待人跃入那口子里，才能发现那塔口连着一片断崖，而那断崖分明已是另一个空间，混沌朦胧，瞧不出深浅。

此刻，祖娘和连宋便立在那瞧不出深浅的断崖旁，一前一后封住了黑袍女子的逃生路。女子很聪明，法力不低，空间阵亦操纵得熟练，极擅潜行躲藏，便是两位自然神联手，也用了半盏茶才将她逼出来。

眼看前后路皆被阻住，女子收回钢鞭护在身前，不再逃了："那场讲经为的不是虞诗鸳，你们真正想要引出的人，是我。"发沙的女声自黑色的兜帽后传出，"你们是什么时候知道虞诗鸳背后还有别人的？"她顿了顿，似是不解，"毕竟，连她自己也是今天才知道我的存在。"

祖娘淡淡："你为了寻虞诗鸳，不是去绑过莹南星吗？"

女子握着钢鞭的右手一紧,忽地一笑:"你们果然没有相信那些半妖。"

祖媞仍是淡淡:"你早该料到我们不会相信。"

"是。"女子静了一瞬,"我的确想过你们会怀疑,可就算你们料到了我会来劫虞诗鸳,但,这可是镜面塔,事先未用过镜面香,是绝无可能寻到、看到这塔的,且就算看到了这塔,没有我的咒令,也当是打不开它的。所以,你们是怎么做到的?"女子再次握紧了钢鞭,仿佛下了极大的决心,"告诉我,我便束手就擒。"

闯镜面塔于别人而言可能是件难事,但对连宋和祖媞来说却不算什么。生了心魔的元极宫三皇子,依然是缜密周致、谋定而后动的三皇子。黑袍女子究竟是谁他早已有数,她性情如何、擅长什么,他也早探查过。他料定她来劫虞诗鸳时,会以听经的凡人信众为质阻拦他和商珀,故他提前让谢画楼将听经的七百信众全换成了土偶人。他也料到了她会用空间阵或空间法器藏人,故当虞诗鸳出现,又被精怪掳走时,他让谢画楼在那些精怪们身上留下了冥司信物引路香。有引路香在,又有极擅空间阵法的祖媞神在,寻这镜面塔不过小菜一碟。

青年把玩着手中的玄扇。他并未祭出剑或者枪,而是一直用这柄扇做武器,可见他从一开始就没有太认真。"又有什么好问的?若光神没有醒来,这世间或许的确难有人能寻到镜面塔。"他曼声,"可你们魔族也查到了吧。"他笑了笑,"你不是也知道,自去了西荒,光神便一直同我在一起吗,纤鲽魔使?"

听他唤出"纤鲽魔使"四字,黑袍女子一震,忽然甩鞭向青年攻去,连宋侧身避过,趁连宋躲鞭之时,女子猝然上前,纵身一跃,竟跳下崖去,身影很快消失在了那混沌之中。

祖媞在女子暴起时也假意攻了两招,此时站在那崖边悠悠往下瞧:"小三郎,你说她有没有看出我们是故意逼她在此处现身,给她生机的?"边说边施了静音术。

从这断崖上跳下去,便可回到母塔中。

此前连宋封住女子的后路并非为了捉住她，而是要防她在他确定她身份之前跳崖离开。女子的声音、身量，包括兜帽下露出的下颌肤色都同纤鲽大相径庭，但同她过了几十招，又在这崖上阻住她试探了几句，他已可确认女子便是伪装后的纤鲽。

　　"应该没看出来。"连宋理了理衣袖，"诛神阵这种级别的阵法一旦被启动，便会在被诛之神身上留下启阵者的痕迹。我想她也是知晓这一点，才选择了利用一个凡人和一个半妖来弑神。可见她极怕神族知晓是魔族欲诛地母。她心里应该也清楚，地母若是被弑杀了，神族定会彻查此事。我想，她还推测过，一旦神族查到是魔族弑杀了地母，便会立刻向魔族发难。可魔族尚未准备好，如何能迎战，所以她才如此惧怕神族知晓此事背后的隐情。她既认为神族野心勃勃，一直想灭魔族，只是苦于寻不到时机，那今日，自会觉得我们设局便是为了抓住她，好以她为借口向庆姜发难，挑起神魔之战。"

　　听完连宋的分析，祖媞也很赞同："所以从纤鲽的态度，也可看出目下庆姜和魔族还是很忌惮神族。"说着这话，她摇头失笑，"不过纤鲽实在想左了，两族此时开战于魔族不是好时机，于神族又是什么好时机呢？风灵珠尚未寻到，东华的阵也尚未造好，捉了她又有什么用，反倒骑虎难下。"想了想，看向连宋，"不过今日被小三郎你叫破身份，以纤鲽自负自傲、受挫后又易陷入自卑的性格，此后定会颓废一段时间，当不得什么大用了，这对我们也算是桩好事。"

　　连宋笑了笑，道"是"。向站在崖边的祖媞伸手："过来，站在那处危险。"

　　祖媞回头看了一下，才发现自己站在险地，也笑了，走过去，轻抿着唇，将手放进了青年掌中。"事既已了，走吧。"说着便要牵青年离开这塔口。

　　不想忽有剑击声靠近，二人不约而同止步，见一青一黛两道人影纠缠着一路打过来，不消说，正是虞诗鸳和商珀。

青锋相击，剑光凌凌，商虞二人一路打斗至对面悬崖。铮，随着这道格外响亮的剑击声响起，那青碧色的身影忽地向后一跃，径向崖底而去。方才还一片剑影婆娑的崖岸上转瞬间只余商珀一人。

连宋和祖媞对视一眼，携手齐飞向对岸。

虞诗鸯的身影早已消失在混沌中，商珀收剑道："她是自己纵下去的。"

祖媞垂目看了眼唯余茫茫黑雾的崖下："她可不是自寻死路的性格，应是瞧见了纤鲽主动跳崖，知晓此处是生机。"

连宋问商珀："你们方才说了什么？"

商珀面沉似水："她以虞英的性命起誓，说她没有骗我，说当初的确是她寻到了渡劫失败流落西荒的我，将我带回了长右门。又说我确然因伤重昏迷了七年，而那七年她大多时候在外为我寻药，也不曾亲历过宗门那场大劫，那场劫难到底是怎么回事，都是事后从她父亲处得知。土灵珠也是她父亲逝后，她从她父亲那里继承得来。"

连宋挑眉："这虞诗鸯实乃鬼才，这么说倒也说得过去。不过，你信她吗？"

商珀沉默了一瞬："我信不信她不重要。即便灵珠非她所盗，她杀了一百四十七个凡人却是事实。她既身负如此重罪，我自不能任她逍遥世外，若难顺利活捉她，那令她就地伏诛亦是天道。"说到这里，商珀顿了顿，神色仍暗沉着，声音却带了一丝迟疑，"可当那击杀的一剑刺出，她却主动揭开了脸上的面具，我发现……"商珀抬起头来，清俊的脸一片雪白，"她的脸竟变得有九分像是南星了，她原本并非长得这样，这是……怎么一回事？"

谜题解了，虞诗鸯能逃走，原是因她临危之际自揭面具，使商珀分了神，令他的击杀之剑失了准头。

商珀看向连宋和祖媞，再次重复了一遍那个问题："二位可知，这究竟是怎么一回事？"

连宋没说话，祖媞的神色却变得有些凝重："这事……或许有些

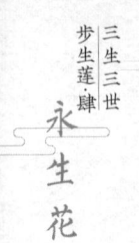

不妙。"

　　谢画楼抱着她的黑猫守在子塔入口，知祖媞三人已拿到土灵珠，便与三人道了别，回冥司了。

　　祖媞三人回到白玉宫，同留在道场打理后续的寂子叙会合后，于是日下午离开了那凡世，一起回了西荒。

　　一个多月前，祖媞初入丰沮玉门山遇到春阳时便答应了她，待寻回土灵珠后，会将灵珠中南星的一魂一魄提出，使之与她为南星新造的那一魂一魄融合，助南星开启灵智，恢复至从前的三分。因此春阳早早便收拾出了可供祖媞施法融合南星魂魄的屋舍。

　　抵达丰沮玉门已是黄昏，祖媞顾不得一身风尘，刚回来便携着灵珠进了春阳打理出的施术之所，连宋跟了过去为她护法。

　　两个时辰后，两人从房中出来。

　　众人皆候在院中。

　　祖媞迎向众人目光，凝重地摇了摇头。

　　率先有反应的是春阳，少女眼中希望的光泯灭，双颊褪去血色："怎么可能……"她定定望向祖媞，喃喃，"是尊上你说只要寻回灵珠，神使大人便能醒来……"泪水汹涌，漫至眼眶，春阳忽然激动起来，"你从一开始就在骗我是不是？你只想让我帮你找到土灵珠！你怎么能……"

　　连宋微微皱眉，打断了她的话："这不是阿玉的错。"说这话时，他并未看春阳，而是看向了愣怔住的商珀："土灵珠中并无莹南星之魂。"见商珀猛地抬眼，他道："你应该也猜到虞诗鸳那张脸是怎么回事了吧。"

　　商珀脸色煞白，良久后，嗓音发哑："是虞诗鸳发现了灵珠中南星的魂魄，提出了它，将它吞食了，对否？"

　　连宋微一点头。

　　连宋寥寥几言，春阳听得不算明白，不过商珀那句话她听懂了。"又是虞诗鸳,"春阳恨声,抬手猛擦了一把泪,"那杀了虞诗鸳,将神使大人的魂魄从虞诗鸳的魂魄中解离出来就可以了吧!"她期待地看向两人,"虞诗鸳你们是抓到了的吧?"

见春阳如此,站在连宋身后的祖媞眼中流露出不忍。若南星那一魂一魄只是被虞诗鸳以寻常之法吞食了,那不消她出手,在座任何一个人都可简单从虞诗鸳魂中解离出南星之魂。可从虞诗鸳那张已变得和南星九成像的脸来看,她当初应是选择了以融魂之法来吞食南星的魂魄。

修道之人吞食他人魂魄,多为夺人灵力以助修行。吸食掉目标魂魄的灵力后将其残魂囫囵弃于体内,同打开己身魂魄融合他人之魂,两种法子的修炼效果其实大差不差,但因异魂相斥之故,施行后者远比施行前者痛苦。

虞英曾说,若虞诗鸳能顺利诛灭女娲达成所愿,她会以另外的形貌和身份去到商珀身边,去尝试俘获商珀的心。如此想来,虞诗鸳选择遭大罪融合南星的魂也就说得通了——她是为了南星的脸,而非为了南星的灵力。

如今虞诗鸳既已有九分像南星,说不得南星那一魂一魄已完全融进了她魂中,如此,便是擅长造魂术的自己出马,也很难将南星之魂从虞诗鸳的魂中完美解离出来了。

祖媞心中一阵沉重。

院中静极,见连宋和商珀皆不回答自己,春阳明白了什么,木然道:"你们没有抓到虞诗鸳?"

自猜到南星之魂被虞诗鸳吞食后便有些魂不守舍的商珀终于有些回过了神:"是我的错。"他艰难地吞咽了一下,"是我不小心放走了她。"

春阳愣住了。

她忽然飞身而起,一掌拍向了商珀心口。

与商珀相比,春阳的修为堪称低弱,但因是哀极下的一掌,商珀竟也被击得倒退三步,喷出一口血来。

"究竟是不小心放走还是故意放走？！"春阳厉声，声音恨极，"当年你便是为了她背弃了神使大人和丰沮玉门，如今你又如此，我没有看错你，你该死！"说着扬手一抓，自空中抓出一把短剑，径直向商珀刺去。

一切发生得太快，商珀似被春阳脸上的悲怒之色镇住了，竟没有闪避。最后还是连宋将镇厄扇抛出，打偏了春阳的短剑。不过连宋并未用力，扇子的力道不大，只将那剑撞偏了几寸，短剑的剑锋还是擦过了商珀的肩臂，黛色的衣瞬时被浸出的血染湿。

春阳并不愿停手，提剑还要再刺，商珀也反应了过来，往后躲了一步，祖媞趁机屈指结印，在两人之间树起了一道光障。春阳疯了也似，即便有光障相阻，也未放下短剑，剑刃劈在光障之上，发出刺耳的铮铮之声。

便在那锋刃不折不挠第十七次击刺那光障、妄图将其击开之时，祖媞开了口，幽幽问道："春阳，你是真的想要弑父吗？"

春阳僵住了。

光障另一侧的商珀震惊地抬起了头。连宋和寂子叙默然，余者如天步、菁蓉、霜和、莹千夏，俱面面相觑，一派瞠目结舌。

祖媞看着春阳的背影："你并非什么侍婢之女，同寂子叙也并非亲兄妹，你是南星和商珀的女儿。"

春阳静了一瞬，转过身来，眼眶绯红，脸上却没什么表情："尊上开什么玩笑，我……"

祖媞的目光落在少女鸦羽般的发上，轻声打断了她："十来日前的一天夜里，我同小三郎看到了你染发。若如你所说，你母亲是侍奉南星的侍婢，那你一个侍婢之女，如何会有一头妖族王族才有的璀璨银发呢，春阳？"

春阳表情凝住，紧紧抿住了唇。

祖媞沉吟道："我想，那侍婢虽不是你的母亲，却是抚养你长大的人，关于商珀神君之事，也都是她与你说的，可对？"见春阳不答，她也不太在意，只轻叹道，"只是我猜，她也是被蒙蔽了，对商珀神君有所误会，才会教你仇恨你的父亲。"顿了顿，"当年之事具体为何我虽不清楚，但我和小三郎都可为商珀神君作保，他不会，也不可能为了虞诗鸳而背弃你母亲和丰沮玉门。"说着望了连宋一眼。

接收到祖媞的眼风，静在一旁的三殿下配合地开了口："的确如此。灵树神君的仙位虽是天君封给商珀神君的，但商珀神君能为灵树神君，却非因天君器重，而是因昼度树于万千待选仙者中亲自指定了他。昼度树乃天树之王，绝不会选持身不正之人做它的守树神君，所以商珀神君也绝无可能是什么无德小人。"

洞明世情又擅察人心的年轻神君深谙说服之道，话到此地，特意放缓了语气，不动声色地循循以诱："你也知你父亲失去了那些年的记忆，忘记了你母亲。后来他同虞诗鸳成婚，也不过是受虞诗鸳蒙蔽，那场婚姻有名无实，虞英也不过是术法的产物。如今得知虞诗鸳作恶多端，你父亲比谁都想要使她正法伏诛，又如何会故意放走她呢？"

春阳的面色不再似先前那样紧绷，仿佛被说动了，但仍回避着不愿看商珀，像是惶惑，又像是不知所措。最后那迷茫的、不知如何是好的目光落在了寂子叙身上，顿了一瞬，绯红的眼中浮出了一层泪。

寂子叙近前两步，抬臂揽住了春阳。就在被寂子叙抱住的一刹那，春阳忽然失控，失声痛哭了起来。伤心的少女，就像是头委屈的小兽，无助地呜咽着，一边哭一边说出令人心酸的话："哥哥，我想要我娘回来，我想要她回来……"

寂子叙知道，春阳所说的"想要我娘回来"，指的是她想要南星恢复灵智；只恢复一点点都可以，只要南星能认出她、唤她一声春阳便好。但旁听许久，寂子叙也猜到了虞诗鸳都做了什么。他深深明白，春阳的祈愿或许已没有实现的可能。

可春阳还不知道。她以为抓住了虞诗鸳，她的母亲便能回来。她此刻伤心的是他们没能抓住虞诗鸳，没能将南星的魂魄带回，所以虽然伤心，也还存着希冀。

寂子叙不敢想若让春阳知道了真相她会怎么样。他也不知该如何安慰此时这个伤心的春阳，只能压抑着情绪，轻轻地一遍一遍去拍她的背。就像他们小时候那样。

一时之间，小院里只有寂子叙轻缓的拍背声和春阳压抑的哭泣声。祖媞看得眼湿，微微偏过了头去。

二人之间的光障已消失不见，商珀脸上的表情很是迷茫，他向前走了两步，在离春阳一步之遥时，他停住了，抬手似想触碰春阳，但那手终归未能伸出去。

此前，在商珀的猜想中，那段被他遗忘的过往里埋藏的真相，左不过便是他流落西荒时，南星救了他，容他在丰沮玉门养了一段时日伤；伤好后他便主动离开，回了长右门，却不意遭到了门中师长算计；他们大概囚了他，潜入了他的记忆，发现了入丰沮玉门之法……

此番重返丰沮玉门，见到南星后，他心中总有窒闷酸涩之感。他一直将其理解为对南星的愧疚，可，他们竟有一个女儿？

"南星……究竟是谁？"商珀失魂落魄地看向寂子叙，哑声问，"你可知，三万五千三百年前，我和南星之间到底发生了什么？"

寂子叙默然，没有正面回答他，只道："那时我也还只是个婴孩。"

商珀愣了一会儿，忽地转身："我去寻折颜上神。"

却被祖媞拦住了："既有土灵珠，无需折颜上神，我亦可助你恢复记忆。"她直视着商珀的眼，"不过，那或许是一段很残酷的过往。你真的想将它们找回来吗？"

商珀涩然："我来此，原本便是想搞清楚当年到底是怎么回事。"

子夜时下起了雨。轩窗外更漏迢递，和着沥沥雨声，在这静夜里有些突兀，也有些扰人。

祖媞离开后不久，商珀睁开了眼。他从竹床上坐起来，安静地穿好鞋袜，打开竹门，在沥沥冷雨中拐过长廊，站到了一间厢房前。静了片刻，他抬手拈了昏睡诀。待房中人睡熟后，他轻轻推开那竹门，缓缓来到竹床前，拉开了帷帐。

南星平躺在竹床上，床沿旁倚着埋首昏睡的春阳。

商珀在床沿坐下，静了片刻，自袖中取出了一颗明珠。明珠生光，浮于帐前，清楚地映照出南星的睡颜。女子闭着眼，眉目似画，银发若雪。她仍是那么美，仿佛他初见她时。

商珀伸出手来，指尖微颤，停落在南星左眼眼尾的泪痣上。"南星。"他轻唤。没有人回应他。女子静躺在白绸之上，似已逝去，安静得没有一丝声息。"南星。"他又唤了一声，嗓子暗哑得只余气音。然房中阒寂，仍无人回应他。

喉头似被利刃割开，一片腥甜。商珀猛地闭上了眼。

祖媞为他施治时，当灵珠之光驱散忆河上的阴翳，使那被掩藏的七年记忆露出真形，他才终于明白，为何在这丰沮玉门山见到只剩下一丝灵识的南星时，他会感到心空和窒闷，他原以为那是对南星的愧疚，原来那不是愧疚，是他的魂魄在痛。

真的太痛了。

可笑他还问寂子叙南星是谁，他和南星之间到底发生了什么。

南星是谁？

商珀紧闭着眼，感受着喉中的腥甜。

南星是三万五千三百年前，当他渡劫失败流落西荒时，将他从生死线上救回的人；是让他忘却了无情道加之于魂魄的束缚，令他长出了情根，使他倾心的人；是他罔顾人妖殊途也要求娶，放弃一切也要与之相守，他深爱的妻。

南星温婉、贞静、灵慧、天真，于他而言，她是这世间所有的美，也是这世间所有的善。那时候，知若是成仙，他便不能同她在一起，他便主动放弃了修行；知只要他记不起自己是谁，寻不回可自保的术力,她就不会让他离开丰沮玉门,他便一直抗拒着寻回过去。可过往记忆的缺失也令他在心计智谋上退步了不少,以致虞诗鸳出手算计他们时,他那样轻易便中了虞诗鸳的计。

虞诗鸳借口师尊弥留将他骗走的那一夜,南星曾靠在他怀里与他作别。

她穿着十七层素纱单衣,未挽的银发几乎垂至脚踝,冰肌雪肤未施粉黛,握着他的手,轻轻放在隆起的小腹上,不舍地同他低语:"我和孩子会等你。"他的手覆上去,她腹中的孩子轻轻动了一下。

彼时他前尘尽忘,并不知他师尊已仙去多年。虞诗鸳流着泪说师尊弥留,他便信了。为人弟子,确当尽孝,他也觉着自己应当回去。

南星将他送到山下,他揽着南星,吻了她的额角,同她保证会在她临盆前赶回来。南星点头,静了一瞬,踌躇道:"我有些担心……"他问她担心什么,她笑了笑,摇了摇头,又说没什么。

是不是那时南星便有了不祥的预感?

但这自幼生活在丰沮玉门,从未见识过世外险恶的纯真大妖,只懂以真心换真心,又岂懂以有心算无心?

所以他们都输给了虞诗鸳。

那一面,竟是诀别。

他答应了她会在孩子临盆前回来,可他失约了。再见面,竟已是三万多年后,她灵智尽消,只余灵识,早已认不出他是谁。

他们被长右门害得好惨,被虞诗鸳害得好惨。

南星,他的妻子,女娲座前的神使,她身份高贵,容颜美丽,性情慈悯,妖寿可与天齐。她于世人而言,原本当是不可望也不可及的存在,却因他之故,屈辱地被一帮比阴沟里的鼹鼠还不如的肮脏东西害得魂飞魄散。

而春阳,他的女儿,原本当是丰沮玉门最受宠的小公主,被他和南星捧在手心疼爱,却出生便失父失母,孤苦伶仃地长到如今。这三万年来，她究竟吃了多少苦？没有父母庇佑，她是如何长大的？

不怪她那样恨他，他着实可恨。

他也听闻过她在九重天上闹出的风波，彼时他并不将之放在心上，只觉好好一个姑娘，为了害人竟自污声名，令人不喜。待到了丰沮玉门，因有了这番成见，他也是不喜她的。可如今才知，这是他的女儿，是他期盼了许久，在她还在她母亲腹中时，他便为她取好了名字的他的女儿。

忆昔时，为了给她起名，他捧着书册茶饭不思大半年，不断推敲才选中了"春阳"这个名字，希望她能一生明媚幸福。可她自幼时长到如今，又何尝有过什么明媚幸福的日子？反倒是害死她母亲的她的仇人的儿子，在自己的庇护下，于九重天活得恣意飞扬。

看着睡梦中还在流泪的女儿，商珀从未那么恨过。

恨意滔天，几乎淹没他的理智。

喉口又是一阵腥甜。

他想摸摸女儿的头，手试探地放到了春阳头顶，一时却不敢靠近，许久后，才敢颤抖地下移，轻轻地触碰女儿的发："我和你母亲一直期盼着你的到来，春阳。让你这么苦地长大，是父亲的错。"他强抑着内心的痛苦，轻声对熟睡的少女说。

但昏睡诀下，春阳睡得很沉，并没有听到这话。

商珀不见了。只留下了一封信，信中寥寥几字，说他会如春阳之愿，将虞诗鸳带回来。

春阳不在，昨夜被莹千夏普及了下融魂知识的霜和悄悄同菁蓉咬耳朵："可莹姐姐那一魂一魄不是已被虞诗鸳融了吗？那带回虞诗鸳还有什么用啊？"

祖媞放下茶杯："也不是说两魂相融了，便完全没可能再将被融的一魂解离出来了，理论上也是有法子的，只是没人试过。"她想了想，打了个比方，"虞诗鸳融南星之魂于己身魂体，就好比将一碗金沙倒进了一片大海；而要自虞诗鸳魂中解离南星之魂，就好比要将这碗金沙从这片大海里再一粒不剩地捞回来。"

莹千夏不愧是学医的，一点就通："所以只要化了虞诗鸳的魂，将南星神使的魂砂自虞诗鸳的魂中一粒不剩挑出，而后再用结魂之法凝结魂砂，或许便可恢复南星神使的一魂一魄了，对吗？"

祖媞点头："只是这会是个很漫长的过程，收集魂砂，谈何容易，谁知道要几万年才能收集成呢？"

菁蓉惊叹："几万年吗？"

坐在祖媞身旁的连宋垂眸将商珀留下的那信又看了一遍，若有所思："看来商珀神君已做好了选择，也有了打算。"话罢抬手将信给了天步，让她交给春阳。

知商珀离开，春阳并无太大反应。

灵珠中既已无南星神魂，春阳对它也不再留恋，做主将它借给了连宋和祖媞。

几人离开时，寂子叙神色复杂地望着祖媞，似有许多话想说，但最后忍住了，只隐忍地道了"保重"二字。

祖媞点头还了礼。

几人原打算立刻回九重天，然刚出丰沮玉门便碰到了谢画楼。谢画楼脚下躺了几具魔尸，正是跟了他们几个月的商鹭的手下。谢画楼简单道："见他们在此蹲守，仿佛欲对你们不利，我便出手将他们解决了。这几只魔还有个主人，但那主人逃命的本事不错，被他给逃了。"

祖媞同连宋对视一眼，知谢画楼所说的魔尸们的主人应当便是听了连宋忽悠，欲对他们玩"螳螂捕蝉，黄雀在后"的商鹭魔使。不过这也不太重要。

显然，谢画楼也不觉这有什么紧要，只将此事淡淡一提，接着，神色沉重地告知了他们另一桩事。谢画楼说她寻到了一点关于雪意的线索——雪意可能误入了冥司的混沌荒漠。

这确是桩要事。祖媞担心雪意，决定领着霜和菁蓉先随谢画楼去冥司，让连宋回九重天将土灵珠交给东华帝君后再来同他们会合。连宋同意了，将天步和莹千夏也留给了她。

就在连宋回到天宫，处理完杂事，带了来元极宫借书的粟及一道前往冥司时，在遥远的南荒，商珀也寻到了逃匿多日的虞诗鸳。

面对恢复记忆的商珀，虞诗鸳难再巧言令色，终于感到了惧怕。

她是爱冒险的人，也总有好运气，虽然过往许多次的冒险都差点将她逼入死境，那时候她也会紧张畏惧，但在内心深处，她并不真的觉得自己会死。她是天命所向的人，她一直这样认为。可此刻，当商珀的剑毫不留情地刺入她心口，虞诗鸳才终于意识到，这一次，死亡是真的离自己很近了。

求生的本能使她不顾一切地握住了那白刃。商珀眸似寒星，冷冷看着她。因她的抵挡，那剑尖只刺入了一寸。疼，但不是不可忍。到这一刻了，她仍不愿放弃，还想着逃生。

芙蓉面失去了血色，额头也渗出了冷汗，她知道自己此时的模样可怜，强忍着疼痛，佯做出无助柔弱之态，眸中含泪，向商珀乞求："我会这样，都是因为喜欢你啊大师兄！我的确做了错事，可事已至此，既然南星姐姐回不来了，你可以将我当作是她……难道我不像她吗？"说着含泪露出了一个南星才有的温婉贞静的笑容，"我会好好扮演她，做你在这世上的慰藉，为我的过去赎罪，大师兄，你饶我一命好不好？"

在看到那个笑时，商珀的手颤了颤，虞诗鸳自以为摸到了商珀的软肋，欲再接再厉，但压在舌尖的话尚未蹦出一字，刺在心口的冰冷剑刃又向内深入了两寸。剧痛在身体里炸开，虞诗鸳不可思议地看向商珀："你……"这才看清，商珀的眼中并无动容，有的只是恨和厌恶。

利剑刺穿了她的心脏,她能感到生命在迅速流逝。商珀的眼中一片阴翳,像看蝼蚁一般看她:"南星是天上月,你是地上尘,即便有了她的脸,你也叫我恶心。"

虞诗鸳的眼猛地睁大。地上尘,凭什么说她是地上尘,这世上凡人,庸庸无为者多,有几人能有她的成就? 即便如今她英雄末路了,也不能否认她的辉煌曾经。

一时之间,她竟忘了死的恐惧,愤怒地想要反击,可一张口,便全是血,但她依然拼命发出了声音:"别……别忘了,便是……我这等地上尘……杀死了你那天上月……一般的南星。"脸上扯出一个扭曲的笑,意识到已无力回天,她笑着流出了一滴泪,最后回顾这一生,她仍不觉自己做错,"是……虞风铃误……误我,若非……她喜欢……你,在我心中种……种下了对你的执念,我又怎会……一而再……再而三被你引……引出来,最后死……死在你手中。是她……误我,若有……来世,我定……"

其实她对商珀的执念到底是源于她自己还是源于虞风铃,如今她也说不清了。她只是……必须得否认。她一路走到现在,一败涂地于此,这绝不能是她的错,必须是虞风铃的错,否则她无法原谅她自己。

利剑猛地刺下,扎进虞诗鸳胸膛,剑锋穿背而过,鲜血似涌泉自她口中喷出,将她未尽的话堵在了喉中。虞诗鸳死不瞑目。

人死一刻后,魂魄会自然离体,商珀却懒得等那一刻钟,直接将虞诗鸳的魂从她的尸身里扼了出来,伸手一掼,将之掼入了散灵壶。

散灵壶可解灵,解灵之痛难描难绘,只听虞诗鸳的尖叫透壶传来。商珀冷冷一笑:"好好尝尝这散灵壶的滋味吧,痛三千年后你便会被解灵,不会再有什么来世了。"

那壶中尖叫停了一瞬,接着,更凄厉的尖叫声响起。商珀却未理会,随意将散灵壶收入了袖中。而后头也不回地离去。

才经历了一场残忍打斗的山间一片宁静,仿佛什么事也没有发生。

漫山野木仍自青青。

魔尊所居的灵璩宫崔巍峭拔，巍巍然立于南荒另一头。纤鲽这些日在魔宫中养伤。她身上其实没大伤，但欲诛女娲的阴谋被祖媞和连宋揭穿，令她大受打击，受了颇重的心伤。几日来，纤鲽分外颓丧，连手下的魔将前来禀呈，说在魔宫外发现了神族痕迹，也难令她再如往日般警醒。

诛灭女娲，并不是庆姜复归后才指派给纤鲽的差事，她二十多万年前便在干这事儿了。具体说来，是二十四万年前。

那一年，庆姜偶得了一本古阵法册。那册子乃一位极擅阵法的暗魔先祖留下，册中载录了一种可诛真神的法阵。庆姜意在八荒，一直视神族中几位厉害的洪荒神为眼中钉肉中刺，得此宝阵，自然想将之用在几位洪荒神身上。然想要立成此阵，还需两件秘宝作阵引——一件乃欲诛之神的元神灵珠，另一件乃欲诛之神的眉间真血。可想要从一位清醒着的真神那儿拿到他的元神灵珠和眉间真血谈何容易？算来算去，也只有业已沉睡的女娲比较好让人钻空子。庆姜便将矛头对准了女娲，将此事派给了纤鲽。

纤鲽很是尽心。她查到女娲座下有个叫温随的妖侍，因不满女娲偏爱神使莹南星，同莹南星一直不对付。纤鲽以永生为饵勾连上了温随。她许诺温随将助他长寿永生，温随则答应她帮她盗取女娲灵珠。

这合该是桩好交易，可惜尚未盗得灵珠，温随便暴露了，被莹南星逐出了丰沮玉门。幸而他机灵，离开丰沮玉门时将可感应女娲眉间真血的蕉岭石顺手牵羊给带了出来。

接着，他奔逃到南荒，来投奔了纤鲽。

可纤鲽即将跟随庆姜前往虚无之境夺取创世钵头摩花，并无暇看顾他，仓促之间，纤鲽将他安置进了魔宫别苑，打算凯旋后再与他就诛灭女娲之事从长计议。岂料父神虽老矣，却不可小觑，虚无之境中与父神那一战，竟是庆姜败北，被父神封印。作为庆姜的座前魔使，纤鲽亦被牵连，陷进了长久的沉眠中，并未能回得去魔宫。

沧海桑田，星移斗转。直至二十多万年后，封印大阵上那一缕父神自光神处借来加持阵法的亘古不灭之光消失，庆姜自封印中苏醒，炼化了被他吞食的三瓣钵头摩花瓣，恢复了力量，纤鲽才得以被唤醒。

可阵外的魔使虽被唤醒了，魔尊庆姜却没能出得来。因被他炼化的那三瓣钵头摩花瓣的力量实在太强大了，即便他的魔体可与钵头摩花伴生，也不堪承受。

体内的创世之力无时无刻不在折磨着庆姜，使他无力也无法破阵而出。不过庆姜坚信，只要给他时间，他一定能逼出体内多余的钵头摩花之力，冲破父神的大阵。因此他指派了纤鲽一行先去魔族中布下暗局，以待他王者归来。

三位魔使领命而去。

苏醒后的头一万年，纤鲽暗藏于苍之魔族中，一直在为迎接魔尊入世而忙碌，差不多已忘了温随和诛杀女娲之事。一次前往凡世，于无意中结识了虞诗鸯，发现土灵珠竟在虞诗鸯手中，她才想起二十多万年前那桩未竟之事。

在阵外禀报了庆姜之后，纤鲽重领了诛杀女娲之令。

温随自然已不可能存于世间，不过当初为了掌控温随，纤鲽曾让族中擅蛊之魔在温随体中种下了可一代传一代的蛊毒，如今蛊师虽早已离世，这一味蛊也成了绝蛊，但所幸，循着此蛊寻出温随后人这事，她还是能办到。

几乎没费什么力气，纤鲽便寻到了温随的子孙温宓。她扮作一个跛足道人与温宓结缘，后又引温宓见到了虞诗鸯。

温宓和虞诗鸯所走的每一步，背后都有她的影子，但谁也不知她的存在，连温虞二人自己都不知他们其实只是她手中的棋子。她对自己布下的这一局很是满意，暗觉这次她一定能够顺利诛灭女娲。可让人万万没想到的是，复归的光神祖媞竟会半路掺和入此事，还将那心眼比天上繁星都多的天族三皇子也揽了进来。

纤鲽这几日复盘了近百次——她在哪一步更细心一些，更谨慎一些，这事或许便可成了？

为避免让人揪出此事还有魔族的影子，她并未派人监视虞诗鸯，但温宓便是虞诗鸯的归处，待虞诗鸯在凡世收集完女娲眉心真血后，她总会回到八荒来与躲在长右门的温宓会合。幸而祖媞神那条"八荒生灵，若有对人族心存恶意者，皆不得通过若木之门"的法咒，只对生灵们从八荒前去凡世有规束，否则杀了那么多凡人的虞诗鸯便决计回不来了。

照她原本的计划，待虞诗鸯回来同温宓碰头，自己再前去长右门，暗中为二人护法助二人设阵，这事便万无一失了。

可连宋却早早绑走了温宓。

连宋为何会闯长右门绑走温宓，长右门中有何物是值得这位天族三皇子觊觎的？她立刻便想到了虞诗鸯手中的土灵珠。

她反应得很快，还想到了以连宋的能为，必能撬开温宓之口，从温宓口中探寻到温虞二人对女娲的谋划，自己若再循原计划行事，势必会很危险……

可，要收手吗？已经走了九十九步，还差一步便可抵达终点，就这样放弃，是不是太可惜了？

诱惑实在太大，最终纤鲽决定赌一把，改变计划，放弃掉温宓，直接去找虞诗鸯，然后借虞诗鸯之手杀掉女娲。

她是洪荒时便降生的魔，又同温随打了长久的交道，自然知晓女娲曾将莹南星的一魂一魄移入土灵珠以助莹南星长生。

三万五千多年前丰沮玉门那场屠山之祸被瞒得严实,纤鲽并不知莹南星祭山了,只从虞诗鸳处听说那一夜长右门满门覆灭,丰沮玉门亦损失惨重。

纤鲽知莹南星有感应土灵珠之能。她从没想过莹南星会死在凡人手中,推测莹南星会任土灵珠遗落在外,可能是被那一战伤了根本,陷入了沉睡。而祖媞和连宋应是并未能让莹南星从沉睡中苏醒,否则他们早就前去凡世寻虞诗鸳了,可据商鹭说,他们一直都待在山中。故而,她想在祖媞和连宋复苏莹南星之前,将莹南星绑出,托庆姜唤醒莹南星,然后在连宋他们之前寻到虞诗鸳,完成对女娲的诛杀。

复盘了差不多一百回,纤鲽不得不承认,岔子的确是出在了这里。她在这一步做错了,她不该去绑莹南星。不派那些半妖去绑莹南星,祖媞和连宋就不会推测到温虞二人背后另有主谋,也就不会将计就计,在复苏了莹南星、靠着莹南星的力量寻到虞诗鸳后,最终反让她入瓮。

不过行差踏错了一步,事情便再难以挽回。

纤鲽悔得咬牙,恨得切齿。

忽有魔侍不禀而入,纤鲽立刻甩杯砸人,杯子却被定在了半空。

纤鲽抬眼,方见是同样办砸了差事的商鹭入内。

商鹭看着比她还颓丧些,黯然道:"尊上从暗林里出来了,传召你我二人。"

纤鲽一凛。

第十八章

天君今儿一大早便来太晨宫寻帝君了。

知帝君好清静，天君素来是不上门叨扰帝君的，今日如此，实是不得已。

玉合殿里，天君端着帝君分给他的茶，揉着额角叹气："本君其实考虑过，他于风月事上无定性，风流之名八荒皆知，若让他与其他三族的皇女联姻，莫说结两族之好，两族不结仇本君便要念一句无量善德了，故本君从未想过干涉他的婚事。"

天君这是在和帝君聊他的小儿子。

"本君知他眼光高，比他两个哥哥的眼光加起来都高。虽他母后很是担忧他眼光太高会娶不了妃，但本君也不觉这有什么，他不娶妃倒令本君省心了。可本君万万没想到，这逆子竟会跑来同本君说、说⋯⋯"话到这里，天君的头又开始疼，他长叹一声顿住，像是不知该如何继续说下去。

帝君喝着茶，面露好奇："连三他到底说了什么大逆不道的话，将你气成这样？"

天君不由回想起昨日小儿子来凷生殿请安时同自己说的话："儿臣也到了适婚之年，此番来见父君，便是希望父君能做主，替儿臣向姑媱提亲。"

他当时正喝着参汤，闻听幼子竟主动想要成家，备感惊讶，疑惑地问幼子："你是看上了祖媞神座下的哪位神女？"不确定地又问身旁仙侍，"尊神座下可有什么出色的神女可与我儿为配吗？"

仙侍还未答，便听幼子道："尊神座下没有什么出色的神女可与你儿为配。"

他不解："那你……"

幼子静了一下："儿臣心悦的是尊神。"

他一口参汤喷了出来。

幼子淡定地往后退了两步……

回忆至此，天君头更疼了，舒了一遍气，方回答帝君："帝君不知，那逆子竟觊觎上了祖媞神，欲娶祖媞神为妃。"天君忍不住揉额颞，"祖媞神复归，是待那逆子不错，但你我皆知，她也不过是对还存于世的自然神后辈多照应一二罢了，可那逆子，他竟肖想上了前辈。"说到这里，不禁再次动气，"想必帝君也觉此事荒谬吧，更荒谬的是，那逆子竟还敢要求本君为他去姑媱提亲，他怎么求得出口，本君都怕自己前脚进了姑媱山，后脚就被人给打出来！"

身为神族之君，天君见事素有大局观，他当然也知天族若能与姑媱结亲是再好不过的一桩事。幼子若想迎娶祖媞神座下的女仙，他会很乐见其成，可那逆子怎么敢打无情无欲神魂无垢的祖媞神的主意？

天君忧闷地看向帝君："本君自是不会替他去姑媱提亲的，但那逆子执拗起来也很难办，只怕本君拒了他，反会令他生出反骨主动去招惹姑媱，如此岂不是令姑媱与我天族生隙，故本君只得来求帝君，请帝君支个管教那逆子的法子。"

帝君慢吞吞喝完了手中的茶，慢吞吞给天君提建议："要不你就试试去姑媱提亲得了，说不定不会被打出来呢？"

天君叹气："帝君别开玩笑了。"

"没开玩笑。"帝君道，"据我所知，祖媞一直很宠爱连三那小子。"

天君不以为意，在雪意的影响下，对这事天君自有一番偏见："那只是尊神她对同为自然神的后辈的照顾罢了。"

看他这样固执，帝君也不欲多说，点了点头，道："好吧，但听说她还收了你儿子的逆鳞。"

天君刷地站起来："什么？"

话罢才意识到自己失态，坐了回去，只觉得脑袋嗡嗡的，比昨日逆子告诉他想要求娶祖媞还嗡得大声。天君半天说不出话来，御口张合了数次："本君没有听错吧？帝君的意思是，祖媞神她竟也看上了那小子？"天君不能相信，觉得自己整个人都是恍惚的，"可祖媞神不是无七情也无六欲吗，她如何会……"

帝君将喝空的杯子放下，耸了耸肩："那总不至于是因为她眼瞎吧？"

天君沉默了一瞬，虽然他自己也臧否小儿子，却不能容忍旁人说小儿子一句不是，他就是这样一位矛盾的慈父。天君强与帝君争辩："本君这嫡幼子样貌好，人聪慧，战场上屡立奇功，即便谦虚些说，年轻一辈中也算翘楚了，祖媞神看上他，那也不能说眼瞎吧？"说着说着回过味来，自言自语，"虽然但是……但如此看来，这是一桩门当户对且极为合衬的好婚姻啊！"

帝君瞥了天君一眼："可不是吗？"

近饭点时天君告辞离开，离开时的神情依然如在梦中。

送走天君后，帝君简易用了点午膳便去了丹房。

自打同连宋、祖媞定下对付庆姜之计后，帝君泰半时候都泡在丹房中研练阵法。那专为庆姜而制的大阵已成了一半，这几日帝君正琢磨着如何将朱厌兽的异力汇用到阵法中，着实挺忙的，百忙中能抽半刻钟给天君，算是很给天君面子了。

半道上帝君碰到了重霖。重霖刚从兰台司查完虞英回来。

丰沮玉门之祸既已真相大白，涉事之人自当处置了，罪魁祸首虞诗鸳他们太晨宫管不着，但非以正道成仙，而又在虞诗鸳为祸凡人一事上助纣为虐的虞英仙君却正关在太晨宫中，是需他们处置的。

为免打草惊蛇惊动魔族，自然不能以虞英真正的罪名论处他。不过不用帝君费心，重霖已将这事考虑万全了："虞英任职兰台司时行事不算稳妥，却能一路顺风顺水，乃是承了上峰松岚仙君庇护。臣打算将虞英过往那些不端处翻查出来，以此为名目削他仙籍、罚他下界，顺便将徇情枉法的松岚仙君也治个失察之罪敲打一番，不知帝君以为如此安排可妥？"

如此自然是妥的，帝君点头允了，走了两步，想起一事，又回头向重霖道："对了，商珀当也不会回九重天了，他虽还未向本座递折子辞位，但这是迟早的事，你找个昼度树心情好的时候，本座去灵蕴宫寻它谈谈心。"

守树神君若主动毁契，令天树生怒，天树便会对守树神君降下惩戒。重霖立刻明白了帝君的意思——帝君是想帮商珀在昼度树跟前说情。但重霖根本不相信帝君懂怎么帮人说情，担心帝君弄巧成拙，犹豫着提醒："昼度树怎么说也是天树之王，帝君您和它好好说，它应当是会理解商珀神君的，您可千万不要一言不合就拔剑打它啊！"

帝君嗯了一声，过了会儿，问重霖："那它要不理解商珀呢？"

重霖："这……"

"那也只能打它一顿了吧。"帝君默默望天，道。

重霖："……"

冥司重地。

天有白月，孤山幽幽，角马所拉的黄金四轮车辚辚而来，车前车后皆布排着魔侍。

粟及提剑埋伏在一旁的草丛里，准备待孟极兽作乱攻击这一队车马时，对端坐在金车中的小姐英雄救美。

他一边紧张地注视着前方的车队，一边在脑海中思考几个问题：我为什么要好奇跟着三殿下来冥司？我为什么不长记性要自己给自己找事？以及，我作为一个道士，去英雄救美勾引人家黄花小姑娘，这是不是不太合适？

说实话这的确很不合适。但就像雪意说的，他不去谁去，难不成让三殿下去吗？

事情到底是怎么发展到这一步的，说来话长。

两日前，粟及跟着连宋来冥司同祖媞神会合。谢画楼却道祖媞神为寻雪意已先一步入了混沌荒漠。所谓混沌，乃天地不分的迷蒙之地。冥司生于混沌，东西南三方皆与混沌相连，正北方却非是如此，其上生出了一片半清朗半迷蒙既不属于冥司也不属于混沌的"禁境"。这"禁境"便是混沌荒漠。而两位冥主之所以将此地称为"禁境"，是因人一旦入此境，便极难寻到归来的路再回到现世。

谢画楼是个对人一视同仁的神，此前未阻止祖媞入此禁境寻雪意，此番也未阻止连宋和粟及入此禁境寻祖媞。但她在两人入境前让他们各自签了一份免责书，说要是他们回不来，那等东华帝君来找她麻烦时她就可以把这两份免责书啪一声拍到帝君脸上去……

总之他们顺利踏入了混沌荒漠，在这个一片荒芜的鬼地方瞎转悠了两天，没找到祖媞，却碰到了祖媞座下的雪意，并从雪意处得知，这混沌荒漠竟是火神谢冥以身化冥司时，自她的遗憾里生出的妄境。

"我寻遍了整个冥司也未能寻到瑟珈的踪迹，最后不小心误入了此境。此地神秘，连谢孤洲和谢画楼也不曾来过，我原以为这里会有一些关于瑟珈的线索，可不承想此处却同瑟珈没什么干系，竟是谢冥神留给冥司的额外遗迹。"雪意这样告诉他们。

"二十四万年前，为令天道有常五族安居，谢冥神年纪轻轻便以身合道。她虽意志坚定道心不移，赴死也极为洒脱，但彼时我却觉得，在她那不算长的一生里，她或许也不是没有遗憾。"雪意远目荒漠尽头，面上流露出几分怅然，似是对他们说，又似是自语，"果然，她是有遗憾的。"停顿少时，他正色面向连粟二人，继续，"那些遗憾趁她身死魂消无知无觉时化出了这个妄境，诱捕冥司中不愿奔赴新生的怨魂，而我们要离开这里，只有一个办法，那便是消弭谢冥神的遗憾。谢冥神的遗憾是此境存在的基石，若那遗憾不存在了，此境自会消失，不仅迷途的怨魂可得救，我们也不用浪费时间在这扭曲如同迷宫一般的空间里四处寻找尊上了，自能与她相见。"

粟及并不好奇雪意为什么知道这么多，考虑到雪意比他们早来起码半个月，他觉得雪意对这里这么了解都是应该的。粟及在意的问题有且只有一个："消弭掉谢冥神的遗憾便可使此境消失……谢冥神的遗憾是什么啊？"

"她遗憾自己未能同风之主瑟珈有个善终。"一个声音轻飘飘在粟及耳边响起，声音的主人却并非雪意，而是本该同他一般一无所知的三殿下。

"不过照这上面所写……"三殿下玩味地挑眉，修长玉指翻着一本不知什么时候出现在他手里的书册，"她好像也不是希望能和瑟珈尊者有个善终啊。"

雪意的目光凝落在连宋手中的古书上："入此境后，载录此境究竟的《境书》会随缘而至，想不到这本《境书》竟这么快就出现在你手中了。"

连宋嗯了一声，继续翻着书，随意评价了一句："载录得还挺翔实。"

雪意道："那也无需我再多说什么了。"

粟及听懂了他二人的话，悄悄往三殿下处挪了挪，也探头去看那册《境书》。所幸在帝君的藏书阁历练了三万年，如今他阅书的速度并不输三殿下多少,三殿下啪啪啪一顿乱翻,他居然都看懂了。

书里说,作为此妄境养料的遗憾乃是从谢冥的情丝中生出。谢冥一生情路坎坷,情丝细弱,有外邪入侵却无本心坚守时便易着魔。活着的谢冥不会觉得情路坎坷是什么天大遗憾,死去的谢冥留在这世上的情丝失了本心庇护,却易走入歧路,着相入执。

所幸她也不是一心要吊死在瑟珈这棵树上——谢冥留在这世上的情丝想要弥补的遗憾是,为谢冥寻到一个真心爱她的人。这执念在混沌荒漠中造出了数不清的不枯之泉,每口不枯之泉中皆藏了数个幻境,那些幻境乃谢冥活着时情丝波动得最为厉害的人生旅程的再现。闯入混沌荒漠的人皆可前去不枯之泉的幻境试试自己是否是谢冥命中之人。若有入境者能在幻境中以真心换真心,与谢冥结成良缘,那谢冥的情丝便能被安抚,遗憾便能消解,此境便会消失了。

粟及看得咋舌:"谢冥神同瑟珈尊者竟真的是那种关系……不过,这入境者指的是……我们?"他很快反应了过来,"所谓入境消弭谢冥神的遗憾,不就是让我们去撬瑟珈尊者的墙脚吗?"

粟及高超的理解能力和总结能力折服了雪意。雪意敬佩地沉默了片刻:"算是吧。"

粟及"啧啧":"你既早就得了《境书》,早就知道了这些,那你应该已经去不枯之泉试过了吧?但你失败了,所以此境仍未消失,我猜得可对?可你看上去很懂姑娘们的心啊,连你都失败了,谢冥神这么难搞定的吗?"

雪意再次沉默了片刻:"和谢冥神没关系。"像是很不想提起这一茬,顿了少时,才道,"是瑟珈尊者占有欲比较强。"又似自嘲,"幻境中我不过见了谢冥神两次,略微表现出了一点亲近之意,便死在了他刀下,被不枯泉送了出来。"

粟及愣了愣,凑过去又看了眼三殿下手中的《境书》,见上面就瑟冥二人的情感纠葛只春秋笔法地描了句"谢冥钟情瑟珈,以致情路坎坷",此外再无着墨,不禁纳闷:"照你这么说,瑟珈尊者不也挺喜欢谢冥神的吗,两人怎么就落到了那个境地?"

从头到尾又慢悠悠翻了一遍《境书》的三殿下也抬起了眸:"我也听阿玉说过,瑟珈与谢冥是立过噬骨真言的,这世间没有谁比瑟珈待谢冥更好。"

雪意垂目道:"的确,在谢冥很小的时候他们便立下了噬骨真言,发誓会成为彼此永远的亲人和家人,瑟珈从未违誓,从这个角度论,他其实不算辜负了谢冥。"

说完这话,雪意淡淡笑了笑,但笑意不及眼底,有些不像他:"他俩的故事也不算复杂。

"瑟珈虽生而为魔,却不为魔族接纳,自幼孤独地长大。但他也希望有亲人,因此从登备山的玄蛇手中抢走了谢冥,将谢冥当作妹妹养到了七千岁。在她七千岁生日这一天,谢冥走丢了。那时候八荒本就混乱,小孩走丢是常事。瑟珈虽从未停止过寻找谢冥,但一直没能找到。

"两人再见面,已是三万余年后。重逢之初,谁也不认识谁。阴差阳错之下,谢冥爱上了瑟珈,瑟珈也对谢冥动了情,但不久后瑟珈却发现了谢冥正是他一直在寻找的妹妹。兴许是用情不深,瑟珈及时收回了对谢冥的感情,可谢冥却做不到,她也不认为那层所谓的'兄妹关系'能成为阻拦她和瑟珈在一起的理由。

"但瑟珈只愿再将她当作妹妹看待。

"两人纠缠了上万年。后来瑟珈爱上了谢冥养父的小女儿夕瞳,不惜以少和渊至宝为聘千里求娶夕瞳,谢冥才终于认清现实,在瑟珈和夕瞳大婚前离开了少和渊,此后终生都未再回去过。他俩之间就是这样了。"

说完这段过往,雪意勾了勾唇,看向面前二人:"是不是挺老套的?"

三殿下事不关己，没有发表什么看法。

不过粟及有看法。粟及不觉得这故事老套，他大为震惊，立刻想起了一件事："史书记载谢画楼与谢孤桄二位冥主乃天地之精所孕之子，在谢冥神羽化之时借谢冥神仙体为梁降临世间……这该不会……另有隐情吧……"因知晓如此揣测一位尊神甚为不妥，粟及这话问得很含蓄。他也不是八卦，但这事对他们能否走出混沌荒漠确实挺重要的。

雪意看着雾色蒙蒙的远方："另有隐情……你是想问谢孤桄与谢画楼是否是谢冥与瑟珈之子？"

粟及尴尬地笑了笑。

雪意轻飘飘回道："我虽擅打探消息，但这个，谁知道呢？或许将不枯之泉的所有幻境都经历一遍就能明白了，但我不是死得早吗？"他收回目光看向粟及，忽然一笑，"咱们三人一道去我去过的那口不枯之泉试试吧。我和三殿下拖住瑟珈，你去诱谢冥神，这次咱们分工协作，事情应当就能办成了。"

这就是此刻粟及提剑趴在半人高的杂草丛中的原因。

这里正是雪意曾去过的那口不枯之泉的第一个幻境。

在这个幻境里，粟及需从孟极兽的利爪中救下因修行出了岔子而带伤前去丹穴山求医的谢冥。据雪意说，当年瑟珈便是如此获得了谢冥的青睐——分别了三万余年、相逢却不相识的两人于孤山中重遇，青年以风为刃，几招里便解决了隐伏在少女身周的危机，从此入了少女的眼，也入了她的心。

粟及总觉得引开瑟珈再复刻他当年的套路可能也不是一个很好的办法，毕竟英雄救美这档子事里恩公能不能变情郎，主要还是看脸而不是看其他。片刻前三殿下引开瑟珈时他见过瑟珈一面，自觉光看脸自己同这位风之主之间差得还是有点远。不过作为一个道士，他也想不出什么更好的引诱无知少女的办法，只能先试试。

　　车队越来越近，风中传来腐物的味道，是孟极兽出来狩猎了。魔侍们也发现了劫道的凶兽，车队慌乱了片刻，但很快摆好了阵势。

　　领头的雌兽一声怒吼，数十头雄兽扬着利爪齐扑了上去。粟及正在琢磨出场时机，冷不丁被雪意在背后拍了一掌，没办法只好立刻加入战局。

　　一群孟极兽同一群魔侍战成一团，场面极其混乱。靠粟及自己是没办法一剑干掉一头孟极兽的，但有三殿下靠在不远处的老松下结冰成刃帮他作弊，粟及没用几招便解决了围在身周的三头凶兽。回头时瞧见领头的雌兽觑机攻向了正中的金车，粟及心道表现的时刻总算是到了，立刻旋身飞起，长剑聚力一挥，森森剑气直劈向金车前雌兽的脖颈。那兽扭身一躲，剑气未能取它性命，只堪堪擦过了它的尾。雪白的长尾立刻断成了两截，雌兽惊怒，调头便向粟及攻来。

　　就在这时，一只雪白的手忽然自内撩开了金色的车帐，紧接着，一道蓝色的身影似一片轻飘飘的雾落在了粟及身旁。是金车中的少女。少女明明动作很快，可给人的感觉却像是一片雾。月纹长剑和九节紫竹洞箫合力逼退了攻上前来的雌兽。攻击一再被阻，雌兽大怒，仰首狂嗥，怒嗥卷起夜风，将少女幂篱上的纱罗吹得扬起，露出一张雪肤红唇、金珠做饰的脸来。

　　粟及晃眼瞟过少女的脸，一下子怔住。

　　就在粟及愣神之际，在远处观战的三殿下忽然瞬移到他身边揽过了手持洞箫的少女，见粟及异样，又用空着的那只手化出冰刃来帮他挡住了那头怒啸着似要冲过来的雌兽，随后带着臂中的少女飞快地退出了这片战局。粟及趁机又给那雌兽补了一刀，确认它已不具威胁后，他回头望了一眼，见白月之下，三殿下携着那少女站在半空的一片云絮上，两人挨得很近，三殿下微微低头，似在同那少女说什么话。

"……不是说好的让我去英雄救美吗？"粟及脑子里一团糨糊，然也没时间多想，因战局里还留着好几头一看就格外勇猛的孟极兽。又一头恶兽呼啸着扑过来，粟及赶紧提剑迎战。

粟及还好，车队的魔侍们却不是这些凶兽的对手，不多时，几十个魔侍已被巨兽分食殆尽。饱餐的恶兽不再急切，耍弄似的围住粟及这个最后的猎物。粟及头皮一阵麻，正欲捏印防护，半空中忽有笛音响起。

笛音指引下，魔侍们遗在山道上的炽血以不可思议的速度凝结，被坚冰裹覆后，化为不可摧折的锁链，猛地向近处的孟极兽袭去。巨兽被锁，发出受惊的咆哮。咆哮声震彻山林，却未能掩住幽幽笛音。

笛音游刃有余地掌控着血化的锁链，使它们长出棘刺，深深扎入被捆缚的凶兽的血肉骸骨。怒嗥声逐渐被痛苦的哀鸣取代。

这一曲笛乐并不长，当最后一个音符落下，含怨的锁链利落地刺入孟极兽的心脏，十来头孟极兽瞬间毙命。兽血染红了整条山道，粟及身上也被溅了不少血，战局一片狼藉。

但造成这一切的三殿下却如玉树一般长身立于月下，仍是纤尘不染的。

半空中，连宋平静地收了笛，身旁的少女仰头对他说了一句什么，他便将手中的玉笛递给了少女。

粟及看得愣愣的。

雪意这时走了过来，皱眉问粟及："不是说好的由你去英雄救美吗？连宋怎么突然现身了？"

粟及也是稀里糊涂的，想了会儿，问雪意："谢冥神和祖媞神……她俩是不是长得一模一样啊？"

雪意望过来，眼神里透着莫名："怎么这样问，她俩长得完全不一样，谢冥神清隽冷丽，尊上……"突然收声，眉心微动，目光扫过前方的那道蓝影,向粟及道,"你是说……她同尊上长得一模一样?"见粟及点头,雪意的眉缓缓拧紧了,"怎么可能,上一回……那幂篱下的脸明明是谢冥的脸,难不成……"

话未完,雪意忽地顿住,抬头看向中天。天顶的白月在他抬首的瞬间隐去,天似墨染。没多久,那墨染般的黑淡去了,天幕似一抔燃尽的灰,被风一扬便消隐无踪。天光乍亮。乍亮的天光下,森然的血道、凄凉的山景,包括连宋身边的少女,一切都不复存在。第一个幻境消失了。

雪意收回视线,向漫步走过来的连宋求证:"那女子果真是尊上吗?"

"是阿玉。"青年回他,皱了皱眉,"但她以为她是谢冥。"

雪意怔然,沉默了少顷,难以置信地再次询问:"你确定她是尊上本人,而非这幻境所化之人?"

青年抬眼看他,目光里含着锐利:"你是觉得我连真实和幻影都分不清,是吗?"

雪意摇头:"倒也不是。"苦笑道,"若那果真是尊上,那就是说,尊上也入了这幻境,但她与我们不同,未成为'入境者',反取代了境中原本便有的谢冥……如今我们该怎么做?我只是觉得,事情越来越复杂了……"

"这不是很有趣吗?"连宋不以为意,"既然阿玉成了谢冥,那《境书》所述之事便不一定是真的了。这荒漠,连同这些不枯泉,是谢冥残留的意识作祟还是别的什么……也不好说。"

雪意愣了愣,惊醒道:"你的意思是……"

连宋莫测地抬眸看向远方,打断了他的话:"先去第二个幻境看看吧。"

浴池中注满了暖泉,朝暮浸在泉水中,倚着冰花石池壁闭目养神。

池岩上摆放着一只珐琅彩瑞兽香炉，炉中燃着宁神的安息香，香已燃了好一会儿，可朝暮的心却仍未能够平静下来。她依然觉得恍惚。既对自己令之魔族四十九公主的身份感到恍惚，也对这幽暗华美的魔宫感到恍惚，仿佛她不该是这个身份，她也不该生活在此处。

这种魂不守舍的割裂感伴随她多久了？一年？两年？还是更久？她记不清了。只记得她第一次真切地意识到这种恍惚，是在半年前她做那个梦的时候。

那是个很奇怪的梦。梦里的一切都是模糊的，似笼在一层光晕中。她虽身在梦中，却像是个偶然路过的看客，置身事外地注视着那个梦。

她注视着那个梦，可她根本看不清梦里的人，也听不见他们的话，但离奇的是，她就是知道那梦在讲什么。

它在讲一个女孩。说女孩降生在一方火池旁，无父无母，但有一个没有血缘关系的哥哥。哥哥将她养大，两人感情极好，然女孩七千岁那年，一场战争爆发在了他们居处附近，人荒马乱中，女孩走失了。走失的女孩在流浪中失去了记忆，几经辗转，流离到了令之魔族的地盘。令之魔族的族长见女孩是个难得的美人坯子，便收养了她，让她在令之魔族的魔宫中安了家。

就是这么个梦。

在梦境结束而她尚未醒来之时，她便明白了，梦里的女孩其实就是她。这个梦向她展示了她真正的来处。

她用了半天的时间来接受这件事。可就在内心做出"接受"这个决定的一刹那，她莫名地感受到了一种撕裂的恍惚，仿佛有个声音在心底深处告诉她，你想错了，你不是令之魔族的四十九公主朝暮，你也不是那个降生在火池旁的女孩。

可若她不是她们，她又是谁呢，这想法太荒唐了，故而彼时她并未将那一瞬间的心悸当回事，只以为是自己太累了。

她第二次做类似的梦,是在不久前去丹穴山求医的路上。依然是模糊的、哑剧一般的、什么也看不清的梦。她也依然知道那梦在讲什么。是说她在邙山的山道上被隐伏的山兽袭击,一个路过的青年救了她,她对那青年一见倾心。

从小憩中醒来,她才发现车队已入了邙山。

她有一瞬觉着那梦可笑,可冷静下来后也不敢确定它不会成真,犹豫了片刻,还是决定回避危险,另走一条路。然刚吩咐魔侍调头,便有恶兽成群结队出现在他们前方。就像梦中一样。而下一刻,有人从天而降,揽住她的腰,将她带出兽群救了她。救她的过程和梦中不太像,但结果同梦中差不太多。

来人眉目似画,白衣胜雪,唇边一支清光流离的白玉笛,似从古画中走出的翩翩贵公子。她前一刻还觉着对一个人一见钟情是一件很无稽的事,可在对上来人那双漂亮的凤眼时,心却止不住咚咚地跳。

百步外,孟极兽尽毙于幽远的笛音中,青年收起玉笛,柔声问她:"怎么这样看我,不认识我了吗?"

"我……应该认得你吗?"她问他。

青年持笛的手一顿,抬眸看向她,好似感到惊讶。

在她不确定地追问"我们曾见过吗"时,青年忽然一笑:"是我记错了,我们没有见过。"

他们挨得很近,那不是一个合适的距离,可青年却像是没有注意到。她意识到了,欲往后退,却因腿伤在身,不小心斜倾了一下。青年立刻握住了她的手,好似在帮她,又好似有什么别的理由,她不知道,只感到肌肤相贴之处一片温热,而胸腔里的心脏疯了似的急跳。

"我叫……"青年顿了一下,"我叫瑟珈,你叫什么名字?"青年这样问她时,仍握着她的手。

令之魔君将八十七位公主养在深闺,公主们勤学六艺,个个内秀于心,但令之魔君从不让公主们接触宫外的消息。宫外那些出色的人物她一个也没听说过,自然也不知瑟珈是谁。

"瑟珈。"她在心底重复了一遍这个名字,犹豫了一下,没有隐瞒对方,"我是令之魔族的四十九公主朝暮。"按捺住心底的鼓噪与悸动,轻声道,"很感激你救了我,虽然现在没有办法,但将来,我会报答你的。"

"嗯。"青年应了一声。他们原本便靠得很近了,青年微微倾身,又靠近了她些许,有一种很熟悉的香漫进她的鼻,恍神间她听到了青年压得有些低的嗓音,那微凉的声音令她的心再次急跳。"朝暮,你会有机会的,不会太久。"青年如此说道。

她不记得那一夜她是如何同青年分别的。

不过,如青年所言,他们的确很快再次见面了。

扎根于南荒的魔族在经历了数万年弱肉强食的乱战后,由三百余支小族演变为了如今的二十七大族。令之魔族是这二十七族中最弱小的一族,能在强族环伺下苟活至今,全靠令之魔君将养女们卖了好价钱——二十六魔族中有十四个大族都是令之魔族的姻亲。而在三日后,朝暮的三十七姐也将出嫁,嫁给蛊之魔君最小的儿子。

为筹备三十七公主的婚事,令之魔宫已鸡飞狗跳了半月,人人都在为这场婚事奔忙。青年便是在这时候来到了魔宫,说趁魔宫送嫁鱼龙混杂之际,他来此寻一个人。

她将青年藏在了自己的寝殿中。

她已将他藏了七日。

七日来他们可谓形影不离——日间她掩护他在魔宫寻人,夜里她与他同宿一室。长日相伴,最易生情,何况她原本便对他心意不纯。她虽是第一次对一个人动心,却也知喜欢一个人,若真心相付,便爱意难藏。不过她也并不想藏。青年那样聪明,她知道他已看出了她对他的心。她私心觉得他对她也是有意的,她也有一些证据。比如昨夜在殿中，当她不小心被地上的绒毯绊倒跌进他怀中时，他接住了她，当她吸着气想从他臂中离开时，他反手抱住了她，还抱了好一会儿。

可惜那个拥抱后他们便没能再说上话——三十七公主寻过来了，闹着要在出嫁前与她同住一夜，他便避了出去。今天整个白日她都没见到他，也不知他去了哪里。

泡在暖泉中想着这些时，她略有些心烦，但萦于脑际的恍惚感倒是退却了好些。好像总是在她想起青年、对他心动之时，那种对身周万事都感到不真的感觉能消解一些。仿佛她拥有的一切皆是不合她身份的虚假，唯喜欢他这件事是可以确定的真。这着实令人不解，但似乎也没法寻到一个答案。

脚步声响起，侍女走近浴池，将一套素纱单衣叠放在了池沿。纱衣薄软轻透，正适合夏夜入睡穿。目光扫过那叠薄透的纱衣，她想，侍女取来这套纱衣，是不知入夜后这殿中其实不只她一人。似被烫到一般，她飞快移开了目光，低声吩咐侍女："取那套素罗中单来。"素罗要严实些。

侍女应声退下，浴池重归寂静。发了一会儿呆，她有些昏昏欲睡。意识渐失时，又有梦来。

入此梦境，她依然像一个看客，从不远处凝视着梦里的故事。只是这一次，梦中的一切都清晰了起来，不再像笼在一层光晕中。她既能看得到，也能听得见。

梦里出现了一个与她差不多年纪的少女。

她听见周围的人管少女叫朝暮，或四十九公主。

是她。

可少女清隽冷丽，有一张全然不同于她的脸。

又不是她。

梦中那个朝暮也有一个喜欢的人，那人也叫瑟珈。那个瑟珈也爱穿白衣，不过那个瑟珈不拿扇，不执笛，腰间佩一把漆黑的长刀，面容、气质与她的瑟珈无一丝相似。

她很确定她和瑟珈同梦中那两人是完全不同的人。可奇怪的是梦中那两人经历的事却与自己和瑟珈所经历的别无二致。

梦里，也是在这个魔宫，也是在这个寝殿，也是在五月十二那日，叫瑟珈的青年无意中闯了进来。梦中的朝暮惊讶地望向他："瑟珈？你怎么……会来这里？"青年也如她的瑟珈那样回答梦里的朝暮："趁魔君送嫁魔宫混乱，我来寻一个人。"

那青年也藏在梦中朝暮的寝殿里，梦里的朝暮也是白日里掩护青年寻人，夜晚与青年同宿一室。他们之间也流转着彼此心知的暧昧。只是青年不像她的瑟珈那样爱逗惹人，他对那个朝暮更为克制。

也是白月流光的一个夜晚，梦里的朝暮不小心跌进了青年怀中，不过青年没有伸手抱她，只抬臂扶住了她的肩。

那个朝暮虽个性清冷，对感情却格外率直，她并不在意青年的克制，反而握住青年的手臂，趁势靠近了他。就在青年垂头看她时，她微微仰首，同青年的视线相接："你知道我喜欢你吧，瑟珈？你也不是不喜欢我，对吗？"

青年因她的话怔住，右手离开她的肩，后退了一步："公主……"他道，声音微哑，"我现在还不能……"

朝暮眨了下眼，对他的拒绝感到不解似的，冷丽的脸上浮现出失望与疑惑："我知道你想说什么，你想说你不能接受我，"她的唇线抿直了，仰着雪白的精巧的下巴，固执地问他，"为什么不能接受我？"

青年垂眸看着她，看了一会儿，离开的右手重新放回了她肩上："朝暮。"这次他没有再叫她公主，"不要胡思乱想。"他神色复杂，停顿了片刻，"不是不能接受你，我是想说……"他轻轻叹了口气，"我现在还不能回应你，因为我没有资格，我把家人弄丢了，你等我

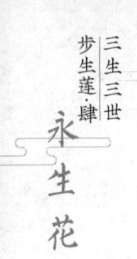

找到她。"

她紧张地屏息："等你找到她，然后呢？"

"然后……"青年正要回答。

她却忽然将头抵在青年肩上打断了他："等你找到她，就和我在一起，好吗？"她主动向他提出邀约，话说得从容镇定，但那双被发丝半掩住的红透的耳却暴露了她并不是真的那么镇定从容。

青年看出了她的羞赧，轻轻嗯了一声，抬手像是要抚摸她那红得可爱的耳尖，但最后，那只手只是克制地停留在了她的鬓边。

梦里的朝暮只知青年要寻的是他的家人，她并不知他要寻的是哪位家人。她也知将家人弄丢的过往或许满含痛苦，不堪回忆，故而青年不提，她便不问，只专心地等待青年在寻到走失的家人后，实现对她的承诺。

可那注定是个悲剧。

是如今夜这般的一个夜。

也是在这个浴间，无意间闯进来的瑟珈看到了沐浴的朝暮右肩上的火焰印记，才发现她竟然就是他要找的人。

梦里，瑟珈愣在原地许久不能出声，在朝暮察觉到异样转过头来时，他才回过神。"小焱。"他失魂地站在撩起的五色珠帘旁，哑声叫出了这个名字。

朝暮看到是他，神色微讶，有些局促地抓住一旁的罗衣挡在身前，又将身体往玉白的暖泉中藏了藏，做完这一切后，她才觉出疑惑："你……是在叫我？"

瑟珈沉默了许久，许久后，他抬步走过来，半跪在了池边。"是在叫你。"他回答她。

池中水雾缭绕，朝暮藏在雾中，亦藏在水中，双眼被暖泉蒸得水润："为什么叫我小焱？"她轻声问，"是你给我起的新名字吗？"

池中的水雾亦沾湿了瑟珈的眼。"不。"他的眸中浮现出许多情绪，但很快被他敛在了眼底,"小焱是你原本的名字,是我给你起的小名。"他回答她,声音很低,发沙,发哑,"你是小焱,是我的妹妹。你肩上的火焰印记便是证明。"

"你是说,我就是你要找的人,是你的……妹妹?"朝暮失神地靠着池壁,怔怔看他,"是你的……亲妹妹吗?那我们……"她的脸一下子变得雪白。

他听明白了她的未尽之言,很长一段时间,他没有说话,身体僵直,只一双垂在身侧的手微微颤抖着。那手为什么会颤抖,或许只有他自己明白。"是我亲手将你养大,"他开口,似在回她,又似在自语,"你和我亲妹妹又有什么区别呢。若一开始便知道你是小焱,我绝不会……"他闭上了眼,喉结艰难地滚动,仿佛含着痛苦,但脱口说出的话却很是决绝,"之前的都是错位,我们不能在一起,你永远是我妹妹。"

第三次的梦猝不及防地在此结束。

朝暮昏沉地醒来,意识回笼时,感到身周一阵异样。她猛地睁眼,一点朦胧的幽光撞入她瞳中,她懵懂地发现本应在暖泉里的自己此时竟躺在殿内的玉床上。她吃惊地坐起,盖在身上的云被被什么压住了,往一边滑去。她的视线随着滑落的云被定在玉床外侧,才发现那处竟躺了一个人。她的心脏猛地一缩。幽夜中传来沉而低的一声:"醒了?"躺在床外侧的青年含糊问她。他并未起身,只抬起右臂搭在了眼前,像是在适应光线,声音有些闷,还带着困意。

听到这熟悉的微凉声线,朝暮紧缩的心脏复苏过来,她轻呼了口气:"你怎么在这里?"视线微垂,瞥见裹在身上的霜色素纱裙,她愣了一下,雪白的脸倏地浮上一抹红,喃喃,"我怎么也……又怎么……"她想问自己怎么也在这里,又怎么会穿成这样,不是已让侍女取了素罗中单来吗,可话到嘴边才发现这两个问题无论哪一个都很尴尬。她住了嘴，轻抿住唇，不动声色地提起一角云被挡在身前，整个人往后退了退。

青年将手臂从眼前拿开了，侧过身来："你在暖池里泡太久了，侍女担心你晕过去，因此帮你换了衣服，将你送到了这里。"

"那你呢？你为什么也……"

"嘘。"青年竖起一根手指放在唇边，打断了她的话。他仍闭着眼，像没睡够似的，"可听到殿外的落雨声了？"声音很低。

幽夜静谧，当他们不再说话，的确能听到自殿外传来雨打檐廊之声，沙沙，沙沙，似林中青果落入泥地，轻微而细碎，更衬得此夜幽静。

殿外是在落雨，可这与他睡到她床上又有什么关系呢？她茫然地看着他。他闭眼笑了笑，仍用着那般轻的声音："下雨了，地铺冷，你这里比较暖。"

这个理由其实是站不住脚的，他们是未婚男女，再是彼此有意，他也不当在一个冷雨夜里以取暖之名睡到她身旁，况且夏夜之雨又能冷到哪里去。可他慵懒困倦地躺在她身边，是真的在睡觉，也不是别有用心……她不禁心生恍惚，自己也不知道自己在想什么，非但不觉他这等有失礼数之举唐突，反觉他如此很可爱，令她不自觉地心动。

不过……落雨。她突然想了起来。梦中朝暮和瑟珈相认那夜，魔宫也落了雨，雨势幽急，凄凄如冰。在那梦境结束的一刹那，她感到了梦中朝暮的心也如那落雨一般悲切。

是了，那梦。她怎能到现在才细思那梦呢。

同样落雨的今夜，是不是就是梦里那一夜？

那是不是又是一个预知梦？

梦里，那个瑟珈告诉朝暮，说他是她哥哥。虽然她和梦中的朝暮长得完全不同，可她的右肩不也有一个火焰胎记吗？如果那真的是一个预知梦，那此刻躺在她身边的他……是不是也是她哥哥？他是不是也会在知晓了她的身世后拒绝她，告诉她他们不可能？

一瞬间，朝暮如坠冰窟，十指用力抓住了身前的云被，那轻软的布料在她的手中被攥紧，被揉皱。

似察知到了她的异常，青年抬手按住了她那端的云被，隔着云被揽住了她的膝："怎么了？"

偌大寝殿唯有玉床一角垂了一盏贝灯，盏中含珠，珠光不盛，玉床中的一切都被笼在一片朦胧中。朝暮低头看向青年，忽而低声："你在找的那个人，右肩是不是有一枚火焰印记？"

十六扇床屏围出的小小空间倏然静寂，青年睁开了眼，睡意从他的眸中淡去："你为什么会知道？"

听到这回答，朝暮只觉眩晕。那果然是个预知梦吗？他果真是她哥哥？这一瞬她竟再次感受到了梦中朝暮的悲凄。若让他发现了她是谁，会发生什么？她突然很害怕。可不知为何，明明被悲切、惧怕、苦闷纠缠揉磨着不想也不愿去面对那兴许已注定的悲剧，可最后，她还是选择了主动开口告诉他："我的右肩就有一枚火焰印记。"说出这句话，她清楚地听见心底深处传来了一声丝线断裂的嗡鸣。她想闭眼的，但她没有，因她知道，接下来无论发生什么，都是不可逃避的。

可奇怪的是，得知了这消息的青年却并没有表现得多惊讶，他坐了起来，在昏微的珠光中与她对视了片刻，忽然伸手将她拉近了。呼吸相闻的距离里，他空着的那只手搭上了她的右肩，修长的指微一拨弄，便将那本就合得不严的交领拨开了。手指灵巧地在她肩部轻挑，霜纱沿着右肩滑下，她终于反应过来，本能地抬手去挡，纱衣虽不再下滑，但右肩却完全裸露了出来。

"你……"她被他搞蒙了，一时竟不知该说什么，雪肤染上薄红，但连她自己也不知那究竟是因羞恼还是因气怒。脑子里再没有别的，她只想将凌乱的衣整理好。他却握住了她欲提衣的手，拦住了她。

顺着他的视线，她终于明白了他是在做什么——他是在查看她右肩上的印记。"竟然真的有啊。"他轻声，"没想到会是这样找到你，我

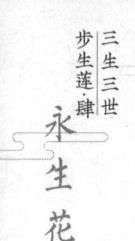

的妹妹。"

我的妹妹。四个字如寒风刮入她心底，冷意瞬间弥散至全身。她所惧怕的终于还是成了真。泪水不可控地自她眼尾滑落："果然是预知梦啊。"她轻声喃喃，没意识到自己流了泪。

隐约间，她想起了梦里那个瑟珈对梦里那个朝暮说的那些拒绝话，顿了会儿，问面前的青年："所以你也要对我说，如果我们曾对彼此抱有好感，那也都是错位，我们不能在一起，因为我是你妹妹，是吗？"

青年没有回答。

不回答也是一种回答，她想。"那果然是个预知梦啊。"她再一次喃喃。巨大的悲戚笼住了她。梦中的朝暮那时也是如此悲戚吗？

她看着眼前的人，不能拥有他的认知让她感到一种难言的痛，明明应该是第一次经历这种疼痛，可不知为何，她竟觉得它十分熟悉，就像这痛已被刻印在了她的魂体里，被她反刍了千遍万遍，令她喘息不能，令她生不如死。

她突然不能忍受再和青年一起待在这一隅之地，掀开云被便要离开，却被他一把握住了手。

"为什么哭？"他问她。她提给他的问题他不愿回答，却这样来问她。这不禁令她感到恼怒。

"随便哭一哭也不行吗？"她半坐起身，想要甩开他的手。

他却握紧了她，一扯，她便跌入了他怀中。慌促间她抬手抵住他的肩，勉强稳住了身形，稳住后才发现自己竟跨坐在了他腿上，待要挣扎，后腰却被他按住。他没有收束力道，她没办法挣开。双手虽然自由，但抬手打闹就显得太稚气了，她咬住唇，不再动了。这似乎令他满意，他勾了勾唇角，锢着她腰的手不曾减轻力道，空着的那只手却温柔地、轻缓地抚上了她的脸："很久没有看到你哭了，阿玉。"气息温热，拂在她耳边，"我真的很怀念。"

她吃惊地垂眸看他，不明白他为何会说出这样的话，再则，阿玉又是谁？若今夜是梦中那夜的对照，那他不是应该叫她小焱吗？

"为什么叫我阿玉？"她张了张口。

她的眼尾仍有未干的泪痕，青年的指停留在她脸侧，指腹轻擦过泛红的眼尾，当最后一点泪迹被抹净，指尖一路下滑，来到了她的下颌。"阿玉是你的小名。"他低声回她。

"怎么又不一样？"她疑惑地低喃，脑中一片混乱。如此说来，他们同梦中的朝暮、瑟珈长得完全不一样不说，二人相认的过程也不太一样。如今，连他对她的称呼都与梦中的不一样，那，那个梦还算是个预知梦吗？如果不是，那……眼睛忽地酸涩，有泪雾蒙上，她眨了眨眼，刚被抹干湿痕的眼尾又出现了一滴泪。

"阿玉。"青年唤她。她嗯了一声。泪水离开丰缛的眼睫，顺着脸颊滑落，青年放在她下颌的指随之移了过来，指腹抹过她的唇角，带走了那滴泪。泪已被拭去了，可他却没有停止动作，手指摩挲着她的唇瓣，直将那粉樱似的唇碾得殷红，而他看着她的眼神也变得幽深："是因为做了预知梦，以为我会拒绝和你在一起，所以才哭的吗？"

她僵住了。

他蓦然靠近了她，那样子像是要吻她。她闭上了眼。但并没有亲吻落在她的唇上，倒是她的右肩一沉——青年将头埋在了她肩上。"你还记得吗？"青年道。

"记得什么？"她失神地问。白奇楠香氤氲开来，如月色般幽凉，轻轻包裹住她，为她织出一张迷离的网。她在这网中恍惚，隐约听到青年低叹："我们曾有过很好的一段时光，在那段时光里，你全然地信任我，依赖我，专心一意地想着我，爱着我；没有别的事，也没有别的物能超越我在你心中的地位。那时候，你虽然会因为很多事情笑，却只会为我而哭。我真的很怀念那段时光。"

他是在说他们小时候吗？她小时候是那样对他的吗？

"在今天之前，我其实不知道我原来喜欢看你哭。"他说。

"为什么?"她不由自主地问,又有点委屈,"为什么喜欢看我哭?"

他仍埋首于她的肩窝,静了一会儿,道:"因为我病了,当你哭的时候,我才能感到你是爱我的。"

这句话是什么意思,她不是很明白,但她听懂了一个字,爱。心脏骤缩,近乎停滞。半响,她抬起手来,颤抖地推了推他。他顺从地抬起头,自她肩窝处离开了。

这样,他们便能看到彼此了。

"你愿意爱我? 可我是你的妹妹。"她压抑住过速的心跳,尽量放平了声音。

他笑了:"又不是真的妹妹。"

这与那梦境太不同,震惊之下,她不由得再次向他确认:"你知道我说的是哪种爱吧?"

他沉默地看她,看了一会儿,忽然揽住她的后颈,一压,她整个人散了劲儿,就着跨坐的姿势猛扑进他怀中,她的手抵住他的肩,兵荒马乱中,他吻了上来。

她坐在他腿上,他按着她的后颈,用力地吻着她的唇。她睁大了眼。

轻喘声渐起,弥散在这静谧的夜里。不知吻了多久,她彻底地软倒在了他的怀中,只手还有些力气,紧紧攥着他的衣。

"是这种爱。"他抵着她的额头,语声喑哑,如此回答她。

她闭上了眼。这是她想要的。她真的得到了。眼尾又飞上了红意,可这一次她忍住了泪。

青年平息着呼吸,珍惜地将她抱在怀里,又啄吻了数次。

果然,那并不是一个预知梦,她的确不是梦里的朝暮。

可既然他们没关系,那她为何又会做那些梦? 但这一刻,所有这一切都不再重要了。

她仰着头迎合青年给予的轻吻，昏沉间只觉他的吻和他的气息都如此令人沉迷。

她松开了攥着他衣的手，主动地，紧紧地抱住了他。

令之魔族的王城不算很繁华，也没什么可逛，粟及和雪意在王城外寻了个破旧小院暂住，等待三殿下走完第二个幻境。两人原打算候在魔宫外守株待兔，以帮助三殿下牵制幻境中的瑟珈来着，但守了四五天，愣是不见瑟珈出现。想着他应该不会出现了，两人便撤了，找了这么个小院待着。

两人坐在树荫下纳凉，粟及仰头望天，叹气："祖媞神竟取代了这幻境中的谢冥神，而这幻境竟也认可和接纳了这桩事，这背后定然有古怪。我也认为继续按照《境书》的指引，去诱被这幻境当作谢冥的祖媞神，看获得她的真心后这混沌荒漠里会发生什么是良策。可我想不通的是，三殿下对祖媞神那样熟悉，要获取她的心还不容易吗，何必非要扮作瑟珈走一遍瑟珈的老路？这不是浪费时间吗？"

雪意拈起茶盏："可如今尊上认为她自己就是谢冥……这混沌荒漠如此古怪，我们都不知她为何会变成这样，万一谢冥的情丝对她亦有影响，让她容易对瑟珈在意……"他将浮茶撇去，"所以三皇子的策略没错，最好的办法的确是他扮瑟珈，走瑟珈的路，让此幻境的瑟珈无路可走。不过我也不否认……"他停了一下。

"你不否认什么？"

雪意表情淡淡，出口却是一派虎狼之言："尊上现在稀里糊涂的，正是好骗的时候，或许假借另一个身份追求尊上，同尊上来一场兄妹虐恋，本身就很刺激吧。你们三皇子不是一向这样恶趣味吗？"

粟及立刻道："你不要血口喷人啊！我们三殿下哪里……"话说到一半，想起自己在三殿下手里被坑的辉煌履历，突然发现这位殿下的确干得出来这种事情。粟及闭了嘴，顾左右而言他地转移了话题，"不过说起来，为何在这个幻境里瑟珈完全没出现呢？你不是说二十多万年前谢冥神神魂有异，为了给她安魂，你和祖媞神曾进过她这段记忆，对她和瑟珈这段时间发生了什么很是熟悉吗？你是不是记错了啊，不然瑟珈这个时间段怎可能不来魔宫呢？"

雪意顿了会儿："我有个猜测，只是……暂时不确定。如果我猜测的是真的，那不仅是这个幻境，咱们之后所要经历的所有幻境，瑟珈都不会再出现了。"话刚说完，手中茶盏忽然消失不见。

烈阳消散，黑夜再临，雪意一笑："行了，第二个幻境咱们三皇子也顺利通关了。"

第十九章

　　寝殿外大雪纷飞，六棱的冰花自半掩的轩窗偷偷潜入，可尚未穿过分隔内外室的琉璃屏，便为地火龙熏蒸出的暖意所融，只在半空中留下一点可惜的湿痕。

　　她静立在宝蓝底星河满绣的床帏旁，微微蹙眉，垂眸看着自己的右手。她的右手摊开了，掌心向上，其间躺着一团昏黄的金光。那光暖且静，如风灯中安谧的烛焰，全无破坏力似的，可分明在片刻前，这小小光团爆裂出极盛的带着威能的光芒，将那妄想近她身的叫作霄樽的梦魔震得往后倒退了数步，呕血不止。

　　"你未入梦？也未被这爱欲之境迷乱神智？"男子高瘦，穿一身绯袍，皮相倒是好的，眼神却透着浑浊，他咳嗽着揩拭唇边的血迹，不可置信："这……怎么可能！"

　　她不置可否。

　　自这梦魔将她掳来这四境阵，她便一直在装睡。方才，当他怀着龌龊的心思靠近她，抬手欲触碰她腰间结带时，被她强抑住的厌恶与惊惧蓦然突破防线，激烈的情绪有如闪电掠过身体，惊动了她魂体中的原初之光。光随意动，威能有如雷霆，以不可抵挡之势震伤那梦魔的同时，也打碎了她初入这混沌荒漠时遇到的那个人对她的本我进行的封印。

在那亦真亦幻的一刹那间,她想起了自己是谁,也想起了她为何会取代谢冥,经历这些幻境。

她是光神祖媞,她来这混沌荒漠原是来寻雪意的,但入境后却遇到了那个人。从那人处她得知了这混沌荒漠的由来。明白了那人想做什么后,她主动接受了他对她的封印,而后在封印生效的前一刻,义无反顾地踏入了这不枯泉幻境。

这世间所有旨在对神魂施加控制和影响的术法,对她都是没用的,是故迷心之梦也好、爱欲之境也罢,皆奈何不了她。在这荒漠里,唯一曾欺骗了她、令她感到过迷惘的,是那个人所造的这些不枯泉幻境。不过,当封印被打破,光神与生俱来的能力回归魂体后,即便面对的是如此缜密周致的幻境,她也立刻清醒了。

这是第三个幻境。是谢冥生前情丝波动得最为厉害的人生旅程之一。

而谢冥的这段人生旅程,她再清楚不过了。

因那时梦魔霄樽暗慕谢冥,将谢冥掳走,是瑟珈来姑媱请了不受爱欲之境影响的她出山,最后是她和瑟珈一起毁了霄樽的四境阵救出了谢冥。

"竟这样快就来到了你的这一段经历,阿冥。"她低声轻喃,语声含着连她自己也未曾察觉的沉重。

她对瑟珈和谢冥之间的事是很熟悉的,不仅因若木之门打开前夕,谢冥被人暗害,神魂出现异动时,为了给谢冥安魂,她去过她的忆河,看过好些她同瑟珈的回忆,还因她算得上是谢冥和瑟珈共同的友人。

当年瑟珈自令之魔宫寻回谢冥后便带谢冥来姑媱找了她,是她帮谢冥恢复了幼时记忆。在谢冥幼时,她与谢冥是极为亲密的。恢复记忆的谢冥延续了与她的童年友情,有时会寄信同她倾诉心事,故在谢冥随瑟珈回到少和渊之后的两万年里,他们两人之间发生的纠缠,她大体都知。

不能说瑟珈待谢冥不好，但他始终抗拒谢冥的情意，而谢冥也从未想过放弃。

从前她不识人欲，即便关于水神的那些预知梦使她不再如孩童一般对男女之爱蒙昧无知，但也不过对七情有一些淡薄感受罢了。她并不能明白瑟珈为何不愿接受谢冥成为他的妻子，更不能理解他为何能说出"谁做我的妻子都行，但小焱不可以"那样的话。如今懂得了七情的她再回首往事，却觉当年瑟珈的抗拒和拒绝，也不是那么不可理解。

瑟珈是个心底有伤痕的人。虽是魔族，却在神族长大，之后随着神魔对立，才一万四千岁的他被两个族群共同驱逐。这样的幼年经历给他造成了极严重的心伤，那心伤一直难愈。过够了流浪生活，他害怕也憎恶孤独，当他稍微获得了力量，便开始用极端的方式偏执地追求亲情。为了得到一个绝不会再背叛抛弃他的亲人，他不惜以命相搏自登备山的玄蛇手中抢来谢冥，并在被救醒的第一时间与无知的婴孩定下噬骨真言，就为了让这个亲人永不背叛永不离开自己。

瑟珈是怎么看谢冥的，其实当年他亲口告诉过谢冥。为了让谢冥放弃他，他曾对谢冥说过那样的话。"对我来说，你是我舍命才夺来的、不可失去的、将永远陪在我身边的亲人和家人。虽说这世间没有哪一种关系是牢靠的，家人、亲人亦如是，但总比其他关系稳固许多。我不知为何你总想将我们的关系转变为男人对女人，丈夫对妻子。那种基于转瞬即逝的爱欲建立的关系就如沙石筑成的堡垒一般脆弱，爱欲的基石一旦消失，沙堡就会崩溃，而届时你待如何呢？你要说你可以退回妹妹的位置，依然陪伴我吗？我不相信。"

彼时谢冥来姑媱看她，两人在长生海旁的小亭里聊起少和渊与瑟珈，谢冥便将这话转述给了她听。

那是个晴好的午后，谢冥一身蓝裙，屈膝倚坐在月光石鹅项靠上，如同一株开在暮春的蓝芙蓉，透出清冷厌世的靡丽感。少女抬手探出小亭，有一搭没一搭地将手中的灵芝喂给踏波而来的仙鹤，美丽的银灰色瞳眸平静无波："他那样说，让我觉得好像我很珍贵，因为太珍贵，他才不能以男人待女人的方式待我，我几乎要被他说服了。"说着停住，将最后一点灵芝捻碎抛给近处的仙鹤，用丝帕擦了擦手，淡淡笑了笑，"但我的心却不允许我被他说服。"

那时她就坐在谢冥对面。她不识七情，亦不懂人心，静思了少时，有些天真地问谢冥："你喜欢他，想嫁他，是为了能长久地和他在一起。他想要你退回妹妹的位置，也是为了长久地和你在一起。既然做他的妹妹也能一直陪在他身边，你又为何非要执着于他是否爱你呢？"

谢冥偏过头来，撑住腮看她，像觉得她这个疑问很有意思："若我告诉你因为我对他怀有的是男女之情，所以也希望他以此心待我，想必你也是不会懂的。让我想想，该怎么说才能让你明白呢。"她垂眸思考了片刻，片刻后开口，"你可能觉得做他妹妹和做他妻子也没什么不同，但实际上却有很大的不同，妻子是能独占丈夫的，这就是做妻子的好处。我是很容易被独占欲折磨的人，所以无论如何也不可能如他所愿作为妹妹陪在他身旁。我不可能看着他娶妻生子，拥有爱人，你忘了吗，从很小的时候开始，我的独占欲就是很强的。"说着这样情绪激烈的话，谢冥的语声却一直很平静。

她听明白了谢冥的意思，越发感到此事难解，不得不提醒她："可他对你无意，又那样坚决……"

谢冥打断了她："你觉得他很坚决吗？"

她点头。

谢冥抬眸望向远方："他其实也没那么坚决。如今我虽然很少再在他面前说什么喜欢，但他明白我看他的眼神是怎样的。我没有一刻将他当作兄长，他一直清楚。"顿了一会儿，又道，"若他果真只能以兄妹之情待我，那对我这个一心觊觎他的妹妹，他不该感到厌憎吗？可他没有，他只是自欺欺人地装不知道，然后继续像过去那般待我好。

所以,你真的觉得他不喜欢我吗?"

听完谢冥这些话,她沉默了片刻,而后开口问谢冥:"你说这些,是想要说服我,还是想要说服你自己呢?"

蓝衣的少女怔住,许久后,她放下撑腮的手,安静地对她笑了一下:"阿玉,你为什么总在这种事情上这样敏锐。"

谢冥在次日离开了。

不久后她听雪意说,父神去了少和渊邀请瑟珈和谢冥入水沼泽学宫,他们去了。在两人入了水沼泽学宫后,她很少再从周围人那里听说他们的消息。谢冥隔个十年八年的会给她寄一次信,但信里没再提她同瑟珈的事。

她再次见到谢冥,是在若干年后的一个雨夜。

谢冥冒雨来访姑媱。

素来淡漠的少女流露出少见的脆弱,在她为她揩拭湿发时枕在她腿上,屈臂挡住眼,将脸藏在衣袖里。"阿玉,"少女轻声,"我有否和你说过,从前在令之魔宫里,我有个生得很聪明的小妹妹。她是令之魔君从北号山捡回的雪兔妖,有一双红宝石一样的眼睛。因着那双璀璨美丽的眼睛,令之魔君为她起名夕瞳。"

她仔细地擦拭谢冥柔软的发尾,摇头:"我不知道你有这么个养妹。"好奇道,"为什么说起她呢?"

"瑟珈喜欢上了夕瞳,欲求娶夕瞳。"谢冥将手臂移开,转过脸来,眼睛微红地看着她。

她愣住了。

窗外夜雨滂沱,天水如注。谢冥再次抬手挡住眼:"我本以为我和他最差就是保持这种混沌的关系一直纠缠下去,谁也不低头,谁也不让步,他没法得到他想要的亲人,我也没法得到我想要的爱侣。"她哑声低喃,"我没想过他会去喜欢别人。"似问她,又似问自己,"他怎么会去喜欢别人呢，明明那时候在令之魔宫，不知道我身份时，他喜欢的还是我……"

谢冥是不喜外露情绪的人，过往每一次回忆心伤，都能做到淡然冷静，仿佛那不是自己的事。可此番谢冥这席话，却流露出了连她这个不解风月之人亦不会错辨的伤痛情绪。这代表着谢冥很痛苦。

她缓缓抬手，在谢冥微湿的发顶轻抚了一下："不要哭，阿冥。"

其实谢冥并没有哭出声，同她说话时语声甚至很稳，但从她的角度，能看到谢冥鬓边的泪痕。

那泪迹处总算未再添新痕了。她松了口气，又抚了抚谢冥的发顶："那接下来你打算怎么办呢？"

谢冥沉默了许久，许久后开口："来姑媱前，我有想过，他是真的喜欢上夕瞳了吗，是不是为了让我死心……"可能自己也觉得这猜测包含了太多软弱，说到一半，谢冥住了口。

"你猜得也有道理。"她回答谢冥，静了一会儿，凝眉低叹，"可他为何宁愿做到这一步也要让你死心呢？我想，也是因为他不愿再继续和你那样下去了吧。"

这一次，谢冥沉默得更久，最后拿开了遮眼的手，看着她涩然道："这话虽然伤人，但你说得很对，无论如何，他是不想再继续和我纠缠下去了。"

"那你要怎么办呢？"她再次问谢冥。

少女眼尾绯红，那双美丽的银灰色眼眸里噙着痛苦与疲惫，她终于不再伪装，完全向她袒露懦弱脆弱的自我："我想……我该如他所愿的，可我喜欢他太久了……"含着泪雾的眼中流露出迷惘，"我不知道我该怎么做。"

她虽不能共情谢冥的纠结、迷惘和伤痛，但也稍许理解一些，因此她温柔地握住了谢冥的手，轻声安慰她："这是很难解的题，不要逼自己，你可以慢慢想。"

谢冥在次日清晨离去。

这一次，她们的再度会面来得很快，仅在三个月之后。

是在霄樽的四境兽幻化出的四境阵中。

自迷梦中清醒过来的谢冥得知瑟珈为了她竟灭了四境兽一族，并重伤了梦魇霄樽，银灰色的瞳眸里绽放出难言的光彩，顾不得穿鞋便向外跑去，欲寻瑟珈。

可当她踏出霄樽囚困她的寝殿来到殿外，漫天大雪中，却看到瑟珈并非一人，他面前还站着夕瞳。

夕瞳紧挨着瑟珈，瑟珈珍爱地握着她的手，面露担忧："这里危险，你怎么来了？"

夕瞳微微摇头："我没什么，就是有点担心，想知道姐姐怎么样了。"

"小焱她没事。"瑟珈一边这样回着夕瞳，一边摩挲着她的手指，微微皱眉，"怎么这么凉。"说着牵住夕瞳的手放在唇边呵了一口气，又替她拉了拉防雪的风帽。

彼时她与谢冥就藏身在殿外的圆柱后，因隔得不算远，瑟珈和夕瞳的言语行止尽入她们耳中眼中。

她偏头去看谢冥，见谢冥低垂了眼眸，扶着圆柱的手在轻轻颤抖。

瑟珈携着夕瞳走远了，谢冥失魂落魄地重回到了殿中。

她陪着谢冥在殿中坐了许久，或许是两个时辰，或许是三个。

天渐渐暗了，到了点灯时刻，谢冥终于回过了神，抬头看到她担忧的表情，愣了一下。"别担心，我没事。"她说。过了会儿，对她道，"其实那次见过你之后，我便已接受了他不再喜欢我也永远不可能喜欢我的事，今日……只是乍然听说他来这四境阵救我，让我一下子有些……不过幸好这惊喜很短暂，在我还未有实感时它便破灭了，所以我现在也不算很失望。"

"我一直以为是他辨不清自己的感情,错把爱意当作亲情,今日才发现其实是我辨不清。他对我,的确只有亲情,会对霄樽震怒,也是因我是他的妹妹。他对夕瞳才是爱。"

少女看似平静地说着这些醒悟的话,那上挑的好看的眼尾却渐渐红了。但这一次,谢冥没有再流泪:"此前我一直不愿承认,就算他们说他以少和渊至宝求娶夕瞳,是用足了真心,我也不以为意,所谓至宝,不过身外物,我并不觉那有什么。可今日,我见到了他和夕瞳平日里是如何相处的,才知他是真的爱她。"

"因为爱是无法隐藏的。"

在谢冥说完这些话后,大殿安静了许久。

谢冥的这番自述太过沉重,她不知该回什么,最后也只能再问一句三月前她便问过谢冥的话:"那你打算怎么办呢,阿冥?"

"这一切是该结束了。该彻底结束了。"良久,谢冥回她。

不久后,她听说谢冥离开了少和渊,也从水沼泽中退了学,之后便无所踪了。而瑟珈同夕瞳的婚事仿佛也不顺利,最后两人并未成婚。

直到若木之门重开前夕,她才再次见到谢冥。

是少绾将谢冥重带回了她面前。

美丽的如同蓝芙蓉一般的少女,仍是一身清隽孤冷,但神色中已没了厌世的靡丽,柔软的手搭在微隆的小腹上,在她惊异的目光中莞尔一笑:"为何会这样惊讶,阿玉,难道它们没有在你的预知梦中出现过吗?这是轮回之钥种入我身体时,天道借我这非仙非魔亦仙亦魔之体滋育出的两个孩子。它们是天之子,我死之时,它们便会降生。"

其时历史的车轮已行到了旧神纪之末,一个时代即将结束,另一个时代即将开启。当最后的日子临近,被天道选中的诸神魔需承负的天命也逐渐在她的预知梦中清晰。而吞下轮回之钥,诞下天命之子,以身化育冥司,便是火神谢冥需承负的天命。

明了了这使命，也接受了这命运的谢冥自此长住在了姑媱，以等待"最后之日"降临。

她，谢冥，少绾，她们都是会在"最后之日"离开这世间的人。因知晓在这世上时日无多，那几年连她都时不时怀旧，更不必提少绾和谢冥。但在那段可称为"命途最后时刻"的日子里，当回忆过去那些重要的人和事时，万年前曾是谢冥全部的瑟珈，却只在谢冥口中出现过一次。"若早知我与这世间的缘分不过须臾几万年，那时我便不会对他那么执着了。命途中的大半时光，我竟都选择了在执迷与痛苦中度过，如今想来不是觉得不可惜，当年，我该对自己好一点的。"谢冥这样说。说这话时，她们三人正在长生海旁的小亭中烹茶小休。

少绾懒洋洋靠着鹅项靠，散漫地问谢冥："所以你是后悔了吗？"

谢冥撑着腮，有一搭没一搭地拨弄手中的瓷盏，默了片刻："说不好，有时候觉得后悔，有时候又觉得不。"

听着两人言谈，她突然想起了一桩事，看向谢冥："对了，你可知瑟珈其实并未和夕瞳成婚？"

谢冥愣了愣，愣过后神色却无太大变化，只轻声道了句："这样吗，我不知道。"

听谢冥说她并不知此事，她有点吃惊，停下了碾茶的动作："我听说托瑟珈之福，夕瞳离开了令之魔宫，摆脱了当令之魔君联姻工具的命运，得到了自由。但瑟珈没和她在一起。这些年瑟珈一直在找你。或许那时候他真的只是借夕瞳让你死心罢了，以为如此你便能认命做他的妹妹，一辈子以亲人的身份陪在他身旁。"

谢冥低垂着头，她看不太清她的表情。过了会儿，谢冥道："即便他是这样想的，又如何呢？他有他的痛苦，我也有我的，不过这些痛苦在即将到来的命运面前，又算得上什么呢？"

有几只仙鹤来寻谢冥喂食，谢冥转过身去照顾仙鹤，将膝旁小竹篓里的鱼全喂给仙鹤后，她忽然道："瑟珈是很害怕孤独的，害怕孤独的他到头来却仍是孤身一人,看来他这些年过得也不如何……"她停顿了许久,许久后,她低喃,"他当年,不该来登备山与我结缘的。"

她一直不懂谢冥那些话是什么意思,当年不识七情的她不懂,如今识得七情的她再回忆,亦不算明白。

说着"他当年不该来登备山与我结缘"这话的谢冥,彼时到底怀着何种心情呢?

关于谢冥的每一段回忆都带着迟来的沉痛。祖媞回想了许多,但在这爱欲之境的华美寝宫里,时间只过去了一瞬。数步外扶着殿柱而站的梦魇在揩净唇边血渍后察觉到她的走神,自以为寻到了时机,屈指成爪,蓦地攻来。

祖媞微惊,朝后急退数步。

方才体内的原初之光被惊动时,为打碎那人对她的封印,她费了不少力,此时魂体皆乏,正是需要休息时,然这梦魇没有眼色,不抓住机会逃匿不说,反倒要上前挑衅,那就只能先解决了他再说了。祖媞右手翻覆,原初之光所化的光鞭立时出现在她掌中,她握住鞭柄,微微抬手,正要挥动,殿门处忽然传来一声巨响。

沉重的铁木门轰然洞开,玄扇破空而来,与此同时,祖媞也将鞭子挥了出去。光鞭威能极大,霄樽骇然闪避,虽未被鞭子扫到,却仍被鞭风带得重重撞在了殿柱上,因此他未能躲过那疾驰而来的玄扇。玄扇扇端生出铁刺,以难以想象的冲力扎进他的皮肉,将他牢牢钉在了殿柱之上。

鲜血自口中喷出,霄樽费力地抬头,望向那破门之人。来人长身玉立站在殿门口,是个白衣青年,他并不认识。青年眉目沉冷,携着风雪踏入这殿中,云靴刚着地,便有冰凌自他足下蔓生。那些看上去便很冰冷坚硬的东西蔓生得极快,瞬间便将殿内的桌椅画屏尽皆覆盖住。霄樽一颤,心中顿时生起不祥的预感,可还未来得及惧怕,沿着殿柱一路攀上来的坚冰已裹住了他的身体，惊惧声被冻在嗓子口，他被封在了冰凌中。

祖媞看了一眼被封冻住的霄樽，收好光鞭，揉着额头晒向朝自己走近的青年，又偏头瞄了一眼身旁覆满冰凌的床榻，无奈轻叹："我知他将我掳来这爱欲之境让你很生气，可小三郎，你将这里搞成这样，我怎么休息？"

青年一愣，顿住脚步："你……都想起来了？"

祖媞点头。她本就疲累昏沉，头这么一晃，眼底蓦然一黑。青年急步上前，一把揽住了她摇摇欲坠的身体。

自荒寂的黑甜中醒来时，祖媞听到了雪落的声音，簌簌的，夹杂在冷风时断时续的呜咽声里，显得很柔静。她睁开眼，首先入目的是四根黑檀木亭柱。亭柱之外，落雪纷纷扬扬，似重明鸟的绒羽，飞舞在静谧的天地间，装点着这一片银装素裹的冰雪世界，呈露出一种失真的美。

静看着落雪，神思逐步回笼，祖媞很快想起了在她昏睡前他们所面临之事，也记起了她以为自己是谢冥时，在这不枯泉幻境里她和连宋发生的所有。她的耳尖慢慢红了。

也是在此时，她才发现自己竟是半躺在连宋腿上，被背倚亭柱席地而坐的青年自身后拥在怀中。她竟是这样睡了许久，怪不得一点也不觉着冷。她喜欢他的怀抱，因此觉得安心，可忆起在第二个幻境中稀里糊涂的自己如何在他面前哭泣，又觉着难为情，一时竟不知如何面对他，不由闭上了眼。

青年的手不知何时自她腰间移了上来，轻握住她的下颌，微微抬起。她被迫仰头，与他垂落的目光相接。

"不是醒了吗，怎么又装睡？"他低声问。

她屏住呼吸，捉住他的手拿开，看向亭外的落雪："你暂时不要和

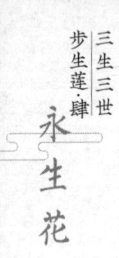

我说话。"

他不解:"为什么?"

耳尖的红意蔓生至双颊,她察觉到了,默默捂住了脸,很小声地说:"我现在觉得很丢脸,你不要看我。"

"什么丢脸?"他滞了一下,语声中流露出担忧,"怎么了,让我看看。"说着握住了她的手腕。

他非要看她不可,她拗不过,干脆破罐子破摔,放下挡脸的手,主动转身面向他:"我问你,小三郎。"为了掩饰赧然,她假装很沉着,"你那时候是不是看我糊里糊涂的很好骗,就故意骗我你是瑟珈,还故意惹我哭来着?"

他顿住:"我怎么会故意惹你哭。"

她将目光别向一旁:"可你不是说什么喜欢看我哭……"

"啊,那个。"他轻叹,将她圈进怀里,抬手抚她的脸,"是喜欢看你哭,但怎么会为了这个就故意惹你哭,再说了,"他抱住她,将头埋在她颈窝,闷笑道,"喜欢看你哭是我的错吗,还不是因为你哭起来太好看了。"话到这里,忽然醒悟,"所以,是因为想起了曾在我面前哭了,所以感到丢脸吗?"

她红着脸沉默了,再次将视线移向了亭外。

"怎么是丢脸。"看到她的反应,他止不住笑,离开她一点,手指抚上她的眼尾,"你哭的时候,眼尾会先红起来,而后泪雾聚起,眼睫一眨,便是一滴泪,"指腹移到她眼下,"接着,这里会有一点湿痕,将它抹开,整个眼眶便都红起来,朱砂入雪不外如是,像新做的妆。那时我只觉你的哭泣迷人,并不觉它丢脸。"

她的脸更红了,再也绷不住沉着的神态,抿住唇,轻推了他一下:"你都……记住了些什么啊!"

"记住了你每一种好看的样子。"他笑着回答,放在她后腰的手微微用力,将她揽近,垂头在她眼尾处留下了一个轻吻。

那吻不带欲望，轻触在她眼角，含着珍重与爱惜，她很喜欢，不由攀住了他的肩，微微仰头，奖励他对她的取悦似的，在他唇边印下了一吻。他有些惊讶，挑了挑眉，看着她嫣红的花一般的面容，在她离开之际追了上去。他们吻了少时，在他的唇移向她的下颔时，她惊醒似的睁开眼，推了推他："我还有正事要说。"

他不为所动，温热的唇似有若无地碰着她的颈侧："你说你的。"

她偏头躲他，有些没办法地低声同他抱怨："可你这样……我怎么说。"

他笑了，从她颈侧离开，闭着眼，额头抵住她的额头："那你说。"

她仍觉着他们这个距离对于谈正事来说可能是太不正经也太近了，但她也知小三郎不会再让步，她只好勉强接受了这个姿势，轻嗯了一声："好吧，我是想说，我在进入这混沌荒漠后遇到了一个人，便是他将我送来这不枯泉幻境中替代了谢冥，你要是知道了他是谁，应该也会很吃惊。"

他觉得她这样神神秘秘地卖关子有些可爱，捏了捏她的耳垂："哦，是谁？"

"影悉洛。他是悉洛留在此境的影子，是没有成佛的悉洛。"

"竟是他。"青年终于睁开了眼，"的确让我吃惊。"

他松开她："所以这混沌荒漠果然不是从谢冥的遗憾里生出的妄境，也根本不存在什么所谓获得了谢冥的心，平息了谢冥的遗憾便可使此境化为乌有……"停顿了一瞬，"此境是悉洛搞出来的，对吗？"

她惊讶看他："我只告诉你我遇到了影悉洛，你便猜出了这许多。不错，你还能猜到什么？"

她衣襟有些乱。他抬手，一边为她整理上襟一边道："我只知冥司的诞生是你、少绾神、谢冥神以及悉洛佛当年共谋，并不知他同你们还有什么私务上的交情，所以也难以推测出他造出这妄境，又给出假的《境书》误导入境者是为了什么，"碰了碰她的脸，"不是得由你来为

我解惑吗？"

她双眼微弯："终于也有小三郎你想不通的事情了，那是因为……"

然话还未说完，怒风忽起，浓墨似的黑席卷而来，狂风与黑暗将她未尽的话语尽数吞没入无声的虚空。当沉晦散去，飘扬的飞雪、华美的宫室、银装素裹的园林也尽皆散去，第三个幻境在猝不及防中迎来了终点。电闪雷鸣中，第四个幻境接踵而至。

在这一次的幻境交替中，祖媞没再被影悉洛施术带离连宋的身边。她同连宋一起进入了这雷电交加的一境。

看清眼前之景后，她的眼瞳缩紧了。

这里竟是当归山。

北荒之北，以单狐山为首的北荒山系绵延万里，似尾护食的巨蟒，环绕住半个北荒。这是整个八荒最长的一条山系，在这条山系的最中间，耸立着圣山当归。当归之巅无日夜，无四时，通往十亿凡世的界门——若木之门——便坐落在此。

他们此刻正站在当归山的山巅，百丈之外便是巍然而立的若木之门。

父神当日以九阴山之南太阳栖息的那棵若木树为主材，辅以仁勇、恒守、正念三柄神剑，耗时九九八十一日，始建成这将八荒世界与十亿凡世隔离开来的若木之门。

此门高逾千尺，恢宏肃穆，神剑为门柱，门柱上刻着仁勇、恒守、正念六字；神木为横梁，横梁上蹲着代表守护的天禄、代表慈悲的驺虞、代表仁爱的麒麟，以及代表公正的獬豸。四头石兽皆是垂首俯瞰世间之态，明珠镶嵌的眼瞳里仿佛含着慈悯。

此刻，祖媞仰望那恢宏界门，目光却只落在两个门洞处。那里本该有两扇紧闭的赤木门，但此时只有一扇门完好，另一扇门已被烧成了细灰。自洞开的门口，隐约可见彼端凡世里红色的业火和带着火星的焚风，以及穿过界门远去的人族的背影。

那一日，她也站在若木之门的此端，自洞开的大门，看到过彼端的一隅凡世。

沉痛再度来袭。

"是那时啊。"祖媞轻喃。

她仰首看向雷嗔电怒的天边，仿佛又回到了二十四万年前那一日。

那一日，少绾以羽化为代价，用凤凰的涅槃真火烧毁了若木之门，打开了去往凡世的通路，墨渊追随着少绾羽化后遗落在界门外的凤火而去。这八荒再无人有能力阻挡人族离开，她终于能将在连年战火中所剩无几的人族全部送进若木之门。

在她的庇护下，人族顺利通过了若木之门，由她座下的神使们引领，逆着业火与焚风而行，去往了他们的新家园——十亿凡世。

然十亿凡世虽使凡人们的躯体有了栖居之所，却承载不了他们的灵魂。凡人们的灵魂还需有驿站供他们转世。少绾和悉洛为凡人们规划的驿站是冥司。但冥司要诞生，需以吞食了轮回之钥的谢冥以身为祭。

彼时为了护谢冥献祭，她特意在界门内多停留了半日，亲眼见证了谢冥献祭的整个过程，所以她很清楚，此时这不枯泉呈出的第四个幻境，正是谢冥以身为祭化育冥司的那段经历，那也是谢冥人生之旅的终局。

狂风怒吼，红尾白身的鹬鸟躲在附近的密林中惊怖地哀叫，祖媞望向前方，仿佛又看到了谢冥。

那日，一袭蓝裙的谢冥迎着烈风沉着地站在界门前以待献祭。她就站在谢冥身旁。烈风吹散了谢冥的长发，但谢冥没有管它，只垂眸

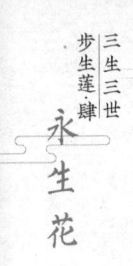

看着手中泛着冷光的短匕。

她问谢冥:"真的不用我帮你吗?"谢冥摇头:"我想亲手带他们来这世间。"说完这话,谢冥仰首望了一眼苍空,举起那把寒光凛凛的匕首,平静地刺入了腹中。

谢冥亲手剖开了自己的肚子,短匕落地,染血的掌托出了两枚泛着金光的鸟卵。谢冥是只蓝色的鸾鸟,她的孩子自然也会是鸾鸟。"他们将成为冥司的主人。我的使命完成一半了。"谢冥煞白着脸低声宣告。

她扶住谢冥,以原初之光化去了她腹部的伤口,注意到谢冥虽是同她说话,目光却未有一刻离开那两枚脆弱的鸾鸟蛋。

她沉默了少时,向谢冥道:"午夜前令冥司落成便可,你还可以陪他们半日。"

谢冥也沉默了少时,最后她摇了摇头:"不用了。"

怒风在空中盘旋着低吼,天色变得愈加沉暗,属于谢冥的最后时刻即将来临。站在界门之侧的悉洛走近了她们,谢冥将两枚鸟卵递给了悉洛:"轮回之钥已转入他们的身体,他们会成为冥司新的依托。失了可孵化他们的人,或许在十万年、二十万年后,他们才能睁眼看这世间,便请你照顾冥司直到他们破壳睁眼那一日吧。"

悉洛垂首接过两枚鸟卵,肃穆道:"这是自然。"

谢冥的神情很平静,好似没有太多情绪。但刚对哀思这种情感有了些许了解的她,却从谢冥那看似平静的表情中窥出了一丝哀伤之意。

"他们生来便负着重担,我不知道我算不算他们的母亲。但我想过他们的名字。"沉默中,谢冥忽然道,"姐姐就叫画楼,弟弟就叫孤州吧。这是我作为生下他们的人,唯一能留赠给他们的。"说完这些话,谢冥再次看了那两枚鸟卵一眼,伸手像是想最后再抚摸他们一下,但在距那脆弱的薄壳寸远之处,她停住了,染血的指收了回来,良久,只轻道了一句:"好好的吧。"便转过了身。

狂风撩起谢冥的衣裙，谢冥迎着疾风闭上了眼，蓝光闪过，化作一只蓝色的鸾鸟，决然地飞向苍空。鸾鸟华美的鸟羽一振，连怒风亦退避三舍。

美丽的神鸟翱翔于浓云滚滚的天际，巨翅展开，将闪电与惊雷尽收于羽翼中，而后一声清鸣，周身遽然腾起蓝色的焰火。火焰刚起，天地间的风忽地全消失了，一道白色的流光疾驰而来，包裹住了身起蓝焰的鸾鸟。鸾鸟身上的火焰瞬间便熄灭了。

站在她身旁的悉洛率先反应过来："是瑟珈。"

他们在当归山搞出的阵仗极大，瑟珈找到此处也是情理之中，可这又能如何呢？她遥望向静止在苍空中的光团，隐约辨出了其间瑟珈与谢冥的身影，她问悉洛："瑟珈在同阿冥说什么？"

悉洛有洞见万里之能，当他使用此种神力时，万里开外之景于他而言也不过是近在丈许。

"我弟弟，"悉洛仰望向天空，嗓音喑哑，"自小就害怕孤独。他远比他以为的更需要谢冥，自谢冥离开少和渊他再找不见她，他便疯了。我信守了对谢冥的承诺，即便知瑟珈因寻不见她而痛苦得自残，也不曾向他透露过半分她的行踪，以致瑟珈行尸走肉般在八荒寻觅了她数万年，到她将离世这一日才得以与她再相见。"他双眼通红，"我一直在亏欠瑟珈。"

这不算是对她提问的回答，但她也理解悉洛，知他会如此，必定是因再次看到瑟珈遭受痛苦，故而痛他所痛。

她试探着问："瑟珈他……是在求阿冥留下吗？"

悉洛点头："他在流泪。"他喃喃，"我上次见他流泪，还是他小时候被逐出神族时。"顿了几息，哑声继续，"他在向谢冥告悔，说他过去太过偏执，做了许多愚蠢的事，说自谢冥离开后，他没有一日不生活在痛悔中，他求谢冥留下，说她不能让他好不容易见到她，却是在这样的情形下……"

她不知该说什么，静默了片刻，问悉洛："那阿冥她动摇了吗？"

悉洛没有立刻回答她，过了会儿，转头看向她："若谢冥动摇了，你会如何呢，祖媞？"

她怔住。

悉洛道："少绾和谢冥让你做最后离开的那个人，因她们知你无七情六欲，不会因情懦弱，因情退缩，是必定能履行天道的人。她们是不是对你说过，若她们因懦弱而动摇，完成不了献祭，便请你杀了她们，务必使她们完成祭供？"他沉静道，"所以若谢冥动摇，你当杀了她。"

她茫然地看向悉洛："少绾和阿冥是说过那话，可我相信她们不会……"

悉洛摇头，低声喟叹："你不懂情，所以不知情之一物可使人坚韧，也可使人懦弱。许多事情，未到临头时刻，谁也说不准，她们正是因懂这一点，才会同你说那样的话。"话罢突然推了她一掌，那一掌凝着风雷之力，几乎使她踉跄，当她定住身形时，发现自己竟已在空中，仅与谢冥和瑟珈相隔百步。这样的距离，她能看清两人，也能听清他们的对话。

雷歇风止，天地皆静，她听见谢冥对瑟珈说："总要有人来做这件事的，若我选择了退缩，那又该由谁来做这献祭之人呢？瑟珈，由你来做吗？"

"又有什么不可以呢？"瑟珈回答。

瑟珈正好背对着她，因此她看不清瑟珈的表情，只能看到他雪竹似的高瘦的背影。那背影有些颓唐。

"让我来吧，小燚。"瑟珈的语声不算激烈，甚至可以说平和，但嗓音却很哑，其间含着连她也可辨出的苦涩，"我可以为你做任何事。"他道，"我知道我一直都很自私，可我没有办法。若我们注定要分开，我希望最后是我离开你，我不能再让你先离开我，那样我会……"话到此处，语声开始不稳，于是他停住了，没有再说他会怎么样。

百步外的她有些发蒙。她没搞懂谢冥为何会问瑟珈愿不愿代她履行献祭之职，因这献祭并非随意祭奉给天地一份仙魔之血便可以，那是只能由谢冥去承负的宿命。而听瑟珈的回答，他竟像是已做好准备代谢冥去赴死了。

她眼皮猛跳，仓促地捏印，欲阻止瑟珈，可瑟珈拔刀的速度比她更快。

不过谢冥突然上前一步握住了被瑟珈拔出的风刃。泛着冷光的寒刃划破了谢冥的手掌，鲜血涌出，瑟珈猛地撤刀："小焱你……"

苍空中忽有天火坠下，落在瑟珈身上，那是噬骨真言降下的惩罚，因他以风刃伤了谢冥。瑟珈猝不及防，突如其来的灼痛使他没能及时将风刃刺进自己的胸膛，而谢冥则趁机祭出原初之火缚住了他。

"我原谅你了，瑟珈。"用火焰锁链将瑟珈锁住的那刻，谢冥如是道。

瑟珈被困住，不得动弹，谢冥退后几步，周身再次泛起蓝焰。她静静地看着不能挣扎亦不能言语面带绝望和痛苦的瑟珈，对他说了最后一句话："我解除对你的噬骨真言，你好好活着吧，瑟珈。没有我的世间也并不可怕，你会明白的。"那是一句告别的话，也是一句令瑟珈求死不能的咒语。

风云重聚，天边再次落下惊雷。谢冥重化为蓝色的鸾鸟，承负着燃烧的原初之火，决然地向中天飞去。美丽的神鸟绕着中天飞行，羽翼的轨迹在青空中绘出一道巨大的符印。符印落成之时，神鸟仰首，发出了它在这世间的最后一声长鸣。啼鸣清澈嘹亮，贯彻长空，惊碎流云，随着那声啼叫，它身上原本十分安分的原初之火蓦地腾起。

火焰很快分食了神鸟的身体。饱食了谢冥血肉的蓝焰循着高空中巨大符印的轨迹坠入混沌，在虚无中扎根。冥司攀附着扎根于混沌的茁壮的蓝焰,在一片烈火中诞生。

"不!"在谢冥死亡的那一刻,瑟珈终于挣脱了火焰的束缚,尾随着那些分食了谢冥的火焰,绝望地向混沌深处追去。

继少绾羽化陨落,又一出悲剧在她面前上演。

瑟珈的出现给这出悲剧增添了一丝凄婉之色,但并不改它的壮美。

她没有试图干涉什么,只默默地注视着不断坠落的原初之火。

最后她回到了悉洛的身边。

悉洛正单手结印,将天地之灵导入这自混沌中新生的灵域。

瑟珈消失了,悉洛的视线自瑟珈消失之处移回,双目通红,目中含泪,但他未离开自己的位置半步,依然全力地为冥司塑着灵。

她知晓悉洛为何落泪,轻叹道:"瑟珈大概率要做傻事,你去寻他吧,我可以代你为冥司塑灵。"

悉洛顿了一下,摇头:"冥司尚未落成,我不能去,你有你的使命,我有我的。"的确,若她此时动用灵力帮了悉洛,会影响她为凡世化育四时五谷。

"很痛苦吧?"沉默少时后,她问悉洛。

"是,很痛苦。但这是我必历的。"悉洛回道。

她不太明白,问道:"什么?"

悉洛抬眸看向矗立在不远处的若木之门,道:"看到那三把剑了吧?"

她亦抬首望去,见作为门柱的仁勇、恒守、正念三把神兵在雷惊电绕中不动如山。

"仁勇之剑,恒守之剑,正念之剑。"悉洛念出三把神剑的名字,道,"父神以此三剑做若木之门,是要教谕神族,慈悲果勇者为神,恒守有节者为神,守持正念者为神。可神若有情……"他停住,良久,才重新开口,"可神若有情,越是有情,要慈悲果勇、恒守有节、守持正念,就越难，也越会感到痛，少绾如是，谢冥如是，我亦如是。这是我们必历的修行。"

这些话她有一半懂，有一半不懂，而她明白她之所以不懂，是因生来残缺之故。故而她也没有再问什么。

最终，悉洛是在冥司彻底落成后才追去混沌深处寻找瑟珈的，此后又发生了什么，她并不清楚，因那时她已穿过若木之门，去往凡世，为人族能在凡世安居而献祭了。

不过如今，她已知晓了悉洛追去混沌深处后所发生之事。在她踏入这片荒漠遇到影悉洛时，那诞生于悉洛对瑟珈的拳拳手足情的、被悉洛亲手剥离出魂体的影子便告诉了她一切。

"在发什么呆？"耳边冷不丁响起熟悉的声音，祖媞微惊，从往事中回神，偏过头去，正同连宋低垂的目光对上。风很大，青年护在她身侧为她挡住风，很自然地帮她拢住她被吹散的发丝。"看来这是若木之门开启那日的幻境，我们继续吧。"

她没反应过来："继续什么？"

青年无奈似的轻叹："还没醒神吗？你还未告诉我悉洛为何要造出这混沌荒漠，又为何给出假的《境书》令入境者们去追逐谢冥，获取她的芳心。"

她才想起来，适才幻境交接之时他们的确是在谈这个。

"啊，对。"她轻抚了一下额际，将目光投向前方的界门，界门前不远处的那块立岩便是她和悉洛之间最后那场谈话发生的地方。

"当年瑟珈目睹了谢冥羽化，为救谢冥，他追随谢冥坠落的魂火去了新生的冥司。可翻遍了冥司，他也未能寻到哪怕一片谢冥的魂魄。心碎之下，瑟珈陷入了魂堕。强大的魔族魂堕会成为堕魔，堕魔将不再有神智，会只知毁灭与杀戮。瑟珈还保有一丝理智，知晓自己若魂堕了，会给这好不容易安定下来的天地带去怎样的劫数。他本欲为谢冥殉死的，但因谢冥的咒言，他无法死去，故而在魂堕伊始，他亲手封印了自己。

"悉洛在冥司深处寻到瑟珈时，瑟珈已成了一个活死人。悉洛想要救弟弟，可他也知不能贸然为瑟珈解除封印，需先疗愈他的心伤，阻止他魂堕，再解开他的封印将他唤醒。为此，悉洛进入瑟珈心中，为他创造了一个异境，并借混沌一隅将这异境具化了出来，便是混沌荒漠。同时，悉洛在这混沌荒漠中造出了数不清的不枯之泉，但有入境者进入不枯之泉，不枯泉幻境便会开启。

"这些不枯泉幻境皆是谢冥情思波动最厉害的人生旅程的再现，不过悉洛并没在这些幻境中创造瑟珈的幻影。这些幻境里原本是没有瑟珈的，想必你也猜到了这一点。"

祖媞收回远望的目光，看向连宋："会在这幻境里出现的瑟珈，便是那个被困在自己的封印里、定格在魂堕伊始、不愿醒来的瑟珈的心魂。当有入境者入境，启动这些不枯泉幻境时，瑟珈便会被吸引过来。"

"原来如此。"连宋沉吟，"所以在你我经历的这些幻境里，瑟珈只在与你初见的邙山出现过一次，因他发现了你不是谢冥，所以不再出现了。"青年微微挑眉，"但恕我难以理解悉洛佛的思路。创造无数幻境，让入境者去追逐谢冥，争做谢冥的真心人，这如何就能治愈瑟珈的心伤、阻止他魂堕了？"

祖媞轻叹："悉洛在瑟珈心中看到了瑟珈对过去的懊悔——瑟珈认为是他让谢冥对生途绝望，她才不愿与天命相抗，义无反顾地选择了献祭羽化的。但悉洛想要瑟珈明白，不是他逼谢冥如此的，谢冥选择羽化是一种必然。所以他造了这些幻境。不过造完这些幻境悉洛就离开了这里，因他成佛在即。他知度众生需舍小爱，故将对瑟珈的感情尽数剥离出，创造出了一个影子放到了混沌荒漠，由他去守护并唤醒瑟珈，也由他去照顾谢画楼、谢孤州两姐弟和冥司，那便是影悉洛。二十多万年来，影悉洛尽职尽责。可此前进入这些幻境的入境者没有一个能走完这些幻境，他们全让瑟珈给杀掉了，被迫离开了不枯泉。影悉洛对此一筹莫展。见我入境，他知机会终于来了，你会来此境寻我，而你风流之名在外，若能由你出马去俘获谢冥的芳心，你是一定会成功的，且你也有能力不被瑟珈杀掉，所以有很大的概率，你能走到最后一个幻境。然最后一个幻境里谢冥仍会舍你而羽化，如此，瑟珈便能够知道，即便有人在这份感情中能比他做得更好，甚至尽善尽美，但谢冥最终还是会选择奉行天道，他无需为谢冥之死而痛悔自责。"

听完她这番话，连宋沉默了好一会儿，最后客观地点评："不错，这也是一个思路。"同时他也提出了一个问题，"不过，最后怎么是你取代谢冥进了这些幻境？"

口若悬河的祖媞忽然磕巴了一下："因、因为⋯⋯"耳尖先红了。

连宋挑了挑眉，一只手搭上她的肩，缓缓凑近，好整以暇："因为什么？"

祖媞竭力维持镇定，微微别开眼，假装很淡然："因为我知道，如果幻境里的谢冥不是我，你是不会靠近她的。"她偷瞄了他一眼，见他凤目含笑，但并没有笑话她的意思，才感到不那么难为情，"后来影悉洛也明白了这一点，才答应了让我去取代谢冥，这样做最后能不能达成他的目的是不大好说，"她耸了耸肩，"不过他已经失败太多次了，可能也有心理准备，死马当活马医咯。"

他觉得她耸肩的样子可爱，不禁失笑，抬头看了眼这雷迅风烈的幻境世界，道："悉洛佛未历过男女之情，会以为助瑟珈消解了对谢冥的愧悔便可将他魂堕的问题解决了也不奇怪。可我却不认为他能如愿。"他将目光放在极遥之处，幽远道，"我总觉得瑟珈他会魂堕，并不是因他对谢冥愧悔。他的心结不是他曾辜负了谢冥，而是谢冥死去了。"

祖媞动容，垂眸道："我亦如此想。"顿了几息，叹气道，"不过如今倒是我们比影悉洛更着急唤醒瑟珈了,毕竟唤醒他才能拿到风灵珠。"

"但我看你也不像很着急。"连宋回头,"你应该是想出更靠谱的办法了吧?"

她微微吃惊:"我表现得有那么明显吗?"点头道,"是有个备用之法,但得先将瑟珈的心魂引出才行。"

她靠近他,握住他的手:"小三郎,你要配合我。"

闪电划破圣山之上无日无夜的长空,天边袭来滚滚浓云,怒雷声摄人心魄,二人站立之处忽然爆发出一道极刺目的蓝光,少时,一只巨大的鸾鸟在逐渐褪去的蓝光中显出真形来,青冠蓝羽,同谢冥的真身一模一样。神鸟仰首清啼,华美的双翅一振,扶摇而上,直向天际飞去。飞至天际的鸾鸟在如盖的浓云中时隐时现,又一声长鸣,羽翼上忽然腾起蓝色的焰火。

祖媞化为鸾鸟,完美地复刻了当初谢冥献祭的场景。这是绝佳的诱瑟珈出现的方法。

果不其然,当鸾鸟的羽翼被她特意幻出的蓝焰点燃,空中咆哮怒吼的烈风立刻便停歇了。与此同时,一道沉冷的男声自苍空深处传出:"停下,悉洛,别再让我看到这一幕!"那声音震彻天地,压抑着愤怒,但似乎又饱含痛苦。

随着那喝止声降下,幻境正中忽然亮起金光,金光中缓缓走出了位身着霜色法衣的青年,正是悉洛佛为唤醒弟弟、在成佛前自身体里分出去的影子——影悉洛。

影悉洛仰首望天:"瑟珈,二十四万年了,你终于愿意同我说话了。"右手一抬,弹出法印,天地间烈风再起,这幻境又重回到了那风驰电掣、雷奔云谲的时刻。

影悉洛凝视天际:"今次是水神进入这幻境走你与谢冥曾走过的

路，在这条路上，他每一步都走得可称完美，但就算他做得如此完美，与谢冥盟誓终身了，可当天命来临时，谢冥依然选择了以身献祭。所以你明白吗瑟珈？谢冥赴死不是你的错，就算你从一开始便如她之愿，做得同水神一般好，你也无法留住她。无人能留住她。"

瑟珈仍未显露正身，只有声音自苍空深处传来："可能我是有些疯，但还没傻，与水神一起走过这条幻境之路的是祖媞，不是小焱，祖媞的选择又关小焱什么事呢？"

影悉洛叹息："我封印了光神的本我，给了她谢冥的意识和记忆，她亦认为自己是谢冥，以谢冥的身份同水神走过了这条情路。如此又怎能说她的选择无关谢冥，不算谢冥的选择呢？瑟珈，你因愧悔而魂堕，将自己封印在此浑浑噩噩这么多年，这真的是谢冥想要看到的吗，你也该醒来了！"

在影悉洛叹息着说出这些话时，天幕正中忽然浮现出一朵金光结成的巨莲，莲盏可称浩瀚，几乎覆盖住半个天空，正是芬陀利迦之影。

芬陀利迦之影泛出耀目金光。既完成了与影悉洛的约定，也达成了自己目的的祖媞借着金光的掩护重化作人形，悄然无声地飘落在地。隐匿了身形跟随着她的连宋亦随之在她身旁现身。

芬陀利迦之影并非术法，而是一种能为凡人消除魔障的力量，是悉洛佛独有之力。悉洛竟将这种力量也分给了影悉洛，令祖媞感到吃惊。但瑟珈毕竟不是凡人，她有些怀疑这种力量能否对瑟珈起作用。可能见瑟珈说不通，实在是没有别的办法了，影悉洛才会试图以芬陀利迦之影去强行消解令瑟珈魂堕的魔障吧。她想。

高空之上，影悉洛垂眸合掌，口中诵出佛音。佛音响起，芬陀利迦之影身形倍增。

就在那金色的巨莲即将覆盖住整个天空时，天际忽然爆出玄光，玄光携着漆黑似墨之物晕染一般疾速蔓延，当光体边缘与芬陀利迦之影相接时，突然释放出巨大能量，以不可抵挡之势将芬陀利迦花瓣震得粉碎，光中的浓黑之物则迅速将抢夺过来的天空染成一片可怖的暗色。

祖媞尝试着分辨，终于看清了，那玄光中黑云一般的东西竟是究牟地华之花。万千究牟地华花盏叠簇着形成一片黑色的花海，花海压顶而来，是瑟珈对芬陀利迦之影的反抗。

影悉洛被震得不住咳血。"谢冥绝不愿见你如此，瑟珈。"他费力地咳喘道。

瑟珈的声音自花海后传来："别自以为是，悉洛，你又知道什么？"那声音阴沉嘶哑："是，她的确说过她原谅我了，但我知道她其实没有。让我活在这个没有她的世间求死不能，便是她对我的报复和惩罚。她不愿见我如此吗？不，我如此，正是她的愿望。既然这是她的愿望，我又怎能不如她之愿呢！"随着这句话散落在风中，被究牟地华花海独占了的幻境倏然静止，暗色的天空中终于出现了瑟珈清瘦的身影。那高瘦的青年甫一露面，便携着腰间的风刃全力向影悉洛攻去。

泛着寒光的风刃穿过了影悉洛的身体。毕竟只是悉洛的影子，影悉洛智识法力皆不及悉洛。他垂头看向刺入腹中的利刃，苦笑着断续："竟在……风刃上……加了驱逐印，看来你是……要将我彻底驱逐出……这混沌荒漠了，可瑟珈，你一个人在此……不会寂寞吗？你不是……一直都……很害怕寂寞吗？"

瑟珈神情淡漠："定格在魂堕伊始这刻，忍受这种痛苦，永恒地封闭在此，这是我如她之愿应受的惩罚。我早该将你们都赶出去，这里无需再有外人进入。"话罢倏地将刀拔出。

影悉洛猛地吐出一口血。血雾坠地之际，影悉洛的身影瞬然消失。

瑟珈收回风刃，简单在云絮上拭了拭刀背的血迹，而后面无表情地垂下视线，看向地面。"到你们了。"他说。地面上唯有祖媞和连宋两人。

白色的身影如疾驰的箭，转瞬已至眼前，利刃破风，径向他们袭来。

就在瑟珈果决地挥下风刃的一瞬，祖媞及时地扬声："你不想救谢冥了吗，瑟珈？"

与此同时，连宋举剑接住了风刃的攻势，刀剑相撞，激起尖锐的啸鸣。刀剑带出的风和水之力将究牟地华花海撕开了一道口子，风雷再起，两人皆被对方之力震得退后数步。

瑟珈直退到花海边缘才借助风刃定住身形，他没有再攻，抬头看向祖媞，神色有些茫然："你方才……说什么？"

祖媞朝他走近了几步："我是说，阿冥她让你活着，绝不是为了惩罚你，瑟珈。从前少绾为阿冥占卜她的命运，天道曾给出一句谶语——若修行可得圆满，则死亡亦是新生。我想，阿冥在她人生的最后时刻终于领悟了那句谶语，所以她才会对你施下那样的咒言。"

"若修行可得圆满，则死亡亦是新生？"瑟珈恍惚地站直了身体，"那是……什么意思？"

"冥司乃谢冥仙体所化，作为凡人转世的驿站，二十多万年来，冥司中留下了许多善魂的功德。以身做祭化育冥司是谢冥的修行，这场修行不可谓不圆满，因而天道使谢冥的魂魄在凡人的功德中重生了。"

祖媞温声："我也是踏入冥司时才发现，那些散落在冥司中的星芒，便是谢冥重生的散碎的魂。所以可知，谢冥那时是知自己可能重生，愿和你有未来，她才让你一定要活着。"她顿住，看向不远处那个一身白衣的清瘦身影，"所以你真的不打算醒来，去冥司看看谢冥的新魂吗，瑟珈？"

瑟珈像是被定住了。

砰！风刃在唯余风声的寂静中坠地。

许久后，瑟珈抬起了手，紧紧捂住了自己的眼睛。"看来悉洛说的是对的,我是该醒来了。"有湿润的泪自那苍白的指间溢出。

幻境蓦然碎裂。

就在幻境碎裂的刹那,占断苍空的究牟地华褪去暗色,恢复了它们本真的模样。

一片雪白的花海在青空中浮现。

花瓣乘风而下,犹如落雪纷飞。

第二十章

瑟珈心魂归位，自封印中苏醒后，混沌荒漠便消失在了虚无之中。

雪意、粟及，包括此前被影悉洛囚困的霜和、菁蓉、天步、莹千夏，皆是在混沌荒漠消失后才得以同连宋和祖媞会合。

为将从瑟珈处得到的风灵珠尽快送去太晨宫交给东华帝君，连宋连断生门也未入，便领着天步、粟及和莹千夏先回九重天了。

连宋走后，还带着伤的影悉洛自冥司深处赶来，见了苏醒的瑟珈一面，之后影悉洛便离开冥司，往梵境去了。

祖媞其实也在冥司待烦了，很想离开，但她暂时还不能走，她得留下来助瑟珈收集谢冥的散魂。

时隔二十四万年，瑟珈再次踏足冥司，当看到从前没有、如今却弥漫于冥司每一个角落的银色星芒时，他立刻便辨认出了那是谢冥的魂。

冥司中有轮回台，轮回台上种着轮回树，轮回树树高千尺，硕大的树冠探入云霄，那是凡魂们通往来生之门。能登轮回台的凡魂，身上多多少少携着功德。他们身上的功德将决定他们来世的去处。而当他们附着在轮回树的叶片上去往应去的来生时，作为交换，那些功德会遗留在轮回树中。

千年万年过去，轮回树上凡魂们留下的功德聚沙成塔，积攒出了神秘强大的力量，正是靠着这股力量，谢冥才得了新生的机缘。日日有新的星芒自轮回树的叶片析出，每一片星芒都承载着谢冥的一点魂。

瑟珈自愿留在冥司做轮回树的守树人，以期有朝一日能集全谢冥之魂，使她重获新生。作为冥主的谢画楼没有意见。

事实上，得知伴随自己长大的漫天冥司星芒竟是母亲谢冥的散魂时，素来淡泊从容泰山崩于前后左右都能面不改色的谢画楼也难得地蒙了，很久都回不了神。

待离开轮回台后，霜和好奇地问谢画楼："冥主既是亿万幽魂之主，那应当对魂魄之事很是了解才是啊，我们发现不了也就罢了，可连你也没发现冥司这些星芒中含有谢冥的魂息吗？"

霜和只是好奇，并没有嘲讽谢画楼的意思。他要是稍微有点情商，就不会把话说得如此欠揍，但他毕竟一点情商都没有，所以他不仅没意识到自己说了欠揍的话，他还敢再接再厉："那可是你阿娘啊，你都没认出她来吗？"

谢画楼："……"

谢画楼没说话，但握紧了拳头。

眼看霜和要挨打，祖媞赶紧站出来解释："星芒们自轮回树中来，有魂息之气再正常不过，我若不是熟悉阿冥的魂息，也会以为那些是星芒们自轮回树上沾来的凡魂气息，不会去在意它们的。"

雪意跟着打圆场："是啊，东华帝君来了冥司那么多次，也没发现那些星芒是谢冥神，又怎能强求从未见过谢冥神的两位冥主辨认出呢？"

谢画楼抿了抿唇，拳头松开了。

霜和傻傻的，看了眼祖媞，又看了眼雪意："是这样吗？但是我想说……"

眼看谢画楼又捏起了拳头，雪意粗暴地捂住了霜和的嘴："不你不想说！"

霜和："……"

说来雪意当日虽也和粟及进入了第四个幻境，但他们未能攀上当归山，故而并不知混沌荒漠的真相。后来从祖媞口中得知事情全貌，雪意怔了许久，轻叹道："所以归根结底，那荒漠并不是从谢冥的遗憾中诞生的啊，我就说，她不是会往回看的人，又怎会有那样大的遗憾呢。"

谢冥的散魂不好收集，少说也得收个把月。然第三日，元极宫便送来了催祖媞回去的信，信写得简略，只提了句有大事发生。能被连宋称一句是大事的，估计就真的是挺大的事了，故而瑟珈也未再留祖媞。

一行人离开冥司时，雪意回望了一眼天空中的星芒，低声似自语："也不知你何时能再临这世间。"

祖媞就站在他身旁，听到他的低喃，亦回头望向那些星芒，"再过几万年吧。"她道，"也许几万年后，瑟珈便能集全谢冥之魂，使她回归了。若这天地无事，他会等到那一天的。"话到这里，她顿住，若有所思，"我其实之前就在想，你是不是对阿冥……"她看着雪意，没有将话说完。

雪意默然，半晌后，开口道："最开始，我只是为她爱错人感到可惜……但如今看来，她也不算爱错了人吧。"释然一笑道，"她承负住了残酷的命运，理应与瑟珈有一个完美的结局，天命还是厚待她的。"

祖媞静了许久。"残酷的命运。"她问雪意，"你觉得背负献祭的宿命是很残酷的一件事，是吗？"

雪意微顿，看向她，目光落在她手腕的逆鳞饰上。"是的。"青年的表情变得怅然而凝重，"所以我一直认为，命运对您也是很残酷的，尊上。"

祖媞没有说话，不知在想什么。"或许吧。"良久后，她轻声答。

九重天上紫雾缭绕，绽彩的祥云中偶尔传来几声鹿鸣鹤啸，显得这神族所居之地既清宁又祥和。但一十三天太晨宫中的氛围却不那么清宁祥和。

粟及自登天以来，就没在太晨宫中感受过这么肃重的气氛，一时之间脑补了很多，战战兢兢问身旁的重霖："帝君脸色不太好啊，该不会明天庆姜就要领着魔将打上九重天来了吧？"

重霖拍了拍他的肩："别想太多，帝君脸色不好只是因为他老人家今晨挑战炸韭菜合子失败了。不过今日咱们来此议事也的确是和庆姜有点关系。"

粟及将信将疑地嘀咕："魔族真的不会立刻攻上来吗……可你瞧，帝君看那本奏折看得好认真啊，那一定是什么八千里加急的重要……"

重霖道："那是菜谱。"

粟及："……菜谱？"

重霖点头，补充："上面是韭菜合子的做法，太子殿下写给帝君的，说到加急……也的确是我早上走了八里路加急从洗梧宫讨来的。"

粟及："……"

祖媞和雪意踏进四无量殿时，帝君正好将菜谱读完，看到祖媞，有点感慨，放下手里的纸册："瑟珈的事我听说了，他慷慨借出风灵珠，于情于理也该让你多在冥司待一阵助他收集谢冥之魂的，但魔族那边的情况也不太乐观，我想了想，觉得还是应该先让你回来。"

因此次需议之事极为机密，四无量殿中并未留仙侍仙婢侍奉，重霖便担了奉茶之职。

祖媞接过重霖奉上的茶，抿了一小口："不到两月，五灵珠便已集齐，我本以为我们的动作已算是快的了……看来魔族这些时日也没闲着，庆姜又有什么新动作了吗？"

"也说不上是新动作。"帝君道，因不耐烦将这些日发生之事再述一遍，帝君看向了重霖。

重霖会意，面向祖媞道："禀尊神，前些日妖族的主君莹流风乔装上天，寻到了太晨宫来。莹流风带来了一个消息。"重霖停顿了一下，

"不知尊神可听闻过'妖灯'？"

祖媞点头："有所耳闻。"

粟及对妖族之事不太了解，悄悄问身旁的雪意："妖灯是什么？"

粟及算是问对了人，雪意擅打探消息，八荒四海的偏门消息就没有他不知道的，更遑论这个。雪意和声解释："魔族拜月修行，月阴之气邪肆霸道，稍有不慎，修行便易出岔子。而妖族天生精神力强，擅安神镇灵。若魔族在修行时能得擅安神镇灵的妖为他们疏导心神，出岔子的几率就能大大降低，可得极大助益。故而魔族将能为他们疏导心神的妖称为'妖灯'。传说帝君任天地共主时期，一个魔族若想得到一个'妖灯'，是需向'妖灯'本妖许下大笔珍宝的，但自帝君从天地共主之位上退下，妖族开始重新附庸魔族后，为得魔族庇护，妖族会定期向魔族进献'妖灯'。"

雪意解说得不可谓不全面，严格如重霖也不禁颔首赞许："雪意神使说得没错，正是如此。不过以往被进献到灵璩宫的'妖灯'安顿下来后还会与族人们联系，但近几月来，'妖灯'们却是一去便无消息。半月前，灵璩宫更是将妖族太子莹若徽也传了去，说是请他为庆姜座下的魔使护法。同样的，莹若徽此去后也是音讯杳然。妖君用尽了办法也未打探到他的下落，只好拿着妖族先祖莹无尘留给妖族王脉的信物前来寻帝君，求帝君帮他找回太子。次日，帝君假借莹若徽误了与他的私约，他派人来看看是怎么回事之名，派了两位仙伯前去魔宫要人，但魔宫却推三阻四。"

重霖的语声变得凝重："最后，两位仙伯虽在妖君和奉三殿下之命一直盯梢着魔族的文武侍的帮助下，将莹若徽找了出来，但被找到的莹若徽已陷入疯癫，几乎没个人样了。据文武侍和两位仙伯查得的消息，莹若徽的确是在灵璩宫为庆姜的部下护法，但他护法的对象却并非庆姜座下的魔使，而是以骁勇善战闻名、极得庆姜信重的魔族大将霁启。那霁启应是修炼了什么邪门术法才将莹若徽害成这样。且，两位仙伯背着霁启将莹若徽带走时,还遇到了几个刀剑不入几乎不死的魔兵拦阻。两位仙伯费尽心机才将那几个魔兵杀死,逃出魔宫。"重霖顿了顿,"可须知那两位仙伯皆是太晨宫的能人,斩杀几个魔兵于他们原本应是小菜一碟不在话下的。"

嗒。白玉杯盏撞击青玉台面,发出一声脆响,祖媞放下茶杯,秀眉紧蹙,"消失的妖灯、发疯的妖族太子、修炼邪术的魔族将军、实力大增接近不死的魔兵……这一切……"她沉吟,"指向的应当是同一桩事。"说着抬眸望向帝君,问出自己的推测,"庆姜的不死魔兵已快要炼成了是吗?"

"我亦如此想。"帝君把玩着茶盏如是道,"所以在你和连宋回来前,我已同天君密谈了此事,从他那儿拿到了调遣天兵的符令。"

祖媞原本就有些好奇为何连宋未出现在四无量殿,听帝君主动提及他,正想趁势问问他去哪儿了,便听内殿深处传出青年的声音:"这事儿虽急,但也不急在几日内。"

四无量殿中有间内室,供主人小休之用,内室与议事殿之间隔了道五色帘。镇厄扇挑起五色帘,三殿下自帘后转出,踏入殿中。那内室有道暗门,通往地底密室,密室里此时正住着来九重天延医问药的妖族太子莹若徽。三殿下这是刚去密室看了莹若徽。

青年径直来到祖媞身旁坐下。祖媞一手支颐,另一手轻拨,将自己的茶拨到他面前,莞尔一笑问:"小三郎有什么高见?"

青年垂眸眄她一眼,亦一笑,以唯有两人能听见的语声轻斥了她一句:"促狭。"

但还是接过她的杯子,喝了她的茶,如她的意解释道:"两位仙伯已逃离魔宫三日零七个时辰,但庆姜仍未对神族宣战,可见那支不死魔军尚未炼成。否则既知自己已打草惊蛇,以他的性格,必定是会立刻有动作的。

"不过,也不能小觑魔族的探子,他们应该也探到了一些东西。当日去丰沮玉门取土灵珠,尚可用其他理由迷惑瞒骗魔族,但一旦得知我们在冥司拿到了风灵珠,诡诈如庆姜一定能联想到什么,比如,我们是不是已经寻找到克制他的方法了。"

他转着半空的茶杯:"所以此刻,极有可能的是,不仅我们知晓庆姜的底牌,他也知晓我们的底牌了。不过大家都不会选择开战的,因都没有准备好。并且,彼此都很清楚,接下来双方需要拼的就只是时间了——看谁的动作更快,是他先炼出可颠覆天地的不死魔军,还是我们先炼制出能镇压他的法阵。"

"的确,"祖媞考虑了片刻,亦赞同连宋的思路,"若不能一击必胜,便没有先开战的理由,庆姜也是个聪明人,想必不会做愚蠢的选择。既然双方都不会贸然开战,那事情倒的确不急在这几日了。"

连宋颔首:"是这样。"杯底的那点茶汤已凉透,他慢条斯理地将茶汤浇在一旁的茶宠身上,补充道,"虽然不会开战,但私底下他们大概会做些小动作,且因推测出了我们在做什么,他们的小动作会搞得更加露骨和激烈。"

粟及暗暗欣慰,终于有一场发生在太晨宫里的议事会他能从头到尾听明白了:"那……魔族会搞什么小动作啊?"他问。

"好问题。"祖媞为他解答了这个疑惑,"我猜庆姜会想方设法不让我们融合灵珠们所承负的五元素之力。因他要是熟悉自己的力量,便能联想到这五种元素之力若是融合,对他来说将是十分可怖的。"

见祖媞如此重视自己的疑问,粟及备受鼓舞,更加积极地参与讨论:"既然猜到庆姜会这样做,那我们提前做好准备就行了吧?破坏五元素之力的融合,总不过就是两种办法咯,要么偷走灵珠,要么毁掉能融合这五种力量之人。灵珠放在太晨宫,应该很难偷到吧。至于能融合这五种力量之人……这不就是说的我们帝君吗?我倒是好奇魔族要怎么样才能毁掉我们帝君呢?"

帝君抬起一只手阻止粟及,不那么真心地道:"虽然很高兴你对本君这么有信心,但融合五元素之力并不是本君的活儿。"说着看向祖媞,"五元素之力乃你们自然神之力,我虽也可炼制,但效果不出挑。五元素中,水能纳万物,最具包容性,我想着以水之力为基底炼制其他四种元素应该最好,所以让连宋也试着炼了一点,他果然炼得比我好,我就把这事儿交给了他。"说着分出了一点眼风给连宋,敷衍地嘱咐了一句,"听到方才粟及说什么了吧,你注意一下别被庆姜钻了空子。"继续看向祖媞,"我的镇压阵法已搞得差不多了,就等着融合你的空间阵法了,接下来你和你的神使也别回姑媱了,先在太晨宫把空间阵搞出来再说吧。"一席话说完,自觉事情也聊完了,站起身来,"那就这样,散会吧。"

于是会就散了。

在凡世的传说里,曼殊沙华是一种只开在幽冥界的花,但实际上冥司并没有这种花,灵璩宫魔尊的猎苑里,倒是有一大片曼殊沙华花田。秋高气肃,花田中花红似血,晚风拂来,赤浪翻涌,仿佛一片无边血海。

站在花海中的纤鲽将石埙自红唇旁移开,埙乐呜咽着散在风中,她回头看向循着她的气息找来的商鹭:"被尊上骂醒后你不是去了漆吴山吗,怎么这么快就回来了?"纤鲽唇角微勾,往商鹭伤口上撒盐,"如何,可见到了真正的瞿凤? 得知自己这些时日来竟一直被天族那位三皇子耍得团团转,心里是不是怪不好受的?"

商鹭阴沉着一张脸,攥紧了拳:"我恨不得杀了他。"眼中噙着怒火望向纤鲽,"所以我来找你,咱们都是办砸了差使的人,你我联手,除掉那三皇子,正能够在尊上面前将功赎罪。"

纤鲽不置可否:"如何除掉他? 这位三皇子法力高强,心思玲珑,同他硬碰硬,我们讨不了什么好,还需……"她微微一笑,"攻心为上。"

商鹭容色一动:"你已有了打算?"

纤鲽但笑不语。

那日尊上自暗林出来召见他们两人，确是怒极，重重斥责了他二人。但尊上亦道，与神族一争胜负的关键在于他，而非在于他们这几个魔使，被神族算计了一次，也不必过于颓丧，他手上正谋的大事一成，他们便必能踏平神族，故他们几个继续扰乱神族视线，让那几个神仙不能打扰他专注大事即可。

如今确然不是二十四万年前了。尊上虽为魔尊，但座下七君却皆是墙头草，机密的任务，除了他们三个魔使，并无人能为尊上分忧。尊上对他们多有恤爱，然他们岂可一而再再而三辜负尊上？商鹭不能当大用，尊上或许已对商鹭全然失望了，可对她还是抱有期望的，证据便是商鹭退下后，尊上另下达了一项重要任务给她，还赐给了她额外的力量。此次，她绝不会再令尊上失望。她暗自想。

凭靠尊上赐予她的力量，她能与妖族中最厉害的妖灯莹若徽分享视野。莹若徽如今已被神族带了回去。虽然东华帝君有所防范，将他安置在了一间密室中，故而一开始她还真没能探得什么有用的信息，但也不知这位帝君是不是在九重天待久了，人也变得仁慈，虽将莹若徽与大多数人隔绝了，却允了他的堂妹莹千夏前去探望他。

她觑着空子，驱使疯癫的莹若徽以摄魂术制住了他堂妹。虽只迷惑了莹千夏片刻三皇子便来了，使她未能从莹千夏记忆中获得足够多的信息，但她也看到了不少有趣的东西。比如，这位心有七窍狡猾又难搞的三皇子，他竟生了心魔。

虽不知他为何会生心魔，但这并不妨碍她尽所能去利用他这个弱点。心有执，才会生心魔，有心魔之人，情感上最是受不得刺激。若她……

花海之中，见纤鲽久久不语，商鹭有些急切，不禁上前一步："只要能除掉那三皇子，无论你想做什么，我都可以帮你！"

纤鲽其实并不缺帮手，但商鹭主动送上门，姿态还放得这么低，

她也没有拒绝的理由。"那再好不过。"她看向商鹭,瞳眸里流露出志在必得。

九重天的夜是很静的。

三殿下的寝殿——息心殿内寝的东墙开着一扇阔大的景窗。景窗旁种着一棵栾树,乃三殿下少年时代自南荒的涂山移栽而来。

清肃的晚秋,正是栾树开花的时节,小小的花盏如绯纱做成的灯笼,挂在俊秀的长枝上,在暗夜里发出朦胧幽昧的光,虚虚笼住室内的云床。

三殿下自净室出来,擦着湿发绕过净室前的屏风,单手勾过玉桌上的玛瑙壶,给自己倒了半杯凉茶。自那日太晨宫议事毕,他便开始炼制五元素合力。要想得到最为纯粹强大的合力,需顺应这五种力的特性,在至阴时前后三个时辰及至阳时前后三个时辰炼制,若在其他时辰炼此力,得出的合力不能纯粹,反而是对五灵珠的一种消耗和浪费,故而这七日来,三殿下回到寝殿皆是五更天了。

喝完水,放下杯子,三殿下来到云床旁打算休息,待撩开垂坠于地的霜色帷幔,却不禁一怔,手顿住了。云床深处躺着个抱被而眠、好梦正酣的美人。

三殿下静了少时,踩上云晶足踏,使帷帐在他身后闭合,在床边坐了下来。

连宋坐下时,祖媞便醒了,借着穿过帷帐的微光,见青年披着雪白明衣,腰间带子只松松系着,仿佛很散漫,但一张脸却是雪胎梅骨的气质,透出一种特别的、矛盾的风流之意。

青年没有看她,目光投落在床尾,那里明明什么也没有,但好半天也不见他移转视线。他似乎在想什么,神情有些淡漠。她看不出他到底在想什么。

有时候小三郎会是这副淡漠疏冷的模样，镜中花水中月一般不可攀折，她也喜欢他这样，但她不喜欢他和她在一起时是这样，见他如此，便忍不住促狭心起，要去搅乱他的平静和漠然。

她轻手轻脚地爬了起来，磨蹭着跪坐到他身后，蓦地伸手捂住了他的眼睛。

他怔了一下，握住她的腕，但没有将她的手拿开，含笑低声："这是在做什么？该不会还要让我猜你是谁吧？"

冰消了，雪融了，疏冷的小三郎不见了，她很满意，亦含笑，在他耳边轻声："一睁眼便看到你在发呆，想要吓一吓你呀。"将手从他眼前挪开，滑下来圈住他的脖子，偏头问他，"怎么在发呆，看到我在这里不高兴吗，不想我过来住？"

他虚虚握住她的手腕。"明知故问。"是带着宠纵的责备，责备她不该问这样的问题。拇指很轻地摩挲她的腕骨，这是他爱做的小动作，"这几日你都宿在熙怡殿，我以为你想一直歇在那里，怎么今夜又过来了？"

"这是在埋怨我吗？"她忍不住笑，因刚睡醒，笑声里含着一点哑，又很软，显得像是在同他撒娇，"那只是因为要通宵制阵法图，怕吵到你。好在那阵的难点在镇压阵法，不在空间阵法，紧赶慢赶了七日，也差不多快弄完了。想着白天难以见到你，"紧了紧圈住他的手臂，特意靠近，柔软的唇几乎贴住他的耳廓，"所以才特地选择了夜里来同小三郎相会呢。"

她用很轻的声音如此说，如兰的气息似有若无拂在他耳侧，像是有只手探进了他的胸膛，温柔地抚触他的心，带起一点痒。三殿下呼吸微窒，但他选择了不动声色，只是挑了挑眉，放开了虚握住她腕部的手。

她很灵敏，预料到他欲转身面对她，在他有所动作之前，先压住了他的肩，上半身贴上去，亲昵地拥住了他："不许动，小三郎。让我像这样安静地抱一会儿。"说着偏头，将脸埋在了他颈侧，"这几日可

333

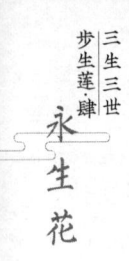

累坏我了，但像这样抱着你，好像就不太累了。所以你不要动。"虽然做着这样亲近私密的动作，语声却透着无邪和天真。

他一时竟难以辨明这无邪和天真是真是假，毕竟片刻前，她还妩媚地同他耳语，说她是特意来同他夜会的。

他没有动，任她靠着，也没有说话，想看看她究竟还会做什么。

果然，不到半盏茶，那双圈住他脖子的、葱白般漂亮的手便开始作乱。纤细的指沿着他的脖颈一路上行，若有若无地碰触他，划过他的下颌、唇角、脸颊，蜻蜓点水一般，像是想引诱人，但并不熟练。

他终于开口，问她："这又是在做什么？"

"这个吗？"她轻抚着他的侧脸，神秘地贴近他耳廓，语气纯真，"蓉蓉说，她靠摸一个人的脸，就能辨认出那人是谁，我没有这项本领，但我想用手记住小三郎你的脸。"她说得就像是真的似的，可她的指在他脖颈间游走的手法却并不像她的语气那样纯真。

是了，她的指又移回了他的脖颈。当她用那种似触非触的手法抚弄他的喉结时，他终于确定了，她就是在引诱他。从一开始，她就在引诱他。

"出息了。"他忽然低笑，一把握住她作乱的手，蓦地转身，将她压倒在了凌乱的云被上。她惊呼一声："小三郎，你要做什么？"

"你应该知道吧，毕竟今晚你这么出息。"他戏谑地回她，左手制住她双手，放在她头顶的锦枕上，右手慢条斯理地抚弄她抿住的唇，"怎么，夸你还不高兴，对我做了什么，这么快就忘记了吗？"

"我只是……"她心虚。

他步步紧逼，身体下压，挨近了她，诱哄似的低声问："只是什么？"

她招架不住，只能坦白："我只是试探一下你罢了。"

他惊讶："试探？"

她别开目光："本以为深夜来见你，你会很惊喜的，但醒来看到你，发现你好像也没多惊喜，表情淡淡的，很是平静。"她轻哼了一声，"你那么平静我很佩服,所以想试试看你能保持平静到什么时候。"

他愣了一下,忍不住笑出声:"原来是报复我。"他松开了对她的禁锢,抬起她一只手,在手背温柔地吻了一下,"我没有不惊喜,我那时候……"他顿了一下,"是在想你。"

她将信将疑:"是吗?"微微眯起眼,"我可不好骗。"停顿了一瞬,道,"那你说,你在想我什么?"

"在想……"他凝目看着她,眼瞳幽深若海,"你是不是很爱我。"

她愣了一下。虽然青年在她面前一直表现得很正常,但她没有一刻忘记过他有心魔。在冥司时她便问过雪意对此可有办法?雪意道需得等三皇子心魔发作时他看看情况再说。不过雪意和折颜的观点差不多,他也认为有心魔的人会在情感上很偏执。

回想两人互通心意以来,青年的确常向她祈求爱语,仿佛时常不安。在混沌荒漠的幻境里,他还曾对她说过那样的话——"因为我病了,当你哭的时候,我才能感到你是爱我的。"彼时她不知他是何意,此刻回忆,心底不禁一疼。她抬手握住青年的衣襟,直视着他,很轻,但很认真地回答他:"是啊,小三郎,我很爱你。"

他瞳眸微动,与她对视片刻,忽然俯身抱住了她,良久,开口道:"再没有比永恒更虚无的词,我一贯这样以为。也以为自己可以一直做一个清醒的人,不去希冀这世上能有什么非空永恒之物存在。"他停顿住,收紧了怀抱,"可我想要这一刻能永恒,即便它虚幻不真,我也想要它永恒。我没有哪一刻,比此刻更希冀这世上能有永恒存在。"他叹息似的,"我不想我们分开。"

永恒……吗?她怔住了。

他们躺在凌乱的云被上,他紧拥着她,怀抱炙热,仿佛她不可失去,令她感到了一点疼。但心底的疼更甚。永恒,这是她不敢想的词。她抬起手来,亦搂抱住他,嘴唇开合几次才能出声。她佯装无事,轻声向他保证:"我不会有事的,你也不会有事的,我们不会分开。"可只

有她自己知道这保证有多无力。

她没有把握自己一定能战胜宿命。大劫已近在眼前,神魔之战眼看就要开启,若命运终究无法反抗……她闭上了眼,忍耐住了肆虐于心海的痛苦,手往上移,圈住了青年的脖子,微微仰头,吻上了他的唇。在吻着他的间隙,她再次以谎言向他保证:"小三郎,我们会一直在一起。"

青年回应着她的吻,很快拿回了主动权:"你不能离开我,你要做到。"

白奇楠香与花香交缠,甜香盈满床帷。

黎明前十二天下了雨。

暗灯凉簟,落雨霏霏。床前的七扇屏风虽阻住了冷风送入的凉意,却阻不住窗外的沥沥雨声。她累极了,但睡得不算稳,在扰人清梦的落雨声中无意识地往他怀中缩。他揽住她,将云被往上提了提,在她颈后压实了。大约是感到了温暖,她攥紧了他胸前的衣襟,在眠梦中满意地抿了抿嫣红得好似榴花的唇。

床头贝灯半开,借着明珠昏蒙的光,连宋垂眸凝视着怀中人。

昨日折颜上神来过一趟九重天。

他陪上神在外花园的大菩提树下用了两盏茶。

自桃林一别,两人已有半月余未见。据上神说,半月来他一日也未闲着,翻了许多从前没看过的古书,终于在一本洪荒札记中寻到了可根除他心魔的方法。

"洪荒时有个叫朱蓬的妖也曾生心魔。"上神侃侃而谈,"妖族和咱们神族还不一样。靠替他人镇灵为生的妖若生心魔,那就是行到末路了。不过朱蓬不想死,为了活下去,他用了最危险的法子。他将自己关进了妖族的禁地,强迫自己一帧一帧去回忆令他生出心魔的不堪过往,每日至少回忆三次。

"刚开始极易失控,所以他也用了安神的咒言和丹药来辅助。过程当然是很痛苦的，但效果也很显著，不过三年，他便不再需要丹丸辅助了，再过三年，连咒言也不需要了。你可知这意味着什么？"

折颜叹服一笑："这意味着他同原本不能面对的那些人、那些事和解了，他接受了它们，也因此而彻底根除了心魔。"

说完这话，折颜将一本小册和一只丹瓶推到了他面前："我虽不知你不能面对的是什么，但要论毅力，我知你也不差朱蓬什么，若你觉得这法子可行，我们今日便可开试。"

他沉默了片刻，将那小册和丹瓶推了回去。

折颜诧异："你不愿？为何？"

他回折颜："可能是因为不除这心魔我也不会死，而我无法面对的那些事……"他顿了顿，"我也并不想接受它们，同它们和解。"

复归为神的他的心上人，视两人的过往为玷污她神魂的业障，为坚守无欲的道心，毫无犹疑地将他剥离出了她的记忆。就算如今说喜欢他，爱他，也不过是受噬骨真言驱使，一旦真言解除，这份虚幻不真的爱便会立刻消失，更甚至，她会再次将他驱逐出她的记忆，就像三万年前她做的那样。

他为何要接受这些事，同这些事和解？

他也这样问了折颜上神："我为何要去想那些事，明明只要我不去想它们，我就能过得很开心，心魔也不会发作。"

折颜上神噎了噎，放下茶盏，叹气："不去想……也是个办法，可这办法根除不了心魔啊。不将心魔彻底铲除掉，它就会成为你的弱点，这弱点会伤害你，还有可能致命，你就不担心？"

他把玩着瓷盏，不置可否："面对不能面对之事，接受它们，最后我会得到什么？得到痛苦罢了。"他笑了笑，"痛苦就不会伤害我吗？"

折颜上神难得严肃："痛苦可以让你活得真实，在真实里，没人能再轻易地伤害你。虽然痛苦不是一种愉悦的感受，可它不像你所沉溺的假象那般致命，这是痛苦的好处。"说着折颜上神加重了语气，"只有懦弱的人才会选择生活在假象里。"

他淡淡:"那我就是懦弱的吧,激将法对我行不通。"

折颜上神要被他给气死了:"小三子,你以前不是这样的啊!"

他拎起瓷壶给两人续茶,眼也不抬:"因为我病了。你还是给我吃药吧。以前你不是常说,只有无能的医者才会去鼓励病人靠意志战胜病痛吗?"

"你这么能言善辩,我都快忘了你有病了。"折颜上神揉着额角缓了片刻,"不过你说的也有道理,若归根结底还是要靠你用意志去破除心魔,那好像也显得我这个八荒无双的神医太无能了,我再想想办法。"

茶没喝完,折颜上神便离开了。

适才她问他,当看到她出现在他房中时,他在想什么。

他在想什么?

他在想,看来,自己对她真的很重要,虽然这"重要"是噬骨真言营造给她的假象,可这又有什么关系? 他渴望她太久了,就算是虚幻不真的爱,也是救治他的甘霖良方。

雨停了,窗外传来早鸟的啼鸣,她在他怀中哼了一声,像是要醒来,他低头,轻轻吻了吻她的额角。

他希望与她的噬骨真言永不会被解除。他希望一直做她的最重要,再也不会被她随意放弃。他希望这种虚幻的、不真的幸福能够长久一些,再长久一些。

可世间事总是事与愿违者多。

上天难从人愿,越是美好的愿望越是难以实现。

现在他还不知道。

但很快他便会知道。

第二十一章

半月后。

天之尽头，碧海苍灵。

随帝君前往石宫冰室的路上，祖媞低垂着眉目，一言也未发。

二人踏入冰室，帝君将视线投向正中的冰榻，轻叹了一声："怎么就闹成这样了。"

祖媞闭了闭泛红的眸，想，一切的错乱，都是从那一天开始。那本该是喜庆的一日，可在那日清晨，她便有不安之感，后来还不小心打碎了妆台上的如意琉璃匣，那更是不祥的预示。

那日，是三日前，天君率九天真皇和七曜群星前来姑媱提亲。

空间阵制成之后，祖媞在天上待了七日，在天族来提亲的前一日才回到姑媱。回来之前，她已将手里的空间阵与东华的镇压阵完美融合，只待连宋将五元素合力炼出加持法阵，大阵便算成了。她知天君选择在此时向姑媱提亲，目的并不纯粹，也有借此事扰乱魔族视线的考量，但她无所谓，这种非常时刻，她亦理解天君。

天族欲向姑媱提亲的消息传出，四海哗然，但大多数人只以为这是天君为壮天族势力而走出的又一步联姻棋，还佩服天君敢想敢干，连姑媱的主意也敢打。

雪意玩笑般将此事讲给祖媞听，她微微吃惊："他们不相信我们彼此有情……在世人看来，我同小三郎如此不般配吗？"

霜和比较耿直，当即道："那可不嘛！世人觉得您同三皇子简直八竿子打不……"被雪意瞪了一眼，默默闭了嘴。

雪意转向她道："他们不是觉得您同三皇子不相配，他们只是太过崇敬尊上，不敢以凡情亵渎您，"又笑，"不过三皇子那些拥趸们倒是意外地认可这门婚事呢，觉得这是桩极难得的好姻缘，您同三皇子般配极了。"

她笑了笑，回雪意："那很好。"

因并未刻意将天族会来提亲之事通传给在南荒盯着魔族的殷临和昭曦，故次日晨起在洞府外看到风尘仆仆的昭曦时，祖媞多少有点意外："昭曦？你怎么回来了？"

昭曦却不回答，劲松一般立在五步外的藤枫旁，目光定在她脖颈间，半响，答非所问道："你收了他的逆鳞饰。"

"啊，这个。"她颔首，"是啊。"

昭曦突然抬眼，她这才注意到他眼中布满了血丝，微微愣住："你怎么……"

"无耻之徒！"昭曦咬牙，突然近前一步，难以自控似的恨声，"知你背负着献祭的宿命还敢引诱你，看你挣扎在宿命和他之间，他很满足是吗，他是一点都不在乎你的痛苦是吧，他……"

祖媞这才明白昭曦误会了什么，轻叹了声，打断他："昭曦，我并未将有关我宿命的预知梦告诉小三郎，他什么都不知道。"

昭曦顿住，静静望着她，良久，挫败似的闭眼，苦涩道："他什么都不知道……那你为何不拒绝他呢？如今这样，一边是命运，一边是他，你难道不痛苦吗？明明不开始就不会有痛苦，为何要开始呢？"

她垂眸看向自己的手掌，掌中的命运线其实很长，可神仙不以掌纹断生死,这也没什么用。"你说得没错,那是痛苦的。近日里难舍的痛苦常折磨我,令我惧怕最终之日的到来。"她轻声道,"但因为和小三郎在一起,痛苦的同时,我也感到欢愉。可倘若我违背本心拒绝了他,我拥有的将只会是痛苦,想明白了这一点,我不能、不愿,也无法拒绝他。"

她收回手,将白玉指尖掩入袖底,望向天边微露的晨曦:"二十四万年前,在最后的时刻里,少绾和谢冥也曾担心自己因情退缩,完成不了祭供,在赴死前请求我,若真有那一刻,让我杀了她们。彼时我不能明白她们为何会有此担忧,她们有着那样坚定的道心,怎会因情动摇……如今我懂得了情是何物,才终于理解了绾绾和阿冥当初的安排。"她顿住,停了片刻,自语似的轻叹,"那是很必要的。"

"我已尽我所能反抗这命运了,可结局会是怎样,谁知道呢?"她收回目光,看向面前的青年,"昭曦,倘命运仍旧无法更改,届时还是需我以身祭供才能消除此劫,可我却不甘心痛快赴死了,我希望你和殷临能杀了我。"

昭曦一震,猛地抬眼:"你说什么?"

"我说,届时若我犹豫,便杀了我。"她平静地看着青年的眼睛,重复,"我会留下一线光,使殷临、雪意、霜和不至于随我消亡。但我不在了,即便保住了神魂,他们也会立刻陷入沉眠。你虽是我的神使,却是人族,可不受血契束缚,安顿他们三人之事我便交给你了。蓉蓉,也留给你照顾了。此外还有一件事……"她垂眸,沉默了片刻,有些哑地开口,"到时候,你找个机会让小三郎服下一念消,使他忘了我,零露洞里有那味药。"

昭曦定定看着她,许久,扯了扯唇:"你都安排好了。"过了会儿,道,"若真有那一日,我会如你所愿,安顿好殷临、雪意和霜和,照顾好菁蓉,但是,"青年的目光忽然变得晦暗,声音蓦地发狠,"我不会让连宋服下一念消的,绝不会。他必须永远记住你,无论那会有多痛

苦。是他不计后果非要招惹你，他就必须为此付出代价。服下一念消，忘记你，再去爱上什么别的人，他想都不要想！"

她吃惊地看向昭曦，一时竟忘了言语。她不知昭曦为何会对连宋有如此大的敌意。她并不觉连宋有什么错。她想其实是她对不起小三郎。是她明知难许他将来，却仍自私地捅破了两人间的暧昧，主动开启了这段情。是她总是骗他，给他的诺言全是虚假，并且直到如今，仍在骗他。

可她……她又有什么办法呢？想让他服下一念消，是因若她离开了，唯有如此才能使一切回到正轨。而正轨就是，若命运不可逆转，那他们其实不该相爱。修得人格，懂得七情后，她明白了一件事——有些美德是不能共存的，她不能既是一个舍生求道的圣人，又是一个可共白头的爱人。

她张口，想同昭曦说明这一切，青年却转过身背向她："不要试图说服我，你说服不了我。"而后不待她再说什么，便大步离开。

她在洞外站了许久，直到雪意找来，说天君携着几位真皇已至，正在会客的四念亭中等她。

四念亭位于长生海上，名亭却非亭，乃是个以十二根长柱撑起的建于海上的长殿。来到四念亭，她才发现昭曦亦在这里。

昭曦的脸色一直不太好，像是很不赞同这门婚事，不过直到亲事定下，他也没说什么，在她与天族交换信物时悄然离开了。雪意说昭曦临走时和他打了招呼，道南荒还有事，他先回去了。

天族这趟提亲，提得很隆重。为了给幼子提亲，天君竟在无战事的情况下踏出了九重天，一开始九天诸神皆很吃惊，直到想起他是要向姑媱提亲，才将吃惊压下去，觉得这还怪合理的。

因在帝君处得了准话，天君对这趟行程很自信。可随天君同来的几位九天真皇心里却直打鼓。真皇们觉得一旦说明来意，他们就会被姑媱给打出去，因此整个提亲过程都提心吊胆的很焦虑。但最后居然没被打出去，还被以礼相待了，且姑媱并无刁难便答应了这门亲事，直到离开中泽，几位真皇还觉得很恍惚。

不过他们也注意到了，祖媞神座下有位神使的面色很不佳，看上去的确像是想将他们轰出姑媱似的。

给真皇们留下深刻印象的神使便是昭曦。

昭曦这一趟回来，不过在姑媱待了半日，祖媞其实不太明白他回来是要做什么。原本若是他在，当由他护送天君与几位真皇离开，如此她只好让霜和与蓇蓉送客。

当日下午，蓇蓉和霜和外出送客，送了三个时辰也没回来。

祖媞有些担心，亲自出山寻找，从子夜寻到四更，最后在中泽与南荒交界的莳萝滩拾得了被撕坏的蓇蓉的披帛，且在披帛附近发现了好几处被刻意粉饰过的打斗场。

打斗痕迹虽被掩饰过，祖媞却仍分辨出了其中所隐的魔族气息，心不禁一沉。将那些打斗痕迹又细细甄辨了一番后，她疾步向荒滩深处去。半个时辰后，果在荒滩尽头的荼藦山口又寻到了蓇蓉的一只鞋子。

荼藦山是座魔考山。魔族盘踞的南荒大地上共有七座魔考山，荼藦山是最为古老的一座。

所谓魔考，乃修行者在修行途中会遇到的乱其心扰其身的考验，能顺利渡过魔考者，可在修行上进一大步。魔考一般是随机缘降下，但若有修行者修行进入瓶颈难得进展，也会选择入魔考山主动接受魔考。

自远古至今，南荒的其他六座魔考山常有修行者光顾，但最自信的修行者也不会选择入荼蘼山，无他，盖因此山的魔考太过凶险，他们能竖着进去不一定能竖着出来，而为了一个魔考殒命，实在不值得。

祖媞早听闻过荼蘼山的威名，却是第一次来到这座山前。彼时已是拂晓，有微弱的曙光自天边晕染开，曙光朦胧中，古老的魔考山似一头趴伏的巨兽，虎视眈眈地俯视这世间，那浓雾弥漫的山口，也似一张阴森森的兽口。

祖媞其实也怀疑这是魔族针对她的诱敌之计，但霜和与菁蓉生死不明，即便有所怀疑，她也不敢耽搁。倘传声镜能用，同连宋说一声再入山救人更为稳妥，可小三郎的传声镜不知何故坏掉后他便一直未有时间再新制一只。不过这一路她都做了记号，若她久久不归，候在姑媱的雪意当也能寻到此处。如此想着，她心下稍定，立在山口处静息了片刻，仔细观察了一遍附近情形，而后抬手一扬挥开浓雾，乘风踏入了山中。

祖媞自是颖慧的，否则不能如此快便寻出菁蓉他们的下落。她也非常谨慎，并不因一座魔考山于她而言其实不算什么，便在入山后大意行事。

也是入山后，她方知此山共有六重魔考，前三重考身，后三重考心。考身的三重魔考境，一重境上演天崩地裂，一重境上演疫病肆虐，一重境上演魔兽乱行，修行者们想要活着从这些灾难中脱身的确不易，便是她也被纠缠了些时辰。倒是闯后三重于世人而言更难的考心之境，她没费什么力气。

后三重境皆由问心的幻术幻成，以酒色、货利、恩爱考人，平心而论幻出的情境很真，考人的角度也全面且不失刁钻，估计没几个修行者能招架住，可惜再真再全面也不过一场幻术，只要是幻术，对她就是不起作用的。

这六重魔考境，祖媞过得很顺利，只是耽搁了些时间，但越是顺利,她越觉怪异。她一直倾向于魔族绑走菁蓉和霜和是为了将她引来此地,好借荼藦山的得天独厚之力囚困她,以削弱神族的战力。可若对方的目的是这个,便该趁她被前三重魔考境纠缠之际有所行动才是,但他们也没有。

这让祖媞有些困惑,一时也想不太明白魔族到底想要干什么。直到历完魔考的她来到荼藦山的山顶,见到坐在山顶断崖上、仿佛正等着她来的纤鲽。

断崖上山风猎猎,纤鲽红衣似血,慵懒地倚坐在一方巨石上,见她露面,微微一笑:"你来得比我料想中早一些,祖媞神。"

见到主使之人竟是纤鲽,祖媞并不意外,淡淡道:"原来是你绑了菁蓉和霜和。"

纤鲽以手托腮:"菁蓉仙子是在我这里,但霜和神使……应该还在发爽山中没头苍蝇一般乱转吧。"她勾起红唇,"虽然霜和神使不在此处,不过神尊也不必失望,我为神尊准备了别的礼物,神尊不如去那处一观。"说着抬手指向峰顶西侧的一座吊桥。

这荼藦山的山顶凌厉峭拔,有三面皆是断崖,其中一面断崖与隔壁令丘山的一座雪峰两两相望,纤鲽指向的吊桥便挂在那断崖与雪峰之间。

吊桥极长,此端离祖媞不过数步,彼端隐在云雾中看不真切,被风吹得微微摇晃。

祖媞静望纤鲽一眼,踏上了吊桥。行过视野盲区,站在吊桥中段,祖媞方看清纤鲽脚下的崖景:光洁如刀的崖壁上竟凭空悬吊着三人,其中两人被绑住手腕吊在一处,另一人则被缚住手脚,单独悬在十丈开外的另一处。三人皆无力地垂着头,仿佛晕过去了。

尽管隔了一段距离,祖媞还是一眼认出了绑在一起的两人是昭曦和菁蓉,被单独悬在一处的另一人,则是本应好好待在天宫中的小三郎。

她的瞳蓦地缩紧了。

这是怎么回事？菁蓉就罢了，昭曦和小三郎为何会被擒来？单凭纤鲽，当是没可能俘到他俩的，难道是庆姜出手了？

心思电转间，吊桥突然一晃，紧接着，脚下传来一阵兽吼般的轰鸣，祖媞循声望去，见原本乱石嶙峋的山底竟在须臾间化作一片血海，暗色的浪涛中似有无数骷髅骨翻滚。她一震，猛地看向纤鲽。

纤鲽掌中托了只小巧的蟠螭纹铜缸，缸身倾斜，正有赤红的血流自缸口倾倒而出。

"化灵缸。"祖媞沉声。

山风送来纤鲽半真半假的赞叹："尊神果然见多闻广。"她唇畔含笑，意有所指，"尊神既知这是化灵缸，那想必也知晓自化灵缸中倾倒出的骷髅海洋可熔世间万物之灵，再强大的灵它也吞得下吧。"

听懂了纤鲽的暗示，宽袖之下，祖媞握紧了手指。她猜，纤鲽会割断那绳子，使菁蓉他们掉入骷髅海洋。很可能她会同时将两边的绳子割断，以此为难她，在她身上取乐。但不管纤鲽打算如何，三个人她都要救。

她并不与纤鲽废话，只凝目观察吊桥与山崖之间的借力点，脑中飞快地盘算要袭向崖壁救人，哪些借力点可为她所用。若能用法力，她自是不需测算这些借力点的，可纤鲽倒出了骷髅海洋，骷髅海洋之上，没有人可施用法力。

见祖媞不言，纤鲽也不尴尬，兀自挑衅："尊神为何不言？尊神且放心，这骷髅海洋自不是为尊神准备的。便是我孤陋寡闻，也知骷髅海洋虽可熔世间万物之灵，却熔不了本体乃初始之光的尊神之灵。"

她一只手托着化灵缸，另一只手执着把短匕。那匕首距绑缚在巨石上的粗绳不过寸许远。"不过，这绳索两端的三位却不似尊神您乃光之化身，骷髅海洋对他们可是致命的。"纤鲽继续，"只要我用力这么一划，"她用短匕贴住石上的绳索比了个假动作，"这边的菁蓉仙子和昭曦神使，和这边的三皇子便会一齐掉下去被骷髅海洋吞噬。当然，我相信即便使不出法力，尊神也是能想到法子救他们的。不过，没有法力加持，尊神最多也只来得及救一边吧？"她像是觉得有趣，不禁笑出声来，"尊神会救哪一边？是与你定了亲的三皇子，还是陪伴你更久的菁蓉仙子和昭曦神使？我真的很好奇。"

果然如此。

祖媞努力压制住心底奔腾的情绪，不去在意纤鲽的挑衅之语。十来丈外的那棵山松可以借力。袖中的怀恕弓同化灵缶差不多，是无需施法便可调用的法器，两端弓梢皆以枭谷铁制成，其利可媲美快刀利剑，用它辅助，当可攀上那光洁的崖壁。考虑到她同悬在崖壁上的三人的距离，要想将他们都救下，必须在纤鲽割断绳子之前便行动，以便争取到更多时间。想到此她遽然旋身。

没想到祖媞会突然动作，纤鲽大惊："你！"

祖媞已落在她看中的那棵山松上。拨下怀恕弓弓身的机关，小弓见风即长，很快化为一人高。眼看祖媞反握弓身便要再动，纤鲽再无游刃有余之态，慌张地扬声："停下，祖媞神，你想我立刻割断这绳子吗？"

祖媞却并未如她所愿停下，反而立刻腾身："你难道不是迟早都会做这件事吗？"枭谷铁的弓梢划过石壁，制造出一点阻力。那阻力很微弱，不过对祖媞来说已尽够了。她斜身以足尖轻点崖壁，借着那微弱阻力向着崖顶飞快上行。

见祖媞纤柔的身影即将逼近，纤鲽再顾不得其他，匕首用力一挥，倏地割断了手边的绳子，绳索两端悬着的三人蓦地向谷底坠去。

虽已提前在心中预演了好几遍，但当这一幕真正发生时，祖媞的心还是漏跳了一拍。可她不敢也不能耽搁时间。她用力咬住唇，以痛意唤回冷静，右手一挽一推，自袖中抛出一根长绸。那长绸携着股巧力，闪电般驰向不远处的菁蓉与昭曦，弹指间便卷住了两人。祖媞以插进崖壁的怀怨弓为支点一拉，再一甩，有些粗暴地将昏迷的二人甩上吊桥，之后一把松开怀怨弓，急向差不多已坠至半山的连宋追去。

山风猎猎，祖媞一边追逐坠落的青年，一边再次引动长绸，希望能故技重施。若那绸缎再长一点点，或者她离青年再近一点点，她是能做到的，可毕竟方才救昭曦与菖蓉耽搁了时间。虽然她的反应很敏捷，行动很迅速，且这一整套施救动作已快得超越了人的智识，可她最终并没有能救到青年。

二十七丈，那是他们最后的距离。她眼睁睁看着青年坠入了沸腾的血海。

就在青年坠入血海的瞬间，海中有赤色的浪头打来，青年的白衣被染红，业火随之腾起，青年被火焰包裹住了，又一个浪头打来，业火与青年齐消逝在一片血色的海洋中。这一切的发生，不过几个弹指。

失败了。

刹那间，祖媞脑中一片空白。

"不，小三郎。"语声在喉咙处打转，她以为她叫出了口，但其实没有。寒意自心底起，瞬间蔓遍全身，紧追着青年坠落的身躯变得冰凉，意识也仿佛离她远去。"不！"她再次张口，却仍没能发出声音。

怎么办？

冷静。冷静。

他不会是小三郎的，方才不是已想过了吗。小三郎是不可能那么容易被抓住的，就算退一万步讲，倘果真让庆姜捉到了小三郎，那他又岂会留着小三郎玩这种把戏，为防万一，他定是会立刻杀掉他的。所以消失在血海中的这人绝不会是小三郎。

可，万一，他是呢？万一，庆姜就是不按常理出牌呢？

冷汗湿透了重衣，祖媞睁大了眼，径直向连宋消失之处而去。

离海面只有十丈了。

吞噬掉连宋的那一隅血海忽然掀起风浪来，浪花溅上祖媞的衣袖，袖缘立刻燃起火焰,但她却像没感觉似的,半点防护也未做便投进了那赤浪中。

就在她的身体与血海相触的一瞬,翻涌的血浪忽然顿住,而后迅速退向四围。祖媞无暇顾及这是不是又是纤鲽的杰作,也没空去想她这样有什么目的,只觉如此更好,更方便她找到青年。

原本鲸涛鼍浪的山谷于瞬息间变幻成了一片平静的空心海,海底布满了嶙峋的乱石。祖媞坠落在海底,脚底触地的同时,她的目光定在了前方十步开外处。

那处横卧着一具还带着斑驳血渍的兽骨,兽骨甚巨,甚长。

脑中轰然,似有什么东西炸开,祖媞认出了,那是一副龙骨。

方才这一隅忽起风浪,是因小三郎被疼痛唤醒了神智,挣扎之下化为了龙形,可终究还是敌不过这可熔世间一切的骷髅海洋,故而最终被熔炼成了……一具龙骨,是吗?

所以,他真的是小三郎?

当这可怕的推测袭进脑海,祖媞瞬间失去了所有力气,双腿一软便跌坐在地。恐惧、悔恨、绝望……诸多情绪齐涌入心间。眼泪失控地涌出,她痛得说不出一个字,喉间含血,踉跄着爬起来,跌跌撞撞地向着那副龙骨而去。

忽地,身后传来钢鞭破空声。鞭子带起的劲风先一步擦过她的脸,她迟钝地回头,虽意识到了危险,却并不打算躲避。不过,那来势汹汹的钢鞭连她的衣袖也未碰到,便被一柄泛着寒光的玄扇震开了。

祖媞含泪的双眼蓦地睁大。

玄扇携着巨力,将偷袭她的钢鞭足震开了三丈远,而后打着旋儿飞回来路。

那临风而立站在来路尽头的青年,不是连宋又是谁?

祖媞转头看向一旁的龙骨,又回头看向青年,喃喃:"小三郎……你没事。"

连宋也看着她，脸上没有任何表情。

纤鲽执着钢鞭站在十丈开外，目光闪烁地落在两人身上，表情暗沉。她是趁着祖媞专注救人时悄悄潜来这谷底的。虽然适才祖媞出其不意的行动扰乱了她的节奏，令她慌乱了片刻，但她很快便回过了神，记起了自己费心布下此局的目的是什么。

她要将祖媞和连宋一网除尽。

寻常时候这自然是没可能的，但若能设法使二人心神失守，她觉着她的胜算不会小。有关这位身负心魔的三皇子的桃色传闻虽多，但他似乎只毫无掩饰地表达过对祖媞神的喜爱，这令纤鲽有了灵感，于是她苦心设下了此局，以菁蓉为饵引来了祖媞，又以祖媞为饵引来了连宋。且为了让祖媞到时候选择菁蓉的可能性大些，她还搞出了个假的帝昭曦出来同菁蓉绑在一起。

她自知这魔考山困不住祖媞，不过能耽搁她一些时间罢了。她也只需耽搁她一些时间。在光神被阻拦后，她将连宋引入了此山。在连宋闯第一重魔考境时，她觑机以恶见鼎困住了连宋。恶见鼎乃二十多万年前庆姜创制的囚困法器，被恶见鼎困住，便是这位三皇子一时半会儿也难出来。

在连宋打开镇厄扇，欲对这困住他的大鼎展开攻势时，她适时地出现在了这座水晶制的透明大鼎外："三皇子若不想菁蓉仙子即刻殒命，便安分在此待两个时辰吧。"

"原来是你。"青年收扇，"困住我，是想做什么？"

她微微一笑，也不废话："听说光神无情无欲，原是不懂情爱的，但这样的光神却与殿下定了亲，我便有些好奇，殿下在她心中的分量有多重，可比得过陪她多年的神使们？想必殿下也很好奇吧？所以我准备了一个试探尊神心意的小游戏，特意将殿下请来此处，欲与殿下同观。"

青年一眼看穿她的目的，淡淡道："原来是想离间我和阿玉。"

她微顿，也不掩饰："就算我是这个目的，难道三皇子就怕了吗？"

青年抬眼，目光有些深地落在她身上，没有说话。

她缓缓："我知这鼎其实困不住三皇子，三皇子自有法子可破开它。"她故意挑眉，"说真的，你也可选择不顾菁蓉仙子安危，继续尝试破开此鼎，不过有这么一个可以弄明白祖媞神心意的机会，三皇子果真舍得放弃吗？"

青年静了数息，忽而一笑："既然是纤鲽魔使费心筹谋的游戏，当是很精彩的，那看看也无妨。"

纤鲽不知连宋选择屈服是因被心魔影响，无法抗拒她的提议，还是出于对菁蓉在她手中的忌惮。但这不重要，重要的是计划中的所有事情皆按照她的预想发展着，这说明一切尽在她掌握中，她离成功很近了。只是青年即便被她困在鼎中威胁，也不显慌促，仍十分从容，这令纤鲽感到不快，但一想到接下来她可以怎样玩弄他们，她强忍住了心中的不快。

之后，纤鲽将恶见鼎移去了第六重魔考境的出口。置身此处，连宋可看到祖媞，祖媞却看不见连宋。纤鲽令商鹭守在鼎外，吩咐商鹭，若届时祖媞没能使连宋的心魔发作，便由他在连宋破开恶见鼎前将那鼎推入第六重魔考境中。

她就不信祖媞的刺激加上考心之境的刺激，还不能使连宋的心魂失守。

而当祖媞崩溃、连宋心魔发作心神失守时，便是她一举除掉两人的最佳时机。

纤鲽自以为对连宋的安排已极尽稳妥了，她完全不能明白此时他为何还能出现在这里破坏自己的好事。看他唇边隐有血渍，她猜测他心魔已发作了。

连个心魔发作的伤患都拦不住，商鹭究竟是废物到了何等地步？

纤鲽暗自咬牙。

连宋的目光扫过祖媞的脸，而后移向纤鲽。见连宋看向自己，纤鲽身体微僵。薄汗渗出额头，她将钢鞭横在身前，强笑："三皇子竟这样快便走出了恶见鼎，纤鲽实在……佩服。"

一对二。状况不太妙。所幸祖媞还没缓过来，而这位三皇子看上去也是在强抑心魔。那便由她来为他添一把火吧。纤鲽定了定神，黛眉微挑："想必适才尊神的选择令三皇子相当痛心吧。"她技巧地一顿，佯叹，"人在危急时刻往往是考虑不了太多的，只会凭本能行事，我原以为尊神会选择三皇子你，毕竟你才是她的爱人嘛，可尊神却抛弃了你，毫无犹疑地选择了陪伴她更久的神使……看来三皇子于尊神，也不过如此罢了。"

青年怫然色变，纤鲽一喜，但她的喜悦没有持续太久。眨眼间青年便携风而至站在了她面前，她反应算很快了，也只来得及偏躲三尺，可三尺又能顶什么用。"想要激怒我，你做到了。"青年的声音极冷。一道寒光自她眼前闪过，刺入她腹部，疼痛在身体里炸开，纤鲽低头，见竟是戟越枪自她右腹贯腹而出。

喉口一片腥甜，纤鲽愣愣看着腹部晕开的血渍，她不是没想过此局她可能会失败，但在她的预演中，即便不能杀死连宋和祖媞，她也是可全身而退的。她没想过自己会落到如此狼狈之境。

她无比确信她已成功引出了连宋心底的魔，心魔折磨之下，他应当已很痛苦了，可为何还如此难缠？纤鲽忽然有些怀疑自己的判断，她原以为连宋心魔发作于她而言是机会，但或许失去理智的连宋，其实才更难对付？

看着青年眼底浓黑的郁色，纤鲽一阵发怵，她直觉不好，当机立断自劈一掌挣脱枪体，捂住伤处急速后退："三皇子和尊神应有许多话要说，我便不耽搁你们了。"

在她适才攻击祖娅时,便已将谷底的骷髅海洋收回,此地自然又可施用法力了。她是潜行躲藏的好手,与连宋硬碰硬她不行,逃跑却是很在行的。她一边急退一边凝神于指间,飞快捏诀劈出个空间阵,倏忽间便消失在了阵中。

连宋并未追上去,他皱眉看向枪头的血渍,松开了手。戟越枪似自有意识,枪身迸发出银光,银光缭绕枪体一周,散去时枪头焕然如新,上面的血渍已荡然无存。

连宋这才收了枪,向站在数十丈外那具巨大兽骨前、双眼通红看着他的祖娅走去。

骷髅海洋虽已被纤鲽带走,但那令人作呕的血腥气却仍浮荡在这狭长的山谷中。祖娅凝望着走近的连宋,蓦然上前几步,一把抱住了他。"小三郎。"泪水像是一场急雨,不断自她眼尾滑落。还好,她判断得没错,那人不是小三郎。小三郎没事。

可一贯疼爱她的青年却并没有回拥住她。

"哭什么呢?"青年单手握住她的肩,使她离开了他的怀抱,"此刻该落泪的,难道不是我吗?"

她诧异地抬头。

青年轻顿了一下:"可知道我现在想做什么?"不及她回答,他低声道,"我想剖开你的心,看看它为何会对我这样无情。"

心魔。

方才纤鲽的话祖娅都听到了。那些挑拨之言就像是荆棘做成的鞭,虽是以连宋为目标挥下,却也落在了她身上。那一刻她终于弄明白了纤鲽的目的。她不是要折磨她,以此取乐,而是要引出连宋的心魔。

"小三郎,你⋯⋯"她想要看清连宋的表情,可适才的泪模糊了她的视野,她什么也看不清,只感到一道复杂的目光淡冷地凝落在她身上。

那目光让她的心变得很空，也很慌。她尝试着去牵青年的手："小三郎，你冷静一点，纤鲽刚才说的那些都不是真的……"

青年没有推开她，他任她牵住了他，但他好像也不是很在意她的解释。他问了她一个问题："这些时日来，我没有一刻曾打动你，是吗？"

她怔住，哑声："为什么要这么说。不是那样的。"她努力想同他说明，"我知道全是我的错，你不要生气，不要折磨自己，我是因为知道那不是你……"

青年打断她的话："可你也不能百分百确定那不是我吧，否则看到那龙骨，为何又会失魂？"

她说的话，他一句也没听进去。这让她又痛又急。眼看泪水又要失控地淌落，她用力地眨了眨眼。湿润的睫毛开合，逼退了自眼底升上来的潮雾。她终于能看清青年的脸了。

直到此时她才发现，虽然青年的语声一直很平静，但那双琥珀色的眼却像是风暴前夕的海，满布着阴翳。穿过被阴翳笼罩的洋面，她能清晰地感知到那其下深藏的，是青年不愿为人知的痛。平静是假象，只有瞳眸里被阴翳掩饰的痛楚才是真实。他装得像是云淡风轻，实则快被那痛楚压垮了。

祖娫突然便说不出话来。

她原本想解释，"我知道那人不会是你，可我害怕'万一'，更害怕'万一'成真。"而今，她说不出口了。

连宋对她说"可你也不能百分百确定那不是我吧。"她知道这句话的隐意是什么。隐意是，若你真的爱我，那即便只有一丝，或者一毫不确定，你也不该毫无犹疑拿我冒险。

原本觉得自己的选择并无问题，此时她却生出了可怖的怀疑。万一庆姜不按牌理出牌，那人就是小三郎，她当时的所为，不就是放弃了他吗？

此刻反应过来此节，连她都痛不可抑，那心魔在身的小三郎呢？

悔痛与后怕淹没了她。

她当时到底是如何想的？既然并非百分百确定那人不是小三郎，那为何她没有选择先救他？当三人齐遭遇危险，而她无暇思考更多之时，为何她会将他排在次位？

"你不如坦诚一点。"见她久久不语，青年淡声，"就告诉我，那时候，你只是本能地选择了对你而言最重要的。"说出这句话，又像是觉得讨厌，他有些抵触地皱了皱眉，"如果我可以保持冷静，我应该也可以理解你，但想必你也看出来了，我并不冷静，所以我无法……"

"你不能冷静，无法相信我，是因为心魔发作了，是吗？"她打断了他的话。

他顿住，掀眸瞥了她一眼："你知道了。"

但他看上去并不吃惊，过了会儿，向她道："可这次他和纤鲽说得没错，本能是不会撒谎的，也不会骗人。"

他直视着她的眼："你的本能让你放弃了我，因为我对你不重要。而我会这样痛，"说到这里，他拧紧了眉，仿佛又有痛楚涌上，而他需分神去压制。他停顿了片刻，当身体从不适中缓过来，他重复了一遍方才的话："我会这样痛，"平稳的语声终于有了起伏，含着一点沉痛，和无尽的对她的失望，"不是因你放弃了我；是因你连一点挣扎都没有，便放弃了我。"

愤怒、心寒、倦怠，这些情绪有层次地在他眼中明灭。她被它们刺痛，突然，她提高了音量："不是的，你说的都不对！先救菁蓉和昭曦就是选择了他们放弃了你吗？我会努力让他们活下来，但那人若真的是你，我只会、只会和小三郎你一起死……"是脱口而出的、完全未经思考的话语，是本能的话语。所以这就是答案吗？

因为已做好了准备，无论生死她都会和他在一起，所以她才会全无犹疑地先去救菁蓉和昭曦。

原来是这样。原来是这样。

她握紧他的手，将脸埋进他的掌中，她的泪弄湿了他的手指，她今天真是流了太多的泪。她哽咽着再次同他表白："你明白吗小三郎，那时我并不觉得那人会是你，而如果他真的是你，我会和你一起死的。"这才是她的本能，是她的真心。若他果真在这里发生不测，固然她无法陪伴他一起葬身在这骷髅海洋，但当那注定的大劫到来时，她不会再反抗自己的命运。可这又该如何告诉他呢？难道她要在此向他袒露她的宿命吗？或许是时候告诉他了？可又应当从何说起呢？

"和我一起死，是吗？"在她思绪如潮之时，青年突然抬起空着的那只手，握住了她的小臂。力道有些大。她吃惊地抬起头来。

"你以为我会信吗？"青年的声音很淡，很冷。他拿开了她的手，如玉的指在她雪白的肌肤上留下了泛红的印。

他看到了那指印，她知道。可他只是很轻地皱了下眉，没有给她一点安抚。放在往常，他绝不会如此，可她也顾不得委屈，只是呆呆地看着他，问他："为什么不信？"

"因为你不爱我，不爱我的你，又怎会真心这样想？"他这样回答她。

在这一刻，祖媞终于理解到当初莹千夏说"心魔影响下，三殿下会变得偏执"是什么意思了。但，是她先伤害了他，他会如此也是应当的。她咬住唇，仰着头认真地看着他，想试着让他理解："我没有不爱……"

"够了，不要再说谎。"他扬声打断她的话，漆黑的眉紧蹙。她愣愣看着他。过往他从未对她这样大声过。

"没有够！"她突然上前一步，身体紧贴住他。她比他还要大声地反驳他，趁他愣住之际，又去搂他的腰，拼命将自己揉进他怀中。他没有回应，这让她显得可笑，但她并没有因此而退缩。

小三郎没有推开我，这已是一种进步。她一边这样安慰自己，一边踮脚勾住青年的脖子试图吻他。亲密接触会是最直接的证明。她的吻或许能比她的话更有说服力。她这样想着。

可在她的唇挨上青年的下颌时，他偏开了头。"算了。"他道。他的手终于放到了她腰上，却是推开她的姿势。他说了一句她听不懂的话，"拽着虚幻过活其实也没那么有意思。"

她圈住他的脖子不放，头埋在他颈间，声音发闷："什么虚幻，我不懂。"

青年沉默了许久。在她忍不住抬眼看他时，他终于开了口："我从没想过要让你知道我们的过去。因为我很害怕。我害怕记起过往的你会再次放弃我。但今日我明白了。没有必要忌讳你想起过往。完全不记得过去的你，不也还是选择了放弃我吗？同三万年前一样。"

夕风路过草木，发出瑟瑟轻响。

青年的每一句话她都听进了耳中，可她却不能明白它们是什么意思。他似乎说了很了不得的事。有阴影掠过脑际，很是诡秘，就像暴雨前的乌云，仿佛离地面很近，可抬手却是抓不住的。

良久，她艰难地理出了一点头绪："你是说，我们在三万年前曾有过一段过往？可这……怎么可能呢？我们不是在安禅那殿才第一次见面吗？"她涩声追问他，心跳得很急。

"会以为安禅那殿是我们的初见之所，是因为你的记忆有缺憾。你忘记了你在人间历练的最后一世——你的第十七世。"青年回她。看到她漆黑的瞳仁瞬间收缩得如同针尖，青年突兀地笑了一下，"这么吃惊。"

他没有再看她，目光放在很悠远的地方："那时候我也在凡世，我们相遇了，很快爱上了彼此。你因我而学会了爱、痛，与恨，修得了完整人格，得以复归为神。可在你归位后，却嫌憎与我在凡世的那段过往玷污了你无垢的神魂，于是将关于我的记忆尽数剥离了你的仙体。

"是我非你不可。即便知道作为神的你并不愿经历什么红尘凡情，也要用噬骨真言困住你，让你重新爱上我。可建立在咒言基础上的爱当然作不得数也当不了真,所以在关键时刻,它便现出了原形。"平静地说完这些话,他移回了视线,重看向她,深邃的眼中一片墨色。

墨色遮盖住了一切,她无法再如适才那般从那双眼里感知到他的情绪。她再看不见他的痛,他的失望,他的疲惫。此时此刻,他的真实情绪到底是什么呢?她无法判断,可也无暇顾及了。因他的话令她混乱,令她喘息都难。

他平淡地做了最后的总结:"其实你不爱我,祖媞神。你所谓的对我的情,不过是因咒言之故。那并非你对我的真实感受,只是我对你的强求。而你当初所说的才是对的。"

青年所讲述的,是她完全不知晓的,据他所说,被她亲手剥离了的过去。可她却实难相信她会因为那样可笑的理由主动舍弃掉关于他的记忆。什么无垢的光神之魂,在她看来,生来无情无欲,不过是一种残缺而已。她怎会为了保护这种残缺而去伤害她爱的人?

"而你当初所说的才是对的。"青年最后如此道。她当初说了什么?她直觉那必定也不是什么令人愉快的话。可她必须知道。青年记忆中的他们俩的过去到底是什么样的,她全部都想知道。"那个我,当初还说了什么?"她哑声问。

"你说,祖媞是祖媞,成玉是成玉。哦,成玉便是你在凡世的第十七次转世。你说你们并非一人。"他突然捂住胸口,轻咳了一声。她眼尖地发现他的唇角溢出了一点赤色,着急地上前,他却退后了一步,很快抹去了唇边的血渍,淡淡道:"我没事。"

他像是什么事也没发生,继续回答她的问题:"你还说,你虽然不能接受同我的那段过去,但考虑到我也很无辜,你会做一个人偶,将关于我的记忆尽数赐予那人偶,为我再造一个成玉。"他顿了顿,"你安排得很好,很周致,但未能唤醒那人偶的魂你便沉睡了,所以那计划失败了。"

那些真的是她说出的话,做出的事吗?她怎会那样?她的唇褪去了血色,轻颤着:"这太匪夷所思了。"她下意识地否认,"我不可能说出那样的话,我从未想过在凡世轮回的那些凡人不是我,我……"

青年却打断了她:"可若你是她,你为何会如此对我呢?"他看着她,像是由衷地困惑,"若你们是一人,你为何要如此对我呢?她是绝对不会这样对我的。"

她答不出来。面对纤鲽的算计,她将他排在了次位,为什么这样做,她告诉了他,他却不信。而三万年前的事,她根本一点印象都没有,彼时为何要那样对他,她又怎么能知道呢。"一定是有什么误会。"她喃喃。

"不,没有误会。"青年冷淡道,落在她身上的目光毫无温度,"你不是她,是我一直没搞明白,才会在你这里寻求虚妄的爱。是我找错了人,而你那时候的考虑才是对的。"

青年的话就像是利刃,刺进她心里,刀刀见血。"我那时候,还考虑了什么?"她麻木地问。

"方才不是说过了吗?"他回道,"出于对我的怜悯,你决意为我再造一个爱人。"说完这句话,他突然顿住,"也好。"

也好什么?她茫然地看着他。

青年忽然笑了:"我在想,既然三万年前你能对我抱持怜悯,那如今,应该也可以将你的怜悯施舍给我吧?我希望你能将那个人偶唤醒。"他沉静地与她对视,"那才是我的阿玉。"

那才是我的阿玉。

心口似破了个大洞,她几乎要撑不住自己:"我就是你的阿玉……"

"你不是。"他断然否认。

虽然在此之前,他有说过他不冷静,但这一刻,他看上去冷静极了,就像此刻他说出口的所有这些令她伤心欲绝的话,皆是他真心所想,是他审慎考虑后得出的结论。他说三万年前的那个凡人才是他的爱人，他不承认她便是那凡人，他将他们这一世的一切皆归因于他找错了人，爱错了人，他要那个凡人回来……

那她呢，她该怎么办？

夜很快来临，她只觉全身发冷，身体不由得轻颤，但他好像再也不心疼她。

"你身上的逆鳞饰，还给我吧。"最后，他对她这么说。

第二十二章

七日后。

九重天。

殷临不是第一次来元极宫了,以往他来此地,无论是寻祖媞还是寻连宋,皆是熟门熟路先去议事的见心殿稍候,但今日他却未入见心殿,只在外花园的大菩提树下等连宋。

大菩提树树冠若云,如云的树冠投下一片蔽日的浓荫,殷临肃首站在浓荫的边缘处,想起这几日发生之事,只觉一阵沉重。

三日前,远在南荒的他接到了雪意的信鸟传信,说祖媞出了事。但到底出了什么事雪意却未言明,只让他赶紧回姑媱一趟。他紧赶慢赶,当夜便回到了中泽。雪意在护山大阵前等着他,见到他便叹气:"尊上知晓三万年前她同三皇子的那段过往了。"

他怔住:"怎么会?"

雪意愁眉苦脸地将他引到僻静处,同他细述了这几日发生之事。

雪意揉着额角:"我在发爽山中寻到了被困住的霜和,而后与霜和一道,沿着尊上留下的标记,在苘萝滩尽头的荼蘼山口寻到了她和蓉蓉。我不知荼蘼山中究竟发生了何事,总之,尊上看上去很不好,人像是失了魂,问她什么,她都跟没听见似的。说真的,自被尊上点化跟着她以来,我还从未见她那样过。

"回到姑媱,她便立刻入了观南室。尊上入观南室后不久,蓉蓉便醒了过来。我倒是问过蓉蓉荼蘼山中到底发生了什么,可蓉蓉也只记得她在莳萝滩被魔族掳走之事,那之后如何了,被迷晕的她一概不知。

"尊上独自在观南室中待了两夜一日,昨日清晨,她终于自室中出来了。虽看着很憔悴,但总算不像之前那样失魂落魄了,还主动同我说了话,问了我两个问题。"

雪意顿了顿,眉目间聚满沉重之色:"她问我可知当初她为何要舍弃同三皇子在凡世的过往,又说这两夜一日,她审视了神魂,察觉自己中了心理咒术,解除心理咒术后,她发现自己的记忆确有疏漏。"

听得此消息,他脑中一轰,震惊地看向雪意。

见他如此,雪意叹了口气:"彼时我也是如你这般吃惊。那魔考山不是能考心吗,我猜或许是那些考心境惹出了问题。但她已觉知到了这个程度,我也不好再瞒她,只得告诉她所有。包括她同三皇子在凡世的前缘,她剥离记忆的原因,她沉睡前对三皇子的安排,以及东华帝君为何会修改三皇子的记忆,三皇子又是在何时想起了同她的过往,我都告诉了她,但我没有提及你和昭曦对三皇子的欺骗。

"她听完后一言未发,愣怔地枯坐了许久,我失手打碎茶杯她才醒过神来,问了我第二个问题——当初她安排给三皇子的那具人偶如今在何处。我告诉她应是在东华帝君处。她点了点头,没说什么便出了门,消失了一夜,今日午时方才回来。"雪意吞咽了一下,"回来时,带着那具人偶。"

天风拂来,菩提叶随风起舞,身后忽有脚步声响起,打断了殷临的思绪。殷临转过身,看向姗姗来迟的连宋。青年应是径从丹房过来,身上的银领窄袖袍尚未换下,不过那一袭方便他炼制五元素合力的修身长袍,倒是将他衬得更为高大秀颀。

殷临上前一步,率先开口:"三皇子。"

青年在离他三丈处停下:"不知尊使前来,有何赐教。"

青年面容平静,一派云淡风轻,仿佛这些日什么事也没发生,这令连日里目睹了祖媞的失常与彷徨的殷临心火乍起,但他按压住了这股心火,只道:"我有一个问题很不解,特来求教三皇子。"

几只雀鸟飞来,衔来一匹提花云锦,云锦自半空落下,铺落在近旁的玉桌与玉凳上。青年矮身在玉凳上坐下,一只小蓝雀停落在他指间,他挠了挠小蓝雀覆满绒羽的脖颈:"哦?那便请尊使直言吧,本君洗耳恭听。"

殷临凝目看向漫不经心的青年,蹙紧了眉:"连宋君。"这是他第一次称呼青年的名字,"我原以为你已放下了同尊上的缘法,不再留恋同她的过往了。十日前听闻天君欲向姑媱提亲,老实说,我十分震惊。但那时我想,你对尊上虽有怨,但爱更多,或许挣扎权衡之下,终究是对她的爱战胜了对她的怨,于是你原谅了她对你的舍弃,选择了再次追逐她,并设法使她答应了同你在一起。我想着事情十有八九是如此,故而即便不看好你二人的未来,我也没有阻止天君向姑媱提亲。"

殷临极力控制住表情,将怒意压于心底:"但如今我却很是疑惑,连宋君,照理说,与尊上两情相悦,定下鸳盟,乃是你素来所愿才是,素来之愿实现了,你不该高兴吗,为何要亲手毁掉这好不容易重接上的缘分呢?

"我想了很久,最后只想到了一个可能。在这个当口,向一无所知的尊上揭示你同她的前缘,对她说你认错了人,爱错了人,她和成玉并非一人,还让她将凡人成玉还给你,是你蓄谋已久的,对吧?"

他直视着青年,目光暗沉:"你是在报复尊上,对吧?"

祖媞将那具人偶带回姑媱后,便再次入了观南室闭关,三夜两日后方出关。出关后祖媞主动找了他,同他长谈了一次,吩咐了他一些事。但,同雪意一样,他亦未能从祖媞那里探知到荼蘼山中究竟发生了何事。不过他知道了是连宋告知了祖媞他们之间曾有过往,也是连宋同祖娣要求了那具人偶。可连宋为何会如此做，祖娣却绝口不提。

因彼时祖娣的神色实在不好，他也不敢多问，只能私下里揣测，而他揣测出的答案便是如此："你是在报复她，是不是？你对尊上有怨，更有恨，是不是？"

"我不知尊使在说什么。"青年淡淡回他。

殷临握紧了拳，再也无法压制心底的怒火："别装蒜了，你难道不是一直恨她当日舍弃了你吗？处心积虑诱惑作为神的她，使她重新爱上你，然后在她终于承认爱你之时将她抛弃，说什么找错了人，爱错了人，你爱的是那个凡人不是她，哈，"他"嗤"地冷嘲，"这难道不是一个绝佳的、精彩的报复吗？"

三丈开外，青年微微抬头，原本风轻云淡的脸此时冷若冰霜："殷临，我是对她舍弃了我的事难以释怀，也因此怨过她，甚至恨过她，但我并没有如此下作。"青年停住，面上流露出疑惑之色，像是真心感到不解，问他，"你当日不也赞成她是她，成玉是成玉，她们并非一人吗？如今，我好不容易想通，打算接受她的安排，成全我们彼此了，你不该感到欣慰吗？为何会觉得我要成玉回来，对她会是一则报复？"

殷临窒住了，他回答不出这问题，一时竟不知该说什么。沉默使他冷静了些许。其实他这趟上天，也不是为了斥责连宋，这并非祖娣盼咐他的事，不过他的私心罢了。祖娣遣他来元极宫，为的是另一桩事。

殷临想起了祖娣从观南室出来后，同他说的那些话。

是今晨卯末。

卯末，熹微初露时，观南室外的石亭中，祖娣探出无血色的指尖，将搁置在石桌上的一只茜色锦囊推到了他面前。

因很久没说话，她原本清润的嗓音有些发沙："你去九重天一趟，将这琳琅锦交给小三郎，锦囊里装的是……"

他没有接那锦囊,紧盯着祖媞苍白得近乎透明的脸,打断她的话道:"这几日,尊上你将自己和那人偶关在观南室里,是在做什么?"

　　祖媞静默了片刻,抬眸看向远天的熹微,回他:"我在那人偶体内找到了那颗未被唤醒的魂珠,将魂珠中的记忆取了出来,使它们重回到了我的忆河中。"

　　闻得祖媞此语,他惊得半晌无言:"你是说,你让那些记忆复归到了你体内……"

　　"是啊。"祖媞颔首。她侧坐在石凳上,刘海被清晨的薄雾洇湿了,贴在额际,这使她看上去像是一株刚经了风雨的琼花,虽美丽如往昔,却是病态而羸弱的。

　　"我想了很久,"她用那发沙的声音继续,"唯有如此,才能让我彻底搞清楚过去到底是怎样的。而如今,我也的确明白了这一切究竟是怎么回事。多么可笑。"她收回远望的目光,"如果那时候我知道我会提前醒来,能有机会改变我的命运,我又怎会剥离关于他的记忆,为他安排什么人偶。但或许这就是命运。"

　　她抬手扶住额头,像一具被供奉在悬崖边的圣洁玉像,美丽却脆弱,随时都可能离崖坠毁似的:"毕竟出其不意,才是命运。"如此喃喃着,她垂敛了眉目,那素来灵动美丽的眼微合,眼中一丝光也无,"当初,决意为他做那人偶时,我并没有想过会有这么一天,我要和那人偶一起放在他面前供他选择;我也没想过他会想要那人偶胜过想要我;我更没有想过,他会觉得那人偶才是成玉,而我不是。"她扶着额头的手缓缓下移,遮住了眼。

　　说这些话时,那张病弱的美丽脸庞上并无太多表情,其实让人看不出她是否痛苦,但殷临却能感受到祖媞的痛苦。她那些未曾言说的痛苦似隐藏在密林深处的沼泽,在吞噬她自己的同时,也震慑着靠近的人。

　　殷临感到窒息,几乎喘不过气,而祖媞话中透露出的那些信息,更是令殷临在窒闷之余惊骇不已："说三皇子选择了那人偶，你和三皇子……怎么了？"

祖媞没有回答他的问题。许久后，她移开了遮眼的手，顺势托住了右腮，偏头看向亭外。他看不见她的脸，只能看见她皙白的手指和一点小巧高挺的鼻梁。

"我其实知道，应该是你们骗了小三郎，才会让他误以为三万年前，我是为了所谓的道心而舍弃了他。或许，他的心魔便是因此而生。"她答非所问，仍没有回头，只留给他一个被手指遮掩住的侧面。

殷临屏住了呼吸。雪意说他并未告知祖媞此事。殷临没料到祖媞竟连这一节也推了出来。"那是因为……"他想要解释。

祖媞却未让他说下去。她微微抬手，止住了他。"并非怪你们，我也明白为何你们要那样说，是想让他对我彻底死心，对吧？ 的确，从你们的立场看，我同他再纠缠下去并非好事。可我总忍不住想，那时候，听到那些话的小三郎该有多痛苦，多绝望，而我……"话说到这里，她停住了。

殷临敏锐地察觉出她那一直没什么起伏的好似很平静的声线里出现了一丝颤抖。他的眉蹙紧了，盯着她的侧影看了片刻，忽然抬手握住她的右腕，强势地移开了她掩住半张脸的手掌。祖媞怔了一下，没有躲闪，平和地望向他。他这才发现祖媞那双杏子般的眼已然红透，无光的眼中泅满了泪。

殷临突然失语，好一会儿，才能开口。"如果三皇子是因这个误会才同你闹别扭，我可以立刻去同他解释。"他郑重地看向她，"那时候，我是觉得相忘于江湖对你们而言才是最好，但如今你们既已定亲，那将事情说清楚，解除误会，一起去面对即将到来的劫数也不失为……"

祖媞却摇了头。"不必。"她轻声打断他的话，"你不明白。"她顿了一下，"他觉得我舍弃了他。"

她望向亭外："我从未想过他会将当初我的决定看作是舍弃，但仔细想想,那好像的确是一种舍弃。对于如今心魔在身的他而言,当初我为何会舍弃他其实已不重要,重要的是我为了别的事、别的物舍弃了他这个结果。"

她的声音清明,表情平静,眼眶却越来越红,但她好像并没有意识到:"闭关在观南室中的这两日,我不止一遍地想过,我是不是该去告诉他我的苦衷,让他知道,当日我会做出那样的决定是不得已而为之,我也很痛苦,那样,他是不是就会理解我,原谅我?可每当这时,心底就会有个声音冒出来质问我——他原谅了你,然后呢?在即将到来的这场大劫里,若你无力改变命运,最终还是得在他与'道'之间做选择,届时你会如何选择呢?你能保证不再舍弃他吗?"

说完这话,她静了很长时间。"这个问题,我只想了一遍,但想了很久。最后我发现,我无法保证我不会再次舍弃他。"

她移回视线,看向坐在面前的殷临:"而那时候,小三郎又该怎么办呢?你觉得身负心魔的他,能接受被我又一次舍弃吗?"

殷临沉默了。

"他不能的。"她代替他做了回答。而随着这四个字出口,泅在眼中的泪终于顺着她通红的眼尾滑落,"怎么做才是对的,我想了两日,也没想出答案。这是一道无解的题。"她轻轻叹了口气,"不过好在小三郎已为自己寻到了出口,用我不是成玉这个理由,安抚住了躁动的心魔。虽然他这样想令我很痛苦,但既然他能从中得到平静,那便让他如此想吧。他想要一个全心全意爱他、永不会伤害他、舍弃他的成玉,那便……给他吧。"她闭上眼,再次抬手挡住了脸,喃喃地,仿佛自语,"我们之间,看似主动权在我手上,我可以有很多选择,但其实,我根本没的选。"

面前的祖媞同两万九千九百九十八年前,站在兰因洞外,强忍着痛楚同他说她与连宋的缘只能止在成玉这一世的祖媞重合在了一起。她们一样的悲郁,一样的脆弱,一样的无望、无助、无可奈何,也一

样的让殷临感到难过。

殷临心中闷得厉害。他觉得自己像置身在一丛不透风的密林里，面前延展着一片荒芜而危险的沼泽，而祖媞就站在沼泽的正中央，正在无声地沉没。

"就是不想让你再重历这样的痛苦，那时候我才选择了欺骗三皇子。"他哑声道。说着这话时，目光不经意地掠过面前的石桌，在搁置于桌面的茜色锦囊上微微停驻，仿若醍醐灌顶，殷临突然便明白了那锦囊里装的是什么。

"你方才说，你会将成玉给三皇子……"他缓缓地，一字一句地，"所以这锦囊里装的，便是那个'成玉'？你已唤醒了她的魂？"喉结不自禁地滚动吞咽，他不可置信地看向祖媞，"你真的要将她送去元极宫，让她代替你，同你爱的人结为连理？你真的能眼睁睁看着他们双宿双栖，不会后悔？"

亭中静极，唯有路过的山风轻喃着留下叹息。许久后，祖媞才有动静。她放下了挡在眼前的手，那双眼已不再流泪，但眉骨和眼尾仍是红的。"我没有唤醒那人偶。"她回答他。

"三万年前，我做下那个决定，为他造出那人偶，并不是因为我无私。相反，我有很多私心，也有很多占有欲。

"我可以接受那人偶在我羽化后代替我陪伴在他身旁，因那是没有办法的事。然目下，我不是还活在这世上，尚未羽化吗？叫我如何接受被一个人偶取代呢？

"可这是他想要的，我拒绝不了。

"我可以给他一个成玉，满足他的愿望，但我没办法为他唤醒她，我做不到。"她断续地剖白自己，声音很轻，也很冷静。不过殷临能分辨出，那冷静是一种万念俱灰式的冷静。

无论是这命运也好，还是祖媞的感情也好，这一切都太沉重了。如何做才是对的，如她所说，此题无解。

殷临想要安慰她，却不知该说什么。"做不到才是正常的。"最后他道。

"嗯。"祖媞无意义地应了一声，垂眸看向那锦囊，但很快移开了视线，就像她其实并不想看到它，"这里面不仅装着那人偶，还装着我的血和灵力。凡世的那些记忆我也复刻了一份，放进了那人偶的魂珠里。以我的血为祭，灵力为媒，再辅以咒言，便可唤醒她。咒言我亦写在了锦囊中。你将这锦囊交给小三郎，让他……亲自唤醒她吧。"

该吩咐他的事都吩咐得差不离了，她站起身来，准备离开，却在移步之时又顿了一下："对了。"她用发沙的声音最后嘱咐了他一句，"若小三郎问起为何不是由我唤醒那人偶，你就对他说，说……他自己选定的爱人，由他亲手唤醒，会更有意义。"

关于今晨的回忆，至此戛然而止。

"尊使为何不答？"神思回归时，连宋的疑问声清晰入耳。

殷临定了定神。

三丈开外，倚坐在玉凳上的年轻水神安静地看着他。青年从容自若，仿佛果真已寻得了内心的平静。

殷临心中五味杂陈，少顷，自袖中取出了祖媞交托给他的那只琳琅锦。锦囊被打开，一副华美冰棺赫然出现在大菩提树下的阴影里，透过棺身，可看到睡在其间的人偶栩栩若生。

"我没什么好说了，三皇子。"殷临揉了揉额角，"既然你确信自己是爱错了人，真正想要的其实是这个人偶，那恭喜你，你得偿所愿了。"

将冰棺倾倒出来后，琳琅锦中还剩了些东西，殷临将余下的东西也倒出，尽数陈列在冰棺上："不过尊上说，你亲自选定的爱人，由你亲手唤醒才更有意义。"他淡淡，"这紫晶瓶里装着尊上的血和灵力，这贝叶纸上载着唤醒这人偶的方法。三皇子贵人事忙，我便不多叨扰了。"客气地道完告辞之语，殷临转身便走。

青年却忽然发问："那些话，果真是她说的？"

殷临停住脚步："不然呢？"

"喳。"身后倏地传出一声雀鸟受惊的呼叫，殷临微微侧目，见是停留在连宋指间的那只小蓝雀不知何故惊慌地飞开了。

青年静默了一瞬，自袖中取出了一块雪白的丝帕。"她倒是很有心。"他一边用丝帕擦拭方才雀鸟停留过的手指，一边淡淡，"我该感谢她这么为我着想吗？"

殷临回头看向青年，青年垂着头，仿佛很认真地擦拭着手指，他看不见青年的表情。但他隐约觉得，青年似乎不太高兴。

他不知那是不是他的错觉，但他没说什么，大步离开了。

荼蘼山之事后，魔族沉寂了一阵，没再搞什么小动作。一来因神族加强了防范，二来是纤鲽觉得她虽未能在荼蘼山中除掉连宋和祖媞，但那场局也算达到了目的，起码引出了连宋的心魔，也离间了连宋和祖媞的关系。神族中两个重要的自然神一道出事，势必会影响他们目下正在谋划的正事，她虽不知那正事究竟是什么，但也可推出十有八九是对付魔族，阻止魔尊称雄之类的。如此，她也算通过荼蘼山那一局，为魔尊谋大事争取了更多的时间。想到这里，纤鲽不禁还有点自得。

能将这些事考虑得这么乐观，是因纤鲽不了解祖媞，也不了解连宋之故。祖媞不必提，三殿下这个人，因恣意之名在外，有时候是会给人不着调之感。纤鲽会以为他在心魔复发后便会被情绪操控，从而颓废低迷，放弃正事，也是在情在理。不过，以兵器喻三殿下，三殿下其实是一柄剑，兵中君子，寻常时瞧着温煦闲散，出鞘之时，却自能让人领略到他的锋利。而今心魔自他心底复生，复生的心魔化去了束缚住他的剑鞘，反使他锋芒毕露，越是重压在身，越是锐意逼人。所以他不仅没颓废到无心正事，反而比预计的提前了好几日将五元素合力给炼制完成了。

连宋将炼制完成的五元素合力送去太晨宫的下午,妖君莹流风再次上天。

次日,天族两百五十万大军与青丘之国两百万大军齐集于东南荒,同向魔族宣战。

新神纪后,神族便不再行不义之战,四百五十万神族大军压在九尾狐族所辖的东南荒与魔族所掌的南荒的交界之境上,向魔族宣战的同时,也向八荒昭示了讨伐魔族的因由——妖族虽为魔族属族,但妖族子民却非魔尊私奴,然魔尊却以私奴视妖族,大肆虐杀妖灯,残害妖民,妖君不堪魔尊暴行,长跪于南天门外,祈求神族相助。魔尊对妖族的欺凌与迫害扰乱了天地平宁。神族居于这八荒之间,掌九天而辖四海,有义务维系天地承平。制止魔尊的倒行逆施,使天地重回安宁,乃神族职责所在。行此义战,神族责无旁贷。

神族已有十多万年不曾主动向他族宣战,更别提竟是天族与青丘狐族联合出兵,消息一经传出,天地一片哗然。九尾狐族居然也出兵了,这是最令大家感到震惊的一件事。须知居于青丘之国的九尾狐族素来并不爱战,待天地秩序基本确立后,八荒战事里便极少再见到他们的身影。只有在神族的地位受到严峻挑战时,九尾狐族方会出现,不过他们一般也只在战事的后半段里作为援兵现身。可今次,九尾狐族却是一开始便派出了两百万大军支援天族,几乎遣出了青丘之国的全部兵力,这已经不能用不同寻常来形容。

有嗅觉灵敏的高人已推出神族如此兴师动众,必不会只是因魔尊欺凌了妖族,很可能是神族察觉了魔族在谋什么大事,威胁到了天地。推出此节的其中一位高人便是鬼君离镜。离镜自知这场战事鬼族绝不能掺和,当日便关了宫门,宣告自己将闭死关。

神族的行动极为迅速。

东南荒与南荒之间有一片大湖，名湘陵泊，湘陵泊在莽莽黄沙中孕育出了一片广袤绿洲，妖族世代居于此间，八荒称这片绿洲为湘陵之国。天族同九尾狐族两族联军在东南荒边界宣战后，火速借道湘陵之国，直入南荒。

无论是神族的宣战还是神族的急行军，都发生得太快太突然。魔族虽也想过神族可能先起事，但完全没料到他们会这样快，且是倾尽兵力全线压上，七位魔君都感到很蒙圈，庆姜算是反应很快了，立刻传令驻守边境的樊林调集边界之军抵挡，然陈在整个东部边界上的魔族兵力不过五十万，如何能抵得过神族四百五十万大军。神族依靠碾压式的兵力优势，一路所向披靡，当天晚上便杀到了赤水。

自湘陵之国驰入南荒，直线向西南推进，行一万里，便能直捣魔尊所在的灵璩魔宫。这一万里路多是坦途，无甚奇峻险要处，唯有两条大河阻道，一条乃距湘陵之国一千五百里的赤水，一条乃距赤水三千七百里的郁水。

于神族而言，此路线是最适宜快攻作战的一条路线。魔族也知这条路线在防守上的劣势，故而于沿途修建了许多堡垒，并增派了更多守兵。然无天堑可依，堡垒和守兵再多，面对神族四百五十万兵力秋风扫落叶似的狂袭，也是难以支绌。

倾阖族之武力，择最近之路线，以压倒性的兵力优势疾速突进，便是神族于此战的战略。择此战略，是因神族此番行军的目标只有一个——尽快将魔尊庆姜和他正在锻造的那支不死魔军逼出来。

有了钵头摩花之力的护持，庆姜和他锻造出的那支不死魔军是不可能被杀死的，唯一能对付他们的，是集东华、祖媞、连宋三人之力造出的两仪还真大阵。但想以两仪还真大阵镇压庆姜和他的魔军，是需有契机的——至少得将庆姜和那支不知数目的魔军引出来会至一处。

神族四百五十万大军于南荒一路勇进，便是为此。

这战略是连宋提出的，而后由连宋、祖媞、东华一道定下，但运筹这场战事的三人却并未随军，而是留在了作为后方的湘陵之国。因专为镇压庆姜而造的两仪还真大阵还不算彻底落成，还需将先前连宋炼出的五元素合力导入阵中，而这事得靠他们三人通力合作，一起寻个安静的地方闭关才成。

这是桩绝密之事，知情者寥寥，不过太晨宫中的粟及仙者恰是一个知情人。

粟及为仙保守，越琢磨越担忧，私下里悄悄问重霖："克敌的大阵尚未落成，咱们便对魔族宣战了，这般是否太过冒进啊？"

重霖自幼跟在帝君身边，见事远比粟及透彻："三位尊神如此决断，是为抢占先机。毕竟谁先宣战，谁便更有主动权。若让魔族得了此先机，谁知他们会将战火烧到哪里呢，届时我们不就被动了？再则，凭三位尊神之能，以五元素合力加持那阵法，最多不过两三日之事。就算在这两三日里，魔尊率先炼好了不死魔军同我们短兵相接，那我们四百五十万大军，拖他两三天时间总是没问题的吧。待两三日后大阵落成，自能与他们一决高下，又有什么风险可言呢？"

粟及听得一愣一愣的，想了一阵，点头："说得也是。"

重霖诚恳相邀："太子殿下寄来了战书，我要给帝君送去，你要一道吗？顺便听听帝君还有没有什么别的示下？"

才帮帝君从西天梵境跑完腿回来的，其实也不是那么上进的粟及谨慎地退后了一步："……这我就不去了吧。"

时已暮秋，妖族王苑中的奇花异木皆顺应时令有了凋敝之意，唯林苑中心的妖族圣木帝休木是个例外，风刀霜剑之下，仍自花繁叶茂。

这帝休木高逾千尺，树干粗壮，需数十人合围方能将其环抱。巨木根颈处有一树窟，窟洞呈拱形，大似一亭，其间灵气汇盛，极宜静修，便是妖君为帝君三人准备的闭关之所。

夜幕渐临，这是三人闭关的第二日，便是帝君，到了这个时刻也很尽力，因此五元素合力在未时末刻便尽数被导入了阵法中。不过祖媞觉着再用亘古不灭之光加持一遍阵法更为稳妥，故此时唯她一人留在帝休木中，帝君和三殿下皆待在圣木外。

两人坐在树下也没什么事，恰好方才重霖送来了前线的战报，帝君便化了个茶席出来，一边喝茶一边同三殿下看战报。

战报写得很简略，道多亏青丘之国的白真上神渡河战经验丰富，神族四百五十万大军昨夜已顺利渡过赤水。但庆姜的动作也很快，短短一日，便在郁水和赤水之间集结了百万魔军殊死抵抗。不过神族大军仍在兵力上具有压倒性优势，故今日进军虽不及昨日迅猛，依然日行了有九百余里。

帝君握了把侧提壶，一边分茶一边慢悠悠点评："魔族阖族兵力大致两百万，就算庆姜是把除了他正在造的那支不死魔军外的所有魔兵都调来拒敌了，那阻拦我方的兵力也不会超过两百万。数量上他们是人家的两三倍，被拖得行军速度慢了近一半，还觉得自己走得挺快是吧？"

三殿下坐在帝君对面，为掌军的白真上神和夜华君说了句公道话："日行九百里也不算慢吧，毕竟对面领军的是樊林，且这又是我们打入人家的地盘。"三殿下将那薄薄一页纸合上，"照这战报看，最迟大后日，我们的军队便能行到郁水，若届时庆姜仍未完成不死魔军的锻造，他再想争取更多的时间，便只能在郁水结界上做文章了。"

神族所选定的这条路线上唯一棘手的阻碍便是郁水。郁水乃是条环绕魔族祖地的大河，虽不比赤水宽多少，但比赤水难渡许多，因郁水之上矗立着一道建成了二十多万年的守卫结界。此结界乃擅阵法的魔族先祖们集几代之功、以郁河之灵结成，可在关键时刻保护魔族祖地不被侵扰。郁河结界一旦升起，便是神族四百五十万军队全力一攻，也得攻个一两月的才能突破。

帝君前些日一心扑在郁水结界上，尝试了数百种思路，最后倒是想出了个破解之法。不过靠那破解之法，再辅以军队猛攻，还是得花至少七天的时间才能彻底破开那结界。

三殿下接过帝君分好的茶，只沾了沾唇便将杯子放下了："还能更快点吗？七日，太长了。庆姜很有可能借这七日炼成不死魔军，若让他达成目的，事情会难办很多。"说着这话，三殿下拾起放在一旁的折扇，以扇端蘸取茶水轻轻一挥，半空立时摊开了一幅水雾凝成的舆图。

"一路快攻，便是想趁不死魔军尚未炼成之际，将庆姜和那支军队逼出来。在魔军未炼成前攻过郁河，对我们才会最有利。郁河对面乃范林平原，范林背后便是章尾山。章尾山乃少绾神的故居，是魔族的圣山，魔族是绝不会允许神族踏平他们的圣山的，一旦我们攻过郁水，威胁到章尾，即便不死魔军尚未准备好，庆姜也一定会在范林与我们决战。"通体漆黑的折扇在水图上的范林平原处点了点，"这于我们而言，才是最理想的状态。"

帝君感到匪夷所思："怎么说那也是个凝结了魔族历代先祖心血与智慧的结界，我能提前三四十天将它破开已很不错了，难不成你还指望我两三天内就搞定它？"帝君不赞同地看向三殿下，"你这个想法可能对我和对魔族都不是太尊重。"

三殿下耸了耸肩："我就随便问问，做不到就算了。"

他寻常时候说话其实没这么气人，帝君看了他一阵，叹了口气："虽然你平日脾气也不见得好，但这两日简直更坏了。你和祖媞还没解开误会是吗？"

三殿下愣了一下，随即一笑，淡淡："我何时同祖媞神有误会了？"

帝君挑眉。那日祖媞来找他要那人偶时，说得很含糊，他只知她恢复了记忆，以及连宋心魔复发，心魔影响之下，越加不能释怀三万年前她舍弃他之事。帝君因情商不高，故见事更理智，当初他便觉着祖媞安排一个人偶给连宋不是很妥当的做法。在碧海苍灵的冰室中，听祖媞说连宋无法原谅她当初的决定，他也不觉惊讶，安慰了祖媞两句，道这也不是什么不可消除的误会，让她好好同连宋解释。

说实在的，他当日虽意外两人会闹得那般凶，但没觉着那会是个什么事。可连着三日与这两人朝夕相对，却让帝君有些不确定那是不是一件大事了，也有点怀疑这事里是不是还有什么他不解的隐情。

帝君揉了揉额角："前日祖媞被我邀上天来开议事会时，你便不理她。昨日和今日我们三人一道闭关，你更是离她远远的，一句话也不同她说，她也在处处回避你，你们这像是解开了误会的样子？"

三殿下低头把玩着手中的黑釉杯，半晌，道："不是误会。"

帝君待要再问，三丈外的树窟中忽漫出金光，二人俱向金光处看去。

树窟中响起脚步声，垂在洞口的锦屏藤被一只素手轻缓地撩开，祖媞出现在垂藤下，和声道："亘古不灭之光也加持完毕了，从前庆姜算是挺怕这个的，不知现今他是如何，不过万一呢。"她神情自然，就像是并未听到二人方才言语，岔开他们的话题也不过是巧合。

帝君见她倚着洞门，似有些疲惫，招呼她过来喝杯茶歇一歇。

祖媞走过来，却并未落座在他们的茶席上，而是坐到了附近的一只石凳上，帝君递给她一杯茶，她接过去喝了一口。

连宋没再说话。

祖媞也没再说话，只垂着头一径喝茶。

就算帝君心大，也感到了这僵硬的气氛如此令人窒息。好在天步突然跑了过来，打破了树下的尴尬。天步仓促地同他和祖媞见了一礼，犹豫了一下，上前一步附在连宋耳边说了几句什么，便见连宋神色微变，而后站起了身。

这地方就这么大，天步虽尽量压低了声音，帝君还是听到了一些内容。

天步大致说的是："清晨 …… 吃了一盘灵果，便又睡了，未时方醒，未见到殿下，不太高兴 …… 醒后一直不愿进食 …… 我们哄劝了，可也徒劳。方才 …… 突然吐了，又说全身疼 …… 千夏念了静灵真言，好像也没什么用 ……"

帝君没太听懂这些话是什么意思，他身后一直低头喝茶的祖媞却在连宋皱眉起身时失手摔了茶杯。

啪一声，声音不算大，但因此时树下极静，故显得这声音刺耳。

连宋顿住脚步，微微侧身，冷淡地笑了笑，三日来第一次向祖媞开口："祖媞神这是怎么了？"

祖媞顿了一瞬："一时手滑。"她抬起头来，回应连宋似的亦笑了笑，"可能是有点累。"那笑容平和，介于温润与疏淡之间，"待会儿我同帝君再将那阵法查验一遍即可，三皇子有事便先去忙罢，勿要让人久等了。"

连宋看了她一阵，慢慢挑起了眉："你以为 ……"不过他没将这话说完，顿住了，忽然嗤笑一声，"你说得是，是不该让人久等。"话罢没再看祖媞，视线落在东华身上："帝君若有事，让重霖来唤我即可。"留下这句话便领着天步一道离开了。

祖媞垂下了视线，待连宋的脚步声远去，她摊开了借宽袖掩住的手指，轻轻握了握。装得无动于衷，手指却颤得厉害，连轻握成拳都费力，她觉得自己可笑，不禁抿紧了唇。

帝君抬手化去地上的碎瓷，重新给她倒了杯茶递过去。她僵了一瞬，没有伸手接，帝君探究地看她，见她抿唇不语，抬指轻轻一推，那杯茶便自飞去了她身旁的石桌。

"你多半是没向那小子解释是吧？"以为连宋的心结在于"祖媞为天下舍弃他也就罢了，竟还做了个人偶糊弄他"的帝君，对他们闹到这个地步实在不能理解，"照理说，你多同他解释几回，说说你也是迫不得已，也很痛苦，不是故意要将他送给别人的，再哭一下，他应当也就被哄好了啊。那小子很好哄的。"

祖媞静了许久。"有什么好解释的呢？"她闭上眼，疲惫道，"很可能，最后我还是要死，在我死后，还是得靠那人偶陪伴他。此时……不过是把我死后之事提前罢了。既然他已和那人偶磨合得很好了，我又何必去改变这现状，让事情变得复杂呢？"

她三言两语说得简略，但帝君愿意动脑子的时候，反应也是很快，见事也是很明彻的。当日祖媞来寻他取那人偶时，他并不知她意欲为何，也没过问，但此时听完她的话，帝君立刻明白了许多事，也意识到自己可能想岔了。"原来方才天步来禀的是那人偶的事。"帝君想了想，问她，"是你将她唤醒的？"

她垂眸："不是我亲手做的，但也……差不多吧。"

帝君很佩服地看着她："你对自己挺狠的。"

她没回答。

帝君又问了她一句："不过，这样做你就不难受吗，三万年前你不是痛苦得要死？"

她面无表情地回帝君："我现在也痛苦得要死。"

帝君上下打量她一番："看不太出来。"

听帝君这么说，她很轻地笑了一声："自然不能让你们看出来。"顿住，又喃喃了句，"痛苦是痛苦，但这又是什么大事呢。"她微微闭眼，食指轻触额角，叹道，"况且，也痛不了多久了。"

这最后一句话祖媞说得很轻，近似无声，但帝君仍听到了。这句话是什么意思，帝君大概猜得到。他沉默地看了她一会儿，眉头渐渐拧紧了。

妖宫中有一名物，叫作蝉影露，那是一种酒，因做酒之水来自妖族灵泉蝉影泉，故得此名。

蝉影露在八荒都很有名。传说喝下此酒,人即刻便能忘忧。

但天步此刻却觉传说也不可尽信,否则闲坐在松荫下已喝了四壶蝉影露的三殿下,为什么看上去还是那么烦闷?

晚风拂过,凉意侵骨。天步不禁打了个喷嚏。妖君安排给三殿下的这座枫苑确是风物秀美,但一入夜便有些森寒。她打算回房给三殿下拿件氅衣,顺便再看看那只任性的小鲲鹏王可安睡了,迎面却碰到帝君闲步而来:"你家殿下呢?"

天步蹲身一礼:"回帝君,殿下他在园中的云松下酗酒。"

帝君停下了脚步:"酗酒?"

天步叹了口气:"殿下这些日一直很烦闷。"

帝君挑了挑眉:"他可有说他为何烦闷?"

"殿下倒是没提。"天步犹豫了一瞬,"不过奴婢觉着……十有八九是为了祖媞神。"她微微抬头,斟酌着问了一句,"帝君,殿下他可是同祖媞神……生了嫌隙、闹了矛盾?"

"你也看出来了。"帝君边回她边向那云松走去。

内园中遍植红枫,唯西北角处立着一棵苍秀的古松。松下置了一方玉簟,一张矮桌,三殿下倚靠着松干,单腿屈膝坐在玉簟上,直到帝君站在他面前,方懒懒抬眸看了帝君一眼。

"听祖媞说你选择了那人偶,和那人偶双宿双栖了。"帝君落座下来,将摆在木桌上的四只空酒壶拿起来挨个儿晃了晃,"可看你这模样,我怎么不太信呢?"

三殿下仰头饮尽杯中酒,神色淡漠:"终于摆脱了我,她是不是觉得松了一口气?"

帝君觉得他这样很没道理:"不是你自己找她要的那人偶?"说着在桌上找了找,没找到别的酒杯,便抬手化了一只出来,从连三手边捞过开封的酒壶,给自己斟了一杯,"怎么,又嫌她答应得太痛快,给得太利落了？她给也不是，不给也不是，那你想要她如何？"

寒月悬于中天，清冷若冰。三殿下单手搭在膝上，望着那寒月，半晌，回道："我没想要她如何。只是她那样云淡风轻，还能嘱咐我别让他人久等，让我很佩服罢了。"唇角勾了勾，像是个笑，但那笑半点温煦之意也无，反衬得那张俊美绝伦的脸更为冷酷，"不愧是无情无欲神魂无垢的光神。"

便是帝君这样没有情商，也听出了连三话里所含的讽刺，帝君看了他一阵："从折颜那里听说你生了心魔时，我还觉得没什么大不了，如今看来，你的确偏执得很严重啊。"说完这话，帝君停了一瞬，微微沉吟，"对了，有个问题我一直很好奇，正好问你一下。你们生了心魔的人，自己能不能意识到自己很偏执呢？能意识到的话，偶尔会不会产生自厌情绪啊？"可见帝君的确不是个会说话的人，洪荒时代那么多神魔想要打他，也不是没有原因。

三殿下不耐烦地斜觑帝君一眼："你今晚到底是来做什么的？"

"哦。"被这么一提醒，帝君终于想起了他今夜来此的正事，"我仔细考虑了下，还是觉得应该告诉你那件事——祖媞将凡世的记忆找回来了，她想起了你们的过往。"

啪嗒，被三殿下挽在指间把玩的银酒壶落在了玉簟上，酒液漫出，染湿了竹色。松下一片静谧，少顷，附近蔓草里传出了两声秋虫的轻鸣。三殿下俯身捡起了簟上的酒壶："呵，找回了那个因嫌憎我玷污了她的无垢神魂，而将我半分不留地剥离出她记忆的祖媞神了是吗？"扯了扯唇角，"找到了也好，找到了，她就可以释然了。"语气轻飘飘的，好似并不在意，手却握紧了酒壶，在壶身上留下了深深的指印。

帝君抬手，揉了揉额角，百思不得其解："我看你考虑正事时挺理智清醒的，怎么一说起同祖媞相关的事，就这么极端呢？"

三殿下面无表情："可能因为我有病吧。"

帝君被噎得没有话说，一时很佩服连三，他活了三十八万年，向来只有他噎别人的，没有别人噎他的。连三也算是让他有了神生新体验。他本心里其实并不愿掺和他们这段剪不断理还乱的风月情债，但忆及适才祖媞那些不祥的话，又觉不忍："你也别总是误会她吧。"他道，"正巧她那个神使雪意还在妖宫，明日才会走，所以来之前我宣雪意说了会儿话，所幸他还算比较清楚你们之间的事，我大致也弄明白了你们之间的问题。"帝君叹气，"你被她的神使们骗了。当初祖媞她将关于你的记忆剥离出魂体，并非出于你坚信的那些无聊原因。这事我最清楚不过。"

正为自己斟酒的青年愣住，慢慢抬起头来："什么？"

帝君把玩着手中的银杯："三万年前她归位时，是因知道了自己复归后将立刻沉睡，且预见到了当她醒来时天地将有大劫，需她再次以身献祭，她才做出了那样的选择。那时她知道她同你不可能有未来，但又怕你承受不了失去她，才想到要为你造一个人偶。"帝君也是很感慨，"哎，你恢复凡世记忆那时，告诉我你知道祖媞做了人偶欲诓骗你的事，我还以为你也知道了她可能会再度献祭之事，你说你放下了过往，我还欣慰你看得开。"帝君摊了摊手，"万万没想到你原来根本不知道这事啊。"

会不顾祖媞的顾虑，向连宋和盘道出她决意向连宋隐瞒之事，是因帝君觉着，若如祖媞所言，最后还是需用她的血才能平息这场神魔之战，她可能只有这一世，且时间不多了，那就更该将所有的因果都在这一世了结，而不是临到终时，还去制造一个新的无法了结的因果。帝君的想法便是如此朴素。祖媞所担忧的连宋的心魔和他能不能接受她再度献祭什么的，压根儿不在帝君的考虑范围内。

"说什么她会再次献祭……"青年坐正了，唇抿得平直，再无适才闲倚松干的落拓风姿，他盯着帝君，声音有些飘忽，"那是什么意思？我没听明白。"

"她当年归位时做了个预知梦，梦到庆姜将挑起一场颠覆八荒的大劫，这事你我都知道。"帝君解释，"不过她没告诉你的是，预知梦降下的另一个谕示是，要阻止这场劫数，需靠她再次以命作祭……"见经过他仔细解释后，坐在对面的青年脸上的血色一点一点褪去，帝君才想起他心魔在身，受不得大刺激。帝君顿了一下，尝试着找补，"不过，如今很多事都发生了改变，不再是她梦中那样了。譬如说，她提前了三年醒来，战争也提前了两年开启，且挑起战事的一方也不再是魔族而是神族，"帝君琢磨着，"所以我觉得她也不一定就会以身殉道……"

青年以袖掩唇，压抑地咳嗽了一声。唇擦过袖缘，在水波纹暗绣上留下一抹红痕。手放下时他将染血的袖缘往内侧压了压，因此帝君并未发现他的异样。青年哑声问帝君："这些事，她为何不同我说？"

"因为你选择了那人偶啊。"帝君回忆适才在帝休木下祖媞同他说的那些话，"她觉得既然你选择了那人偶，迎来了想要的平宁生活，那就没必要打扰你了。"

今夜帝君的情商忽高忽低，终于在此刻迎来了三十八万年来的巅峰。帝君倾身拍了拍连宋的肩："她不愿将这事告诉你，大概是因为她觉得这样对你更好。命运待她很残酷，她不想你跟着她一起痛苦。但我觉得你既然喜欢她，理当同担她的宿命，承受那些痛苦，那是喜欢她的代价。"

青年面色苍白，琥珀色的眸慢慢爬上了红丝，像是下一刻便要滴血似的："是啊，连你都知道这个道理，为何她不懂。"嗓音发哑，"三万年前，她觉得为我造一个人偶会更好，如今，竟仍觉得将我交给那人偶会更好。这样做，对我真的是最好吗？"他突然笑了一声，笑容含着森寒之意，又仿似痛苦，"你说，她是不是自以为是，是不是该罚？"

帝君答不出来，方才那一席规劝之词已用尽了帝君关于他们这段感情的全部智慧，最后，帝君只能干巴巴地、聊胜于无地总结了一句："所以你不要再同她闹了吧。"

第二十三章

  两仪还真大阵既已落成，次日三人便需赶往军中。

  这夜祖媞一直没睡着。四更时分，天步忽叩响了她所歇寝殿的殿门。天步告罪后道明来意，说他们宫里的成玉姑娘忽然魂体失安，阖宫皆无法，三殿下很急，觉着尊神应该能有法子为成玉姑娘安魂，故差她来请尊神。

  那人偶之魂出自她之手，出了问题的确该找她。祖媞随意披了件羽氅站在天步面前，有一会儿没说话，天步忐忑地抬头。祖媞的目光落在天步因忐忑而轻颤的眼睫上，顿了一瞬，举步踏出了殿门："走吧。"

  至枫苑的这一路，祖媞什么都没有想，她将自己放得很空，直到站在连宋的寝殿前，她才稍微定神，心回到实处的同时，感到了一阵延迟的窒闷和疼痛。

  无妨的，可以承受。她想。

  天步为她打开殿门，殿内虽燃了灯，但灯光很暗淡。天步期期艾艾地："殿下吩咐了，请尊上独自入殿，奴婢在此候着，便不陪尊上入内了。"

  她点了点头。

  绕过横放在殿门前的座屏，殿内陈设尽入眼底，最显眼是寝殿尽头那张黑漆描金的千工床。床有三进，差不多占了半个内殿，宝蓝色的云绸自床顶垂下，掩住了床内之景。不过殿中装饰虽华丽，也什么都有，但能供病人休憩的却只有这张床。如此说来，那人偶应是躺在这床内的。

有洁癖的小三郎竟愿将自己休憩的床榻分享给这人偶，可见他们已很好了。祖挭麻木地想。

她缓步走近那床，停在第三进的两幅云绸前，探手分开了它们。然出人意料的是，云绸分开，帐中却唯有锦枕罗衾，除此外一片空空。

夜风吹开半启的轩窗，发出啪的一声，风挤进来，穿过内殿，本就不大亮的几盏竹灯被风一拂，倏然熄灭，殿内霎时一片漆黑。身后忽有人靠近，她一惊，立时转身，却正方便来人握住她双手。推力袭来，香架被撞倒在地，她维持不住平衡，蓦地朝后倒去，来人分出手来，将右手垫在了她的后脑处，同她一起跌进了柔软的被褥中。

帷帐垂下，帐内伸手不见五指，她全不能视物，但她知道来人是谁。"小三郎。"她喃声，但在出声之时，忽地想起如今已不是可如此称呼他的关系，遽然咬住了唇。

青年单手握住她双手，维持着禁锢她的姿势，将她牢牢压在锦褥中。

唇角生疼，疼痛提醒着她清醒。可他们已许久不曾靠得如此近。呼吸相闻，她无法再维持平静，手颤得厉害，心也是。指微微一动，宝蓝色满绣宝相花的帐顶立时出现数点星茫，光虽微弱，却足以使她看清青年的面容。

青年俯在她身上，居高临下凝视着她，神情莫测。

帐内有很浓的酒味。

无声的对视中，她率先开了口："是喝醉了吗？"

他没有答她，却突然问："为什么不叫我连三哥哥？"

连三哥哥，那是她在凡世时对他的称呼，四个字原本含着许多温情回忆，可他偏偏在此时提起。会叫他连三哥哥的是成玉，然他认定的成玉却并非是她。心像是被一只浸了水的棉团堵住，她闭上眼，哑声："你认错人了。"

"认错人？"青年顿了一瞬，轻轻一哂，"你以为我在问谁？问那人偶？哦，差点忘了，你是来治她的。"握住她的手猛地收紧，他靠近她耳廓，语声很低、很轻，低而轻的声线里却含着无形的压迫，"不是说很爱我，三万年前舍弃我是迫不得已？不是说将我交托给那人偶，你也很痛苦？怎么我让你来治她，你还真的来了？这么大方吗？"

她用了五个刹那来反应他的话。"三万年前……"她蓦地抬眼，"你怎么会……"无意识地蹦出这几个字后，她忽然明白了，"是东华。"

他的手太用力，握得她疼了，可她无暇顾及："所以，那人偶没有生病，你骗我？"她牢牢望定他，"为什么要骗我？"心里涌现出一个猜测，叫她升起希望，心口发紧。可细思之下，又觉不可能。樱色的唇颤了颤，她没再问下去。

他放开她，只以右手撑在她耳侧，左手一翻，掌中便出现了一只锦囊，正是她让殷临交托给他的琳琅锦。手掌微倾，琳琅锦啪嗒掉在床外的足踏上，他看也没看一眼，嗤笑了一声："殷临离开后我便没打开过这锦囊，那人偶是不是魂体失安，我怎么知道？"

她屏住呼吸，怔怔望着他，忽然抬手挡住了眼，但很快地，又将手移开了。她的眼红得厉害，神色有些疑惑，仿佛对他的行为感到混乱，半晌，声音缥缈地问他："不是你说……想要她吗？说我不是成玉，她才是，选定了她，却不珍惜……你这样，我不懂……"

青年坐起身来，垂首自袖中取出一张素帕，一边面无表情地擦手，一边居高临下看着她："我说想要，你就给？"薄唇抿得平直，像是极生气，"就这么不在乎我？还是说，一辈子不会忘记我、愿意为我吃苦、喜欢我……这些话，你当初只是随便对我说说，根本不是认真的？"

祖媞恍惚了一下。那些的确是她曾对他说过的话。三万年前，当她还是凡人成玉时，在绛月沙漠新生的大海旁，她泣不成声地向他立誓："是打算一辈子，一辈子也绝不忘记连三哥哥。"在南冉古墓小桫椤境的木屋中，他们亲密地相拥，她坚定地同他许诺："我愿意为连三哥哥吃苦。"在北极天柜山的石洞里，那诀别的一夜，她埋首在他怀中，怀着难以言说的痛，悲恸地与他诉衷肠："从很久以前开始，我就喜欢你，我喜欢你，比喜欢这世间一切还要多。"

原来这一切，他与她，他们都不曾忘啊。

祖媞闭上眼，不禁泪雨滂沱。"所以你没有认错人，是吗？你知道我是成玉啊。"她喃喃。意识到自己在流泪，她愣了一下，将头偏向一边，用手背遮住了眼。

遮挡泪眼的手很快被青年握住了。她轻轻挣了一下，没挣开。他拿开了她的手。她回过头来，隔着蒙蒙泪雾与他对视，片刻后，微微哽咽地回他："还有，那些话，并不是随便说说，你知道我是认真的。"

青年的神情没有一丝波动，握在她腕处的手却加大了力度。

她感到了痛，但她没有出声。

祖媞并不知道，她简单的一句话，会令连宋脑中倏然空白。二更时帝君离开后，连宋拎着酒壶，在园中的云松下独坐了许久。祖媞的宿命和她的选择、当年之事的真相……从帝君处得知那一切后，欣悦、忧惧、疼痛、怫郁，诸般情绪齐涌上来，将他充满，令他混乱。他自己都不知自己究竟混乱了多久，回神后，想要立刻见到祖媞的渴望遏抑住了神魂中的诸般纷杂，于是他让天步将她骗了过来。

说那些带刺的话，不是为了惹哭她，虽然她的克制让他气闷，但他只是想逼她亲口对他说出真相。她承认了一切，坦白了对他的爱，可她哭了。

她哭了。杏子般的眼盈满了泪，蝶翼般的睫打湿了，眉梢眼尾红成一片，像胭脂化入了雪中。他太熟悉她这个模样，当她悲伤时，她便是那样。时空好似又回到了三万年前，回到了那个凡世，在那一世里，他看过太多次她悲伤的模样。

今夜，他没想让她哭的，可有一瞬，他又想，他或许是想看到她哭的——那些泪恰是她在意他的证明。然她躺在这里，这样安静无声地哭泣，却又让他心疼。终于，他忍不住去碰触她的眼，认命似的开口："别哭，说你不是阿玉，是我在说气话。可是，"他也未忘记责备她，"你是不是也做错了？"怕她哭得更凶，他不敢大声说这话，只一边为她擦泪，一边低声提醒她。

祖媞的眸中似落了一场雨，雨水蒸起来，变成渺渺云雾。因眼中笼着云雾，她的神色看上去有些缥缈不真。半晌，她微微点头："是的，我不该给你那锦囊，我做错了。"她果断地认错，闭上眼，主动用脸颊去贴住他的掌心。

连宋微微恍神。在凡世时，当她惹了他生气，她也爱这样撒娇来哄他，讨他欢心。

"我该怎么做才对呢？"她伤感地看着他，像是一朵错时而开的花，孑然立在枝头，脆弱、孤独、迷茫，等待着他将她摘下来好好呵护。

他知道她并非故意做出这样可怜可爱的情态来使他心软，十有八九她自己也不知自己此时是如何一种情态，她不过是发乎自然。但，偏她越是纯真无辜，越是让他招架不住。

他忽然俯身紧拥住她："你应该在我提出想要那人偶时立刻动手教训我一顿，而不是逼自己顺我的意，真的将她找出来送给我。"

她怔住，靠在他肩头低喃："我怎么舍得教训你。"

近似气音的喃语像是雏鸟的绒羽轻轻抚过他的心，他无法克制地收紧手臂，更用力地揽抱住她。"怎么会有你这样的人。"他无奈地在她耳边轻叹。

她回拥住他，歪了歪头，不解地问："我怎么了？"

他低声："又会气人，又会哄人。"

她本以为他的宠纵和温柔都不会再属于她，可柳暗花明，今夜，这一切竟又失而复得。眼尾再次一红，她张了张口，第一遍没能发出声，第二遍，那些话才被她说出口："没有在哄你，今晚说的，都是我的真心话。"尾音隐隐发哑，但她已等不及向他确认，"小三郎，我们现在……是和好了吗？"

"嗯，和好了。"他换了姿势，侧躺着将她揽入怀中，这样他们便可看清彼此了。见她眼下还残留着一点湿痕，他抬指帮她拭了拭。"和好了，以后再也不分开。"一边这样说着，一边扶着她的侧脸，在她额心处印下了一吻。

在连宋吻着她的额心时，许多画面自祖媞脑海中掠过。第一帧是少女时代，在成年的前一年，她于预知梦中第一次见到连宋。孤灯之下，青年轻抬凤目，朝她微微一笑，那一刹那，梦里的一切都仿佛失了色。而后，他便成了她梦中的常客。在日复一日的预知的长梦里，她旁观了同他的未来，在还不明白七情为何时，便为他动了心，流了泪。时光流转，二十多万年过去，他们终得以在凡世相遇。那个春日，在那简朴的凡世小亭中，她睡眼惺忪地抬头，缠绵的风雨声里，两人的视线交会在半空……那时，遗忘了一切的她并不知，她曾用了二十多万年的时间，来准备与他的这次相逢。

过往种种，历历在目。她自光中而生，生来不知七情，不明六欲，也不懂执着是什么。但自与他在梦里相逢，那一点一滴于梦中积累起来的对他的好奇与渴望，却令她生出了执着心。若能抛却一切，她唯一想要的，是和他在一起。他是她的执念，是她藏在心底深处最隐秘的欲和愿。

可她不能抛却一切。

所以她的欲、她的愿、她的执念，注定很难实现。

为八荒而死虽是她的宿命，可以身合道却是无关宿命的一件事。光神背负着使命降生，生的最大意义，是在于最后的死。不懂七情时，她未曾考虑过那意味着什么。修得了人格，懂得了七情后，她终于理解了肩负之责的含义，可明白了爱与生与死究竟是怎么一回事的她，却更是无法，也不能背弃那使命。

　　内心的撕扯令她没有一刻不感到痛。

　　她是因何而痛，因宿命吗？三万年前，在仓促复归后，一片混乱的她对此还尚有疑惑。而如今，当她重想起一切，于观南室中一遍一遍锤炼自我叩问内心后，她终于明白了，令她感到痛的，并非天命定给她的以死证道的宿命，而是她对他的牵念和放不下。

　　人人都说她是至真至善之神，但其实，在她习得了爱为何物后，她才真正懂得了什么是共情。她可以对天下慈悲，但只能对一个人做最深的共情。她会未雨绸缪，想他所想，痛他所痛。

　　若她终须离开，那她爱着的那个人，他该怎么办呢？若他仍像从前那般理智、成熟，或许他还能消化痛苦，最终接受一切，可如今他心魔在身，偏执又极端，她走后，他又会如何呢？

　　这些事，不过稍微探及皮毛，便令她痛苦不堪。有一瞬，她甚至生出可怕的想法，觉得还不如就让他真的移情了那人偶，还不如，就让他真的变了心。

　　夜风撩动床帷，鼻间漫入熟悉的白奇楠香，祖媪闭上眼，素手攥住连宋的衣襟，怕冷似的埋首在他怀中，紧紧贴靠在他胸前。

　　他们在此刻相拥，共赴一场迟了三万年的约，这本该是很甜蜜的一件事，她也该摒除一切杂念，只专注地享受这难得的美满，但心被填满、体味着欣悦与幸福的同时，窒闷感也悄然滋生，且愈演愈烈。她就像是个贪杯后不小心跌入冰河的醉鬼，心魂如在梦中，身体却麻木僵冷。

　　她不禁失神。

她的失神和失语很快被拥住她的青年察觉。"怎么了？"他垂首在她发顶轻啄了下，问她。在她不自禁绞住他衣襟时，又告诫她："不许瞒我。"

她静默了片刻，轻咬住唇，尝试着开口："你也知道我的宿命了，我……"她仍无法亲口向他道出若天命不可逆转，那她可能很快就会离开他，他们根本无法如他所愿"再也不分开"。填满这颗心、令她感到幸福的东西一点一点消散，心脏又变回了可怖地流着血的模样。

"我知道若一切无法改变，在最后的时刻到来时，你会如何选择。"青年微微偏头，接过了她未说完的话。

她吃惊地看向他。他忽然抬手挡住她的眼："我其实也有点好奇，"他在她耳边低语，"这次你会为我安排什么样的路。"

她僵住了。不曾想起同他的凡缘时，她的确和昭曦议过此事，那时她希望昭曦能在她离开后设法使他服下一念消。可如今，当过往记忆复归，目睹了三万年前她那些"为他好"的安排在他身上酿出的恶果，她再不敢自以为是地替他做决定了。这段时日，她忍悲含痛所做的，不过就是十个字——他想要什么，她便给什么。

她的唇轻轻颤了颤："小三郎，你是还在怪我吗？"

他的手仍挡在她眼前，遮住了她的视线。她抬手握住他的手腕，将他的手移开，眸中含着悔痛，珍惜地看着他，哑声："我错了一次，不会再错第二次，我不会再不顾你的意愿擅自做决定，这一次……由你来告诉我，你希望我怎么做？"

"我希望你……"他道，可只说了四个字，他便顿住了，眸中有异色闪过，他忽然别开脸，生硬地转移了话题，"不用把事情想得太糟，也不一定会有什么最后时刻。"静了一瞬，补充道，"况且很多事情都发生了改变，同你的预知完全不一样了……"他抬指捏了捏她的耳垂，"所以不用胡思乱想。再则，以一人之命平天地之劫……原本就不算公道。"他停住了，没再细说，安抚似的轻吻了下她的额角，"这是不该发生的事，我们不用再谈这个。"

他的表情控制得很好，是恰到好处的漫不在意，仿佛这并不是什么大事。但她知道那并不是他的真实情绪。当他说出"我知道你会如何选择"和"我希望你……"时，眼中一闪而逝的是什么，她看得很清楚，那是黯然、委屈和痛。

她突然意识到，他已认定了他不是她的最重要，他还是觉得她没那么爱他，但他没有办法，所以他揉碎了自己的骄傲，忍耐地退回到了一个卑微的位置。他在努力地接受他在她心中是次位。

洞明了这一点的刹那，祖媞只觉心脏阵阵抽疼，像是被人拿着刀子反复切割。

"小三郎，你看着我。"她伸手捧住青年的脸，声音哑得厉害，"我知道你一直很不安。是那时我未顾及你的意愿，一意孤行选择了将你剥离出我的记忆，才让你如此不信任我，甚至令你生出心魔。"她忍泪看着他，"你是不是到现在依然觉得，你在我心中并不是最重要的？"

他沉默了。

苦涩涌上心头，混着心脏处刀割般的痛，令她开口都难，但她知道她必须得将这些话说出口。即便她无法许诺他将来，但至少，他们之间不该再有这种误会。"若衡量这世间事，只需随心、从心，那这世上没有什么比你对我更重要，"她捧着他的脸，不容他避开视线，"小三郎，这是真话，我没有撒谎。"

许久，他移开了她的手，平躺在锦枕上，闭上了眼，又过了一会儿，方出声："可我对你来说，不过是一个偶然，不是吗？"

"偶然？"她不懂他的话，追随着他半撑起身体，"什么偶然？"

他睁开眼，抬眸看向她："寂子叙曾告诉我，三万三千年前，你第十六次入凡，也是为了历情劫，若那一世他未曾行差那一步，最后便该是他教会你何为爱恨。彼时我虽极力想要否认，却不知该如何否认。

甚至，在你入凡的第十七世，若非我一意插足，与你共历情劫的也不会是我。有时候我会想，我对你来说，可能也没什么特别，我不过是比寂子叙还有季明枫运气好一点。而你爱上我，也不过是一个偶然罢了。"

他其实一直在回避让自己想起这件事，因这是他心底隐痛，只是稍微触碰，便会令他失控。此时，他能勉强维持住平静的容色，得多亏伏灵清心咒结出的心印对现在的他而言还算管用，但他仍感受到了被咒言镇压的戾气冲击灵府带给他的阵痛。他皱了皱眉。

听完他的话，祖媞完全愣住了："你怎么会这样想？ 你……觉得，没有你，我便会爱上寂子叙，或是爱上季明枫，与他们渡情劫？"

他的唇抿得平直，没有回她。

她静了片刻，忽然笑了："你应该还记得我曾告诉过你，我小时候一直想成为一个男神吧？"她半趴在他身上，神秘地贴近他耳畔，"小三郎，你知最后我为何会选择成为一个女神吗？"

他恍惚忆起来，他的确曾疑惑过这个问题，但后来却忘了问。他不知她为何会在此时提起这个，但还是配合地回了她一句："为什么？"

她察觉到了他的敷衍，但也不以为意。

"是因为你啊。"她轻叹，左手擦过他的肩，一路向下，握住他的腕，使他的掌摊开，纤指缠绕住他的指，交叉入指缝，与他十指相扣，"我会选择成为一个女神，是因在成年前，我做了将与你结缘的预知梦。"她将与他相扣的指掌贴到脸侧，无血色的颊重泛起红来，"二十多万年前，我便在梦中与你相遇了，孤夜里的那些有关你的长梦，使不懂七情不识六欲的我在一切情感之前，先学会了对你的惦念。你是我所有情感的启蒙。若木之门打开之际，在我为人族献祭的前一刻，我仍惦念着早日与你相逢。这样的你，对我来说，又怎会只是一个偶然呢？"

连宋完全震住了。"……在一切情感之前，先学会了对你的惦念。你是我所有情感的启蒙。"萦绕在他耳际的这些话，一字一句刻进他的心，使他魂动神摇。

他忽然想起三万年前祖媞来天柜山为他治伤的那夜。因被她施了术，他脑中关于那一夜的记忆至今仍朦胧不全，但她那时说的话，他隐约还记得一些。"在你还不认识我的时候，我就梦到过你。"她说过这样的话。他一直不知道这话是什么意思，这一刻，他终于明白。

过往的、此刻的、她对他说过的所有直白情语一齐涌出忆河，化作一泓暖雾，潜入他的心魂。清雾化雨，浇灭了灵府中的戾气，雨雾笼住心海，化灭魔障，他似乎能听到心魔在痛苦地低吟，这是第一次，不是他在痛，而是心魔在痛。

"我从没有想过……"他想去碰她的脸，碰她说出这些好听话的唇，可又怕这是个梦，他稍微一动，便会将这梦惊碎。

她看着他，再次笑了，将两人交握的手抬起来，放到唇边，轻吻了一下："第十六世，我的确是去凡世历情劫，可正因你不在，所以我没能历劫成功。你明白吗，小三郎，你并非偶然，必得是你，才能让我爱上，才能伴我成功历劫。若第十七世你不曾出现，那一世我仍会失败。"她微微偏头，与他对视，垂眸又吻了吻他的手背，问他，"你怎么不说话？"

再抬眼时，她愣住了。她看到他的眼眶红了。

"我只是从不知道……"他低喃，却又好像不知该说什么，喃语到一半，停住了，脸上流露出空白的、茫然的神色。

强大的、聪明的、骄傲的、自矜的，总是胸有成竹，仿佛什么情况都能游刃有余，什么时候都能举重若轻的她的小三郎，却在此时呈露出了脆弱的、仿佛不能相信这一切的不知所措的模样。这让她的心在一瞬间变得很软："那你现在知道了。"她温声道。顿了顿，又补充了一句，"这都是真的。"

她想要好好地安慰他，甚至想改变两人的姿势，将他揽入怀中，可刚撑起上身，便被他握住了腰。握在腰部的手掌带着不容她移动的力度。他强势地将她扣在胸前:"想去哪里? 哪里也不许去。"

用强硬掩藏脆弱的小三郎也很可爱,她失笑,轻声:"哪里也不去,只是想亲亲你。"

他犹豫地放开了她一点,她撑住他的肩,很轻地吻了吻他的眼角。

下一刻,她便被他压倒在了锦褥中。他喜欢掌握主动权,她知道。

她能感受到他的心绪不稳,因他的吻有些失了轻重,其实弄得她有些疼。但她没有挣扎,只是顺从地搂紧了他。疼痛能让她感到真实,也能让她更清楚地记住这一刻。她心里很清楚,他们能如此相拥的时间不多了。不过这一次,至少她清楚地向他传递了她的爱,她想,她不该再有遗憾了。

可,她真的没有遗憾了吗?

夜风不息,帷帐随风而动,昏暗的帐中盈满了白奇楠的冷香和百花的馨香。她闭上了眼,打算什么都不想,只在这一刻,放纵地沉溺进他给予的温暖中。

发生在南荒大地上的神魔之战比预想中激烈。

不死魔军尚未炼成,为给庆姜争取时间,樊林领着百万魔兵搏命顽抗,虽一路溃败,士气却不曾减弱,对神族的每一场抵抗战皆是血战,的确拖慢了神族的行军步伐。不过神族一方前有东南荒之君白真上神和天族太子夜华君领战,后有东华帝君与三皇子坐镇,这个阵容也确实不是一个樊林能够应对,故而他拼死也不过多拖了神族大概半天时间,联军仍在三皇子预计的时日内,推进到了郁水的守卫结界前。

从半空俯瞰,夕阳之下,流金的郁水河似一圈神圣的日晕,环绕住包括范林平原、章尾山和灵璩魔宫在内的魔族祖地。当魔军撤回郁水西岸,赤红色的古老结界立时自郁水河上升起,似一轮血月,覆盖住南荒的心脏。斗志昂扬的神族大军被阻在这道古老的守卫结界前难能寸进。

不过神族早有准备。

郁水东岸新建的云台上，帝君以赤金血祭苍何剑，启开了专门做来对付这结界的曼陀罗剑阵。

半空中，苍何剑饮够赤金血后，身形暴涨至千尺，同时化出一千把分身，围成一个绝对对称的曼陀罗圆。巨剑围成的曼陀罗圆围在郁水外侧，环揽住整个郁水结界。帝君跌坐于云台上，引天火淬烧仙力，将灵力导入阵中巨剑。蓄满灵力的千把巨剑齐向结界劈砍，释尽灵力的暴烈一击下，天地都为之震颤。

然郁水结界不愧是魔族先祖们布下的结界，遇此摧山坼地的一击，却只出现了一点点裂痕。不过这曼陀罗剑阵也并非攻击一次便了事了。虽然要为这种规模的剑阵重蓄灵力十分不易，且这剑阵只认帝君的灵力，旁人也帮不上忙，但帝君不是一般人，他一个人完全撑得住这剑阵，且只需七个时辰便能为枯竭的剑阵重新蓄满灵力。因此每隔七个时辰，剑阵中的千把巨剑便能对郁河结界来这么一击。

而剑阵歇着时，自有神族军队日夜不歇劈刺结界。军队的攻击造成的损坏虽不大，但也给结界施加了压力，使有恢复能力的守护结界不至于得到喘息时间修复自己。

如此，不过五日，固若金汤的郁水结界便出现了蛛网一般的裂痕。

也是在这夜，被帝君派去妖宫查探祖媞情况的粟及诚惶诚恐地赶回来了。

自粟及处得知了有关祖媞的消息，帝君考虑了下，觉得也是时候找连宋谈谈了，于是在将需要导给剑阵的灵力淬炼得差不多后，把在云台下为他护法的连宋找了上来。

"祖媞未跟着我们一道来郁水，你此前说是因她身体有恙，需歇几日，我就让粟及回妖宫看了看，怎么粟及回来告诉我，说是你拿缚仙索把祖媞给锁起来了，不许她出宫门呢？"重霖递了张湿棉巾给帝君，帝君一边用棉巾擦着手一边问站在他面前的连宋。

天步被连宋留在了妖宫服侍祖媞，故而这些日皆是莹千夏随在他身侧。莹千夏心里咯噔一声，心道，完了，暴露了。不禁着慌地看向连宋。

三殿下却一副漫不在意的模样，只随意压了压手里的玄扇，那是让她下去的意思。莹千夏一边在心里嘀咕："殿下他怎么还能如此云淡风轻呢？他是不是病情又加重了？"一边退下了云台。

台上只留帝君、他和重霖三人时，三殿下才不紧不慢地回帝君的话："明知她的宿命是怎样的，还让她来，"很轻地嗤笑了一声，"来做什么，送死吗？"

帝君将帕子递还给重霖，不赞同地道："可你将她锁起来，是不是也太极端了？"

夜空中光箭如雨，箭雨落在赤红的结界上，绽出密集的光点，很危险，却也很美丽。三殿下的目光凝落在那箭雨中，忽然另起了一个话题。"我幼时曾在宝月光苑听老君讲道。"他淡淡，"论及何为天道，老君曾言'天地不仁，以万物为刍狗'，'夫天道无亲'。我对天道的最初理解，便是自这两句话而来——天道非是一种意志，而是一种规律，它对天地万物一视同仁，全无亲疏。孩提时我不曾对天道的意义多做思考，长大后经书翻得多了，倒也理解了老君所参，明白了这世间是需天道维系的。而天道最完美的呈现，也该是'不仁的、无亲的'，否则这世间就很容易乱套，也无法长久地存续。"

帝君颔首："老君是有智慧的，他关于天道的所参，我也赞同。"

三殿下静了一瞬，收回远望的目光："但在洪荒史的课堂上，当晋文上神讲到神、魔、鬼三族争雄，弱小的人族面临被灭族的命运，为护人族不灭，少绾、祖媞、谢冥三位女神在天道的指引下，以身合道、以命为祭，终为人族寻得了一条得以存活下去的路时，我虽佩服三位女神的大义，却也对此产生了不解。"

他转过身来，看向帝君："若天道对世间之物皆一视同仁，全无亲疏，那天道之下，这世间万物、包括这世间本身，它们的生存、发展，乃至毁灭，就都当基于它们自己，而非基于天道额外赐福的外力，这才符合天道的法准。所以我一直觉得，若人族无法凭靠自己的力量在这世间立足，那走向没落与灭亡也是必然，而尊重这种必然，才是遵循无亲且公正的天道。让我难解的是，为何无亲的、对世间事物皆无偏爱的天道，会指引三位女神用她们的死，去为人族铺设一条康庄之道？这难道不是在用特殊的外力干涉这世间的自行发展？这样的天道，又谈什么不仁、无亲呢？"

话到这里，他感到好笑似的扯了扯唇角："而被这样不客观的天道所规束的世间也有些荒谬。就像是一艘破船，晃晃荡荡地行驶在大海中，每当要翻船时，便向海中投祭一个船工，以如此粗暴、野蛮、残酷的方式来平息风浪，保它继续航行。我很好奇，若这船始终不能靠自己的力量穿越风浪，需得一次又一次献祭船工，那这样的一艘船，它还有存在的必要吗？"

帝君默了片刻。毕竟跌坐了七个时辰，还是有点累，帝君就给自己化了把椅子。"其实墨渊当年也问过我，需要神魔献祭才能存续下来的这世间是不是很荒诞。"帝君想了会儿，开口，"那时我回答他说，盘古与父神想要创造的世间，自然不是需靠强人以命为祭才能存续下去的世间。只是若以年龄来论这世间，它不过还是个少年，尚无法自立，稍有不慎便易被毁。或许我、他，包括少绾、祖媞她们，正是为使这世间能自立而生，故而少绾她们的献祭是必要的。"

然这番话并不能说服三殿下，他头也没回，冰冷语声里隐含嘲讽："帝君，我没猜错的话，距离墨渊上神问你这问题已过去二十多万年了吧？二十多万年过去，当这世间再遇大劫，天道降下的谕示竟仍不是让它自立、令此世的生灵同心协力去克服劫难，居然还是把所有责任都压到了一位女神肩上，这难道不荒唐？"

帝君被噎了一下，叹了口气："我也觉得这属实有点过分了。"见连宋讶异回头，帝君耸了耸肩，"这么看我做什么，我也不觉得天道这谕示合理。"

帝君单手撑着椅子扶臂："我难道就能忍受二十多万年后神族仍无寸进，还得靠一位女神以命为祭去平息这世间之劫？若真如此，我与你父君同凡世里那些拿皇女去和亲的软弱帝王又有何异了？祖媞她已做了她能做的一切，没必要做更多了，只是她自己无法放弃使命。"话到这里，帝君想了想，也有些理解三殿下，道，"算了，你将她锁了也好，也不是什么大事。"

有一簇格外明亮的金色羽箭袭向结界，与那赤红结界相触之时绽出一片耀眼火光。帝君的目光被吸引，凝落在那处，良久，淡缓而沉定地道："此战，赢也好输也罢，皆是神族凭靠己身之力谋得的结果，那结果才是神族应当走向的命运。"

三殿下亦随着帝君的视线看向那处结界："是吧。我也认为应当如此。神魔拼死一战，即便最后是魔族得胜，那也当认可，天道若是无亲且公允的，那便不该以超出常识的外力去干涉这结果。或许魔族统御下的世间不及神族掌权时清明，会有大乱，但将来终能以时间孕育出拨乱反正的可能性，那可能性会慢慢壮大，去修正那不义，而到那时，这世间终能再回平宁。不过这一切，都不应当以外力达成，而该源于内因，不是吗？"

说这番话时，青年一直没有回头，帝君抬眼望向他的背影，看了会儿，有点恍惚，好似又回到了水沼泽的道学课上与诸学子辩这世间之道。他那时虽然大半时间都在打瞌睡，但说得有道理的话他睡梦中还是能记住几句。帝君忽然笑道："你的道，同墨渊的道很相似，区别只在于开初之时，他对这世间毫无欲念，因此也没兴趣成为它的内因，那时候，有人还曾称他为游离于那乱世的贤者。"帝君以手支颐，"但我看你……应该是已赌上性命，要去做这世间的内因了。"帝君顿了顿,"你做好了赴死的准备,却让祖媞活,"说着挑了挑眉,"这与三万年前她不顾你的意愿擅自帮你安排未来,仿佛也没什么不同吧?"

三殿下静默了少时。星光与箭火齐落在他眼中,他闭了闭眸:"那就算是我对她的报复吧。"他道,"我们一人一次,也算扯平了。"说着这样不近人情的话,神色却是难得的柔和,"修得人格、识得七情后,她一直在为这场劫难奔走,也不曾好好看过这世间。若最后果真……"他停住,许久后,方再次开口,"我希望她能留下来,做点她想做却没来得及做的事,比如看看八荒的山海,或者在来年,再赏赏姑媱的冰绡花。"

夜风拂过云台,带来箭火的炽热。

三殿下说这些话时,语声里其实并未流露出什么情绪。但这样的话,本身就带着一种怅然。帝君一时也不知该说什么,最后轻轻叹息了一声:"可能这样也不错吧。"

帝君以曼陀罗剑阵围困郁水结界的第七日,在巨剑的十一次猛击之下,血月似的郁水结界爬满了裂纹,只待帝君淬烧天火蓄积灵力,驱使苍何剑予其最后一击,神族便能突破郁河,直击范林平原。

然在曼陀罗剑阵降下最后一击前,忽有巨力传导至结界中心,在那巨力加持之下,脆弱不堪的结界居然以肉眼可见的速度弥合了不少,故而曼陀罗剑阵的最后一击并未能彻底破掉结界,魔族生生又为自己争取了七个时辰。

隔着一层城垣般的结界,无法确定那巨力来源,但想来也当是出自庆姜。能以一己之力弥合如此强大的结界,虽只弥合了少许,法力也已足够惊人。神族联军自出征之日始,一路行来,所向皆靡,难免也产生了一点骄心,庆姜的这一记反击恰给了他们当头一棒。不管别的将领怎么想,白真上神觉得这是件好事。

第八日凌晨,铮然的剑鸣声中,第十三道剑击如怒雷般降下,郁水之上掀起滔天巨浪,护佑了魔族二十多万年的守卫结界彻底碎裂。

碎裂的结界化作一片红雾,湮没入郁水河底。随着雾气消散,河对岸之景也逐渐清晰。

星月之下,郁水之西黑压压一片,几十万魔兵貝联珠贯,列一字阵沿河以待,仿佛就等着这一刻。列在最前排的魔兵们与神族此前遭遇的魔兵很不同,从头到脚尽覆黑甲,身姿比那些普通魔兵们高大了近一倍。

不及神族再行细观,对岸忽有鼓声响起。

伐鼓渊渊,气吞虹霓,进攻的号令中,几十万魔兵呼声震天,似扇着巨翼的鹰隼,凶猛地朝着神族扑来。

这一夜,两军在郁河之上激战。

三殿下此前所担忧之事变成了现实。魔族虽仅以五十万军队出战,但其中有三分之一皆为不死魔兵。可见庆姜抓住最后机会炼成了此军。而不死魔兵的出现,也意味着这一场神魔大战终于到了要紧阶段。

这局以天下为棋盘的珍珑棋局至此初现雏形,谁将胜谁将败,很快便能见分晓了。

神族一方,由擅谋的三殿下执棋。

三殿下坐镇中军帐,在大致确认了此战中不死魔军的数目后,下令神族摆出芥子须弥阵迎战。不过此芥子须弥阵比之从前略有不同——阵眼上守阵神将们的兵器皆被五元素合力加持过。这样的兵器虽也杀不死庆姜的不死魔兵,但能在一定程度上降低他们的战力。芥子须弥阵原本便是独步天下难以攻克之阵,如今又做了这番调整,加之神族联军兵力充足,对上近二十万不死魔军,也未曾落下风。

双方在郁河上鏖战一夜,后半夜时,神族攻过郁河,驰入范林平原。进入范林平原后,神族的优势越发明显,眼看再打个半日,说不定就能将魔族赶到范林平原以西的汤山，可神族却在晨星初现之时忽然止战，退到了百里之外。

魔族不明就里，一边抓紧时间休整，一边派出了斥候打探。当日下午，斥候带回消息，说神族戛然休战，乃是因主将突发疾病，无法继续施令之故。连宋的病庆姜也知道，倒也不疑有他。

这一场战事就这样草草结束，两方各有伤损，最后神族在范林东部扎寨，魔族拒守在范林中部，两族军队隔着半个范林平原遥遥对峙。

魔尊庆姜虽是这场郁河之战的发起者，但他却并不在意这一战的胜负，于他而言，这一战的主要目的只在于试探神族的实力。庆姜拢共锻造了六十万不死魔军，此战仅派出了十五万。不过如他所想，十五万不死魔军也已足够令神族如临大敌，严阵以待了。因神族很快便摆出了芥子须弥阵。

看到那改良后被土、风、光、火、水五元素合力加持过的芥子须弥阵，再联想到此前祖媞和连宋四处寻觅土灵珠与风灵珠，庆姜完全相信了这改良后的大阵便是神族造来对付他的杀手锏。而经过一夜揣摩，他自认已摸清了这新阵的虚实。

芥子须弥阵乃叠加的空间阵，内含三千阵眼，三千阵眼蔓生出三千小空间阵，每个小空间阵均有数百名神兵守持。大阵启动时，守阵神兵圈敌入阵眼领域，以空间阵困敌杀敌，以少胜多，这便是芥子须弥阵的原理。这是庆姜在过往四年中已领悟出的，甚至，他费尽心力锻造不死魔军便是为破此阵。

魔族被芥子须弥阵压制了二十余万年，一直无法攻破它，乃因此阵有自我修复之能，若不能一次性捣毁它一半以上的阵眼，是根本伤不了它的。而要捣毁那些阵眼，只有一个办法，便是杀掉守持在阵眼领域内的所有神兵。阵眼无主，自会倾颓。可问题是，如何在突入重围、本身就占劣势的情况下，同时杀掉一千五百个阵眼的数万名守阵神兵？这对于普通魔兵来说基本上是不可能的事。

不过，他专为破芥子须弥阵而锻造的这支不死魔军是死不了的，最耐得住缠斗，若将六十万不死魔军一齐压上，迅疾冲阵，要捣毁一千五百个阵眼也并非不可能。届时，自能将神族大军一网打尽。

如此考虑着的庆姜在七日休整后，果决地将六十万不死魔军全线压上，对神族发起了总攻。

最后一战，终于开启了。

范林平原上伐鼓喧天，神族再次以芥子须弥阵迎敌。两百万神族军队结成的大阵如一只巨大的蟠龟蛰伏在平原东部，身躯庞大，兼有利齿硬壳，见之令人悚然。一百二十万魔族军以魔兽开道，列飞蛇阵进击，六十万不死魔军结成进攻的蛇身，另外六十万魔族骑兵则结为防守的两翼。庆姜也第一次出现在了战场之上，身披赤甲，脚驭鸣蛇，气势慑人。

晨星升起之时，两军正面交锋。范林平原上杀声震天，高昂战意直冲九霄，将行将西沉的圆月染得赤红。赤色的月光铺满天地，昭示着一场浩大的流血与死亡即将发生。

战场附近有座小山名浮玉，山虽不高，中有一峰却可攀云，名茫顶。帝君与三殿下立于茫顶之上，俯瞰整个战局。见那长蛇顺利地撕咬入蟠龟内部，帝君笑道："这么快便将所有不死魔军收归一处了，这局棋你下得不错。"

三殿下亦着目在战局上，闻言缓声："庆姜狡猾、善战，还谨慎，不过也刚愎自用。这些年一直专注攻克芥子须弥阵，令他陷在了这阵法里，将芥子须弥阵对神族的作用拔得太高，自然易一叶障目，看不出这改良后的阵法的实力不过是作伪，郁河战中再多战半日便会露出马脚。"唇角略勾了勾，"以芥子须弥阵诱他，再好不过。"

大阵中烽烟四起。殷临身披银甲，混在守阵神兵中，专注地观察着战况。他、昭曦和霜和自行军第一日起，便奉祖媞之命效力于白真上神帐下。战事日趋紧张，祖媞却未出现，原因是何，他前些日也从粟及那里搞明白了。被锁定然不是祖媞之愿，作为她的神使，他需立刻赶去妖宫将她带出来。但他却未如此。他平生第一次违逆祖媞的意愿。

庆姜已领着不死魔军突破前翼神将们的守卫长驱直入这大阵了。不死魔军蜂拥而来，是为对抗阵中的十万守阵神兵。可阵中十万神兵，只九千乃活人，余者不过是梵境的悉洛佛帮忙做的人偶罢了，专为引魔兵入瓮之用。殷临的职责，便是在庆姜和不死魔军尽数入瓮后，趁帝君尚未布下两仪还真阵，寻机以神族圣器救生塔将提前被救生塔刻印的守阵神兵们齐带离出阵——因两仪还真阵一旦布下，除非阵破，否则被镇压在阵中之人绝无可能逃出。

殷临紧抿住唇，屏息静待时机。

阵中忽起飓风，飓风卷起沙石，黄沙模糊住视野，两族军士们激烈的拼杀诡异地暂停了一瞬。便在那一刹那，四方天地乍起惊雷，滚滚怒雷中，大阵四围忽有巨浪拔地而起。不知从何而来的冲天巨浪城垣也似，转瞬间已将整个芥子须弥阵围得严严实实。定睛看，那包围住大阵的水墙中竟有千只鲲鹏遨游。离殷临最近的那只鲲鹏他认得，是三殿下养在元极宫花园中的任性的小鲲鹏王。小鲲鹏王用力一摆尾，发出刺耳锐鸣，仿佛是一道号令，千只鲲鹏齐昂首长鸣。这锐鸣声于魔族有穿脑之效，不死魔兵们抱头捂耳，大受折磨，一时战力全无。这一切皆发生在瞬息之间，庆姜虽不曾被鲲鹏的锐鸣扰乱智识，但一时也没反应过来。

这强大的操作很是熟悉，潜藏在角落里的殷临不禁仰头，果见血月之下，三皇子白衣翩然立于中天，正抬手收回那以北海寒铁锻铸的戟越枪。

殷临明白，这便是三皇子为他创造的时机。他立刻打开了救生塔。

便在殷临携着救生塔与护符冲出水墙的瞬间，两仪还真大阵倏然扣下，似一只巨鼎，牢牢罩住了庆姜和他的不死魔军。

庆姜此时方知自己中计，怒不可遏，立时调用体内的钵头摩花之力冲阵，然施加在阵体上的巨力却立刻被消融。庆姜目眦欲裂，不可置信，忽地一跃而起，赤甲的高大身影消失，半空赫然出现一头赤色的巨蛟。那正是庆姜的本相。

巨蛟仰首，怒啸不止，边吼啸边喷出亦蓝亦紫的雷火。雷火汹汹，直向六十万不死魔军而去。原本不畏水淹不惧火烧的不死魔军竟在这汹汹雷火中速即化灰，只留下道道玄光。玄光聚成光球，被巨蛟猛吞入腹。光球进入蛟腹，巨蛟的鳞片外霎时长出了黑色的铁甲。那铁甲锋芒逼人，覆盖住整个蛟身，乍看甚为可怖。

六十万不死魔军身系之力，乃庆姜的配刀西皇刃所承负之力。庆姜曾因不堪承受三瓣钵头摩花瓣的力量，而将体内多余之力逼出，转移到西皇刃上。如今，吞噬掉六十万不死魔军，那些多余的创世之力又回到了他体内。不过，他以人身虽无法承受三瓣钵头摩花瓣之力，在炼制不死魔军的过程中，却误打误撞探索出了一种以本相承负它们的方法。

此刻，承载了三个凡世力量的巨蛟长啸一声，猛地向大阵撞去。这一次，阵体竟出现了几许裂痕。

巨蛟的竖瞳蓦地瞪大，惊喜之余欲调用创世之力再向阵体撞击，耳后却突然传来风声。它陡然感到危险，霍地偏头摆尾，可那迅似流光自他右后侧袭来的一击，却仿佛连他偏头的幅度都计算过。长枪径直钉入眼中，右眼一阵剧痛，他失控地斥吼，张口喷出数道可蚀一切的雷火。然给了他如此一击的来犯者速度极快，后跃数丈避过雷火，悬立于半空，竟是毫发未伤。

右眼一片血红，未被血污所染的左眼清晰倒映出青年的模样，居然是天君膝下的毛头小子。庆姜气得要死,几乎将牙咬碎:"嚚猾小儿,偷袭可算不得磊落!"

青年淡淡:"两军交锋,善谋者胜。"

庆姜忽然大笑:"本座知你擅谋,可这阵法进来了便出不去,在这无处可逃的阵法中,你面对的是不可能被杀死的、法力远高于你的本座。本座倒想看看,你要如何靠智谋得胜,从本座手里留下一命!"

青年没回答他,右手一翻,收回长枪,纵身一跃,亦化出本相。

连宋比庆姜更清楚入此阵后,他将面临怎样的境况。他没想过要活着出去,但进来也并非为了找死。此前他也想过,或许两仪还真阵困不住庆姜。如今的境况其实比他担忧的好上许多,至少,若能将庆姜体内的不死魔军之力耗尽,这阵是能镇压住他的。他进来便是为此。白真、夜华及姑媱的几个神使正领军追击未入阵的魔军,帝君正专注地补缀着被庆姜撞出的阵法裂纹,他是最适宜入阵之人。

身负三瓣钵头摩花之力的庆姜,连帝君亦奈何不了他,若让他裂阵而出,后果不堪设想。庆姜会对这世间造成何种破坏,他内心其实是淡然以视的,因他信奉的本就是顺其自然之道。但祖媞一定不愿见到那样的事发生,既然祖媞不愿看到,他便绝不能容庆姜破阵而出。

庆姜问他要如何谋,如何胜。杀死庆姜才算胜吗? 他拥有的最合他意的一项能力,是无论在何种情况下皆能冷静考量所有,做出最利于当下的判断。即便如今体内还残留着心魔,只要事不涉祖媞,他亦能保持绝对冷静。此刻,最利于当下的决断,并非拼死杀掉庆姜,这既不可能,他也做不到。但拼死耗尽庆姜体内的不死魔军之力,他是能做到的。只是,他迈向死地的这条路,需要极慎重的规划。如何引庆姜在攻击他的过程中按照他的意愿释出足够多的钵头摩花之力,却又不会使庆姜察觉,也需做一些细致的设计。庆姜问他在如此极限的情况下当如何谋略。真正擅谋之人在任何时候,都是能谋的。

阵内狂风骤起，银龙长吟一声，锐利的龙爪撕破狂风，径向赤蛟袭去。

祖媞赶到时，平原上血月正当空，银龙与赤蛟已缠斗了七个时辰，双方皆是伤痕累累。巨蛟一口咬在银龙脖颈处，银龙亦不甘示弱，利爪深深刺入蛟身，一边钳制赤蛟，一边用力甩动龙头，试图摆脱巨蛟的撕咬。

但好不容易袭到了银龙的致命处，赤蛟岂愿轻易放弃，不顾龙爪对蛟身的撕扯，更加用力撕咬龙颈，獠牙利齿很快穿透了龙颈处的皮肉。银龙竖瞳微闪，忽然放弃了挣动，周身迅速泛起一层银光。那银光锃亮，同时覆住近处的巨蛟。赤蛟突地仰天嘶吼。明明是他正对银龙施以致命一击，这一幕却像是他在承受着比银龙更巨大的痛苦。银光忽明忽灭，赤蛟在明灭的银光中不住震颤。经历了十七次闪灭，银光终于消失，蛟身上那些锋利的黑甲也在银光消失那一刻整齐地剥落。赤蛟再次痛吼，不得已放开银龙。

祖媞不顾东华的拦阻冲入阵中时，所见正是银龙坠天的一幕。

她不顾一切地飞扑过去，护体的金光似一张温暖的毯，承接住从半空中落下的神龙。神龙琥珀色的竖瞳勉力睁了睁，映出她摇摇欲坠的身影和惨无血色的脸。接着，那美丽的、幽泉一般的眼缓缓闭上了。

就在神龙闭眼的那一刻，承托着他的金光亦不稳。

祖媞抱着他一起摔到了地上。

阵顶之上，巨蛟勉力忍住痛苦，抓住摆脱银龙的时机，聚力再次向阵体撞去。但这一次，大阵却是纹丝不动，反是巨蛟不耐冲力摔落在地，化为人形。

不受控制地化为人形，只能是因汲入的不死魔军之力被耗尽了。庆姜不可置信地看着自己的手，腾身再化蛟形撞击阵体，可无论再撞击几次，阵体兀自岿然不动。

庆姜突然明白了一切，目光如电，刺向坠落在地的银龙，磨牙切齿："原来这才是你的打算！"意识到自己将被永镇于这阵中，庆姜岂能甘愿，眸中燃起烈焰，忽地腾至阵顶，目光睥睨地扫过阵内的祖媞和阵外的东华："想将本座永囚于这阵法中？你们做梦！与其如此，不如大家一起死，令这八荒为我陪葬！"说着探手径入胸腔，取出元神灵珠，狰笑着直视阵外难得面现忧色的东华帝君："不妨猜猜看，若本座以十成法力爆毁这颗承载着一整个凡世之力的灵珠，这世间将如何？"

这世间将至少被毁掉一半。

血月的红光铺照在大阵之上。祖媞跪在已无气息的银龙身旁，仰头看向发狂的庆姜。到了这一刻，她的心反而变得十分平静。她知庆姜并非真的那么悍然不顾，不过以此威胁东华，以逼他亲手毁掉这阵，放他出去。可若真将他放出来，东华是否能制住他？而若无人能制住庆姜，这世间又将如何？该做怎样的选择才是对？

她很清楚，无论做哪一种选择，都不会有好结果。既是如此，又何必做选择？

祖媞收回视线，抬手抚上银龙闭合的眼，哑声轻语："小三郎，你我都想更改这结局，可，这结局原来是不可改变的。"一滴泪沿着她的眼尾落下，但仅是一滴。她低头在银龙美丽的银色眼睫上留下了一吻，而后站起了身。

星芒般的金色光点自她裙边浮现，一把巨弓出现在了她手中。那是比怀恕弓还要巨大的一张弓，通体雪白，隐泛玉泽，弓身并无华饰，仅弓臂上刻满了代表时间的宙字纹。

庆姜的注意力全然聚集在阵外的东华身上，并未注意到阵内这一隅发生了什么。

祖媞抬手，举弓。

拉动弓弦之前，她垂眸再望了一眼身侧的银龙。

弦动，弓鸣，鸣声猎猎。

闻得猎猎弓鸣声，庆姜方有知觉，他倏地垂头，望向声音来处，待看清祖媞手中的无箭之弓，神色一滞，脸上出现了异常惊恐的表情。他立刻冲向祖媞，似想阻止她。他的动作很快，转瞬便来到祖媞面前，五指成爪，像是想要夺弓，又像是想伤害持弓之人。祖媞静立在原地，未动，亦未躲。她知道他什么都做不了。因为来不及。

在庆姜的指快要触到祖媞的衣袖时，雪弓忽爆出金光，那光似涵盖了千万种色彩，极为夺目。庆姜眼睁睁看着自己的五指、手臂和身躯次第消失，恐慌的表情还来不及收束，整个人便泯灭在了金光之中。

这威力无匹的无箭巨弓正是从不曾现世的上善无极弓。世间传闻上善无极弓乃光神以孕育自己的原初神光打造。此弓的确是自原初神光中来，但却并非祖媞的造物。它同她一齐降临这世间，可说是她的兄弟，亦可说是她的姊妹。它与她的元神共存。此弓不能随意现世，是因它只有一个作用，便是回溯时光。拉响一次弓弦，这宇宙时空便可倒退四万年。上善无极弓唯光神可召，可用。不过光神用尽灵力，以元神做祭，一生也只可催动一次此弓。

祖媞面无表情地站在上善无极弓迸出的金光正中，在庆姜消失之时，忽然抬起头来，望向天上的血月。金光漫出大阵，迅速覆盖住整个世间。血月消失。

一千四百六十万个日升月落于瞬息之间完成。

时光遽然倒退。

金光消弭之际，血流成河的范林平原上再无硝烟与战火。郁河悠悠流淌，河西沃野千里，魔族少年们脚驭可在原野和山林驰骋的龙鱼，正互相追逐着无忧地笑闹。

这是四万年前。

四万年前，庆姜还被困在父神的阵法中未曾苏醒。

虚无之境里镇压庆姜的阵法前忽有微光出现，那微光闪烁了一小会儿，从中走出了一个苍白的仙魂，正是祖媞。

靠着执念留下了一点魂魄的祖媞以灵体之姿，很容易便进入了父神的法阵。用尽最后的灵力将三片钵头摩花瓣逼出因被大阵镇压了二十万年而格外虚弱的庆姜的身体后，她很轻易地结束掉了沉睡的庆姜的性命。

庆姜殒命，父神的法阵自行消失，祖媞感到很累，她以为她会很快消散，但她没有。

昏星升起时，她晕倒在了虚无之境里。

似醒非醒中，她感到时光的长河温柔地流淌过她的魂体。她像是做了一个梦。在梦里，她看到被上善无极弓回溯的时光静止在四万年前的某一日。当庆姜殒命时，时间的车轮方吱呀着启动，再次前行。而在重新开启的这一段时光旅程中，不再有庆姜，也不再有她——他们都在时光静止那一日死去了。

她看到了其他人的人生。

这一次，长依仍死在了锁妖塔下，但不知为何，连宋却并未去敛她的气息为她铸魂。他也未再去过凡世。

那凡世里，没了凡人红玉，也没了凡人成玉。

她已死去，在她事先安排下，随着她的逝去，神使们除了昭曦，余者皆陷入了沉睡。但凡世里的姚黄、梨响等花妖，却还在傻傻地等着她入凡，好护她进行第十六次转世。

在八荒里，她也不曾复归为小祖媞，因此当那恶蛟圲首作乱时，去空桑山伏蛟的人不再是夜华，而变成了连宋，故而夜华和白浅也未曾那么早相遇。

商珀仍无知无觉地做着他的守树神君。瑟珈也仍被悔痛困在混沌

荒漠里。

她想去改变这一切，可她虚弱得连一根手指也抬不起来。

她努力地挣扎，最后却失去了意识。

她不知自己是何时清醒的。她也不知她所看到的那一切是不是梦。魂魄是无法做梦的。可若那不是梦，又是什么？

当意识彻底回笼后，她才发现周遭景物大变，身处之地竟已不是虚无之境的大吉祥树下，而是息心殿。

息心殿。连宋的寝殿。

这似乎是很寻常的一个秋夜，天步站在殿外，正轻声吩咐一个小宫婢："殿下已睡着了，这解酒汤用不着了，你端下去罢。"

两人就在她的眼前，却看不见她。这不应当，便她只是一缕魂，以天步的修为，也当是能看见她的。或许如今的她连魂魄都算不上，只是一缕意识。

但不管她是什么，她很确切地知晓，她已快要消失了。这次的感觉很确定。

她不知她为何能来到这里，或许是因执念太深，故而意识被牵引到了此地。

无论是因何故，能在消散之前再看一眼所爱之人，上天对她还不算太残酷。

殿内并无什么改变。

东墙景窗外的栾树依旧那么有生机，繁花堆满树冠，似一捧璀璨的晚霞燃烧在这静夜里。

她缓步走近离景窗不远的云床。

果如天步所说，连宋已睡熟了。

青年侧枕着锦枕，云被只盖到腰间，长发凌乱地铺散在被褥中，一副懒散模样，明衣偏又穿得严整，显出一种矛盾的风流。是她熟悉的模样。熟悉得令她几乎要落泪。

她坐在床边，手抚上青年胸口。其实她并不能感受到他的心跳。因她根本无法触到他的胸膛。可她能看出他呼吸绵长，胸腔在匀称地起伏。他再不是无声无息的。这真好。

"小三郎。"她低声唤他。他没有回应。但她并不在乎。"最后的时刻，和你说点什么才好呢。"静了一瞬，她道，"在这段新的时光中，你不曾与我相遇，也不曾爱过我。我其实有点难过。"

她轻轻叹了口气："但再来一次，我还是会这么做。"

她知道他听不见她的话，一个人说话其实挺傻的，但这是最后一次同他亲密言谈了，她舍不得让他们的最后充满沉默。

她靠近他，隔空轻抚他眉眼："其实你不记得我也好，否则又要怪我丢下你。

"但这次，我不是故意的。"

她轻声地，絮絮地："拉响弓弦那一刻，我没有想什么使命、职责，也没有想什么道义。我只是遵从了本能。

"可能人就是有那种可贵的本能吧。保护所爱。

"其实我很早就见过这种本能，地动来时护着幼子的母亲，大疫之下舍身救母的儿女。只是那时理解不深。

"我想保护你，也想保护这世间，这是我的本能。人，真是神奇，竟有这样一种本能。而我居然能像一个人一样，拥有这样的本能。"

还想继续说来着，耳边却蓦地响起了三道钟声。这是为她送行的钟声。她曾听过一次。在二十多万年前她为人族献祭的时刻。

她愣了愣，止住了语声，想最后握一下他的手。小心地探出指，隔空覆上他的手背，慢慢触上去，可仍没能握住。

"小三郎。"她的声音忽然哑了，"我要走了。"

没有时间让她说更多的话了,她的唇颤了颤:"我爱你。
"希望能再会。"

秋风拂进来。连宋突然惊醒了。他觉得自己好似做了一个梦,梦中有谁伏在他床前喁喁低语。可待要回忆,脑中却又一片空茫,什么也回忆不出。

他皱了皱眉,看向床前。

床前什么也没有。

只足踏前留着一朵半枯的栾树花。

三生三世
步生莲·肆
永生花
Wherever Step Goes,
Lotus Blooms